Het leven van de Britse schrijfster Lisa St Aubin de Terán (Londen, 1953) kenmerkt zich door haar enorme reislust. Tijdens haar eerste twee huwelijken woonde ze onder meer in Frankrijk, Italië, Venezuela en Schotland. Over haar romantische en veelbewogen leven schreef ze onder meer in de romans *Joanna* (1990), *De stoptrein naar Milaan* (1993), *Op doorreis – Belevenissen van een treinverslaafde* (1992), *Een huis in Italië – De vele seizoenen van een villa in Umbrië* (1995) en *Hoeders van het huis* (1996).
Met haar derde echtgenoot en haar twee kinderen woont Lisa St Aubin de Terán momenteel in een *palazzo* in Umbrië.

Lisa St Aubin de Terán

Joanna

Vertaald door Ellen Beek en Aad Nuis

Rainbow Pocketboeken
Meulenhoff Amsterdam

Rainbow Pocketboeken® worden uitgegeven door
Uitgeverij Maarten Muntinga bv, Amsterdam

Uitgave in samenwerking met
uitgeverij J.M. Meulenhoff bv, Amsterdam

Oorspronkelijke titel: *Joanna*

Eerste druk 1991, vierde druk mei 1996
Omslagontwerp: Mariska Cock
Foto voorzijde omslag: Ruud de Jong, Amsterdam
Foto achterzijde omslag: Chris van Houts
Typografische verzorging: Studio Cursief, Amsterdam
Zetwerk: Stand By, Nieuwegein
Druk: Ebner Ulm
Uitgave in Rainbow Pocketboeken mei 1996

ISBN 90 417 1024 8 CIP NUGI 301

Voor Joan Mary St Aubin: Joanna

Inhoud

DEEL I Joan 9
DEEL II Miss Kitty 169
DEEL III Arme Florence 285
DEEL IV Joanna 359

DEEL I
Joan

Hoofdstuk 1

We zijn een foto, dezelfde foto van elk jaar met mij een zomer ouder, dus een zomer langer: stuntelige Joan, bezig de wereld om haar heen te ontgroeien. Het is altijd Selsey Beach, een kaal stuk zand aan de Zuidkust, en er zijn bepaalde constanten: ikzelf, Oma in haar japon met nauwsluitend lijfje, hakend of uitkijkend over zee, en Moeder met haar groene zuidpoologen, vlakker en sepia gekleurd door de camera. Moeder, mooi als altijd onder haar hoed, maar met haar wrede, starende blik die zelfs de meeuwen van het strand joeg. Of was dat gewoon leeg? Buiten het seizoen?

Altijd was er ook een ander, soms twee of drie anderen, om te zorgen dat mijn moeder zich niet ging vervelen. Zij leed aan verveling zoals anderen lijden aan depressies of aan ischias. Om als metgezel in aanmerking te komen in Selsey moest je een jonge man zijn, van goeden huize, rijk, mooi en slaafs (maar niet vervelend), verliefd op Moeder. Er waren er heel weinig die de hele zomer overleefden; ze werden in ongenade weggestuurd wegens gebazel of, erger nog, gejank, of wegens hun plotselinge zwijgzaamheid waardoor ze de zomerkoningin van Selsey niet langer amuseerden.

De zekerste manier om bij haar uit de gunst te raken was aandacht besteden aan mij. De meesten waagden dat niet, als ze al op het idee kwamen. Alleen Oma was er immuun voor. Oma had nog steeds een spoortje gezag over haar onhandelbare dochter. Ze hield de kas en bewaarde onuitsprekelijke geheimen achter haar vriendelijke blik. Zo zat ze stil en rechtop als een rots tussen de verspreide rotsen van Selsey Beach. Ze was de zwijgende middelares tussen Moeders heftige verbittering en mijn verlangen naar vergiffenis.

Ik denk dat ik tegen mijn twaalfde tot de overtuiging ben gekomen dat alleen een wonder kon maken dat Moeder van me ging houden. Ik heb altijd geloofd in wonderen. Ik hoopte toen op een nieuw begin, een nieuwe vorm – ik wilde, denk ik, net zo onzichtbaar in de massa opgaan als elke druppel in die koude zee. Ondertussen verlangde ik, meer dan wat ook, naar gratie. Voor wat? Voor het feit dat ik geboren was, dat ik daar was, dat ik ergens was. Elke keer dat de wind zand op de sandwiches blies, voelde ik een nieuwe golf van wrevel uit mijn moeders gestreepte ligstoel komen. In de zon was het haar gelukt mij te vergeten; als ze opkeek, zag ze dat ik er nog steeds was. Ze zei dan niets, dat was niet nodig; de koude minachting uit haar ogen deed het woord voor haar, herhaalde wat een tweede credo was geworden. De verwoesting van haar leven door mijn geboorte was een verhaal dat ik van buiten kende. Ik had nooit geboren mogen worden, en ik maakte die doodzonde erger door moedwillig een reusachtige slungel te zijn, met een laf karakter en rood haar. Misschien had al het andere vergeven kunnen worden, maar dat rode haar bevestigde mijn status als koekoeksjong in de driehoek van mijn familie. Niemand anders had rood haar – dat kwam niet te pas – behalve de Ieren.

Wij waren drie vrouwen op een strand, gevangen in een lijst, jaar na jaar, van 1928 tot 1938. Soms ging ik er recht uit de nonnenschool naar toe, en de duur van mijn verblijf gaf de stand aan van het verloop der krijgshandelingen tussen Moeder en Oma. Een lange tijd in Selsey betekende dat Oma aan de winnende hand was. Een paar dagen wees op wekenlange woedeaanvallen van mijn vermoeide maar zegevierende moeder.

In Selsey droomden we van teruggaan naar Jersey. Oma kreeg heimwee naar Claremont en haar tuin daar, en zelfs Moeder liet zich gaan in herinneringen aan bals en zomernachten en diademen van smaragden even schitterend als haar ogen. Ik ging van Jersey houden met het soort hartstocht dat ik leerde van de nonnen. In het klooster vochten ze om me onopvallend te maken en al mijn gedachten in bedwang te houden. Ze wisten genoeg van mij om op me neer te zien, en ze wisten ook dat ze altijd mij konden nemen als ze een zondebok nodig hadden. Mijn moeder zou nooit schrijven om beklag te doen. Maar ik had Jersey in mijn gedachten, verborgen voor hen en al hun bemoeizucht.

In Selsey kon zelfs ik delen in de familieverhalen, door te luisteren. En ik kon dicht bij Oma zitten, zolang ik maar bij Moeder uit de buurt bleef, en ik kon het fijne zand tussen mijn vingers laten glijden als al de tijd die voorbij was en die nog komen zou en die Moeder niet van me af kon pakken. Uren zat ik daar met mijn grote hoed op (die mijn sproeten niet tegenhield, maar wel mijn haar verstopte) en liet het zand langs mijn vingers lopen.

In Selsey ontdekte ik voor het eerst iets in mijzelf dat Moeder niet beheersen kon. Ze kon mijn gedachten lezen. Ze kon de gedachten van de meeste mensen lezen en ik denk niet dat ze zich veel bekommerde om de mijne. Altijd als ik bij haar was had ik het gevoel alsof ik op het verkeerde moment inzette bij de beurtzang in de kapel, maar ik was nog niet bij haar weg of ik wilde weer net zo zingen. Ik voelde me de vermomde heldin uit een boek dat ze steeds dichtsloeg voor het uit was. Zo bleef ik uit mijn kleren groeien, als een slang die uit zijn vel kruipt, elke keer hopend dat de ban zou worden verbroken.

Tegen mijn twaalfde was ik een meter vijfenzeventig en zag ik eruit als achttien. Ik lag op het strand in mijn badpak en wachtte tot de zomerhitte beekjes vormde op mijn huid. Het zand op mijn benen en mijn rug voelde zo zoet als suiker en net zo kleverig. Zo nu en dan bleef een langslopende man naar me staan kijken met dezelfde aandacht die Oma wijdde aan haar bijzondere bloemen. Niet zoals ze naar bladluis speurde, maar meer zoals ze de geur opsnoof van haar eerste azalea's. Wat het ook was, zelfs de nonnen merkten er iets van. Zuster Marie liet in mijn gympakje plooien maken op de borst en zuster Thérèse waarschuwde me dat de duivel in me groeide. Ze zei dat ik door hem bezeten zou worden als ik me niet overgaf aan gebed. Zuster Thérèse was altijd in de war, met haar altijd rode ogen en haar snel opkomende tranen, ze wist niet dat Moeder me jaren eerder al had verteld over de duivel in mij en dat ik al sinds mijn vijfde bad en smeekte dat de duivel weg zou gaan.

Tussen de metten en het angelus hield Moeder Overste al de meisjes van Les Filles de la Croix met haar spinneweb van vroomheid in bedwang. Ze heerste vanuit het centrum van haar web, leerlingen en nonnen gelijkelijk naar zich toe trekkend aan haar rechtschapen zijden draad. Zoals de zwarte kralen van haar rozenkrans, liet ze haar bevende prooi door haar spitse blauwdooraderde vingers gaan, eindeloos tegen ons prekend. Haar werkkamer, aan het eind van de donkere gang achter de refter, leek te trillen door gebroken vleugels. De gang zelf was bruin geverfd, met krakend linoleum op de vloer en een galerij van martelaren met paraffinevlekken. Op winteravonden flikkerden de olielampen door de tocht onder de deur van de kamer van Moeder Overste.

Ze droeg de zwarte vlinder van de Orde van de Dochters van het Kruis op het hoofd alsof de gesteven stof haar zelf kon veranderen in een doodshoofdvlinder. In haar stoel met de hoge rug zat ze onder de stuurse blik van een oleografie van de heilige Teresa te wachten op tranen. Op een lage plank achter haar stond een verzameling opgeprikte vlinders met bijbehorende gedroogde bloemen die wanhopig leken te willen ontsnappen aan hun dood door verdroging en ether nadat de laatste tranen uit hen waren gewrongen. Moeder Overste stond op tranen voor ze iemand uit haar werkkamer losliet. Altijd wanneer ik daar ontboden werd, moest ik huilen om mijn grote handen. Ze was klein, met de botten van een vogel. Mij leek ze een harteloze kauw die met snelle snavel de vuile kant van mijn handen rukte. Mijn vingers worstelden in mijn handschoenen alsof ze zichtbaar groeiden. De hele lagere school door sloeg ik met mijn vuisten tegen het stukje muur onder de crucifix boven mijn bed tot mijn handpalmen zo gekneusd waren dat ze niet meer in het voorgeschreven kant pasten. Witte handschoenen voor bezoekers, voor de Mis en voor Moeder Overste; witte handschoenen en tranen, dat waren de voorschriften.

Op feestdagen en in de vakanties waren mijn handen niet minder gekneusd. Ze waren voortdurend bont en blauw. Moeder dacht dat ze al mijn plezier en al mijn gedachten had gedood, maar daarbuiten, op het warme zand van onze vakanties, voelde ik mijn lichaam langzaam in opstand komen. Ik maakte zandlopers van mijn vuisten en ik filterde de gele korrels, één straaltje hoop tegelijk.

Oma zei dat ik moest wachten. Vanaf mijn twaalfde wachtte ik met een nieuw gebed in mijn hoofd: dat ik sterk genoeg mocht worden om Moeders verbittering te doorstaan tot het zover was dat ik troost kon vinden in de ogen van een man, kon niet schelen welke, die mij bewonderen zou. Ondertussen was ik nog steeds slungelige Joan, de menselijke giraf, stoethaspelig op de foto naast haar mooie, piepkleine, helderziende moeder, die in een andere eeuw misschien zou zijn verbrand als heks.

Toch was die tijd misschien voor Oma nog het vreemdst, want die kwam uit een andere eeuw. Haar kleren en de mijne waren een wonder van repareren en bezuinigen. Ze droeg alle tinten antraciet zonder een vleugje kleur en ze wilde me nooit vertellen waarom. Ik denk dat het een soort boetedoening kan zijn geweest. De enige situatie waarin ze ooit volkomen op haar gemak leek, was als ze in de tuin voor haar witte aronskelken zorgde of haar azalea's uitzocht of gewoon rondscharrelde, omringd door kleurige bloemen. Na veertig jaar katholicisme voelde Oma het nog steeds als een innerlijke smet dat ze een bekeerlinge was. Ze was koortsachtig vroom. Ik dacht toen dat ze met haar vriendelijkheid boete deed voor Moeders wreedheid. Moeder en ik moesten haar gezonden zijn om haar geloof op de proef te stellen. Ze droeg onze misdragingen op haar schouders, haakte ze in haar handwerk met haar gebeden. Elke steek maakte een klein beetje goed van wat door onze weerspannigheid verkeerd was gegaan.

In Selsey zat Moeder te zieden in haar wieg van canvas. Het maakte haar kwaad het tij te zien verlopen zonder haar goedkeuring. Het maakte haar kwaad dat ze niet rijk was en dat ze geen goud bleek te kunnen spinnen. Soms wierp Oma een blik op Moeders rusteloze gestalte over het vingergespin van haar eigen handen heen, en dan leek het of ze een arm wilde uitsteken om haar dochter aan te raken maar het niet durfde. Oma leek te weten en te aanvaarden dat haar Kitty nooit zou gaan spinnen of zich inspannen; haar idee van werken was het laten vlammen van haar ogen. Ze leek zelfs te weten dat Kitty er nauwelijks een geloof op na hield buiten haar ijdelheid – zoals ze ook begreep dat ik geen echt inzicht had in Moeder of mijzelf buiten de voorstellingswereld van sprookjes en halfvergeten gebeden.

Moeder ontwikkelde dwanggedachten. Soms als ze thuiskwam begon ze hondeharen van haar kleren te plukken alsof ze onder een honds distelpluis zat. Op een keer scheurde ze het zijden pakje dat ze droeg aan flarden en bezorgde zich bloedende armen met haar wilde gekrab. Hoe meer haren ze wegplukte, hoe meer er waren volgens haar, op haarzelf, in haar thee, op haar stoel. Oma hield Rufus, de hond die speciaal van haar was, buiten de woonkamer, maar Moeder weigerde dat te geloven.

'Waarom laat je hem het huis bevuilen? Zeg op! Zeg op!' Maar Oma hield zich zwijgend en verdrietig afzijdig terwijl Moeder zich opwond en snauwde: 'Waar is Rufus? Breng hem hier!' Ze belde, en ze schreeuwde tegen het mompelende dienstmeisje, sloeg haar. Omdat er geen schuldige verscheen, geen denkbeeldig kalende hond, keerde ze zich tegen mij en liet het ineengedoken dienstmeisje met rust. Moeder kon harder slaan dan welke non ook, en die dag probeerde ze de haren uit mijn hoofd te rukken. Ze werd nog razender omdat het zo dik was en toen ze alleen maar kleine bosjes in haar handen hield, duwde ze me onder Oma's fragiele naaitafeltje en begon naar me te schoppen, waarbij ze de helft van de tijd miste, maar toch maakte dat het bloed uit mijn neus op het Chinese tapijt liep. Toen was de beurt aan Oma, die de rust in huis herstelde door alleen maar te zeggen: 'Kitty, denk eraan!' Die drie woorden waren genoeg om Moeders razernij terug te brengen tot stille wrok. Ze ging naar boven om iets anders aan te trekken; in de scheuren van haar kleren hingen haren van mij. Ze zagen eruit als krabben en ik hoopte dat ze dat waren. Vaak lag ik me 's avonds in bed af te vragen: denk waaraan? Wat had Moeder gedaan dat Oma zo haar onderwerping kon afpersen?

Toen ik klein was, in Jersey, weigerde Moeder met me te praten of mij toe te laten in de kamer waar zij was. Pas in Londen mocht ik haar opzoeken, en zelfs daar niet erg vaak. Ik verstopte me soms op de trap om haar te bespieden en ik gluurde naar haar door de kieren van de deuren.

'Als je bedenkt hoe ze geleden heeft,' zei Oma tegen Agnes of tegen wie er nog meer onbedoeld getuige was geweest van Moeders nadrukkelijke verwaarlozing van mij, 'is het niet vreemd dat het haar moeilijk valt het kind te zien. Een van de twee had die nacht moeten sterven. Het is een wonder dat ze allebei zijn blijven leven.'

Het was een schrale troost de helft van een wonder te zijn. Toen ik klein was, zag ik het als mijn grote opgave, terug te winnen wat ik verloren had door Moeders beproeving in Jersey. Het kostte me jaren en jaren om de onverdraaglijke waarheid te aanvaarden: er viel niets terug te winnen. Ik was ongewenst, en daardoor voorgoed onbemind. Niets dat ik doen kon zou ooit dat natuurlijke evenwicht van genegenheid herstellen dat ik zag tussen andere meisjes en hun moeders. Ik probeerde een tijdlang, bij mijn korte devote bezoekjes aan huis vanuit het klooster, haar vergiffenis te verwerven. Maar Moeder vond aardigheid verachtelijk, ze zag het als een vorm van zwakte. Mijn wil om te behagen vond ze nog irritanter dan het huilerige gebedel van daarvoor.

'Het hele huis wordt er wee van,' zei ze dan tegen Oma. 'Stuur haar terug naar school, dan kan ze tenminste een beetje zelfrespect leren. Er is iets kruiperigs aan haar.'

Ik wist dat ze gelijk had. Mij werd geleerd Onze Lieve Vrouw te dienen, maar in plaats daarvan wilde ik Moeder dienen. Ik verving mijn catechismus door een ketterse passie voor haar. Ik zette de Heilige Schrift om en paste hem aan bij mijn familiedriehoek. Wij waren de acrobaten uit het circus dat ooit in de herfst naar Hendon Green was gekomen. Ik was de basis die de klimmers ondersteunde. Het gewicht van hun voeten op mijn schouders drukte me neer. Ik wilde zo graag dat het ondersteunen me niet zoveel pijn zou doen. Overigens geloof ik niet dat Moeder me echt sterk wilde hebben; ze wilde eenvoudig niet gehinderd worden door mijn gebrek aan kracht.

's Nachts, in het klooster, gehuld in het grove nachthemd dat ons beschermde tegen de boosheden des vlezes, lag ik wakker en dacht na. Wat had ik verkeerd gedaan? Ik bad tot mijn bidden in dreigen veranderde. Mijn *Miserere mei, Deus, miserere mei: quoniam in te confidit anima mea* werd eerst een vleierig handeltje, daarna werd het 'ontferm U over mij' steeds meer een verholen dreigement, totdat het de lading had gekregen van 'anders vertrouw ik U nimmermeer'. Mijn frustratie groeide net zo hard als ikzelf. Elke week voor het Sacrament des Altaars zongen we:

'O salutaris hostia
De vijand dringt
Aan alle kant,
Verleen Uw hulp,
Schenk ons Uw kracht.'

En door een vreemd soort emotionele osmose kreeg ik inderdaad kracht. Moeder verafschuwde mij, en haar minachting begon mij goed te doen. Ik ging die uitlokken. Ik verlustigde mij in haar wreedheid, ik was trots op haar hardvochtigheid. Ik had veertien jaar van haar bewind doorstaan. Ik had verdragen wat geen man verdragen kon. Ik was haar doelwit. Andere mensen waren bijzaak, het was op mij dat ze richtte, haar vizier instelde, en keer op keer vuurde. Ik was de stelling die ze niet kon innemen. Ik verdiepte mij in haar hebbelijkheden, bestudeerde hoe ik haar het best kwaad kon krijgen. Ik leerde hoe ik haar ogen onder stroom kon zetten en hoe ik haar blik dan kon doorstaan.

Ze was zo klein en zo fragiel als het puntje van een jonge rank. Maar ze was taai. Haar huid leek op de albasten madonna in onze kapel. Ze had een klein mondje dat ze stijf dichtgeknepen hield alsof ze al haar teleurstellingen erin wilde achterhouden. Het leven zelf was een teleurstelling, en ik was de leidster van een wereldsamenzwering om haar te laten vallen. Alles aan haar gestalte was volmaakt, volmaakt maar klein, als een zeldzaam gif, een concentraat van perverse krachten. Ik zag alles wat ze was, en langzamerhand ging ik zien dat ik groter was dan zij. Jarenlang had ze me geslagen en geknepen tot ik huilde. Het was een schijnbaar oneindige stroom van tranen, opgewekt met de regelmaat van eb en vloed. Toen merkte ik dat ze zich moest uitrekken, of me moest pakken als ik zat. Ik merkte dat ze altijd op haar tenen stond. En toen ik zo naar beneden keek, waar vijfentwintig centimeter lager haar woedende miniatuurlijfje op en neer sprong, besefte ik dat ik haar met één klap van mijn vuist kon neerslaan. Ik kon haar platslaan als een vlieg, zoals jongens deden in de bus als de zomervliegen rondzoemden over de ruiten. Ik kon haar pijn doen. Ik kon haar botten breken.

Op school zongen de meisjes altijd: 'Stokken en stenen breken mijn benen maar woorden doen geen zeer.' Ik heb dat altijd onthouden, omdat het net andersom was. Een steen is altijd alleen maar een steen; je krijgt er een blauwe plek door of een snee en dan geneest de wond weer. Maar scheldnamen, woorden, leiden een eigen leven. Ze groeien in je bloedbaan, ze nestelen zich in je hersens. Haar woorden hebben me nooit verlaten. Haar klappen zijn nu, tientallen jaren later, niets meer. Op mijn veertiende had ik mij de kunst van het verwonden met woorden nog niet eigen gemaakt, maar die oude kinderversjeswijsheid stond toen aan mijn kant. Ik was groter dan zij, ik weerstond haar. Ik dreigde dat ik haar armen zou breken als ze die tegen me ophief. Ik dacht toen ik die woorden uitsprak dat ze razend zou worden van woede, maar ze keek alleen van me weg en haalde haar schouders op.

'Doe niet zo dwaas, Joan,' zei ze. 'Wat zou je daar nu mee opschieten?'

Toen was het mijn beurt om mijn schouders op te halen, maar ik hield mijn vuist wel gebald boven haar hoofd. Ik wilde er nu nog niets mee opschieten, maar dat vertelde ik haar niet. Ik wachtte gewoon het moment af dat ik bij haar weg kon komen. Alles wat intussen haar macht ondermijnde kon alleen maar goed zijn. Ik kwam erdoorheen, en mijn kleine moeder begon terrein te verliezen.

Hoofdstuk 2

Oma bewoog zich zo kalm en waardig door het huis dat het iets verontrustends had. Ze liep een heel klein beetje mank, en haar lange smalle gestalte was altijd iets uit het lood. Ze droeg haar zilvergrijze haar in een losse knot, en ze had onderzoekende grijze ogen die ik van haar erfde. Noch Moeders woedeaanvallen, noch mijn verdriet leek ze op te merken. Toch troostte ze me, door haar kalmte om mij heen te leggen. Zelfs in haar standjes was zoveel zachtheid dat het een genoegen was haar minste bevel te gehoorzamen. We speelden samen patience aan tafeltjes naast elkaar, ingelegd met vogels en bloemen. Soms speelden we bezique of cribbage, maar meestal speelden we elk ons eigen spel, apart en toch samen.

In Jersey had ze op een fiets gereden, met haar vier honden (drie Engelse setters en een Yorkshire terriër) aan de lijn achter haar aandravend. Dat was het enige waarin ze excentriek was. Ze zwierf de hele omgeving van St Helier door, en kende er alle weggetjes die de verschillende boerderijen en akkers met elkaar verbonden. In haar rijkostuum met hoed en handschoenen, kaarsrecht in het zadel, trok ze door de Longuevilles, Grand Vintaine, Mont l'Abbé en Mont au Prêtre, Mont Cochon en Coin Tourgis, al de parochies langs met haar hondengevolg. Ze kende al de verschillende boeren en hun vrouwen, de tuinders, de voerlui en de arbeiders. Half Frans en half Engels van afkomst was zij in Jersey, door haar huwelijk, perfect op haar plaats. De klank van het Jersiaise klonk in haar oren als een kinderliedje. Ondanks haar brede zonnehoed, of erdoorheen, ving ze de zon op haar gezicht. Zo werd ze elke zomer opnieuw diepbruin, glanzend van een onmodieuze energie die al haar vriendinnen en buren misten. Als ze me vertelde hoe ze soms olievlekken op haar kleren kreeg door de ketting, glimlachte ze op een manier die me iets van mijn eigen mond in de hare liet zien. Hoe sterk de afkeuring ook was, ze gaf die ritjes niet op; met de kiem van haar dochters toekomstige koppigheid bleef Oma fietsen, het eiland waarvan ze hield erend door het meter voor meter af te rijden.

Agnes, de dienstbode, hield de familiekroniek bij. Ze had haar eigen familie in Ierland zo lang geleden verlaten dat ze haast alle contact ermee was kwijtgeraakt. Toen had ze, na onder Oma's bewind een aardige bruidsschat en uitzet te hebben verzameld en alles te hebben geleerd wat een huisvrouw weten moet, de huwbare jaren voorbij laten gaan. Een overmaat aan voorzichtigheid en pijnlijke herinneringen aan haar kindertijd in de veenmoerassen van het graafschap Cork hadden haar ertoe gebracht de eerste vrijers af te wijzen, en toen ze de middelbare leeftijd had bereikt, was het een gevoel van haar eigen importantie, rijkdom en superioriteit, alles zuinig van Oma bijeengesprokkeld, dat haar afkerig maakte van de gedachte het leven te moeten delen met een vulgaire fortuinjager. Agnes was ervan overtuigd dat de wereld vol lieden was die hadden gehoord van haar spaargeld en de vele cadeautjes die ze van Oma gekregen had, en die bij de geringste aanmoediging op hun knieën zouden vallen om haar listige aanzoeken te doen, als ze ook maar een seconde haar waakzaamheid liet verslappen.

Nu haar eigen hartstocht bewaard bleef voor het poetsen van haar meubeltjes van mahonie en rozehout en het afstoffen van de porseleinen dingetjes die ze altijd met Kerstmis kreeg, doorleefde Agnes plaatsvervangend onze familiehartstochten. Ze kreeg nooit genoeg van het beschrijven van de sterfbedscène van mijn grootvader, en ze verzekerde mij dat ze nog 'gedurig' leed om die arme man. Mijn geboorte was haar lievelingsonderwerp, en ze kon het verhaal van die gekwelde nacht bijna net zo lang laten duren als de feitelijke gebeurtenissen zelf. Zo werden de lange uren van Moeders bevalling bewaard voor een onwillig nageslacht door Agnes' theatrale weergave van het schreeuwen en kreunen en haar meer dan aanschouwelijke beschrijvingen voor ieder die het aanging. Het was niet verbazend dat na de eerste paar maanden niemand het relaas voor de zoveelste keer echt nog eens wou horen. Pas toen ik de leeftijd van de concentratie had bereikt, kreeg ze haar perfecte luisteraarster. Ik werd betoverd door het bloed, de details, de spanning en het hele idee dat ik mijn moeder ooit echt had aangeraakt.

Zo kwamen Agnes en ik elkaar na, zij het achter de keukendeur waar Moeder ons niet horen kon, of in de tuin, beschut door de hoge frambozenhagen. Moeder wilde me niet alleen zelf niet zien of spreken, ze wilde ook niet dat een ander dat deed. Agnes zou, denk ik, haar leven voor Moeder hebben gegeven, maar ze kon de verleiding niet weerstaan haar verhalen te vertellen, en dus riskeerde ze Moeders ongenoegen door met mij te kletsen.

Ik ontmoette mijn vader niet voor ik achttien was, maar Agnes vertelde me dat Moeder hem in Canada verliet toen ze pas zes maanden getrouwd waren. Alleen en verbitterd voer ze naar huis, om de abortus te krijgen die ik ben. Eerst vertrok het schip te laat, toen werd het gegrepen door een zware storm. Ze heeft mijn vader nooit meer gezien of gesproken. Ik weet niet precies wat er gebeurd is in die wintermaanden van 1920, of wat zij hem heeft aangedaan, maar achttien jaar lang is hij me nooit komen opzoeken. Hij moet Moeder gekwetst hebben op de ergst mogelijke manier. Hij moet haar verveeld hebben, en Moeder leed onder verveling als aan een ziekte.

Zelfs als ze thuisgekomen was zonder mij die haar misvormde, dan nog zou ze te laat zijn geweest om haar eigen vader in leven aan te treffen en net op tijd om zijn nalatenschap onder de hamer te zien gaan. Als zijn enige erfgename buiten Oma had zij een landhuis en een park, een boerderij en zijn geld moeten erven. In plaats daarvan erfde ze zijn schulden. Haar pappa, naar wie ze terugvluchtte uit de poolkou van Canada en de eentonigheid van het huwelijksleven in de wildernis, had achter haar rug om haar geboorterecht vergokt. Haar vader, de al wat oudere, minzame, lichtelijk excentrieke steunpilaar van de maatschappij op Jersey, had een in honderden jaren verzamelde rijkdom verspeeld, een weduwe en een tegen haar wil zwangere dochter achterlatend die zich de schuldeisers van het lijf moesten zien te houden terwijl de schandelijke affaire van zijn speelschulden werd uitgezocht. Zo werden het land en het huis en de boerenhuisjes en het tafelzilver en de schilderijen allemaal verkocht, terwijl de verbijsterde en bedrogen erven – Oma en Moeder – logeerden in een hotel in St Helier. Moeders waanideeën groeiden even hard als het kind in haar buik.

In april was haar rusteloosheid zo groot geworden, dat ze niet meer in het hotel wou blijven; ze trokken naar Agnes' eigen huis in St Aubin, en daar werd ik geboren.

'Je Oma verscheepte dienstboden van Ierland naar Jersey om op Claremont te werken zoals kapitein Bouvard kippers en Engelse sausjes naar Indië verscheepte. Ze kwamen in bosjes aan maar na twee jaar gingen ze ervantussen, net als de kippers.' Agnes had zelf meer dan twintig jaar op Claremont gewerkt. Ze had Moeder zien opgroeien, en Oma zei eens in Selsey dat ze een van de weinigen op het eiland was geweest die zich niet in het geniep verheugden over hun ondergang.

Maar als ik toen niet was geboren had Moeder niet op Jersey hoeven te blijven, dan had ze niet hoeven aanzien hoe haar bezittingen werden geveild en verspreid raakten over haar kennissen. Was ik niet geboren, dan zou ze zich nooit hebben hoeven vernederen door in te trekken bij een voormalige dienstbode. Ze had het hart niet haar vrienden onder ogen te komen, weggelopen en zwanger en straatarm als ze was, en dus kropen ze weg aan de andere kant van het eiland – Oma, Moeder, en haar onhandelbare doodzonde.

Nog voor de geboorte werd ik het brandpunt van haar ellende. Toen kwam de bevalling, als de verwijdering van een gezwel. Ik liet een wond achter die werd gehecht en uitgebrand, maar de kanker had zich al uitgezaaid.

Agnes zei dat wat Moeder ook in aanleg aan moederlijks had, welk restje goedheid of vergevensgezindheid jegens een kind, het uit haar was weggeschraapt in het kraambed. En haar gillen die nacht in Jersey nam de plaats in van de woorden die ze anders misschien tot me zou hebben gericht in de volgende vijf jaar. Ik kwam, gehaald door een dronken dokter, als de droesem van haar huwelijk, om te leven in de schaduw van haar verwrongen zwijgen.

'Je arme moedertje is één meter vijfenvijftig lang en zo tenger,' fluisterde Agnes weer eens, 'terwijl jij echt niet normaal was. Je woog twaalfeneenhalf pond bij de geboorte – twee keer zoveel als een gewone baby. Ik had nog nooit zoiets gezien of gehoord, Joan.'

Agnes zei dat de matras in een bloedrode spons was veranderd. Ze liet me de bloedvlek zien op het plafond van haar keuken, waar het doorheen gesijpeld was in de nacht van mijn geboorte.

'Miss Kitty beet al mijn houten lepels stuk, weet je, van de pijn. Ze zeiden dat de zeelui haar helemaal op zee konden horen schreeuwen!' Moeder hield er de littekens aan over, zeker, en ik de schuld. Mea culpa. Mea culpa. Het was altijd mea culpa. Moeder aanvaardde geen enkele schuld.

Ik had trouwens mijn eigen littekens van die eerste nacht. Ik heb diepe deuken in mijn schedel waar de verlostang mij naar buiten kneep. Ik heb er zoveel over gehoord dat ik bijna ophield de enorme, breedgebouwde baby te zijn die tussen de dijen van mijn moeder werd uitgescheurd en meer veranderde in een soort Agnes, de geschrokken dienstbode op de achtergrond, de hulpeloze toeschouwster. Het leek alsof ik het tafereel zag vanachter de heetwaterkruiken en de stapels linnen doekjes die Agnes aansleepte naar Moeders kamer, haar eigen logeerkamer met de pas geverfde witgroene luiken, net als de luiken van de naaikamer op Claremont waar ze zoveel jaar had doorgebracht. De meubels kwamen merendeels ook van Claremont, losse stukken die Oma haar had gegeven toen ze met pensioen ging. Er stond een lage kast met gebogen front, een kaarttafel en een ingelegde kleerkast, alles van de zolders gehaald en opgepoetst en schoongemaakt om Agnes een thuis te bezorgen, te belonen voor haar jaren van trouw.

Toen we vertrokken uit Agnes' huis, huurde Oma een rijtjeshuis met direct uitzicht op de Baai, aan de havenkade. Het was zo dichtbij dat Agnes op en neer kon draven om te zorgen voor Moeder, die haar statusverlies makkelijker leek te verdragen zolang ze de gewillige Agnes kon behandelen als een slavin.

Daar woonden we het jaar daarop, en hoewel ik mezelf niets van die tijd herinner, vulde Agnes de maanden zo compleet voor me in dat ik haast het gevoel heb dat het mijn eigen herinnering is. Ze stopte de snippers van mijn verleden in een van haar eigen porseleinen puddingvormen en gaf er een duidelijke, ofschoon ietwat onvaste vorm aan. Het arriveren bijvoorbeeld van de restanten van Oma's meubilair uit het pakhuis waar ze waren opgeslagen na de veiling, lijkt echt een levendige herinnering. Ik zie nog voor me hoe Oma de schrijfdoos streelt die een van haar huwelijksgeschenken was en haar lippen een beetje op elkaar perst, omdat ze zich voor het eerst realiseert hoe buitengewoon weinig er gered was uit de financiële schipbreuk. En hoe Moeder in de deur komt staan, nog zwak door de beproeving die mijn geboorte vijf maanden eerder was, en ongeduldig neerkijkt op Oma's plotselinge verdriet.

'Is er iets mis met die doos, Maman?'

Oma gaf geen antwoord, ze stond daar maar, gebogen kijkend naar de zilveren bandjes en het parelmoeren inlegwerk in het bestofte houten deksel.

'Wat is er?'

Moeder kon er nooit tegen dat ze genegeerd werd en er was nu een scherp kantje in haar stem gekomen, iets schrils dat moeilijkheden voorspelde.

'Nou?'

'Ik denk dat het nu tot me doordringt dat je vader echt dood is.'

'Hmmm,' zei Moeder, en vertoonde haar scheermesglimlach. 'Ja, Maman, en hij loog en hij loog en hij loog, en daarom zitten we nu hier, met die vieze zee voor de deur en dat ding op zolder. We zijn nu met allemaal vrouwen, Maman. Niet één man meer.' Nadat ze zo haar duit in het zakje had gedaan, liep Moeder terug naar het zitkamertje waar ze een legpuzzle zat te maken met haar rug naar de septemberzee. Agnes, de stille getuige van al hun scènes, ging terug naar het zolderkamertje om daar het krijsende 'ding', dat ik was, te kalmeren. Want Agnes en een dagmeisje en een stel flessen deden hun best een moeder voor mij te zijn. Maar ofschoon ik groeide en groeide, toenemend in gewicht met dezelfde snelheid op dat eiland als de aardappelen en de kolen die er werden gekweekt voor de landbouwtentoonstellingen, krijste ik dag en nacht, en zelfs vanuit mijn ballingsoord op zolder kroop mijn geschreeuw naar beneden en maakte mijn moeder gek.

Oma had wat geld van zichzelf, speldengeld, waar ooit tochtjes naar St Helier, theaterbezoek of presentjes voor de dienstmeisjes van betaald werden; het was nu ons enige inkomen. Oma noemde het haar 'centje'. In werkelijkheid was het genoeg voor de huur van een redelijk groot huis, voor voedsel en kleding en ook voor minstens één dienstmeisje. Achteraf gezien lijkt het vreemd als ik me herinner hoe Moeder tekeerging tegen onze zogenaamde armoede; terwijl Oma vaak treurde, weet ik, om het verloren vermogen in ieders onderhoud te voorzien en het ontoereikende van haar 'centje'.

Ik groeide op in de crisisjaren. Je merkte daar niet veel van aan de havenkade, in de winkels, op de promenade of het Koningsplein in Jersey. Ook merkte je er weinig van in Golders Green, dat sociale niemandsland waar we in ballingschap gingen en waar steeds meer rijke joden kwamen wonen. Evenmin was er veel van de crisis te merken in Selsey, op onze pelgrimstochten, drie keer per jaar, naar het zand en de zee. Maar soms brak er een flits van het leven buiten onze gezichtskring door. De rij voor soep bij het stadhuis in Camden bijvoorbeeld, en soms een troepje mannen dat erbij stond op die speciale manier van mensen die niets te doen hebben en zich daarover schamen, maar die nog hun trots hebben onder die schaamte. En andere groepjes mensen, die zo vaak hun trots opzij hebben moeten schuiven dat er iets in hen gebroken is. Dat waren de tekens van de crisis voor mij, vluchtige indrukken vanaf de bovenverdieping van een bus als ik heen en weer reisde bij mijn zondagse bezoeken aan huis, van Golders Green naar de Thames, naar het St Thomasziekenhuis voor een visite bij een kennis.

Nadat we ons uit de voeten hadden gemaakt naar Londen had Oma de meeste vrienden en kennissen laten vallen. Ik denk dat onze levensomstandigheden te zeer veranderd waren zodat ze zich niet meer op haar gemak voelde in haar oude kring. Of misschien wilde ze alleen maar de ongeregeldheden bij ons thuis verhullen, of misschien was ze gewoon moe, of besefte ze eenvoudig dat we beter uit konden komen als we geen mensen vroegen. Er waren een paar uitzonderingen. Een daarvan was een oude, intieme vriendin die ik kende als mevrouw de Gruchy, die woonde in een suite in het St Thomasziekenhuis, omringd door haar eigen meubels en een vriendenkring uit Jersey. Oma ging elke zondagmiddag bij haar op bezoek, en als ik thuis was ging ik mee.

Mevrouw de Gruchy leek heel deftig en heel oud en ze rook naar lavendelwater en Penhaligons lelietjes-van-dalen, vermengd met een vreemde, schimmelige lucht die van haarzelf leek te komen. Aan het eind van elke visite nam zij afscheid van ons en trok zich terug in haar slaapkamer met de suggestie dat ze nooit meer van haar koperen hemelbed op zou staan. Haar ziekte was uiterst mysterieus van aard; men zinspeelde op de symptomen en fluisterde erover zonder dat ze ooit openlijk werden genoemd. Afgezien van de schimmellucht maakte mevrouw de Gruchy altijd een uiterst gezonde indruk, maar de omstandigheid dat ze in een ziekenhuis woonde, en de attenties van de twee verpleegsters die druk in de weer waren in haar appartement logenstraften die indruk. Oma wou nooit horen van enige suggestie dat haar lieve vriendin een aartshypochonder was, die genoot van de aandacht en het bevoorrechte uitzicht op de Thames.

Mevrouw de Gruchy liet door niets merken dat ze het bestaan van zoiets als een crisis erkende – of van enige andere vorm van leven dan die binnen 'haar' ziekenhuis. Tussen thuis en de kloosterschool was er niets anders dan mevrouw de Gruchy in haar cocon, zodat ik van jongs af aan van die visites ging houden, al was het maar om de afleiding. Oma was blij dat ik zo graag meeging naar haar vriendin. Het deed haar genoegen dat ik aardigheid had in praatjes en nieuwtjes van Jersey. En mij deed het genoegen dat mevrouw de Gruchy de thee vergezeld deed gaan van zo'n overvloed aan hapjes dat zelfs mijn enorme eetlust erdoor werd gestild. Om Oma niet te schande te maken bij die gelegenheden kreeg ik vijf dikke boterhammen na de lunch en voor we weggingen, zodat ik niet op het voedsel in het St Thomas zou aanvallen alsof ik de hele week niet gegeten had.

Een tweede keer nemen werd overal als ordinair beschouwd behalve in het St Thomas. De uren tussen de maaltijden bracht ik door met voortdurend gepieker over wat er te eten zou zijn, en hoeveel ik ervan op zou kunnen voor ons lankmoedige dienstmeisje het weer van de tafel zou zwiepen. Voor ik naar school ging dacht ik dat het gewoon een van Moeders pesterijen was dat ze me half liet verhongeren. Later merkte ik echter dat de meeste meisjes op school juist hun uiterste best deden om hun eten niet te hoeven opeten. Dat ik al gauw populair was, kwam doordat ik de andere meisjes van hun erwtjes en pudding afhielp. Er was er niet een bij die tapioca, mijn lievelingskostje, kon doorslikken zonder misselijk te worden. Mevrouw de Gruchy was dik en schaamteloos verzot op cake en snoep, en het deed haar een pervers genoegen mij daarmee vol te stoppen, zodat ze kon zien hoe iemand er zich nog meer aan te buiten ging dan zijzelf. Als Oma protesteerde, wat ze elke week deed, zei mevrouw de Gruchy altijd: 'Laat haar maar, Florence, dat arme kind, ze heeft niet veel om naar uit te zien met dat uiterlijk.'

Met die onomstotelijke waarheid kon Oma, druk aan het haken, slechts zwijgend instemmen.

Eenmaal, weet ik nog, in een paasvakantie, ging Moeder met ons mee. We kwamen voorbij een groep werkloze mannen die zich klaarmaakten voor een protestmars. Ze stonden bij elkaar op de Strand in troepjes rond de afrit naast het Charing Cross Station. Vanaf mijn plaats in de bus kon ik hun doorploegde gezichten en verflenste kleren zien terwijl ze, als onkruid in een verwaarloosd bloemperk, stonden te wachten aan de kant van de weg. De meesten hadden hun fletse gezicht afgewend van het langzame verkeer toen de bus voorbijkroop. Het was in het begin van onze Londense tijd en omdat ik nog maar pas was aangekomen uit St Helier, was ik niet gewend aan het zien van zoveel auto's en winkels en mensen, en een beetje uit het veld geslagen door de stad zelf, waar we zo vreemd en kennelijk zo onwelkom waren.

Ik herinner me dat ik opkeek naar buiten die dag, en de blik ving van een donkerharige, afgeleefde man. Op dat moment stopte de bus en hij begon terug te staren. Er lag een woeste uitdrukking op zijn sombere gezicht, boosheid ook over mijn kijken. Ik was zeven en gewend aan de beleefd medelijdende of openlijk nieuwsgierige blikken van de kennissen van mijn moeder of van voorbijgangers op Jersey. Ik was al gewend aan het spottende staren van Londense kinderen, en de ongelovige blikken van de winkeliers die Moeder bedienden en maar niet konden begrijpen dat zo'n teer dametje zo'n enorme slungel van een telg had voortgebracht. Maar nog nooit had een vreemdeling me zo'n openlijk vijandige blik toegeworpen als de man die toen tegenover me stond achter het glas van mijn zitplaats aan het raam. We zaten net deze keer beneden, en dus waren er maar luttele centimeters tussen mij en de demonstrant. Ik denk dat ik, toen ik hem in het gezicht keek, voor het eerst armoede zag. Het was niet het nette geschraap van bij ons thuis, maar iets dat het gebeente verkilde en vrat aan het merg en dat een gezicht scherper tekende dan een rubber stempel kon doen.

Ik werd gefascineerd door zijn wanhoop – zozeer dat de mijne leek te krimpen naast zijn zoveel woester lijden. Het kan niet meer dan een paar seconden hebben geduurd dat ik hem zo kwaad naar mij zag staren door de koperomrande ruit, maar het was lang genoeg om mijn hele beeld van de wereld door elkaar te gooien, de besloten wereld van Oma, Moeder en mij. Naast de plotselinge ervaring van zijn doordringende aanwezigheid voelde ik mij voor de eerste maal bevrijd van mijn eigen directe zorgen. Ik keek in zijn ogen en in zijn gezicht vol verachting en ik glimlachte.

Het was geen gewone beleefde glimlach, of iets op weg daarnaar toe. Het was een glimlach die ik nooit eerder had gekend. Later, toen de bus voortrolde naar Westminster, bedacht ik dat het brutaal van me was geweest hem zo recht in zijn gezicht te kijken en te lachen met alleen het glas en een paar decimeter trottoir tussen ons in. Ik keek zijn afgetobde gestalte na toen we optrokken, ijlhoofdig en gelukkig door de ontdekking dat er meer was in de wereld dan onze ongemakkelijke driehoek met zo nu en dan een keurige Agnes op de achtergrond, of een mevrouw de Gruchy die zich wentelde in een rolstoel.

'Wat zijn dat voor mensen?' vroeg ik Oma. Ze draaide haar ogen nu pas naar de wegwijkende gestalten en rilde.

'Dat zijn vagebonden.'

'Wat zijn vagebonden?'

'Honden!' wierp Moeder ertussen en Oma keek nijdig, zeker omdat ze aan haar eigen honden dacht: de drie Engelse setters, achtergebleven op Jersey, en Rufus, haar enig overgebleven metgezel. Moeder had zo'n intense hekel aan Rufus dat het haast verspild leek aan zo'n klein dier. Rufus was Oma's laatste erfstuk van het eiland, meegebracht op de veerboot in een rieten mandje. Hij moest voor haar het verlies goedmaken van alles waar ze van hield, van de golfstroom tot de vuurtoren. Ze sublimeerde haar herinneringen in het kweken van exotische planten in de groene strook rond Londen-Noord. Elk jaar, van 1927 tot aan haar dood, leek ze te krimpen in evenredigheid met het floreren van haar heesters in de tuin achter ons tamelijk krappe nieuwbouwhuis. Dat was het toneel voor het drama dat Moeder van elk ogenblik in haar leven maakte.

Golders Green was Dantes Hel voor Moeder, of op zijn best een vaderlandloze plek voor de ontheemden om zich aan vast te klampen of door uitgestoten te worden. De joden uit heel Europa streken daar neer – dat wil zeggen, diegenen die het geld hadden om de villa's te kopen met de imitatie-Tudor balken om er hun ballingendroom in onder te brengen. Het was, volgens mijn oom Frank van vaderskant, een oord waar ieder zichzelf respecterend persoon zich zou schamen te wonen. Geen wonder dat het Moeder en mij wel aanstond. We nestelden ons een eindje uit de buurt van de opzichtige weelde van de geredde Duitsers en Weners. 'Zij' woonden aan de andere kant van de hoofdstraat in hun nieuwe, welvarende vier-slaapkamer-getto terwijl wij, de omlaaggevallen betere stand, aan de Hendon-kant van de wijk woonden.

Moeder was een van de weinige Hendonners die van de joden geen kwestie maakten, en ze weigerde mee te doen met het antisemitisme van onze buurt. Ze had in principe een hekel aan de meeste mensen, en als ze ze moest vergelijken met zichzelf voldeden ze geen van allen aan haar strenge maatstaven. De enige natie die ze van harte had willen discrimineren waren de Canadezen, maar daar kenden we er niet een van. Canadezen en alle leden van het mannelijk geslacht riepen haar minachting op, samen met de zwakkelingen en de domoren.

Zelfs Oma, anders zo mild en grootmoedig, vreesde en mijdde de joden met een diepgewortelde antipathie. Het was niet alleen dat ze 'niet uit het bovenste laadje kwamen', het leek alsof ze niet eens in dezelfde ladenkast zaten. Maar Moeder raakte zelfs bevriend met een mevrouw Goldman en wilde haar beslist op de thee vragen, en ze liet kleren voor haar maken door een mevrouw

Muller, een Weense modiste. Alles wat Moeder aan afkeer voorradig had in Golders Green werd bewaard voor mij en Rufus. Oma probeerde dikwijls haar dochter aan te sporen tot het soort fatsoenlijke vooroordeel dat een meisje van goede familie uit Jersey zou horen te hebben jegens buitenstaanders. Het was vergeefs. Moeder vond die Middeneuropese vrouwen aardig. Ze hield van hun kookkunst en hun naaikunst en ze had plezier in de manier waarop een paar van hen, vooral een juffrouw Cohen en mevrouw Muller, altijd haar blik trotseerden. Ik vermoed dat ze gehakt gemaakt zou hebben van een echte refugiée, maar deze welgestelde joodse dames hadden een flair en een voorliefde voor schittering die een weerspiegeling vonden in haar lege hart en ze werd een voorvechtster van hun kosmopolitische charme.

Minachten deed ze alleen de jankende, bibberende Rufus, die zijn achterpoten over de grond sleepte in een abjecte smeekbede; en mij, ik was ook niet weinig onderdanig. Als ze later een gele ster op mijn voorhoofd had geprikt zou ik die gedragen hebben; nog later zou ik er haar ogen mee hebben uitgestoken.

Moeder was niemand zonder haar ogen. Zonder die blik van haar was ze niets meer dan een piepklein, bazig, enigszins hysterisch vrouwtje met donkerbruin haar en een onnatuurlijk bleke huidkleur. Ze zag kans er modieus uit te zien in wat ze haar zakkengoedchic noemde, en haar geschiedenis werkte op de verbeelding in de hogere kringen. Ze accepteerde zelden de uitnodigingen die ze kreeg, zodat haar aanwezigheid des te meer op prijs werd gesteld. De meest onderhoudende mannen van een huis werden op haar afgestuurd om haar te smeken op dit of dat diner of bal te verschijnen.

Moeder vond het soms wel aardig gesmeekt te worden, mits ze niet echt liefdadig hoefde te zijn. De mensen zeiden dat ze bovennatuurlijke krachten had. Ze kon mensen bang maken door alleen maar naar hen te kijken, en ze kon mensen laten doen wat ze wilde. Haar ogen leken de naald van een slingergrammofoon. Ze kon de wereld haar wijsje laten spelen in eindeloze herhaling. Ze kon de groeven uit iemands leven spelen tot het glad en zwart was. Ze had gauw genoeg van liedjes en vrienden en gooide ze dan weg. Oma en ik konden Moeders stemmingen peilen via haar draaitafel. We waren de ongenode gasten bij ieder recital. Ik herinner me die liedjes uit de jaren dertig nog die in mijn keel blijven steken als sentimentele tapioca.

I'm sitting on top of the world,
Just sailing along...

dreef weken door het trapportaal tot de onvermijdelijke klap en de splinters. Jarenlang heette Moeders temperament boeiend; alleen Oma wist dat het meer was dan dat. Ik geloof niet dat ze bang was van Moeder, ze was bang voor haar. Ze beschermde haar dochter, dekte haar daden toe, en ze beschermde mij ook, zo goed ze kon, zonder ooit toe te geven dat Moeders woede de perken van het normale te buiten ging. Wat er thuis aan de ene kant ontbrak aan mildheid, werd in evenwicht gebracht door Oma's rustige grootmoedigheid. Zo gebeurde het dat Moeder me sloeg en Oma mijn wonden verzorgde. Of, veel vaker, dat Moeder me negeerde en Oma het goedmaakte door herinneringen voor me op te halen als ik naar bed ging en mijn hoofd vol te stoppen met verhalen over Jersey. Het was altijd Jersey van voor de klap – het eiland dat voor haar leek te zijn teruggezakt in Het

Kanaal, met al zijn klippen en dorpen, op het moment dat haar eigen dromen en verwachtingen in het niets vergingen.

Wanneer het bedtijd was, en Oma bij me kwam en mijn nachtpon en mijn kussensloop met kantjes gladstreek en soms uren naast mijn bed zat te vertellen, waren sommige onderwerpen taboe. Zo mocht ik bijvoorbeeld nooit vragen waarom Moeder me behandelde zoals ze deed of waarom ze zich zo gedroeg. Maar mijn andere zorgen mochten boven water komen en werden gladgestreken als Oma naast me zat te haken.

Nadat ik mijn gebed had opgezegd bleef ze nog een poosje bij me. Op die momenten, in het donker, voelde ik me veilig, en ik vocht dan tegen de slaap om langer te kunnen luisteren naar het zachte kraken van Oma's jichtige vinger die om de draad sloeg terwijl haar haakpen heen en weer schoot. Ik verbeeldde me dat ze rode kapjes voor me maakte om me te beschermen tegen de wolven. Ik voelde mijn haren op mijn kussen en ik hield van het gevoel en de geur ervan op mijn gezicht, net als heet zand en zachte zeep. Zelfs de werkloze mensen op straat, de hongerige wolven van Westminster, konden daar niet voorbij mijn Oma komen.

Hoofdstuk 3

Londen was een doolhof van grauwheid waar ik nooit in thuis heb gehoord. Na zes jaar Jersey met zijn milde zuidelijke manieren vond ik Londen een verbazend en onooglijk bedenksel. Ik had eerst de stranden van St Aubin leren kennen en daarna, aan de overkant van de Baai, St Helier zelf, dat alles had wat een stad hoorde te hebben, vol met bekende winkels en gezichten en omkranst door de zee aan de ene kant en de velden erachter. Ik plukte er de zeeakelei met haar gestreepte trompetjes voor Oma en stond bij de kraampjes met subtropische bloemen te wachten, hopend op gevallen orchideeën. En er waren meeuwen op het strand en boven de haven, en palmbomen met hun harig afval. Er waren de vissersboten met hun gebleekte planken die openstonden als een gekaakte vis, ruikend naar zeewier en nieuw touw, schelpen om te verzamelen, zeeanemonen om in te prikken, en vissers om mee te praten, die de kleur van mijn haar en de maat van mijn voeten niets kon schelen. Londen daarentegen zag eruit als een totaal onnodig gezwel dat een toch al onaantrekkelijk landschap wegdrukte.

Moeder kon mij nu wel negeren, maar in Londen, niet alleen in Hendon en Golders Green, maar zelfs in West End waar het soort mensen als Moeder en Oma woonde, werden zij zelf net zo goed genegeerd. We stonden in de rij voor de bus met volslagen onbekenden en we kwamen in winkels waar ze niet eens wisten wie Oma was. Als ze haar naam opgaf, leek dat geen enkele indruk te maken op de winkelmeisjes. Onze ballingschap was voor Oma het ergste; niet alleen was ze zoveel kwijtgeraakt hier in Londen, maar niemand wist dat ze het kwijt was. We waren gereduceerd tot wat we waren van onszelf, in onze uiterlijke verschijning. Oma bewoog zich in haar ouderwetse antracietzwart als een schaduw door onze noordwestelijke voorstad, zonder een eigen plaats in de St Josephkerk. Met de jaren ging ze wat meer overhellen naar haar rechterheup, alsof de ongastvrije straatstenen van Hendon zich verzachtten onder haar moeizame tred en haar geleidelijk opslokten. En de pink van haar rechterhand ging voorgoed krom staan, stijf en dik in het gewricht door de draad van haar haakzijde.

Verschanst in het geloof dat ze had omarmd, samen met haar zuster Violet (schilderes van miniaturen en aquarellen, de pianiste van de familie), weigerde ze zich te beklagen over haar lot. Violet was overleden, gelukkig in de zichtbare rijkdom van haar nieuwe geloof toen ze pas tweeëntwintig was. Oma dacht veel aan haar, die jongere zuster, wier schoonheid – niet haar lengte – was teruggekeerd in haar eigen weerspannige dochter. De ogen van smaragd, de bleke huid, bleker in haar laatste jaren door de tuberculose, waren helemaal die van Violet. Ook de vrolijkheid en de gratie; maar het lieflijke en edelmoedige van haar zuster waren verwrongen tot een monsterlijke omgekeerde karikatuur. Oma droeg een medaillon van Violet om haar hals. De engelachtige trekken van haar dode zuster waren erop geschilderd in miniatuur, gezet in wit goud met zaadpareltjes, met daarachter een haarlok, gevlochten in een fijne v.

Van april tot oktober zat Oma bij het raam van haar ovale naaikamer haar verdriet in ingewikkelde patronen te haken, haar angsten te bezweren in fijn passement, met haar trouwe, omstreden Rufus ouder wordend aan haar voeten, terwijl ze uitkeek over haar tuin waarin camelia en cineraria en hibiscus worstelden met het grauwe klimaat van de zonloze stad. Ze hield de tuin zelf bij, op overschoenen en met leren kaphandschoenen aan, en ze had er, achter de neo-lokale bouwstijl van het huis, een klein botanisch wonder van gemaakt als herinnering aan de golfstroom die ze had verlaten en waarheen ze nooit de moed vond terug te keren.

De regels van het huis varieerden volgens een onuitgesproken wet, al naar gelang Moeders aan- of afwezigheid. Als ze thuis was, werd ik, behalve als er gegeten werd, verbannen naar mijn kamer. Was ze uit, dan mocht ik in de naaikamer komen en zelfs in de zitkamer, en Rufus en ik mochten de tuin in.

Agnes kwam ons twee keer per jaar bezoeken en haar nieuwtjes, samen met de dagelijke bestudering van de geboorte-, huwelijks- en overlijdensadvertenties in *The Times* hielden Oma geïnformeerd over het eiland. Ze maakte heel weinig vrienden en die hield ze nog op een afstand. Ze leek onherroepelijk opgesloten in het verleden, met alleen het ritueel van haar geloof om haar vast te houden in het heden. Net als ik haatte ze het vale licht, de onophoudelijke regen, en de vochtigheid die uit haar gebeente leek te komen. Van oktober tot april werd ze van haar plaats bij het raam verdreven naar de haard, waar ze kwijnde in de hitte. Pas toen ik naar kostschool ging, realiseerde ik me dat ze echt ziek was en niet alleen maar Jersey zo pijnlijk miste.

Voor wie haar elke dag zag, namen haar mankheid en de grauwheid van haar gezicht bijna onmerkbaar toe. Later, wanneer ik met verlof thuiskwam na weken en soms maanden afwezigheid, kon ik beter zien dat ze broos was geworden als een eierschaal in het gareel van haar strakke lijfje. Als ze in het palmenhuis in Kew Gardens zat en de warme veenachtige lucht inademde, dacht ik soms dat alleen haar wilskracht haar in leven hield – en daarnaast een onuitgesproken angst. Ik begreep dat Oma me had weggestuurd voor mijn eigen veiligheid en dat ze zo lang mogelijk bleef leven om mij te laten opgroeien zonder schade op te lopen van Moeders furie. Ik wist ook dat ze dat niet alleen voor mij deed. Het was ook voor haar dochter, om die te beschermen tegen zichzelf, en voor de familie en voor haar eigen aangeboren gevoel voor decorum. Want tegelijk met mijn olifanteske groei en Oma's wegkwijnen, was Moeder zelf ziek aan het worden: haar meisjestemperament en haar toenemende verbittering gingen steeds meer alle proporties te buiten.

Oma zag de tekens, maar ze wilde die niet openlijk erkennen. Intussen werd ik mijn eerste tien jaar verteerd door schuld en wroeging. Ik wilde vergeven en bemind worden, in die volgorde. Later werd ik in mijn gedachten een Assepoester, een onbegrepen en verlaten kind in de klauwen van een boze heks. Ze was erger dan de traditionele wrede stiefmoeder, want ze was mijn echte moeder. Maar ik kon haar nooit zien als een echte vrouw, ik kon niet voorbij mijn intolerante onschuld kijken. Zij was fout; ik veroordeelde haar botweg, leerde steeds beter haar eigen spel spelen. Ik maakte een studie van haar zwakke plekken en trof haar daarin. In heel mijn jongemeisjestijd buitte ik haar gram uit en nam zo wraak voor de uren van tranen, het leed, en de gekneusde ribben, blauwe plekken, bloedneuzen, schrammen.

Oma probeerde de waarheid zoals zij die zag voor me weg te houden. Wat er ook gebeurde, zij ging ervan uit dat mijn leeftijd me plaatste in een voorgeschreven staat van gelukzaligheid. Ze koppelde kindertijd aan onschuld, zonder rekening te houden met het vreemde karakter van de strijd tussen Moeder en mij. Altijd hadden wij elkaar dodelijk bij de keel, zodat het enige paradijs waarop ik hoopte het moment was waarop ik oud genoeg zou zijn om van huis weg te gaan. Ik had Oma horen fluisteren tegen mevrouw de Gruchy dat de enige hoop om aan ons wrede lot te ontkomen het doorsnijden was van de band met ons verleden. Maar het heden was zo verontrustend en het eiland wenkte voortdurend als een vuurtorenlicht dat zijn verloren zielen terugleidt over de verraderlijke zee. Soms leken we schipbreukelingen op een vlot in die stad van mist en vreemden. Een enkel stootje en we waren verdronken. Dat we bleven leven was een wonder. We verborgen onze wonden. Oma verborg haar smartelijke droefheid in grijze zwachtels en ik verborg de mijne door instinctief de builen en schrammen die Oma niet kon verklaren, zelfs niet aan mevrouw de Gruchy, aan het oog te onttrekken. Alleen Moeder leek zich van onze kritieke toestand niet bewust. Ik moest doen alsof ik bepaalde dingen niet zag, maar Moeder was blind. We zaten voorgoed aan elkaar vastgeklonken als in een gedwongen huwelijk, door Oma's wil. Ik had mijn Moeders vergiffenis nodig om vrijheid van leven te krijgen en zij had mijn dood nodig. En samen, met ons ogenschijnlijk onoplosbare dilemma, putten wij Oma uit, als twee ongelijke stukken puimsteen die elkaar stukwrijven in een gehaakte zijden zeef.

Wanneer in Hendon de crises kwamen, wat zo om de drie maanden gebeurde, lag ik in bed met de geur van lavendel op mijn kussen en een patroon van daglicht dat door de kanten gordijnen beefde. Ik droomde van weglopen naar Canada. Aangezien dat land zo'n nachtmerrie was geweest voor mijn moeder, verbeeldde ik me dat het voor mij een aards paradijs zou zijn. Mijn vader had verkozen daar te wonen en ik werd er voortdurend van beschuldigd dat ik net zo was als hij, dat ik steeds meer op hem ging lijken, dat ik dreigde 'een echte Allen' te worden.

Als ik de verhalen las over 'Grijze Uil' en diens Indiaanse voetsporen volgde in mijn slaap, van Golders Green naar Alaska, kon ik mij wel voorstellen dat Moeder nooit ergens een plek zo naar haar zin zou hebben gevonden als het Café de Paris of de Ritz. En toch had mijn vader, die een volle broer was van mijn Oom Frank en dus niet helemaal een wilde kon zijn, daar tussen de otters en de Indianen zijn woonplaats gevonden. Van tijd tot tijd stuurde ik SOS-brieven uit het klooster naar de 'Weledele Heer Arthur Nelson Allen, Canada', waarin ik hem smeekte mij bij mijn moeder te ontvoeren. Het was geen wonder dat ik nooit antwoord kreeg, al was het maar omdat al onze brieven gecensureerd werden door Moeder Overste. Jarenlang heb ik niet geweten of hij nog leefde. Ik kruidde mijn avondlectuur met taferelen van mijn jongere moeder die hem vermoordde in de woeste wildernis.

Ik had te weinig illusies over mezelf om gewoon weg te lopen. Mijn vader gaf geen teken van belangstelling voor mij, en voorzover ik kon nagaan, waren de mensen die mishandelde weggelopen kinderen opnamen, niet dol op een enorme roodharige veelvraat zoals ik. Het was uiteindelijk de oorlog die mijn vader bij mij terugbracht, zoals het ook de oorlog was die mij ten slotte verloste uit het vagevuur van thuis.

Toen we nog in Jersey waren, was ik zo weinig bij mijn moeder in de buurt, dat ze me nooit echt veel kwaad kon doen. Ik weet, doordat Agnes me het een keer vertelde in Selsey, dat een van de redenen waarom we uit Jersey vertrokken, was, dat Moeder me van de trap had geschopt en dat Oma een dokter moest laten komen om het gat in mijn hoofd te hechten. Was ik maar oud genoeg geweest om Oma uit te leggen dat ik haar nooit verklikt zou hebben en ook Moeder niet. Er was altijd een grens aan de schade die daar viel aan te richten, terwijl we later, in Londen, Moeders woedeaanvallen moesten verbergen voor iedereen, zelfs voor de dokters. Ik weet niet of Oma ooit heeft ingezien wat ze aanrichtte door ons allemaal bij elkaar te houden. Soms dacht ik dat ze het wel degelijk inzag, en dat ze daarom zo treurig was. Wij waren haar wereld, de wereld zoals die was achtergelaten na de Eerste Wereldoorlog. Misschien zag ze ons als een ondeelbare eenheid en was ze voortijdig bang voor atoomsplitsing. Maar soms leek het alleen maar zelfopgelegde blindheid. Als Moeder me sloeg in ons eigen huis, kon Oma het opvangen en dan doen of er niets was gebeurd. Als ik ergens anders had gewoond – bij Agnes in de kost bijvoorbeeld –, wat had Moeder dan kunnen verhinderen daarheen te komen en een schandaal te veroorzaken?

De struiken in de tuin dekten de benedenramen af. Ons huis was met bladeren gecamoufleerd. De muziek uit Moeders Grafanola, met Oma's radio eroverheen, overstemde onze kreten. Niet dat er zoveel lawaai aan te pas kwam. Ik deed erg mijn best niet te gillen. Het ging vlugger en beter als ik het niet deed. In mijn eerste jaar in Londen zei ik in mijzelf weesgegroetjes op, zoals ik van Oma had geleerd voor tijden van nood: 'Wees gegroet Maria, vol van genade, de Heer is met U.'

Elke keer als Moeder 'halsstarrig' werd, kwam de eerste steek van haar aanval als een verrassing. Als haar onderkaak een bepaalde stand aannam, wist ik dat er onvermijdelijk een woedebui zou volgen. Vaak had ik naar boven kunnen rennen om me op te sluiten in de badkamer, of de tuin in kunnen schieten, maar ik bleef gewoon staan of zitten wachten waar ik was. De eerste klap was altijd weer anders en ik voelde me bedrogen – teleurgesteld omdat er geen zekerheid was, zelfs niet in haar geweld.

Ik ben wat verpleegsters een 'bloeder' noemen. Een klap op mijn wang en het stroomt al uit mijn neus; geef me een stomp op mijn neus en ik doordrenk een heel tapijt. Zo was ik een dubbele prikkel voor Moeder. Mijn aanwezigheid maakte haar woedend en vervolgens bracht de aanblik van mijn bloed haar tot razernij.

Moeder had een moedervlek op de zijkant van haar rechterhand: één kastanjebruine smet op haar oranjebloesemhuid. Na de eerste klappen werd ze moe en kneep ze haar vuisten dicht, waarbij ze haar rechterhand als een hamer gebruikte om op mijn schedel te slaan. Ik keek vaak naar de roodbruine vlek, gefascineerd door wat de macht leek van dat ding om mij pijn te doen. Ik had fantasieën waarin ik Moeder op een plank vastspijkerde en die vlek wegsneed; als ze bij de haard zat wilde ik hem van haar hand afbranden. Als ze 'halsstarrig' was, was ik bang voor haar ogen. Ik deed het in mijn broek als ik voor haar stond. Maar het was die verzonken roestige spijkerkop op haar hand – dat misplaatste stigma –, inbeukend op mijn roestkleurige hoofd, die de schade veroorzaakte. Die trok een weergave van Moeders gemoedstoestand over mijn schedel, een paadje van blauwe schrammen, verborgen onder mijn haar. Het waren moederlijke graffiti, nu een subtiel geheimschrift, ofschoon meedogenloos opgeschreven. De littekens zeiden: 'Moeder was hier.' Maar eerst betekenden ze pleisters en kompressen en dagen in bed of verbannen naar mijn kamer.

Er was steeds genoeg tijd voor het ene stel wonden om te genezen voor het volgende stel kwam, – althans tot het eind van het eerste jaar in Hendon, toen Moeder twee keer in één week eerst Rufus en daarna mij bestookte en me op de kinderafdeling van het Royal Free Hospital deed belanden. Ze bezorgde me een los netvlies en een schedelbreuk. Ze gaven me zeven hechtingen in mijn hoofd. Het was de enige keer dat er een ziekenauto voor mij kwam. Heel de heuvelachtige weg naar Hampstead zat Oma stil te huilen in een zakdoekje dat zo klein was dat de tranen eraf rolden op mijn pols. Ik werd in een rode deken uit die ethercabine gedragen. Ik kon de adem van de ziekenbroeder op mijn gezicht voelen: hete thee en appels. Ik vond het fijn dat hij me vasthield.

'Wat is er gebeurd?' vroeg de administrateur.

'Van de trap gevallen,' loog ik, en ik zag Oma zuchten, verscheurd tussen opluchting om Kitty en verdriet over mijn leugen.

Twee weken later ging ik direct uit het ziekenhuis naar een particuliere meisjesschool op Primrose Hill, waar ik tot mijn achtste min of meer intern was. Oma haalde me telkens naar huis om me bij haar in haar naaikamer te laten zitten. Die had de kleuren van de kamer waarin ik geboren was, de golfstroomkleuren van witte villa's met warmgroene luiken. Ze doordrenkte me daar met eilandverhalen en met gepaste trots om het feit dat ik van Jersey kwam.

'We wonen nu wel in Engeland, Joan, maar we zijn

geen Engelsen. Dit is vreemde grond.'

Ofschoon Oma behagen schepte in onze vreemdelingschap bleef ze ongelukkig met dat van anderen. Ze zei: 'Het is heel respectabel om Frans te zijn, Italiaans kan ermee door, maar is toch een tikje betreurenswaardig. Engels is allemaal best natuurlijk maar het is eenvoudig niet hetzelfde als de Kanaaleilanden.' Ergens anders vandaan komen werd als een vreselijke schande beschouwd.

De maanden op die school vormden een verwarrend intermezzo. Ik kwam er midden in het jaar, lag achter op de andere kinderen in mijn klas, en werd al gauw gebrandmerkt als stom. Ik merkte dat ik me niet kon concentreren. Ik miste Oma en ik vreesde voor Rufus' leven, zonder mij, en voor Oma's welzijn zonder hem.

Juffrouw Sidebottom, het hoofd van dat schooltje, was een verrassend vriendelijke dame. Ze had haar zilverwitte haar in Shirley Temple-krullen geschikt in een poging er jong uit te zien, wat zo opzichtig was dat het roerend werd, zelfs in de ogen van een kind. Juffrouw Sidebottom was even flauwzoet als de heel bleke aardbeien-blanc-manger die ze opdiende als de steunpilaar van ons menu. Ze was mollig en poederig roze. Ze rook naar zeep en babypoeder en kunstmatig verzachte wol. Er zaten elf kinderen op haar school. De lessen bestonden uit het opzeggen van gedeelten uit de kinder-encyclopedie, die we eerst overschreven. De maaltijden waren smakeloos, met maïzena als hoofdbestanddeel. Het vlaggeschip van haar menu was altijd de blanc-manger, in de vorm van een konijn of een vis, dat hing van de dag van de week af. Ik was met de andere meisjes verbonden door onze gedeelde tegenspoed. We waren allemaal op de een of andere manier gestoord, en thuis ongewenst. De meeste meisjes waren jonger dan ik en zaten meestal hun familie slechts tijdelijk in de weg. Ons gebrek aan wortels kweekte een vorm van wreedheid. Dat ik me daar staande kon houden, kwam zuiver doordat ik zo groot was. Maar ik had geen notie van de wetten van het schoolplein, en hoe vaak Juffrouw Sidebottom ook mocht kwelen dat ze erger hoofden dan het mijne van kleur had zien verschieten, ik wist dat het zo blijven zou.

Het was in het vroege najaar dat Moeder een punt scoorde en me helemaal uit huis kreeg. Ik had het grootste deel van de voorafgaande zomervakantie in mijn eentje doorgebracht, met Juffrouw Sidebottom en een catatonisch, bleekzuchtig meisje dat Caroline heette. Ik was twee keer meegenomen naar Selsey, en twee keer in ongenade teruggebracht naar Primrose Hill. Moeder slaagde erin me weg te krijgen met een minimum aan geweld en wat ze ervan gebruikte werd in banen geleid en vermomd als tucht. De aanklacht spioneren kwam tijdelijk te vervallen en werd vervangen door: onwetendheid.

'Het is een heiden, Maman. Als je geen kloosterschool regelt wordt het helemaal een wilde.'

Dus vierde ik mijn achtste verjaardag als Fille de la Croix in de Franse kloosterschool waar ik vier jaar zou doorbrengen. Het was een doolhof van bruine gangen waar bleke martelaren hingen en de nonnen, met hun zwarte vlinderhoofden, ons allemaal voortdurend onder toezicht hielden. We werden geacht onder alle lessen Frans te spreken. Alleen religieuze boeken waren toegestaan, zodat de sprookjes en de avonturenverhalen van thuis in beslag werden genomen en verbannen naar mijn kist. Onze fouten werden zo doorgelicht en opgeblazen tot zonden, dat sommige meisjes in permanente angst verkeerden.

Oma zag er zo bedroefd uit toen ze weghinkte van de

hoofdingang naar de wachtende taxi op mijn eerste dag, dat ik achter haar aan wou hollen om te zeggen dat ik het vast fijn zou hebben achter die hoge kloostermuur. Maar de Moeder Overste hield mijn pols vast, dus ik kon haar alleen nakijken. Ze zag er moe en zorgelijk uit zoals ze daar, recht van rug maar scheef van loop, op weg was naar de auto. Ik zag haar in haar nederlaag. Mij wegsturen betekende een slag verliezen. Het leek of ze wist dat de totale aftocht onvermijdelijk zou volgen.

Mijn lotgenoten beschouwden elke schoolperiode als een gevangenisstraf, maar voor mij was het de fijnste plek waar ik geweest was sinds de Baai van St Aubin. Zelfs het Frans had het zachte, zangerige accent van de taal van Jersey uit mijn eerste kindertijd. Ik was de zondebok van de nonnen, maar hun tucht was mild na die van Moeder. Ik maakte zowel vijanden als vriendinnen. Ik was een veelbelovend strateeg in de krijgskunst, dus het eerste trok ik me niet erg aan, terwijl elke nieuwe vriendschap me vervulde met de extatische euforie van een verliefdheid. Mijn uren waren vol gedachten aan de zachtheid van een andere hand in de mijne, de aanraking van een wang. Ik wachtte duizelig op gefluisterde boodschappen en verboden afspraakjes. De eerste momenten, voor de twijfel kwam opzetten, waren altijd zo heerlijk dat ik ze gewoon herhalen moest. Ik wierp me in die relaties met zoveel hartstocht dat het slachtoffer van mijn laatste bevlieging overstelpt werd door de pure omvang van mijn liefde en wegzonk in een weeë intimiteit die de andere meisjes jaloers maakte. Een epidemie van romances teisterde de strenge sfeer van ons klooster in de voorstad. We zaten opgeborgen zonder enig contact met een dorp of stad, als een schip in quarantaine dat buiten een haven voor anker ligt. Toch voelde ik me daar nooit alleen of afgesloten. Ik had nooit eerder een echte vriendin gehad en het nieuwe genoegen van mijn gefluisterde liefkozingen en buitensporige beloften kwam als wonderbalsem op mijn gepijnigde zenuwen.

Mijn eerste liefde heette Louise Hunter. Ze had het meest engelachtige gezichtje dat ik ooit had gezien. Haar karmijnrode lippen plooiden zich tot een natuurlijke kus en lieten een kuiltje vrij met ragfijn dons dat schaduwen kon vangen en ermee kon spelen als een bleke caleidoscoop. We zwoeren elkaar onsterfelijke vriendschap met spuug, bloed en zonnebrandlotion, en het verbond duurde de eerste vijf weken van de schoolperiode. Daarna kon ik er niet meer tegen dat Louise me hardnekkig 'mammie' bleef noemen als we alleen waren. Ik kon het niet opbrengen een eind te maken aan wat feitelijk onze officiële verloving was geworden, maar ik bracht het merendeel van mijn affectie over op het ene meisje na het andere, tot ik na mijn eerste jaar bijna de kring rond was. We deelden soms onze meest indiscrete geheimen, en chanteerden elkaar er ook wel eens mee. Louise Hunters moeder had altijd een fles whisky bij haar bed in een doos waar Privé op stond, en haar broer rookte sigaretten. Edith had een tante die aan winderigheid leed. Adelaïde Parker droomde heel vreemde dingen over paarden en had een broer die in een kliniek woonde. De familie van Genevieve had al twee jaar de slager niet betaald, Lisettes ouders maakten 's avonds ruzie en haar vader zei dan dingen waar hij bij de biecht een flinke penitentie voor kreeg.

Al snel bleek echter dat niemand anders ouders had die gescheiden waren, dus liet ik mijn vader omkomen in een heldhaftige strijd met de elementen en de Indianen, ergens ten noorden van Toronto. Ik vond dat ik met de handicap van mijn ondamesachtige lengte, mijn niet weg te werken rode haar en menigte sproeten, al genoeg te stellen had indien het rad van het schoolpleinfortuin zich tegen mij zou keren en mij vermorzelen, ook zonder het schandaal van een onbekende vader en een heuse scheiding. Rooms-katholieken scheiden niet; de Paus stond het niet toe, behalve door ongeldigverklaring. Mijn eigen vader moest dus een protestant zijn geweest, een vervolger van Heiligen. Moeder Overste en zelfs mijn vriendinnen zouden mij uitgestoten hebben als zij de waarheid hadden geweten.

Dit was bepaald niet de enige onwaarheid die ik vertelde in het klooster, en ik was evenmin het enige meisje dat haar toevlucht nam tot fantasie over het thuisfront. Maar misschien was ik, als ik vertelde over mijn moeder en de idyllische liefde die ons verbond, over de uren die ik opgerold op haar schoot doorbracht, en de honderd borstelslagen die ze elke avond maakte door mijn als een schat gekoesterde lokken voor ze me instopte, wel het ergste liegbeest.

Het was onverklaarbaar en zelfs gênant, dat ik Moeder echt en vurig miste. En hoewel ik haar zelf niet begreep en kon begrijpen, verdroeg ik niet dat een van de andere meisjes slecht over haar zou denken, zeker niet als het daarbij ging om iets dat ze mij had aangedaan.

Ik wist heel goed dat mijn leugens ontmaskerd zouden worden zodra zij voor het eerst op school verscheen. In het begin kon me dat niet schelen. Ik bad met zoveel vuur dat het zelfs de goedkeuring van de nonnen kon wegdragen, terwijl die me toch instinctief wantrouwden vanwege de lage aard die in elke roodharige op de loer ligt. Had Judas Iskariot geen rood haar gehad? We hoorden niet aan ons uiterlijk te denken of zelfs in een spiegel te kijken. IJdelheid was een zonde. Maar roodharigen waren wat Moeder Overste noemde 'tot lust geneigd', gekleurd door de Duivel zelf. Zodoende zag ik mezelf in de spiegel van de waakzaamheid van de nonnen, die me wilden redden van de smerigheid van mijn vlees. Tegen de tijd dat ik er een jaar was, was ik doodsbenauwd geworden voor de gevolgen van een bezoek van Moeder. Ik wilde dat ik mijn verstand gebruikt had en geen kwaad van haar had gesproken, maar haar ook niet zalig verklaard had. Niet opgewassen tegen de last van mijn andere leugens had ik geleidelijk aan toegegeven dat mijn vader in Canada nog in leven was, en zelfs dat ze bij mij thuis rood haar ook niet mooi vonden. Al die bekentenissen waren aanvaard, de meisjes die ik eerder voor de gek had gehouden waren nog steeds vriendinnen. Maar ik had me veel te diep in de nesten gestoken om nog terug te kunnen wat Moeders verzonnen liefde voor mij betrof.

Het was juni, mijn negende verjaardag was gekomen en gegaan, en de hele school stond op haar kop door de voorbereiding voor het Feest van de HH Petrus en Paulus, de jaarlijkse Open Dag. De ouders zouden er zijn uit heel Londen en de wijde omtrek, en iedereen zou zien dat Moeder mij haatte. Ik trok van de kapel naar de ziekenzaal, en vandaar weer terug naar de kapel. De nonnen schortten hun zwarte habijt op en beklommen de wiebelige appelladders om papieren bloemen te prikken op de blauweregen aan de zuidmuur van het schoolgebouw. De echte bloemen hingen erbij als verschrompelde druiventrossen. Het was altijd een heel gevecht ze in bloei te krijgen op 29 juni, want dat viel tussen de eerste en de tweede bloei in. Het verschoten mauve van de blauweregenbloesem rook naar vakanties en uitvoerige ontbijten en zon. Daarnaast leken de ritselende trossen van de papieren bloemen op bedrog.

De drukte van de andere meisjes en de nonnen duwde me alleen maar dieper het moeras in van mijn eigen verzinsel. De grote voorraadkamers gingen open, en de slaapzalen werden behangen met de speciale Normandische kanten gordijnen, de bedden bedekt met de spreien die alleen bestemd waren voor de Open Dag en de eerste schooldag. Het verstelwerk dat Zuster Thérèse met ingewikkelde kettingsteekjes had aangebracht, werd tegen de wanden verstopt. Ook stoelen, kussens en tapijten die hetzelfde kortstondige decoratieve doel dienden, werden te voorschijn gesleept om de kloosterschool er net zo aantrekkelijk uit te laten zien als in de prospectus.

Zelfs de ongewoon uitgebreide en voedzame maaltijd de avond tevoren had mij niet kunnen opvrolijken. Ook de pap met spek en eieren van die morgen niet. Die maaltijden waren zo rijkelijk opgezet om te maken dat er een geruststellend antwoord kwam als een bezorgde ouder zou vragen: 'Wat heb je vanmorgen gegeten?' Het avondeten was eraan toegevoegd voor grondige moeders en tantes, zodat iedereen met een gerust geweten van de Open Dag zou kunnen genieten.

De opwinding was aanstekelijk. De oudere meisjes en klasseleidsters waren al op vanaf 's morgens half zes om nog wat laatste ongerechtigheden aan het oog te onttrekken en ons kleintjes op te jagen. Met uitzondering van een handjevol ouders die in het buitenland woonden hadden we allemaal elkaars familie al gezien. Dus was het hoogtepunt van deze speciale Open Dag, althans voor de laagste klassen, dat iedereen eindelijk Joan Allens geweldige moeder te zien zou krijgen. Ik had hun alle foto's laten zien, de meeste waren strandkiekjes uit Selsey en ze hadden zelf kunnen zien hoe buitengewoon mooi ze was. En nu wilden ze haar allemaal zien. Er waren er zelfs een paar die kleine toespraakjes hadden voorbereid.

Ik werd wakker die morgen, en nadat het lawaai op de slaapzaal niet langer te negeren proporties had aangenomen en tenminste vijf meisjes hadden geprobeerd me wakker te kussen, opende ik één angstig oog. Ik had de Heer gevraagd mij die nacht tot Zich te nemen, op zo'n manier dat het mijn oma niet al te veel verdriet zou doen. Ten slotte was ik gaan slapen om God en *l'enfant Jésu* de tijd te geven om die schikking te treffen. Ik was die morgen niet in staat me aan te kleden, maar Louise Hunter knoopte mijn liberty-lijfje dicht, strikte mijn sjerp en trok de lelijke zwarte plooien van mijn witte mousselinen jurkje recht, waarbij ze zich moest uitrekken want ze was een flinke kop kleiner dan ik. Het bedekken van bloot was een heel ritueel op onze slaapzaal. Nooit werd onze huid ontbloot, zelfs bij het baden niet. Laag na laag voorgeschreven textiel was kunstig aangebracht om zoveel mogelijk naaktheid voor onszelf en voor elkaar te verbergen. We leken mummies, gewikkeld in lagen vulkanisch stof, versteend door onze windsels van kloosterkatoen. Op zon- en feestdagen was zelfs ons uniform wit. Ik moest die morgen de kant van mijn handschoenen inscheuren om erin te kunnen. Sommige meisjes hadden kleurige linten op hun jurk als teken van uitzonderlijk goed gedrag, ijver of vroomheid. Eén keer had ik op één punt na een geel lint gehad, maar dat was maar één keer, dus had ik nu niets.

Om elf uur precies, wanneer de poort openging, moesten we op de granieten treden staan aan de voorzijde van de school om dan twee aan twee af te dalen naar de grindweg om onze ouders en voogden op ordelijke wijze te begroeten en te begeleiden naar de Mis. Ik moest samen met Adelaïde Parker, die van paarden droomde en in Kent woonde. Toen het mijn beurt was om langs de brede grindweg naar het grote gazon en de poort te lopen, was ik zo misselijk en duizelig dat ik nauwelijks iets kon zien. Nog één keer probeerde ik een wanhoopsverdrag te sluiten met de Hemelse Machten, waarbij ik mijn hele leven aanbood in ruil voor uitstel van executie.

Ik wist niet wat Moeder zou doen. Ik kon me niet genoeg concentreren op de eigenlijke ramp om me voor te stellen hoe die precies in haar werk zou gaan. Ik had het te druk gehad met bidden om die af te wenden. Ik voelde slechts aan dat ik niet alleen zelf te schande gemaakt zou worden waar al mijn vriendinnen bij waren (een vernedering die ik in eigen ogen verdiende) maar ook Moeder zelf en mijn lieve, lankmoedige Oma. De schande zou zo openbaar zijn dat we ons daarna nergens meer zouden kunnen verbergen, zelfs niet in Golders Green, zelfs niet tussen andere doortrekkende refugiées.

Ik werd uit mijn angst verlost door de kunstmatig gezoete stem van mijn Moeder, die 'Hallo, liefje' tegen mij zei.

Geschrokken keek ik om. Want daar stond Oma in haar antracieten elegantie, vergezeld door Moeder, met voile en handschoenen maar uiterst opvallend in een nauwsluitende rechte mauve jurk, die reikte van haar kin tot haar enkels op een hoogst verontrustende manier, de zijden vouwtjes glinsterend in de zon. Haar woorden wekten een vage echo in mijn hoofd. Ik kon niet praten of bewegen. Mijn ogen zeiden me dat Moeder leunde op de arm van een vreemde, glimlachende man, maar ook die leek niet echt. Ze bewoog een voet en de jurk ritselde als dode bloemblaadjes.

Nog nooit had Moeder me liefje genoemd, nog nooit had ze tegen me gesproken met iets van vriendschappelijkheid in haar stem.

'Hallo, kerel,' zei haar metgezel, mijn stilte vullend. 'Ik ben Robert Peel, ik denk dat wij in minder dan geen tijd goede maatjes zullen worden.'

Ik keek omlaag naar Moeders kleine knoopschoentjes, in de verwachting dat een ervan naar hem of mij zou uitschieten. Maar ze zei alleen 'Peter', heel zakelijk en opende haar zijden parasol om de zonneschijn weg te houden waar de nonnen juist zo om hadden gebeden. Adelaïde was verrukt, maakte een revérence, vergat haar toespraakje, ontdekte haar eigen ouders en liet ons alleen. Deze nieuwe verschijning van een vriendelijke mamma was precies waar ik om gebeden had, maar toch was ik meer geschrokken door haar plotselinge verandering dan wanneer ze haar gewone zelf had getoond. Bij Les Filles de la Croix had ik een ketterij uitgevonden, met Moeder en niet de Duivel als de bron van alle kwaad. Oma was Onze Lieve Vrouw van Smarten en ik was het onschuldige slachtoffer van Moeders slechtheid. Ik gebruikte de attributen van de kerk om me te ondersteunen. Elke dag luidden de klokken van de kapel mijn bedrog uit. Ik leidde een leven dat gebouwd was op leugens. Ik wist zeker dat Moeder Overste mijn ketterse opvattingen kon ruiken, net zoals de Heiligen de kwade geur van de zonde konden ruiken. Ik geloofde in God Zelf, maar de rest van mijn doctrine was van mij. Alleen Moeders gemeenheid maakte mijn blasfemie levensvatbaar. Mijn sabotage was een masker om me te beschermen tegen Moeders mosterdgas. Ik was zo zeker geweest van mijn kruistocht tot aan die Open Dag, dat ik hoopte dat God mijn toestand zou begrijpen en me zou vergeven.

Moeders plotselinge vriendelijkheid maakte dat ik me onwaardig voelde om het gras naast haar te betreden. Ik zwoer dat ik nooit meer kwaad van haar zou denken, of om haar heen sluipen of misbruik maken van haar humeur. Ze zette zich in beweging in de richting van de kapel in haar blauweregenzijde, en elke stap maakte het geluid van een vlaag dorre herfstbladeren, die door een marmeren gang worden geblazen. *Mea culpa, mea maxima culpa.* Ik zou een miljoen weesgegroetjes voor haar bidden.

Oma's zachte stem deed mij ontwaken uit mijn rêverie.

'Robert en je moeder gaan trouwen, Joan.' De lange lijn van haar bovenlip trilde een beetje toen ze dat zei; dat gebeurde altijd als ze ergens blij mee was.

'Peter,' herhaalde Moeder.

Haar joviale verloofde boog zich naar mij over, pakte mijn hand en trok me in de richting van het hoofdgebouw waaraan de trossen echte en papieren blauweregen hingen te bungelen in de zon.

'Je lieve mamma blijft me hardnekkig Peter noemen,' fluisterde hij op samenzweerderstoon, en daarna liep hij terug om de dames aan te sporen.

'Ben je zover, Kitty?'

Waarop mijn 'lieve mamma' zich bij ons voegde, samen met Oma, terwijl ik God dankte voor mijn verlossing en me zo trots voelde op mijn nieuwe familie als de maagd van Orléans, mijn naamgenote, op haar legerscharen.

Hoofdstuk 4

Moeder ging op huwelijksreis naar Parijs en daarna door naar Nice, Oma en ik gingen naar Selsey met Agnes. Moeder stuurde hun prentbriefkaarten van de boulevard des Anglais vanuit Hotel Negresco, die Oma bij zich droeg in haar haaktas. Ze bekeek de palmbomen met zoveel heimwee, dat ik dacht dat ze echt zou teruggaan naar Jersey dat jaar. Agnes had het ook door en deed wat ze kon om haar terug te lokken.

'Als u toch eens kon zien hoe groot de cineraria nu is geworden die u bij de zijmuur hebt geplant. Het lijkt wel een waterval tot bij de weg. De Carterets hebben er een stekje van meegenomen en elke keer weer als ik een van hen tegenkom, houden ze me staande en vragen wanneer u weer naar het eiland komt, u en Miss Kitty, terug naar huis.'

Op andere dagen werd er openlijk gehunkerd.

'Weet u nog hoe roze de rotsen waren bij La Corbière als de zon onderging en we thee zaten te drinken, en de geur van jasmijn? Weet u nog van de eerste asperges elk jaar, met gras om de bosjes gebonden tussen de bomen bij de keukendeur; de keukenmeid liet ze daar altijd een poosje liggen, zodat je de hele stapel goed kon zien, in de zon. U zult er vast nog wel eens aan terugdenken als u bij de familie Peel bent.'

We waren uitgenodigd om na de huwelijksreis met de jonggehuwden mee te komen naar het landgoed van de familie Peel in Yorkshire, en Oma verheugde zich daarop. Toch hadden we de maand dat we in Selsey verbleven ook naar Jersey kunnen gaan, maar ik denk dat een oud, diepgeworteld trekje van puriteinse terughoudendheid zich was gaan roeren in Oma's bloed; de hugenoot in haar voorgeslacht waarschuwde haar niet te zeer haar zegeningen te tellen opdat er geen wrekend zwaard zou vallen.

Moeder was getrouwd en neergestreken, wat een wonder leek, in het bij uitstek meegaande personage van de hooggeboren mevrouw Peel. Ze had zich geschikt in het joviale toezicht dat haar nieuwe echtgenoot hield op haar karakter. Haar woedebuien waren geslonken tot rimpeltjes van ontevredenheid als ze werd gedwarsboomd. Het vreemdste van alles was, in mijn ogen, dat haar man van kinderen hield en mij aardig vond. Twee keer had hij me meegenomen voor een ritje in zijn staalgrijze Jaguar SS, een keer met Moeder en Oma, de tweede keer helemaal alleen. Het ijs van Moeders ogen was door de zomerwarmte weggesmolten in een voortijdige winterslaap. Hoewel ik het niet vaker durfde dan een keer of twee, had ik erin gekeken en alleen het smaragd zien glinsteren. Ze zag er op haar mooist uit in de maanden van haar verloving en het begin van haar huwelijk. En Peter, die onherroepelijk van naam was veranderd, kocht voor haar een smaragden halsketting met zilveren klauwtjes als sluiting. Ze was dol op smaragden en gebruikte ze, als de toverspiegel in Sneeuwwitje, als toetssteen voor haar eigen weergaloze ogen.

Agnes arriveerde op Waterloo Station, beladen met manden, grote tassen en een enorme koffer. Ze had de oversteek al vaak gemaakt maar ze had een bijgelovige kijk op weggaan van het eiland, daarom bereidde ze elke reis voor of het haar laatste was, haar dierbaarste bezittingen meeslepend voor in het graf, als de oude Egyptenaren. Ze was een paar jonger dan Oma maar vroeg oud geworden; ze had het soort brede, vlezige gezicht dat spontaan tot ouderdom lijkt te vervallen zonder enige aanmoediging van de bezitster.

Agnes had op haar tweeënvijftigste dezelfde lage dunk van reizen die ze altijd had gehad. Op haar veertiende was ze in een storm de Ierse Zee overgestoken op weg naar Jersey, en naar haar zeggen had ze nooit erger te lijden gehad, zelfs niet door de hand van haar opvliegende en dronken vader. Na de aansluitende treinreis door Engeland en de veel rustiger veerboot naar de Kanaaleilanden was ze aangekomen in getraumatiseerde staat, vastbesloten nooit meer op reis te gaan. Ze had zich aan die vroege belofte gehouden tot aan onze aftocht naar Hendon, waarna ze haar eigen angsten en bezwaren had opgeofferd om ons regelmatig te kunnen opzoeken 'in het land van de heidenen'. Grimmig keek ze om zich heen in onze buitenwijk onder de grauwe stadsmist, geschokt dat haar dierbare mevrouw zo'n vreselijke omgeving moest verdragen in plaats van de Elyseese velden rond Claremont die haar rechtens toebehoorden.

Agnes zelf dacht ook bezitterig over Jersey; ze vond dat het eiland door haar diensten praktisch haar eigendom was geworden. Ze was even trots op haar plek daar aan de havenkant met uitzicht op de turkooizen baai, als welke Carteret of Le Hardy of de Gruchy ook. Toen ze was aangekomen, nog bleek van de zeereis, had ze het restje trots op haar eigen graafschap Cork al overgegeven over de reling van de Ierse veerboot.

Ze was de jongste van zeven kinderen, geboren bij de heuvels van Ballyhoura. Haar familie was katholiek en arm. Als haar vader gedronken had, schepte hij soms op over een van zijn rechten beroofde voorvader, die aanspraak had kunnen maken op al het land in hun omgeving. Haar moeder, die groot was en armen had als een circusworstelaar door haar bekwaamheden als wasvrouw en specialiste aan de wringer, kon zich het rampjaar '47 nog herinneren uit haar kindertijd, toen de hongersnood door Ierland was geraasd, het graafschap Cork had verwoest en haar eigen familie had gedecimeerd. Die schepte dus nergens over op en maakte aanspraak op niets meer dan elke dag een volle stoofpot op het vuur. Als de winters streng waren en de tijden zwaar, huilde Agnes' moeder in haar slaap van angst om wat er zou kunnen gebeuren. Ze haalde de kleren door de wringer met een haast demonische energie, vastbesloten om elke kans op verhongeren te voorkomen. Het was die angst die haar ertoe bracht haar zoons en dochters op te geven als ze de leeftijd hadden om te gaan werken, en ze liever overzee te sturen dan ze thuis te houden onder de dreiging van de honger.

Oma had een Ierse aangetrouwde nicht, een zekere Lady Pitsligo, die haar landgoed in het graafschap Cork meer beschouwde als een kweekplaats van dienstmeisjes en tuinjongens dan als een landbouwbedrijf. Lady Pitsligo was protestant en heel actief als gastvrouw; in haar vriendenkring liet ze zich graag voorstaan op haar liefdadigheid en de ietwat gewaagde opvattingen van een intellectueel. 's Winters, als ze in Dublin was, ging ze wel eens naar een lezing, en in een daarvan was de gedachte geopperd dat de armoede van de 'gewone Ieren', de inboorlingen van dat eiland, niet te wijten was aan de onderdrukkende rijkdom van de Ieren van Engelse afkomst waartoe zij behoorde, maar aan de overbevolking in de katholieke huizen.

Een wijze geest als die van Lady Pitsligo had niet veel tijd nodig om de juistheid van deze bewering in te zien, want het was inderdaad zo dat al haar vrienden in ruime landhuizen woonden, terwijl de gewone Ieren met vijftien of twintig tegelijk op elkaar gepakt zaten in een hutje. Ze was niet van het soort dat haar plicht verzaakte als ze eenmaal had ingezien waar die lag, dus begon Oma's nicht rond te wieden onder de plaatselijke boerenbevolking. Ze snoeide de zoons en dochters van de katholieke gezinnen in de buurt weg en zette ze op transport naar het (vaak verbijsterende) slavenwerk in de huishoudens van haar Engelse vriendinnen en verwanten. Van april tot juni oogstte ze de meisjes bij bosjes en zag persoonlijk toe op verpakking en verzending van haar nieuwste partij. In september, als haar eigen oogst binnen was en veilig in balen opgeslagen, begon ze de jongens uit te zoeken, de jonge mannen die over de Ierse Zee werden gezet en die, net als hun zusters, òf te blij waren weggekomen te zijn om terug te willen, òf te bang om terug te durven – of die soms zo in de war raakten in het vreemde land dat ze gewoon opgingen in de door de werkloosheid op drift geraakte massa die van de ene stad naar de andere trok. Wat de andere uitverkorenen van haar experiment er ook van gedacht mogen hebben, Lady Pitsligo zelf droeg een diadeem van deugdzame voldoening, en Agnes beschouwde haar als de schutspatrones van haar eigen geluk.

Oma had, op het moment dat Agnes aankwam, net haar huiselijke plichten op zich genomen met al het enthousiasme van een jonge bruid, en beiden hielden ze van Claremont. Agnes, zo uit haar geboorteland vol motregen en dreigend gebrek, bloeide snel op in het warmere klimaat van vriendelijkheid en overvloed, waar de aardappelteelt een kunst was in plaats van bittere noodzaak. Haar Ierse accent verdween al gauw en werd vervangen door de afgebeten spreektrant van Oma. Ze vormde zich naar het model van haar nieuwe mevrouw met de toewijding van een plaatsvervangster voor de hoofdrol. De kleine Agnes had zich voorgenomen het beter te doen dan de drie wat oudere landgenotes met wie ze van Cork naar Claremont was gereisd. Ze had zich in haar hoofd gezet dat ze op het eiland wortel zou schieten en veranderen in een meisje van de streek. Geduldig wachtte ze haar tijd af, tot de drie meisjes uit haar vorige leven zouden zijn getrouwd of weggelopen.

Deze popfase duurde twee jaar. Toen ze zeventien werd waren de getuigen van haar reis uit Ierland verdwenen, het lastige bewijsmateriaal was uitgewist, en Agnes spreidde haar vleugels uit als het vlijtigste dienstmeisje van het hele eiland. Ze werd Oma's 'juweel'. Als er nieuwe meisjes kwamen om getraind te worden door de veeleisende huishoudster op Claremont, dan was het Agnes die hun beschaafd gedrag bijbracht.

Ze bleef Oma terzijde staan, van de middagen doorgebracht in de naaikamer tot de dagen waarin de wereld al hakend weer op zijn plaats moest worden gebracht. Ze zorgde voor haar tijdens haar zwangerschap en hield haar hand vast bij de langdurige bevalling van Kitty. Nadat Moeder was geboren vereerde ze haar beide 'jonge mevrouwen', waarbij ze haar toewijding in twee identieke delen splitste. Ofschoon Agnes haar vrijgezellenbestaan toeschreef aan haar tegenzin al die voorspoed te delen met een buitenstaander, lijkt het erop dat ze zoveel van Oma hield dat ze het niet over haar hart kon verkrijgen haar in de steek te laten. In latere jaren vertelde ze me vaak hoe ze door Oma haar juweel werd genoemd, en ze mocht zich graag herinneren dat Oma wel haar vermogen had verloren, maar haar nooit. Agnes' enige gedachten aan de dood waren de zeer gedetailleerde beschrijvingen van die van anderen, die werden doorgegeven aan een select aantal toehoorders in een volgorde van belangrijkheid die even strikt was als het adelboek. Oma was vanzelfsprekend de eerste dame, het vrouwelijk equivalent van de hertog van Norfolk, die de eerste edelman was van het koninkrijk.

In Selsey, die zomer dat Moeder net hertrouwd was, had Agnes iets aan te merken op het landschap, het strand, het zand zelf, de golfslag, de kleur van de zee, de schaarse plantengroei, de kwaliteit van de gasten – op alles eigenlijk, behalve op haar geliefde mevrouw Roberts zelf (die ze in haar dromen 'lieve Florence' noemde). Onze vakantie bestond eruit dat we op het strand zaten met brede strohoeden op, dat ik zand door mijn handen zeefde terwijl Oma zijde door de hare haakte, en dat we herinneringen ophaalden aan Jersey. Agnes' vakantie bestond uit het leveren van bijzonderheden omtrent elke verandering in St Aubin en St Helier, het voeren van de huishouding voor ons en het eindeloos thee zetten, het klaarmaken van picknicks die bedorven werden door het stuivende zand.

Ik was nooit in Selsey geweest zonder Moeder, noch ergens anders zonder dagelijks toezicht en een afrekening 's avonds voor de onvermijdelijke tekortkomingen van die dag. Ineens mocht ik spelen hoe ik wilde en, binnen de grenzen van het redelijke, waar ik wilde, zonder de grillige willekeur van Moeders regels en haar wisselende afkeer, of de kleingeestige tucht van de nonnen. Ik vulde mijn dagen met ontdekkingstochten langs het strand en in het land daar vlak achter. Het deed me sterk denken aan de dagen van mijn vroegste herinneringen, als Agnes weer eens opdracht kreeg 'een flink eind weg' met me te gaan. Dat betekende dat we niet naar het stuk strand voor het huis konden met de haven en de vissersboten – dan waren we te zien door de ramen en bedierven zo Moeders dag – en zelfs niet naar de stranden van St Helier, waar een glimp van ons kon worden opgevangen vanaf de boulevard. Mijn felgekleurde hoofd was als een fakkel; de aanblik ervan kon Moeder tot wanhoop drijven. Had ze een slechte dag, dan moest ik verdwijnen. Agnes nam me dan mee met de bus naar Portelet Bay, door de rasterschaduwen van palmbomen en hibiscusstruiken naar de zee.

Als het eb was konden we het lopen, over het zuigende zand van onze haven naar de klippen, dan over het kartelige voetpad boven Belcroute Bay, verder langs Normoint Manor en rond Normoint Point met zijn vuurtoren, die met een waarschuwende vinger prikte naar Pigonet Beacon. De klippen zelf waren bespikkeld met nesten van jan-van-genten en meeuwen, en een jongen uit mijn dansklas daagde me eens uit naar beneden te klauteren en een jan-van-genten-ei mee terug te brengen, waarvoor hij me een kwartje beloofde. Dat incident werd het einde van mijn vroege danscarrière, met een Oma die zich beklaagde over ons standsverlies en de noodzaak om met zulke ruwe kinderen om te gaan en Moeder, die het ongetwijfeld betreurde dat ik de uitdaging niet had aangenomen en mijn nek gebroken had. Van de punt gingen we dwars door het land naar de steengroeve en kwamen dan uit bij het stekelige gras en de doornstruiken van Portelet Beach.

Niet ver in zee lag het gebeente van dode mensen, begraven in een grafheuvel, die bij eb op het strand kwam te liggen. De golven die steeds over die met gras begroeide rots sloegen, gaven me het idee dat stukjes van wat daar begraven lag zouden wegspoelen, net als mijn zandkastelen elke keer dat het vloed werd. Ik gruwde van het zien van kale beenderen. Ik had nooit anders gezien dan schapeschedels, visgraten en de schenkels die Agnes trok voor Rufus' wekelijkse bouillon, maar mijn eigen botten waren zo groot en er werd zo vaak over gepraat, dat ik niet goed in de buurt van het water durfde te komen, uit angst dat ik een gebleekte, opgekolkte versie van mijn eigen anatomie zou zien schommelen onder de golven.

Altijd wanneer we naar dat strand gingen, ingeklemd liggend tussen zijn twee kapen en zelfs in de winter nog zonnig, was het uitsluitend om uit de weg te zijn. Toch hoorden die dagen, doorgebracht met eindeloos gegraaf in het zand of het aanleggen van waterdierentuinen tussen de rotsen, tot mijn mooiste op Jersey.

Toen ik van Jersey wegging, kende ik de namen van St Helier en St Aubin, van een paar winkels, en van een paar torens en stranden, die mij ten deel waren gevallen. Misschien kende ik die zelfs niet eens goed. Wat ik weet heb ik elders geleerd, hier in Engeland, het enige land dat ik echt ken. Jersey is een legpuzzle, gelegd uit de tweede hand. Ik heb de litanie van Jerseys heiligen tegelijk met mijn credo geleerd.

Ik groeide op met het geloof 'in één God, de Almachtige Vader, Schepper van hemel en aarde en van alle dingen, zichtbaar en onzichtbaar'. Ik groeide op met het geloof in de toverkrachten van Saint Ouen, Saint Mary, Saint John, Trinity, Saint Martin, Saint Peter, Saint Saviour en Grouville – alleen Trinity en Grouville zonder heiligverklaring, maar allemaal parochies van het eiland waarnaar ik het heimwee als door een infuus kreeg toegediend, bij wijze van tegengif in mijn opvoeding.

Het was allemaal bewaard gebleven, voor het nageslacht als het ware, onveranderd en betoverend in Oma's concrete fantasie. Ik heb mijn hele leven niet de moed gehad om terug te keren. Lang nadat Oma was gestorven en ik het contact met mijn moeder had verbroken, was mijn tweedehandskennis van Jersey de enige knoop die ons nog bijeenhield. Teruggaan zou de ban hebben gebroken. Ik zou er een toerist zijn geweest, niets dan een voyeur. Ik zou het eiland nooit zo goed hebben leren kennen, hoelang ik ook gebleven was, als Oma met haar halve eeuw herinneringen.

Het lijkt in mijn aard te liggen dat ik steeds opnieuw verliefd word. Het is in mijn geval niet zozeer een kwestie van wispelturigheid als wel een overmaat aan loyaliteit, een voortdurende ontdekking van nog oprechter trouw. Van elke man van wie ik hield heb ik echt gehouden, en elke keer heb ik gedacht, in de armen van de een, dat ik nooit meer van een ander zou kunnen houden. Het is voor mij evengoed een openbaring als voor hen dat ik alsmaar een nog grotere liefde in mezelf blijf ontdekken. Mijn ontrouw is een soort waarheid. Teruggaan naar Jersey zou lijken op ontrouw aan Oma. Zij is nooit teruggegaan, waarom ik dan wel? Het zou lijken of ik twijfelde aan haar woord. En ik ben bang dat ik in haar herinneringspatroon een gevallen steek zou vinden, dat ik het mysterie van haar beschrijvingen niet zou terugvinden op een eiland dat tientallen jaren lang veranderingen over zich heen heeft zien gaan, en de bezetting door het Duitse leger, sinds de tijd dat Oma het op het strand van Selsey herschiep naar het beeld van haar herinnering.

Terwijl ik valkuilen groef in het zand die tot mijn middel kwamen en die ik bedekte met stokjes en bladeren, of rondhing bij de vissersboten in de hoop dat mij gevraagd zou worden een dode vis te aaien, of rondzwierf langs het strand om schelpen en drijfhout te verzamelen, babbelden Oma en Agnes over vroeger. Ze zaten in hun ligstoelen te praten en over zee uit te kijken, terwijl Oma met haar ivoren haakpennetje de zanderige bolletjes garen verslond. Soms ging ik bij hen zitten. Steeds als er een pauze viel in de nostalgie zaten we met z'n drieën op een rijtje naar zee te staren, naar een bepaalde plek aan de horizon, alsof we verwachtten dat daar nieuws van Moeder zou verschijnen als op de onderschriften van een stomme film. Uit een haast heidense angst voor het boze oog op haar huwelijk, en in een stilzwijgende overeenkomst, had niemand van ons het over haar hoop of vrees voor de toekomst.

1930 was voor mij het vreemdste jaar van mijn kindertijd. Het verborg in zijn zomen de wonderbaarlijke Open Dag van de nonnenschool en het langdurige verblijf aan het strand van Selsey. Het was gevoerd met de thuiskomst van een totaal veranderde moeder met haar echtgenoot, en een logeerpartij in Yorkshire. Het omvatte niet alleen de vijf maanden van haar huwelijk, maar ook de aardverschuiving naar een nachtmerrie, die eindigde met Moeder en mij waarachtig in één bed.

Als de kiekjes er niet waren, zou ik misschien denken dat ik me het intermezzo van dat huwelijk verbeeld had, zo vlug ging het over van idylle in melodrama.

Oma was aan het wachten op een telegram dat ons terug zou roepen naar Londen. Er kwam niets, en ze werd rusteloos van het zandhaken, dus gingen we maar naar Hendon. Agnes bleef nog een week bij ons logeren en vertrok toen, aanzienlijk minder zwaar beladen dan toen ze kwam. We brachten haar weg naar Waterloo. Agnes bracht altijd manden vol eilandheerlijkheden mee: pâtés, gerookte vis, vruchten en bloemen en kaas. Ze versmaadde alle Engelse produkten zodat ze weigerde iets mee te nemen op een van Oma's zijden tafelkleden na; ze had er al tientallen, maar ze verklaarde dat het de enige waardevolle dingen waren om mee te nemen naar haar Hof van Eden.

Ze was al een week weg voor Peter zelf verscheen, deze keer in een marineblauwe Bentley, om ons te geleiden naar zijn vrouw in Eaton Square. Hij had daar een groot, tamelijk verwaarloosd huis dat zeer bij Oma in de smaak viel, niet zozeer vanwege de zware mahoniehouten meubels vol krassen of de rij sombere portretten langs de trap, maar omdat het op loopafstand van Harrods lag.

Oma hoorde tot een generatie die geen vertrouwen stelde in de auto. In haar jeugd had ze in een rijtuigje gereden en ze achtte de automobiel als vervoermiddel onvergelijkelijk veel minder waard, ook al liep er tegenwoordig niet meer zo'n belachelijk mannetje met een rode vlag voor op de weg. God, zo beweerde ze, had de voeten uitgevonden met de uitdrukkelijke bedoeling om ermee te lopen, en voor het geval dat ondoenlijk was had Hij het paard uitgevonden. Autorijden beschouwde ze als een dwaze bevlieging. Fietsen daarentegen zag ze als een verfijnde noodzakelijkheid.

Bij aankomst in Peters huis kregen we thee in zijn salon. Ondanks de naam zag die er minder als een salon uit dan ik ooit had gezien. Er was nergens sits, wel veel leer en tijdschriften over de jacht. We kregen te horen, op de opgewekte manier waaraan we inmiddels gewend waren, dat Moeder zich niet goed voelde. Al een hele week niet.

Hij had gehoopt dat ze gauw beter zou zijn om ons te kunnen verrassen bij onze terugkomst.

'Maar daar zijn jullie dan,' riep hij. 'We zitten hier al een week te verstoffen, en mevrouwtje kan maar niet overeind komen. Dus dacht ik, ik haal jullie even op om te laten weten dat we allemaal in het weekend naar Hadders gaan. Jullie worden allebei op vrijdag verwacht. De tantes smachten ernaar om jullie te bekijken. Mijn strijdwagen staat ter jullie beschikking. Ik kan jullie rond de middag ophalen als dat uitkomt. Lunch *en route*, zoals ze zeggen.'

Hier wachtte hij even om Oma toe te lachen, die voortraasde met haar haaknaald in een poging de gebeurtenissen bij te houden. Ik schopte tegen de poot van de leren chesterfield, biddend dat Oma de uitnodiging voor een autorit naar Yorkshire aan zou nemen, maar was niet verbaasd toen ze weigerde.

'We zullen allebei heel graag naar Haddersly komen,' zei ze, 'maar omdat Joan wat zwakjes is, denk ik dat het verstandiger is als we de trein nemen.'

Niemand had in zijn meest overspannen momenten ook maar kunnen denken dat ik wat zwakjes was. Op mijn negende had ik het postuur van een forse puber, met brede jongensachtige schouders en lange sterke ledematen. Maar Peter glimlachte gelijkmoedig en begon een wat al te breedvoerig uittreksel uit het spoorboekje te verschaffen. Oma luisterde geduldig en onderbrak hem ten slotte om te vragen of ze haar dochter kon zien.

'Kitty is niet zoals ze wezen moet, mevrouw Roberts. De dokter kan er niet achterkomen wat ze mankeert. Maar ze denken wel dat een maand op het land haar goed zal doen. Dus gaan we er een beetje een feestje van maken, wij hier, en de tantes, en zien of ze weer wat plezier in het leven krijgt.'

Hij leek niet overmatig bezorgd over Moeders malaise, hij leek alleen oprecht verbaasd. Hij voerde ons beiden de lange trap op, langs de portretten van zijn voorvaderen, veel barser ogend dan hij, maar toch herkenbaar familie.

'Een zuur stelletje, vind je niet?' fluisterde hij tegen mij toen we de trap opliepen, treuzelend achter het hinken van Oma. Op de overloop stapte Peter voor ons uit naar een van de vele kamers die erop uitkwamen. Hij stopte voor een deur met diepe panelen, klopte en ging naar binnen zonder antwoord af te wachten, Oma en mij achter zich aan leidend. Oma gaf me een teken dat van oudsher 'wacht hier' betekende, wat ik deed, terwijl zij de kamer binnenging.

Het was een grote kamer met een hoge zoldering, aangekleed met een aantal leunstoelen, wat tafeltjes en een verzameling jachttaferelen aan de wand. Op een brede sofa met een krul aan het eind lag Moeder, en zag er nog bleker uit dan anders. Ik bleef bij de kier van de deur staan kijken hoe Oma haar zieke dochter verzorgde. Peter bleef er even bij rondhangen en liet hen toen alleen. Toen hij mij nog buiten zag staan, beduidde hij me naar binnen te gaan, maar dat weigerde ik. Hij haalde zijn schouders op en liep door naar beneden. Ik volgde hem. Zwijgend passeerden we de voorouders en kwamen weer in de theekamer, waar hij me de rest van de cake en de biskwietjes aanbood.

'Eet op,' zei hij. Hij wierp zich achterover in een leunstoel, trok een gouden sigarettenkoker te voorschijn en was vervolgens even bezig met het pakken en aansteken van een sigaret, terwijl ik zijn cake zo onopvallend als ik kon opat. 'Verdomd als ik weet wat haar mankeert!' mompelde hij, meer tegen zichzelf dan tegen mij.

Ik bleef dooreten terwijl ik de walnootkruimels opveegde in mijn hand en nadrukkelijk elk antwoord vermeed. Ik had haar gezien door de spleet van de half openstaande deur en ik wist wat Moeder mankeerde: ze verveelde zich, en Moeder leed onder verveling.

Hoofdstuk 5

Oma en ik namen de trein naar Halifax en stapten daar over op een boemeltje dat ons meenam uit de groezelige mijnsteden met hun huurkazernes en rug-aan-rughuisjes naar een landschap van heuvels en dalen bedekt met varens en eiken en heide. We reisden derdeklas vanaf Londen voor de zuinigheid, en vervolgens op het laatste stuk eersteklas om de schijn op te houden als we aankwamen. We werden opgehaald door een nogal ademloze chauffeur die ons in zijn Jaguar zette zonder een ogenblik zijn mond te houden vanaf het moment dat hij ons verlaten op het perron zag staan tot aan het moment dat we arriveerden bij de zuilen van de voorgalerij van Haddersly Hall. Zijn vertrouwelijk gebabbel werd onderstreept door een bijna onhoorbaar gefluit dat hij met regelmatige tussenpozen liet ontsnappen.

Omdat we nu aangetrouwde leden van de familie waren, nam hij aan dat we alle familiezaken kenden; met zijn diep astmatische gepiep en zijn zware Yorkshire-accent probeerde hij ons van de laatste stand van zaken in het hele huishouden op de hoogte te brengen. Peter, zo bleek, was nog niet gearriveerd met de jonge mevrouw. Sir Thomas, zijn vader, hield zijn kamer. Later ontdekten we dat Sir Thomas al zes jaar zijn kamer hield sinds hij van zijn paard was gevallen, zijn nek had gebroken en zoveel andere botten had beschadigd, dat hij de rest van zijn leven moest doorbrengen in een rolstoel. De drie tantes, die door jan en alleman de 'gratiën' werden genoemd, hadden ruzie gekregen over het menu, maar hadden het weer bijgelegd bij de thee en verheugden zich er nu op met ons charade te spelen. Ze hadden er de hele week op geoefend.

Oma nam die snippers informatie tot zich met gemengde gevoelens, waarvan er niet een te zien was op haar gezicht, dat gefixeerd was in een lachje van het soort dat haar ontsloeg van de noodzaak om met woorden te reageren.

Haddersly Hall was een groot natuurstenen huis met drie rijen ramen langs de voorgevel en tuinen die geheel volgeplant leken met laurierbomen, rododendrons, tijgerlelies en beelden. De laatste waren in het slik van tientallen jaren gezakt en zo bemost dat ze ergens rond de knieën leken te veranderen van plant in steen. Er waren stallen achter het huis, met hoge boogramen waar de stalknechten en tuinlieden huisden en elf boxen voor de paarden, en langs de muur geleide perebomen waaraan zoete, misvormde peren groeiden. Peter had voor mij een Dartmoor-pony gekocht om op te rijden, ik weet dat hij dacht dat ik daar het meest naar verlangde. Toen ik ontdekte dat ik te bang was om erop te klimmen, niet in de laatste plaats omdat ik me bijna groter voelde dan het bibberende paardje, ging ik me verstoppen in de moestuin. Dat was min of meer verboden gebied, erachter was een lange rij kennels waar Peter en zijn vader hun jachthonden hielden.

Sir Thomas, ofschoon invalide, had een levendige belangstelling bewaard voor zijn meute, en zijn roodneuzige stalknecht droeg iedere morgen en iedere avond een van de honden naar binnen om de oude man een paar minuten gezelschap te houden. Een enorm paar rubberen overschoenen stond voor dat doel bij een zijdeur. Wanneer de stalknecht, van een leeftijd ergens ver boven de zeventig, de achtertrap opstommelde met een wriemelende jachthond worstelend in zijn armen, was het altijd een kwestie van geluk of hij boven aan zou komen met zijn weerspannige bezoeker, of dat de hond zou ontsnappen en gaan rondrazen door de slaapkamers, voor hij gepakt werd door het huispersoneel dat afkwam op de jachtroep van de oude knecht. Sir Thomas genoot van zo'n vleugje jachtrumoer in zijn huis.

Ik werd aan hem voorgesteld op de avond van onze aankomst. Hij had boven twee kamers tot zijn beschikking, een slaapkamer en een spelletjeskamer. In de laatste stond een aantal tafels op wieltjes, met daarop verschillende soorten legpuzzles en oorlogsspelen, maar vooral reconstructies van zeeslagen die Sir Thomas had meegemaakt of waarvan hij de locatie had bezocht gedurende zijn vroege loopbaan bij de marine. Hij had drie jaar in West-Indië doorgebracht en bepaalde plekken in het huis, vooral zijn eigen vertrekken, hadden een licht Caribische, zeeroverachtige sfeer.

Ik was zeer onder de indruk van de excentriciteit van de oude man en diens kamers, met zijn miniatuurpalmboompjes langs een speelgoedkust met daaromheen prachtig geverfde loden scheepjes, compleet met masten en vlaggen. Sir Thomas had drie papegaaien en een witte kaketoe op zijn kamer en leek daarvan evenveel, of nog meer, te houden dan van zijn honden. Hij doorspekte zijn nogal joviale, bruuske conversatie met kooswoordjes voor deze of gene vogel zonder enige overgang, zodat hij bij onze eerste ontmoeting onnatuurlijk dol op mij leek. Later, toen ik ontdekte dat de lievigheden voor zijn vogels bestemd waren, maakte dat niets meer uit; het was de eerste indruk die ik bewaarde.

Lady Thomas, zijn vrouw, was al enige tijd dood, als gevolg van alweer een ongeluk bij de jacht. Haar grafkelder werd me getoond op het kerkhof. Iemand had er gebruikte hoefijzers omheengelegd, en waar de graven in de buurt stenen engelen hadden, had dat van Lady Thomas een zwartmarmeren jachthond met een vos in de bek. De Peels waren niet katholiek, wat het enige was dat Oma van hen betreurde. Moeder beweerde later dat ze ook nauwelijks protestant waren en in een neo-heidense staat verkeerden in het lawaaiig isolement van hun grillige grandeur.

Peter had drie tantes, 'de gratiën'. Zo werden ze niet genoemd vanwege hun gratie, maar omdat ze alledrie met hun tweede voornaam Grace heetten. Hoewel ze zusters waren en uiterlijk op elkaar leken, een verenigd front vormend van korsetloze molligheid, met dezelfde heel lichtblauwe ogen en overdreven blozende gelaatskleur, konden ze wat karakter betreft niet meer van elkaar verschillen. Tante Amy Grace was hun woordvoerster. Ze had de manieren en de stem van een man. Ze deed me denken aan Peter, met hetzelfde kostschooljargon en dezelfde gedwongen camaraderie. Ze ging geregeld uit jagen en vond iedereen die van zijn paard viel een uilskuiken. Ze beschouwde haar broer, Sir Thomas, meer als een spelbreker dan als iets anders en wijlen Lady Thomas als nauwelijks het vermelden waard. Gelukkig kwam ze er nooit achter dat ik te schijterig was voor de pony die voor me klaar stond. Oma sprak haar veto uit over mijn deelname aan jachtpartijen, aangezien ze de staat van dienst van de familie tamelijk onrustbarend vond. Tante Amy ging ervan uit dat ik paardrijden kon – ieder fatsoenlijk mens kon dat – en zo had ze alleen maar medelijden met me omdat ik niet met haar op het jagerspad mocht gaan. Ze verzekerde me dat ze het volgend jaar Oma wel omgepraat zou hebben.

Ergens in haar luidruchtige gang door het leven moest Amy Grace getrouwd zijn geweest, maar aangezien zij haar echtgenoot nooit noemde, nam ik aan dat hij zichzelf op de jachtvelden te schande moest hebben gemaakt. De zuster die op haar volgde was Tante Laura Grace, die alleen leek te bestaan om haar zuster tot schaduw te zijn en te grijnzen om haar opmerkingen. Tante Laura Grace was een giechelaarster. Ze giechelde altijd wanneer ze sprak, en ze giechelde altijd als er iemand anders sprak. Het was geen luide giechel, maar toch heel merkbaar. Van tijd tot tijd zei haar oudste zuster: 'Zo is het genoeg, Laura,' en dan hield die haar adem in en kreeg een heel rood gezicht voor ze verviel tot onzeker zwijgen. Tante Laura, zo kreeg ik te horen, was ongetrouwd gebleven.

'Er zijn er zoveel om mij geweest, maar ik heb nooit van huis weg gewild. Ik ben ooit een keer weg geweest, met Lady Heavestone ken je die? – Nee, die is gestorven en blijkbaar was ze te lang voor de kist... of was het haar jurk? Heb je nou toch ooit! Ik weet het niet meer, maar ik weet dat ik altijd hier thuis heb willen blijven. Wacht even.'

In zulke lange redevoeringen stikte Tante Laura bijna. Ze had de gewoonte 'wacht even' tegen me te zeggen en dan te verdwijnen. Tante Amy Grace beschreef haar zuster als 'een beetje mal in huis, maar een heks bij een hindernis'.

Hun derde zuster leek op geen van beiden, behalve in haar dikte. Ze droeg altijd een hoornen bril en las romans in het Frans en het Duits, die ze met zich meedroeg in een grote geborduurde tas die aan een riem rond haar omvangrijke heupen hing. Ze was heel rustig en onmededeelzaam. Ze zei zelden een woord en als ze het deed was het aan tafel en alleen om te vragen haar iets door te geven. Het was onmogelijk te zeggen wat ze vond van het rumoerige huishouden waarin ze leefde – evenmin trouwens wat de anderen vonden van haar. Ook zij ging mee op jacht, maar er werd geen oordeel geveld over de verdiensten, of het gebrek daaraan, van Tante Mary Grace in het zadel.

Ik had een slaapkamer gekregen naast die van Oma op de eerste verdieping en de luxe van die kamer was een weerkerende bron van plezier voor mij. Peter en Moeder kwamen die eerste avond pas aan, lang nadat ik naar bed moest. Hun kamer was ver bij die van ons vandaan, ergens aan de andere kant van het huis en meer naar boven, denk ik, want ik kreeg hem nooit te zien. Ik dacht dat de verbazend ontspannen sfeer van het huis zou veranderen zodra Moeder arriveerde, maar als door een wonder was ze uit haar stuurse zwijgzaamheid gekomen en werd ze onherkenbaar jolig.

Ik denk nu dat ze altijd zo was als ik uit de buurt was. Ik was gereduceerd tot vrijwel niets in haar leven. We kwamen elkaar zelden tegen en als het gebeurde, leek de spanning uit onze verhouding te zijn weggetrokken. Misschien hielp het dat het huis gewoon zo groot was, zoals ik weet dat het hielp dat Tante Amy Grace zo'n lawaaiige hartelijkheid verspreidde. Moeder liet zich gaan in de heersende meisjesachtigheid van het huishouden. Ze bracht heel weinig tijd met Peter door, die veel met mij optrok.

Oma bracht haar dagen door in de zitkamer of rondscharrelend in de tuin. Ze leende vaak een van Tante Mary Graces boeken in het Frans; dan zat ze te lezen en liet voor die ene keer de haaknaald rusten in haar vingers. Ik denk niet dat ze meer dan één tafelkleed heeft gemaakt in al de drie weken dat we op Haddersly Hall bleven. Tante Mary Grace was duidelijk in haar nopjes met deze bejaarde bondgenote in de veeltaligheid en hoewel ze nauwelijks spraken en de voorkeur gaven aan hun studieuze zwijgen als ze naast elkaar zaten te lezen, verklaarde Peter dat hij haar nooit zoveel had zien glimlachen als sinds Oma en ik er waren. Peter had er handigheid in mij te betrekken bij alles wat hij zei. Hij nam zelfs een heel stel foto's van me, bewerend dat ik er leuk begon uit te zien en dat we het moment van het begin daarvan moesten vastleggen. Ik wist dat hij loog, maar ik vond zijn bedoeling aardig. Niemand had me ooit iets anders genoemd dan 'gewoon'. Gewoon was bijna een compliment, en absoluut verkiesbaar boven lelijk.

Onder zijn bijna meedogenloze joligheid had Peter heel wat instinctieve tact. Zo riep hij om het even welke tante erbij om met mij op de foto te gaan en soms zelfs Oma. Maar niet één keer vroeg hij dat aan Moeder, aanvoelend dat ze me zag als roest die de omlijsting van haar schoonheid aantastte. Tot ik hem ontmoette waren er in mijn leven geen mannen geweest. Ik merkte dat ik zijn attenties zelfs verkoos boven het vriendelijke gefluister van Oma en met een wispelturigheid die ik later betreurde, liet ik mijn enige echte bondgenote in de steek om me te koesteren in het gezelschap en de liefkozingen van mijn stiefvader.

Opgegroeid met een tante met de tweeslachtige eigenschappen van Amy Grace, leek hij vrijwel immuun voor mijn complete gebrek aan vrouwelijkheid en slungelige formaat.

'Ik krijg al het delicaats wat ik nodig heb en meer dan

dat,' zei hij tegen mij, 'van het mevrouwtje. Jij ontgroeit die jongensachtigheid nog wel, maak je geen zorgen.'

Zelf maakte ik mij geen zorgen om mijn jongensachtigheid, maar ik zat in angst over mijn groeitempo. De maand aan zee, en nu deze weken van gigantische ochtend- en enorme avondmaaltijden, eisten hun tol van mijn postuur. De knopen sprongen van mijn jurken, waardoor ze er nog onflatteuzer uitzagen dan gewoonlijk, en ze werden steeds korter. Oma treurde om mijn onaantrekkelijkheid. Elke avond zette ze papillotten in mijn haar en liet me slapen met mijn dikke rode haar haast uit mijn hoofd getrokken, in de hoop dat er de volgende dag een glimp van sierlijke krullen te zien zou zijn. Krulletjes hoorden bij kleine meisjes, zelfs als de kleine meisjes reuzinnen dreigden te worden, zoals ik. Elke morgen nadat de papillotten eruitgehaald waren, viel mijn haar binnen een paar minuten weer even steil en sluik omlaag als tevoren.

Aan het eind van onze drie weken begon Moeder genoeg te krijgen van de vakantie en we pakten onze koffers om terug te kunnen gaan naar Londen. Oma had vriendschap gesloten met Sir Thomas boven. Hij had mijn gebrek aan kundigheden op het gebied van leger en marine al te gapend bevonden voor correctie, dus was ik tegengevallen als spelpartner. Ik had hem een tijdje zitten helpen met zijn legpuzzle, maar net toen hij de voltooiing naderde van zijn tweeduizend-stukjesschip, bleef ik met mijn mouw achter een van de houten stukjes hangen en zwiepte er een hele hoop op de grond. Ik verontschuldigde me en viel vlug op mijn knieën om de verstrooide stukjes bij elkaar te zoeken, maar toen ik opkeek omdat hij zo stil was, zag ik dat hij huilde. Ik wist niet wat ik moest doen, legde de stukjes terug op zijn tafel en liet hem alleen.

Ik ben altijd onhandig geweest. Thuis ook. Ik had de laatste overblijfselen van ons stijlvolle verleden laten vallen. Ik had het Waterford-kristal gebroken en een van Oma's Venetiaanse sherryglazen. De lacunes in ons eetservies waren door mij veroorzaakt. Het Meissener porselein en het Wedgwood en zelfs het Coalport ontbijtservies misten borden; er waren hoekjes uit of er zaten barsten in doordat ze eigenzinnig uit mijn vingers waren geglipt. Ik durfde dagenlang tegen niemand iets te zeggen over de gevallen legpuzzle en ik durfde ook niet terug te gaan naar de kamer van de oude man met de spottende papegaaien, en de huilende invalide. Toch zei ik het uiteindelijk tegen Oma, en die ging naar boven, naar Sir Thomas. Ze bracht het er beter af dan ik. Ze was ingetrouwd in een zeevarende familie en ze kende de taal van het scheepsdek en de rangen van alle zeelui van admiraal tot lichtmatroos. Ze kende de voornaamste zeeslagen van de Engelse Marine, en de namen van de steden die deze had belegerd en veroverd. Dus zat ze daar voortaan elke dag een uurtje te haken, terwijl Sir Thomas zijn stukken verzette met behulp van een aantal draadtoestelletjes dat vernuftig boven zijn stoel was gehangen.

Het leek, toen we naar het station werden teruggereden, of ons bezoek het eerste van vele zou worden en onze treurige dagen in Hendon op hun eind liepen. We reisden eersteklas naar huis, helemaal tot aan King's Cross – ik in een nieuw matrozenpak dat Peter voor me had gekocht, en met een nieuwe zwerm sproeten, en Oma met de schaduw van een glimlach die haar trekken ontspande.

De school begon weer en ik nam mijn vriendschappen op waar ik ze had achtergelaten. Sommige meisjes waren naar het buitenland geweest, andere naar de provincie.

Ze hadden allemaal verhalen te vertellen over hun vakantie, waaraan ik mijn prachtig excentrieke voorraadje toevoegde. Iedereen was onder de indruk. De nonnen, met hun vleermuisachtige sociale radar, voelden aan dat mijn status in de familie was veranderd. Mijn positie in de klas als verdachte in algemene dienst werd van mij afgenomen en gegeven aan een ander meisje van wie bekend was dat haar familie het jaar tevoren veel geld was kwijtgeraakt in Amerika. Geringschattende opmerkingen over de kleur van mijn haar werden niet meer gemaakt, in het licht van de bezoekjes die mijn nieuwe, chique stiefvader me zo nu en dan bracht. En toen was het Kerstmis, en weer vakantie.

Iedereen in het klooster was opgewonden. We mochten elkaar geen cadeautjes of kaarten geven maar deden het toch; we smokkelden missaalleggers en andere souvenirs door het net van de waakzaamheid. Een teken van genegenheid was een teken van de Duivel. Onze koffers waren gepakt en stonden al opgestapeld boven aan de trap, klaar om met de bagagelift omlaag te gaan na het ontbijt. Zuster Marie, die het hele najaar haar gal had ingeslikt en de keer in mijn fortuin met slecht verborgen weerzin had waargenomen, had zojuist de inspectie van onze slaapzaal beëindigd. Haar kap was zo smetteloos gesteven dat ze een rode lijn langs haar wang omlaag had getrokken, een merkteken dat ze droeg met een trots of het een nieuw soort stigma was. In haar schoongeboende handen, net onder haar rozenkrans samengevouwen, droeg ze het geheim van slecht nieuws. Ze draaide met haar duimen met een onderdrukte vreugde die we kenden van vroeger. Ik keek naar haar en mijn hart ging in een opwelling van medelijden uit naar Janet, het meisje van de Amerikaanse verliezen, omdat ik dacht dat haar schoolgeld misschien niet was betaald zodat ze publiekelijk van school zou worden gestuurd. Naast dat medelijden voelde ik een warme gloed van tevredenheid dat het ongeluk zich zou uitstorten over het hoofd van Janetje en niet op het mijne. Ik mijmerde over de edelmoedigheid waarmee ik haar de rooddooraderde knikkers had gegeven die ik van Peter had gekregen, toen ik door de nevels van eigen lof heen mijn naam hoorde noemen.

'Joan Allen.'

We stonden in twee rijen bij onze bedden. De Frans uitgesproken 'J' van 'Joan' leek zo op de 'J' van 'Janette' dat ik kans zag de naam te verdraaien tot die van het andere meisje.

'Joan Allen,' herhaalde Zuster Marie, met haar duimnagel tikkend tegen de gitzwarte rozenkrans op een manier die onheil spelde in haar eigen kloostermorse. Ze was langs mijn bed gelopen en ze had niets gezegd. Ze had mijn overjas geïnspecteerd net als die van de andere meisjes en ze had niets gezegd. Ze had gewacht tot ze bij de deur was, zodat ze luidkeels kon uitroepen welk ongeluk mij getroffen had.

'Joan Allen,' herhaalde ze, en ik stapte naar voren, de afgrond in van het linoleum in het midden van de zaal. Ik maakte een knicksje en antwoordde: *Oui, Soeur Marie.*

Toen vertelde ze het nieuws, in het Frans, en ik hoorde de woorden uit haar mond naar mijn hoofd draaien en er weer uit, ergens naar het opslokkende donker van de vloer. Ik reageerde helemaal niet en dus herhaalde ze haar boodschap, deze keer wat uitvoeriger: ik zou met Kerstmis op school blijven. Moeder Overste zou straks met me praten. Zich omdraaiend in de zwarte tent van haar habijt, vertrok ze. De andere meisjes dromden om me heen: er moest iemand ziek zijn, of overleden. Wie zou het zijn? Wat kon er gebeurd zijn?

Maar ik wist het al half en half. De dood was heilig. Was er een sterfgeval dan zou er het gebruikelijke respect zijn geweest. Er was niemand gestorven. Als het ziekte was geweest, dan zou het klooster sympathie hebben moeten tonen. Dit was iets anders, iets speciaals dat telepathisch werd doorgegeven van de een naar de ander. Om redenen die ik niet begreep, was ik teruggevallen op mijn oude status. Ik was weer ongewenst. En deze keer was het erger: ik had zelfs het beetje terrein verloren dat mij rechtens toekwam. Zelfs Oma was me niet komen halen en ook Peter niet. Er was geen auto gestuurd om me alleen mee te nemen. Dit moest het werk van Moeder zijn. Het was Moeder zoals ik haar gekend had voor het respijt; maar nu met toegenomen kracht.

Ik wilde door de meisjes met rust gelaten worden. Ik wilde dat mijn vriendinnen mij alleen lieten met de teleurstelling in mijn hart. Ik wilde met mijn vuisten tegen de muur bonken en huilen. Ik wilde dood. Maar als een martelares bracht ik mijn tien kerstvakantiedagen bij de nonnen door, hun stekelige instructies verdragend met bestudeerde onverschilligheid. Zuster Marie hield persoonlijk toezicht op elke minuut van mijn dagen om me klein te krijgen. Ze was een schandelijk onheil op het spoor en ze wilde weten wat het was. Ik gedroeg me als het stomme rund waarvoor ze me zo vaak had uitgescholden. Ik weigerde met haar te overdenken wat toch de precieze oorzaak van mijn internering kon zijn. Ik hield mijn zenuwen in bedwang door stiekem te letten op de rode lijn aan de zijkant van haar gezicht. Als ze me op dat staren betrapte, sloeg ze me op de vingers met een koperen liniaal die ze altijd voor dat doel bij zich had. Ik maakte haar nog bozer door niet te vragen wanneer ik naar huis zou mogen. Ze pestte me door uitvoerig stil te staan bij de mogelijkheid dat ik alle vakanties op school zou moeten blijven voor de komende acht jaar, aangenomen althans dat het schoolgeld regelmatig zou worden betaald. Tweemaal per dag slofte ik de lange gang door naar de kamer van Moeder Overste. Ik zag haar nonnensluier fladderen in de tocht door het opengeschoven raam. Er lag sneeuw op het kozijn, die soms naar binnen woei en smolt op de vloer. Ik concentreerde me op die sneeuw, zodat het smeltwater de plaats innam van mijn waterlanders. Ik weigerde te huilen en zij weigerde mij in te lichten omtrent mijn toestand.

Bij de Mis, 's morgens en 's avonds, bad ik om verlossing. Ik smeekte Oma me te vergeven dat ik Peter de voorkeur had gegeven op Haddersly Hall en ik smeekte Peter aan me te denken, zoals hij beloofd had altijd te zullen doen. Ik wist dat ik onwaardig was, maar ik geloofde in een kerk die ook de onwaardigen tot zich liet komen door de gemeenschap der zonde.

Oma kwam me halen op Kerstavond. Ze verscheen onaangekondigd, en ze zag er moe en oud uit. Ze kwam in een taxi en gaf opdracht mijn grote koffers na te sturen. Ze vertelde me heel weinig over wat er thuis aan de hand was, behalve dat Moeder geweest was en vanmorgen was vertrokken naar Haddersly Hall.

'Gaan wij daarheen?' vroeg ik, snel hersteld van mijn val van de laatste dagen en hopend tegen beter weten in op een terugkeer naar de gelukkige toestand van daarvoor.

'Nee Joan, we zijn met de Kerst in Hendon dit jaar.'

'Wanneer gaan we weer naar Yorkshire?'

'Het heeft geen zin vragen te stellen, Joan, als je te jong bent om de antwoorden te begrijpen.'

De rest van de tocht vond in stilte plaats, terwijl Oma naar de nek van de chauffeur staarde en haakte. Ik had haar vingers nooit sneller zien bewegen.

We hadden het heel rustig met Kerstmis. Tijdens mijn afwezigheid was er een nieuw dienstmeisje gekomen, maar nadat ze het Kerstmaal had voorbereid en de kalkoen in de oven had gezet, had ze de rest van de dag vrij, zodat we op onszelf waren aangewezen. We maakten het eten klaar en zetten het op tafel in het benauwde eetkamertje. De open haard rookte door de natte kolen die ik had geschept en de damp van de kalkoen vulde de kamer met een verstikkende, met jus verzadigde warmte. De cranberrygelei lag als een rode jaap over Oma's plak onopgegeten vlees. De hele rest van de kalkoen met de vulling had voor mij kunnen zijn, maar er lag een claustrofobische grauwsluier over de tafel. De aanwezigheid van rood lint, hulst en mistletoe maakte de kamer eerder somber dan feestelijk.

Peter was ons niet vergeten en zijn tantes waren dat evenmin. Ik kreeg een koralen halsketting van de drie gratiën, kerstkaarten en van Peter een enorm uit hout gesneden hobbelpaard met een echt leren zadel en paardeharen manen en staart. Oma kreeg een met kralen bestikte haaktas en een paar schildpadkammen. Ook arriveerde er een levende groen-met-grijze papegaai met een rood voorhoofd en een forse snavel, met zijn eigen koperen kooi. Oma was een beetje van haar stuk gebracht door die papegaai. Ze dacht dat het er een van Sir Thomas zelf was en ze bekende me dat ze wou dat ze die niet zo openlijk had bewonderd toen ze bij hem was. Na de lunch, toen we bezique aan het spelen waren, begon de papegaai rond te fladderen in zijn kooi, waarbij zijn kop op en neer bewoog in een vlaag van opwinding. Daarop kalmeerde hij, draaide zijn oranje-omkringd oog naar Oma en sprak: 'Hoogste tijd,' op precies dezelfde scherpe toon als Tante Amy Grace. Oma bloosde, zich ongetwijfeld afvragend wat de papegaai nog meer zou gaan zeggen.

'Papegaaien kunnen wel honderd jaar worden, weet je,' zei ze tegen mij, en verviel daarna in gepeins, waarschijnlijk over het aantal vloeken dat een vogel kon leren in honderd jaar van even zoveel zeelui.

Deze merkwaardige papegaai, wiens naam 'Hanno' op zijn kooi stond gegraveerd, zei niets onbehoorlijkers dan 'hoogste tijd'. Toch werd onze Kerst er niet rustiger van. Oma was ongewoon nerveus; achteraf begrijp ik dat ze naderend onheil verwachtte. Het orakelachtige 'hoogste tijd' kan haar angsten alleen maar hebben aangewakkerd.

Op tweede kerstdag gingen we mevrouw de Gruchy opzoeken in haar ziekenhuiswoning. Het was bitter koud op straat, zo koud dat Oma's heup stijfbevroren leek en ze haast niet meer kon lopen. Mevrouw de Gruchy had een feestje, met een stuk of vijftien familieleden op bezoek. De grote mensen dronken warme ciderpunch in plaats van thee en er waren likeurtjes bij de cake. Ik morste Oma's cherry brandy op de grond en liet het amandelglazuur van mijn cake vallen. Mevrouw de Gruchy zei dat ze het niet erg vond, maar ik kon zien dat Oma het wel erg vond.

'En Kitty?' vroeg haar vriendin.

'Die is op Haddersly Hall.'

'O wat een geluk. Zie, het is niet zo erg als je dacht. Meisjes veranderen niet van de ene dag op de andere, ze moest...'

Hier richtte mevrouw de Gruchy, die gemerkt had dat ik luisterde, haar blik op mij en gaf een veelbetekenend knikje. Oma stuurde me weg naar het ander eind van de kamer om daar een praatje te maken met een booskijkende zevenjarige die daar zat. Het laatste dat ik hoorde was een gefluisterd 'Joan weet er niets van'.

Ik zat op een houten bankje met het onvriendelijke jongetje en dacht na over wat ik had gehoord. Ik wist niet waarom Moeder wel met Peter en niet met een van haar andere aanbidders was getrouwd. Persoonlijk zou ik als de weerga met hem zijn getrouwd, maar hij leek meer mijn type dan dat van Moeder. Toch moest ze echt om hem gegeven hebben, om haar boosaardigheid al die maanden dat ze samen waren te hebben weggestopt. Toen herinnerde ik me haar gezicht op de dag dat we haar zagen in Eaton Square, net na hun huwelijksreis. Ze had zich toen verveeld, daar was ik zeker van. Hoe langer ik erover nadacht, hoe meer het me leek dat je boosaardigheid niet voor lang begraven kon; die zou zich toch weer terugwurmen naar de oppervlakte. Verdrinken ging ook niet, want zelfs dode vissen kwamen boven en rotten daar weg. En als iemand zo hevig allergisch was voor verveling als Moeder, dan zou ook de liefde ervan gaan rotten, hoe groot die ook was.

Ik weigerde te geloven dat Peter iets verkeerds had gedaan. Hij was een onschuldig slachtoffer, net als ik. Ik hoopte dat ze hem geen pijn had gedaan, dat ze hem niet kneep of schopte. Bovenal hoopte ik dat ze geen dingen tegen hem had gezegd die gingen knagen aan zijn binnenste. Hij had me verteld dat Moeder hem betoverd had met het magische groen van haar ogen. Ik wist dat hij die nooit had zien bliksemen. Hij had nooit de kwaadaardige kracht gevoeld die een man als hij kon verlammen. Hij had daar allemaal niets van gemerkt op het moment dat hij met me praatte, daar in de ommuurde tuin op Haddersly Hall. Maar wat was er intussen gebeurd? Ik wist het gewoon niet. Ik zou het nooit weten. Oma had laten merken dat ik te jong was. Maar ook nu, zoveel tientallen jaren later, is het nog een raadsel.

Het was heel donker toen we het St Thomasziekenhuis verlieten. We reden in een taxi door de verlichte straten en er vormden zich ijsbloemen op de ruiten. Er sjokten heel veel mensen door de vuilgeworden en opgevroren sneeuw. Oma zei dat ze dacht dat het te koud was voor nog meer sneeuw. Er lagen mensen weggedoken onder Waterloo Bridge, naar wie ik niet mocht kijken van Oma. Toen ik vroeg waarom niet, antwoordde ze: 'Hoe zwaar ons leven ook mag lijken, er zijn altijd anderen wier leven nog zwaarder is. Onthou dat, Joan.'

Ik knikte. 'Ja, Oma.'

'Beloof me dat,' hield ze vol, 'beloof me dat. Het kan altijd nog zwaarder.'

Ik had Oma nog nooit zo in de war gezien. Als we anders ellende voorbijkwamen die buiten haar directe macht lag, keek ze een andere kant uit en probeerde te doen of het niet bestond. Ik kon niet begrijpen dat ze nu ineens bijna tot tranen geroerd werd door dezelfde zwervers die ze anders zo leek te minachten. Achteraf denk ik dat ze een vaag idee moet hebben gehad van wat er komen zou, een vleug van Moeders eigen helderziendheid.

Toen we in Hendon aankwamen, waren we allebei moe. Susan, het dienstmeisje, maakte warme melk met honing voor ons en daarmee en een boterham gingen we naar bed. Ik weet niet hoe lang ik geslapen had toen ik Moeder hoorde thuiskomen. Ze kwam uit Yorkshire gereisd en was verstijfd van de kou. Ik hoorde hoe Oma beneden voor haar aan het zorgen was.

'Je kunt beter naar bed gaan, Maman,' hoorde ik Moeder zeggen, 'Peter kan elk ogenblik hier zijn.'

'O Kitty, wat heb je gedaan?'

'Doe niet zo gek, Maman, en ga naar bed.'

Daarna bleef het lang stil en ik sukkelde weer in slaap. Het moet lang na middernacht zijn geweest dat Peter kwam.

Zijn auto hoorde ik niet aankomen. Ik werd wakker van zijn geschreeuw beneden in de zitkamer. Moeder leek niet veel te zeggen, maar Peter was heel kwaad. Ik had nooit gedacht dat hij zo kon schreeuwen en zulke gemene dingen kon zeggen. Niet dat ze onwaar waren, maar juist het rake maakte ze erger. Ik wist dat afluisteren slecht was, maar ik kon het niet laten. De combinatie van het rumoer en de onthullingen was te veel voor mij.

Door de kier van mijn deur zag ik Moeder de trap opkomen als een priesteres die het altaar nadert, Peters beschuldigingen meeslepend in haar kielzog als het gezang van een misdienaar.

'Je bent slecht,' riep Peter haar achterna, 'slecht.'

Moeder was nu boven aan de trap, hield haar hoofd schuin en lachte. De woede was weggezogen uit Peters stem en hij zakte tegen de bocht van de trap, aan het eind van zijn krachten.

'Jij bent niet zoals andere mensen.'

'God zij dank!'

'Je bent slecht... te slecht...'

Het laatste woord stierf weg als de rook van een kaars in de kerk.

Moeder ging haar kamer binnen en ik hoorde haar aan haar toilettafel rommelen met haar flesjes en drankjes. Peter beende beneden op en neer en de papegaai, gewekt uit zijn slaap, stookte hem op met zijn 'hoogste tijd'. Na een paar minuten sloeg de voordeur dicht en trok een auto op.

Ik sliep alweer toen Moeder mijn kamer binnensloop. Ik deed of ik niet wakker werd toen ze zich in mijn smalle koperen ledikant wrong. Moeder had me nog nooit aangeraakt, behalve met geweld. Het maakte me misselijk van emotie toen ze naast me kroop en haar koude, geparfumeerde armen en benen naast de mijne legde, zodat mijn hoofd tolde van de wierook van haar nabijheid. Het was nog donker toen Peter mijn kamer inkwam. Ik had hem niet horen terugkomen, maar ik zag hem duidelijk afsteken in de deuropening tegen het heldere licht uit de hal. Hij zag er moe en ziek uit, en in een gezicht met de kleur van oude lappen schitterden zijn ogen koortsachtig. Een paar seconden bleef hij in de deuropening staan, toen bewoog hij zich naar het voeteneind van mijn bed.

In zijn ene hand hield hij een revolver, die hij voor zich uit hield als een offergave bestemd voor Moeder; zijn andere hand schokte naast zijn zij. Ik kroop een eindje weg onder de dekens. Moeder greep mijn hand vast en drukte haar lange nagels in mijn pols om me stil te houden.

Peter keerde zijn starende blik van Moeders gezicht naar het mijne, liet daarop de revolver langzaam zakken, als het touw aan een doodskist. Hij mompelde iets als: 'Het zou voor jou ook goed geweest zijn, maatje,' en ging toen weg.

We hebben hem nooit meer gezien en zijn naam werd, zoals die van mijn vader, geschrapt uit het familieregister. Nog geen tien tellen nadat de voordeur dichtsloeg stapte Moeder uit mijn bed, vertrok zonder een woord te zeggen naar haar eigen kamer en deed de deur op slot.

Hoofdstuk 6

Het leek of de hele wereld zou veranderen omdat ons leven was veranderd. Ik dacht dat na Peters dramatische afscheid alles zou gaan verschrompelen en verdwijnen. Onze tuin was al kaal en de platanen in onze straat, voor de winter ontdaan van hun bladeren, staken hun geschramde grijze takken omhoog in een hopeloze smeekbede. Het sneeuwde, en de straat veranderde in een stuk donkerbruine viezigheid. Het park voorbij de kruising zag er troosteloos en verwaaid uit, met zijn ijzeren hekken klaar om alles te spietsen wat op drift was geraakt in dat vreemd vluchtige deel van de metropool. Bladeren en afval en verloren handschoenen bleven aan de spijlen hangen als boodschappen uit een verdwenen wereld waar nog restjes kleur bestonden, verschoten maar toch doorfladderend.

De morgen na Peters vertrek kwam Oma naar beneden voor het ontbijt, dronk haar koffie terwijl ik mijn grape nuts at, en zette haar leven en haar haakwerk voort of er niets was gebeurd. Toen ik haar iets probeerde te vertellen van wat er die nacht gebeurd was, zei ze alleen 'ja liefje' en 'nee liefje' en 'als je wat minder at zou je misschien aardiger dromen', waarmee ze het onderwerp afsloot voor altijd. Moeder hield vierentwintig uur lang haar kamer, zo nu en dan haar bel luidend voor Susan, haar dienstmeisje. Zo dacht Moeder over Susan en alle andere meisjes die haar waren voorgegaan. Het waren haar meisjes. Het feit dat ze ook de enige hulp waren die we in huis hadden, dat ze moesten koken en alles schoonhouden en al het zware werk doen, maakte niets uit. Moeder placht haar handbel te zwaaien met de aandrang van een brandalarm op elk uur van de dag of de nacht. Het was op zichzelf al mal er een bel op na te houden in een kleine bungalow op Hendon Green, maar er zo nadrukkelijk mee omspringen als Moeder deed, alsof ze zich hoorbaar moest maken door de lange gangen van een groot landhuis, leek een voortdurende aanfluiting. De grijsgroene scheidingswandjes van de eetkamer waren zo dun als kamerschermen, en gefluister kon je horen door het plafond heen. Moeders deuntjes konden de vier armen van het kroonluchtertje in de zitkamer onder haar aan het dansen brengen. Je kon het tikken van haar hakken horen op het trapkleed en het zwiepen van de borstel door haar haar. Je hoefde maar te roepen en iedereen zou je overal gehoord hebben in dat krap ingedeelde huisje, maar Moeder liet het schudden en beven met haar gebiedende bel. De opeenvolgende Susans en Nancy's moesten naar Miss Kitty in haar koningsblauwe slaapkamer met de korte Chinese draperietjes, en hun knicks leren maken voor haar, alsof ze aangerend kwamen vanuit een antiek verafgelegen bediendenverblijf naar een weidse bel-etage.

Moeder overtrof zichzelf met haar bel, de morgen na Peters vertrek. Ze belde Susan om de gordijnen open te doen, dan om ze weer te sluiten, om haar kamerjas te pakken en haar ringen. Om haar Grafonola boven te brengen en dan haar nieuwe grammofoonnaalden. Om de Trix Sisters te zoeken en Jelly Roll, Caruso, Martinez, tango's en walsen, foxtrots en slaapliedjes. Ze probeerde ze allemaal, de ebonieten slinger van haar Grafonola aanzwengelend voor zo'n potpourri van orkestjes en liedjes dat het leek of ze met het zoeken van een nieuwe melodie ook op zoek was naar een nieuw masker om dit nieuwe schandaal mee tegemoet te treden. We hoorden haar aarzelende passen boven ons hoofd als losse stukje dans, telkens onderbroken door de bel en het vermoeide stampen van Susan op de trap. Ten slotte koos Moeder een charleston met een nieuwe draai erin. Die danste ze de rest van de middag, 'ta ta, ta ta', het ritme wegtikkend boven het toch al gebarsten plafond. Toen ze eindelijk tevreden was over haar techniek, belde ze een taxi en verdween, met de mededeling aan Oma dat ze ging logeren bij vriendinnen in Parijs.

Die avond ging ik terug naar mijn vriendinnen, terug naar het klooster waar ik de volgende drie jaar zou blijven met alleen de korte verlofperioden die het resultaat waren van Oma's langdurig touwtrekken. Ze veroverde mijn paar dagen in Selsey voor me, of mijn middagjes uit met haar, terwijl ik er zo aan gewend raakte een Dochter van het Kruis te zijn, dat ik Oma's eigen hinkende kruisweg niet opmerkte. Mijn leven draaide om de kloosterroutine als ik daar was. Oma en Moeder kregen hun overheersende plaats in mijn gedachten alleen terug bij mijn zeldzame bezoeken aan huis. Ik veroorloofde mezelf heel wat steken te laten vallen in die jaren van schijnbare vrede. Ik realiseer me nu dat Oma geen ogenblik rust kreeg. Terwijl ik me ontspande binnen de kloostermuren, moet zij voortdurend aan het oplappen en goedmaken zijn geweest.

Toen Moeder voor een maand naar Biarritz ging, smokkelde Oma me naar Hendon voor tien dagen in de Paasvakantie. Alles was zo geregeld dat ik terug zou zijn op school voor Moeder thuiskwam en als ze er niet naar vroeg mocht ik het niet vertellen van Oma. Het was zo'n gure Pasen waarop de zon niet kan besluiten of ze zal gaan schijnen of zich terugtrekken in de winternevels, en dus maar ertussenin blijft hangen als een bleke schim van zichzelf. Oma hield van de zon; ze volgde die door het huis en vergaarde de troostende stralen door de dikke ruiten van onze voorstadswoning, eerst aan de oostkant, dan op het zuiden.

We zaten in de serre, Rufus lag te rillen tussen onze voeten. Ik hield met twee handen een streng zijde op, terwijl Oma er een van haar stevige kluwens van wond. Ze zag eruit als een herstellende zieke. Haar dochter zat veilig aan de andere kant van Het Kanaal, haar cineraria's hadden weer een venijnige winter doorstaan zonder te bezwijken aan de vorst, en haar twee rijen camelia's stonden al in knop, met hun stijf opgerolde bloemen in afwachting van de bloei later in het jaar.

Ik was tien en ik groeide met de snelheid van een blader-strip. Ik was dat jaar drie keer uit mijn schooluniform gegroeid. Ik kende een paar meisjes uit de hoogste klas doordat ik – heel vernederend – hun oude uniformen tweedehands had moeten overnemen. Ik kon de elleboog van Marguerite le Blanc, de bullebak van de school, tegen de tafel drukken en ik kon van elk meisje op school winnen met vechten. Het was daar veel makkelijker ruzie te maken dan vriendinnen te zijn. Intiem zijn was de echte misdaad. Praten onder vier ogen was strafbaar. Arm in arm lopen, zelfs maar elkaar aardig vinden, werd ongewenst geacht. Dat moedigde zelfverering aan en katholieke meisjes dienden onzelfzuchtig te zijn. Maar de kwaadaardige Zuster Marie hield me altijd in de gaten, en rapporteerde mijn ruwe gedrag aan Moeder Overste, die twee keer naar Oma had geschreven. Oma was er zo door van streek dat ik Louise Hunter voortaan de helft van mijn zakgeld ging betalen om op de uitkijk te staan als ik me weer eens verplicht zag tot deze onchristelijke daden over te gaan. Maar inmiddels had ik gevast en gebiecht en was elke morgen met Oma naar de mis geweest, en ik had vergiffenis gekregen. We hadden pannekoeken gebakken en paaskoekjes, en de absolutie gekregen van mevrouw de Gruchy. Ik had beloofd voortaan braafte zijn, en mijn koffer was netjes gepakt en stond klaar voor mijn terugkeer naar school.

Geen van beiden hadden we Moeder verwacht. Direct na het avondeten zou ik naar het klooster gaan. Er brandde een vuurtje in de miniatuurhaard vlakbij in de zitkamer, en Oma had suiker op de kooltjes gestrooid om de vlammen helderder te maken. De kamer rook naar caramel. In huis was het stil. Er was een aantal nieuwe dienstmeisjes gekomen en weer gegaan sinds Moeder zich opnieuw in haar kamers had geïnstalleerd. Agnes zei dat, nu de dagen van de keukentirannie op hun eind liepen, alleen de groeiende werkloosheid nog enkele van deze meisjes bij ons in Hendon hield. Ze verdroegen Moeders woedebuien en beledigingen zo lang ze konden en dan, als haar gescheld ten slotte zwaarder was gaan wegen dan de rijen voor de soepuitdeling op straat, gingen ze weer. Sommigen slopen 's nachts de deur uit met hun kartonnen koffers en lieten zich nooit meer zien. De moedigsten smokkelden eerst hun bezittingen het huis uit voor ze vertrokken en lieten Moeder dan nog even weten wat ze van haar dachten; die wreekte zich dan op Rufus, en als ze de kans kreeg op mij.

Bij deze gelegenheid was er geen dienstmeisje in huis. De laatste was huilend weggelopen net voor Moeder naar Frankrijk vertrok, en de nieuwe zou de volgende maandag beginnen. Oma had me gezegd dat het veiliger was niemand in huis te hebben als getuige van mijn aanwezigheid, en ik had haar geholpen met het werk in huis. Ze had zelf eten gekookt – vis, want het was vrijdag. Vaag trok de geur uit de keuken de serre in en deed Rufus trillen in zijn slaap terwijl hij uitgerekt voor het elektrische kacheltje lag aan Oma's voeten.

Omdat er geen meisje was, was er geen waarschuwing. Niemand om de deur open te doen. Zo verscheen Moeder, samen met twee jongemannen, om als een wervelwind haar garderobe en platen te verversen en ze betrapte ons terwijl we verstrikt zaten in Oma's zijde.

'Goedemiddag, mevrouw Roberts, hoe gaat het met u?' zei de eerste jongeman, terwijl hij zijn vroege strohoed lichtte en een hoogblonde haarbos toonde. Zijn metgezel knikte en boog met schijnonderdanigheid voor Oma en mij.

'Ik... eh... wacht hier wel met Hamish terwijl jij je platen en parelsnoeren en zo uitzoekt, Kitty. Misschien dat je dienstmeisje ons een glas van het een of ander kan bezorgen om de wieltjes gesmeerd te houden, en... eh... je een handje kan helpen met je spullen. Wil je dat doen?' zei hij, zich tot mij kerend. Ik zat heel stil met mijn handen omhoog, terwijl Oma licht bloosde en haar lippen tuitte om iets te gaan zeggen. Moeder stond in de deuropening te kijken hoe Rufus zo uit zijn slaap naar haar toekroop. Ze keek niet naar mij, dus keek ik naar haar en zag hoe haar gewone trekken in een nog bleker gipsmasker veranderde

'Je kunt de platen beter zelf uitzoeken,' zei ze, 'ze zijn boven.'

Terwijl ze samen naar boven trokken, naar Kitty's kamer, bleef Oma haar kluwen opwinden. Haar bewegingen waren in een behoedzame vertraging geraakt. Ik voelde het bloed wegtrekken uit mijn naar boven gerichte handen. Het leek of ze nooit klaar zou zijn. Door het plafond hoorden we de speelse smeekbeden van de twee mannen tot Moeder.

'Maar Kitty, jij was het toch die ons die beroerde vlucht liet maken naar Croydon, je kan het vliegtuig terug niet laten schieten. Je weet dat we vanavond allemaal weer in Le Touquet worden verwacht.'

'Kom nou Kitty, wat heb je ineens?'

'Ik ben van gedachten veranderd.'

'Dat kun je niet maken. Ik kan toch niet tegen die lui daar zeggen dat we jou hier gelaten hebben?'

'Kitty?'

'Wat is er met je? Je kijkt zo vreemd.'

'Ze maakt een grapje, zie je dat nou niet?'

De zijde wond zich draad voor draad om de bal. De vrolijke geluiden stierven weg en toen kwamen de stemmen weer terug, de trap af.

'Eerlijk, Kitty, natuurlijk als je echt van gedachten bent veranderd. Jij moet het zelf weten. Ik... '

Oma bleef haar bal groter maken, draaide hem heen en weer, zorgde handig dat de zijde kruislings kwam te liggen zodat het eind er niet los bij zou hangen. De twee mannen namen afscheid, met een onzekere en geschrokken uitdrukking op hun gezicht, en Oma zuchtte.

Moeder was nog boven, maar we hoefden haar niet te zien om te weten dat ze haar ogen had opgezet en dat de compacte bal van haar boosaardigheid haar vrienden, die het ijs ervan in zich hadden voelen branden, tot de aftocht had gedwongen. Eenmaal uit het bereik van die ogen zouden ze hun schouders lachend ophalen en hun auto terug laten razen naar Croydon en de wachtende avondvlucht. Zij leefden volgens een ridderlijke code die hen de vrijwillige slaven maakte van hun vriendinnen, de potentiële minnaressen en iets minder potentiële echtgenotes van hun kring. Ze deden of ze bang waren die 'meisjes' van streek te maken of te kwetsen. Maar echt bang worden kwam natuurlijk niet te pas en ze zouden het incident afdoen als een misverstand. Meisjes waren verrekte moeilijk te begrijpen, zeker van die wispelturige zoals Kitty.

Eindelijk was de streng op en de laatste meter gleed van mijn verdoofde polsen. Oma stond op, lang en overhellend naar haar manke kant. Ze stootte daarbij tegen de lege papegaaiekooi en bewoog zich vervolgens langzaam en moeilijk naar de glazen deur.

'Ga maar naar je kamer, Joan,' zei ze. 'Je kunt vanavond wel boven eten.'

Ik zat haar na te kijken toen ze wegliep. Ik wou opstaan en haar hand pakken en zeggen dat het mijn schuld was. Ik wilde niet dat ze door mij in moeilijkheden kwam. Ik wilde niet dat zij verdriet had omdat ik eruitzag als de dienstmeid, een Ierse dienstmeid, zwaar gebouwd en grof, en helemaal niet alsof ik familie was. Ik voelde dat zij dacht dat ze het verkeerd had gedaan. Het was verkeerd dat ze Rufus niet uit de serre had gehouden, en verkeerd om mij naar huis te halen tegen Moeders uitdrukkelijke wil in, en het was verkeerd de licht aangeschoten jongeman niet te corrigeren toen hij dacht dat ik haar dienstmeisje was. Toen ze was weggehinkt en ik haar niet meer kon zien, keek ik naar de papegaaiekooi, met 'Hanno' erop gegraveerd onder de lege stok. 'Papegaaien kunnen honderd worden,' had Oma gezegd, maar dan wel ergens anders. De cadeautjes van de families van ex-echtgenoten leefden niet lang in ons huis. Deze Hanno had niet als die andere Hannibal lang genoeg geleefd om de Alpen over te trekken of iets van Spanje of Italië of zelfs Hendon te plunderen. Deze Hanno was gestorven op de dag nadat Peter het huis uitgelopen was, en hij was begraven onder een camelia in Oma's mooie tuintje.

Ze wachtte me op boven aan de trap. Ze riep mijn naam niet. Ik wilde dat ze dat wel deed. Zelfs als ze me strafte wilde ik dat ze mijn naam zei. Ze deed het nooit. Agnes vertelde me dat toen ik geboren was, Moeder niet alleen weigerde me te zien, maar ook om me een naam te geven. Oma had daar natuurlijk op gestaan, en ten slotte had Moeder gezegd dat zij me dan maar een naam moest geven. Ik werd Joan genoemd, de Engelse vorm van Jeanne d'Arc, die in 1920 heilig verklaard was en daardoor in de mode als meisjesnaam. De meeste Joans die ik heb gekend waren net als ik in 1921 geboren. Moeder bleef zich echter verzetten tegen mijn naam, elke naam, en ze weigerde de naam uit te spreken die Oma gekozen had. Ik droomde er soms over. Ik droomde dat Moeder me riep: 'Joan, Joan, ik heb je nodig,' of gewoon: 'Joan... Joan.' Het zou zoiets heerlijks zijn geweest. Soms draaide ik het zo dat mijn naam er vanzelf uit zou komen. Maar het gebeurde nooit.

Ze trok me naar zich toe met haar ogen, en ik zonk weg in de groene onderstroom van haar haat. Ik voelde de verdoving van mijn polsen zich verspreiden door mijn aderen tot ze zich als een kluwen garen, zonder enige slapte, onder in mijn maag had genesteld. Ik voelde me misselijk. Ik probeerde rechtop te blijven lopen. Ik wist dat het beter was als ik haar niet nog meer prikkelde, maar ik kon het niet helpen en kroop tegen de muur. Zo klom ik naar haar toe, terwijl ik de chrysanten die in reliëf op de Lycra-lambrizering zaten tegen mijn heup voelde drukken. Ik wist dat ze me ging slaan, maar ik wilde dat het gauw over zou zijn, zodat ze haar verzengende blik van me zou afwenden. Ze hield iets zwarts in haar hand. Het was een dunne schijf, een van haar grammofoonplaten. Toen ik boven aan de trap kwam, flitste die door de lucht en kwam neer aan de zijkant van mijn gezicht.

Het was niet wat ik verwacht had, en in mijn verrassing fluisterde ik 'Moeder'.

Ik had meteen een hekel aan mezelf om wat ik gezegd had. Het maakte haar alleen maar erger. Het maakte haar altijd alleen maar erger als ik haar zo noemde. Ik moest haar helemaal niet noemen waar ze bij was. Ik werd geacht mijn woorden even zorgvuldig als zij zo te kiezen, dat elke verwijzing naar onze relatie vermeden werd. Ik had geen schijn van kans in het gevecht met haar. Ik had geleerd stand te houden en meer niet. Overeind te blijven, niet te gillen of te smeken. En nu had ik haar naam genoemd en daarmee haar razernij opgeroepen en op mij gericht. Ik voelde de plaat weer op me afkomen, hakkend in mijn gezicht boven het oor zodat het brandde. Ik viel op mijn knieën terwijl mijn aanvalster op me insloeg. De plaat brak en dikke stukken bakeliet vielen op het tapijt.

Moeder was halsstarrig. Met de scherpe rand van haar gebroken charleston bleef ze op me inranselen, nu eens op mijn hoofd, dan weer op mijn schouder, en ten slotte om mijn armen die tegen mijn wil in omhooggingen om me te beschermen. Ik dwong mezelf niet te gillen zodat het vlugger zou ophouden. Moeder zelf maakte geen geluid, behalve een weggeslikt gebrul en zo nu en dan gekraak als ze haar doel miste en de muur achter me trof.

Die avond at ik, zoals Oma had gezegd, op mijn kamer. De vis was te gaar en smaakte naar niets. Oma zelf zei dat ze geen trek had. Ze zat een hele tijd bij me en vertelde verhalen over Claremont. Ze dommelde steeds in naast mijn bed. Ze had al het bloed uit mijn haar geveegd en mijn gezwollen arm en schouder gedept met arnicatinctuur. Waar de sneden het diepst waren had ze zwaluwstaartjes gemaakt van kleefpleister om de randen bij elkaar te houden. Ze zei me dat dat beter was dan naaien en minder littekens achterliet. Dat zei ze minstens drie keer, en ze zei dat ik beter thuis kon blijven tot ik beter was, en dat ik dan een tijdje in het klooster moest blijven en niet naar huis komen.

Aan die verwondingen hield ik negen dagen ziekenverlof over. Ik bracht die op mijn kamer door, verborgen achter *Bleak House* van Dickens. 'Mist overal. Mist de rivier op, waar die stroomt langs groene eilandjes en weiden, mist de rivier af, waar die bedorven langs de rijen schepen klotst, waterwijd vervuild door een grote en smerige stad.'

Het nieuwe dienstmeisje begon een paar dagen later. Ze was vol medeleven over mijn kwetsuren. Ze verzekerde me dat ik geluk had gehad dat ik levend uit zo'n ongeluk was ontsnapt.

'Het moet echt heel erg zijn geweest. De arme Miss Kitty heeft haar hand ook helemaal in het verband.'

Net als Agnes had het nieuwe meisje een hang naar bloederige bijzonderheden en ze vond het jammer dat ze geen volledig verslag van ons ongeluk geleverd kreeg – zo jammer zelfs dat ze alweer vertrok voor ik beter was. Ze vertelde me dat ze het niet leuk vond weg te gaan voor ze goed en wel begonnen was, maar dat Miss Kitty een lelijke klap gekregen leek te hebben, en dat ze soms als zij naar haar keek de griezels kreeg, en dat ze zelf nooit sterke zenuwen had gehad, zeker niet sinds ze door een hond op straat was gebeten.

De andere keer dat ik nog veel langer thuisbleef was toen ik met Kerstmis de mazelen kreeg en drie weken in quarantaine in mijn bed moest blijven nadat de koorts en de lelijke vlekken verdwenen waren. Het was na de mazelen – of liever gelijk ermee – dat mijn benen uitgroeiden tot hun giraffelengte. Ik was altijd groot voor mijn leeftijd geweest en ik zag er jaren ouder uit. Maar toen ik in bed die infectie lag uit te zweten, groeiden mijn benen maar door, terwijl de rest van mijn lichaam even groot bleef, met uitzondering van mijn borsten, die tegelijkertijd tot ontwikkeling kwamen.

Ik ging liggen als een bovenmaats kind en ik stond op als een zeer rijkelijk gevormde volwassene. Pas na zes weken ging ik weer naar het klooster, en de meisjes en de nonnen herkenden me nauwelijks. Dat was trouwens wederzijds, want hoewel Oma erop gestaan had dat de ziekenkamer donker bleef, was mijn gezichtsvermogen sterk afgenomen. Ik heb zonder mijn bril nooit meer iets helder kunnen zien. Door mijn ogen een beetje dicht te knijpen kon ik zelfs Moeders bijtende blik aan kracht doen verliezen. De grote bril die ik vanaf het begin van de zomer droeg, maakte mij er niet mooier op. Niet dat me dat veel kon schelen; ik kon mij erachter verschuilen en ik had het allang opgegeven te bidden om een gedaanteverwisseling van lelijk eendje naar zwaan. Mijn benen en nieuw gevormde borsten kregen een zeer gemengde ontvangst. De meisjes op school waren flink jaloers op dat laatste; de nonnen waren er gebelgd over en beschouwden de plotselinge verschijning ervan als een wulps en opzettelijk uitbroedsel. Maar de winkeliers en de toevallige strandzwerver in Selsey werden duidelijk aangetrokken door mijn nieuwe overdreven vorm. Oma maakte een linnen band voor me om rond mijn borst te winden en die platter te maken; ze zei dat ik het onfortuinlijkste kind was dat ze ooit was tegengekomen, terwijl mijn moeder zich tot mijn verdriet niet eens verwaardigde tot een woord van kritiek.

Verbazender echter dan welk ander aspect ook van mijn ziekte of de nasleep ervan, was voor mij het plotselinge opduiken van Oom Frank. Ik wist van het bestaan van deze broer van mijn vader, want jaren tevoren, toen de scheiding van mijn ouders onder de rechter was, werd zijn naam thuis wel eens genoemd. En ooit, op mijn negende, had ik hem een keer in werkelijkheid gezien in onze voortuin – een bezoek dat ertoe leidde dat Moeder een week lang halsstarrig bleef. Ik weet nog dat ik toen verbaasd was geweest dat hij er, naar de achterkant en de zijkant van het zich verwijderende hoofd te oordelen, volstrekt normaal uitzag, misschien zelfs een beetje gedistingeerd. Ik had me tot dan toe mijn vader en zijn familie voorgesteld als van het soort dat gespleten hoeven had, met misvormde koppen en horens en een enorme vlammenzee van vuurrood haar boven op hun reuzenlijven.

Na die ene vluchtige poging tot bezoek werd er niets meer over of van mijn oom vernomen. Hij liet bij die gelegenheid de som van vijf pond achter voor mij, om uit te geven voor mijzelf. Moeder had het geld aan Oma gegeven, die het weer aan mij had gegeven met het bevel dat ik het in de collectebus moest stoppen na de zondagsmis. De vijf pond werden netjes geofferd, ofschoon Oom Frank in mijn herinnering bleef als een held en iemand met veel verstand van kinderen. Maar de vaandels van mijn religieuze devotie trokken zich in de loopgraven terug door dit verlies van mijn kortstondig fortuin. Nog maanden daarna als ik in de kerk zat, of vaker in de schoolkapel, dwaalden mijn gedachten af van de gebeden en de doorzeurende preek om precies te berekenen hoeveel plakken koninginnebrood ik had kunnen kopen voor dat briefje van vijf. Ik had er twaalfhonderd cakejes met wit glazuur voor kunnen kopen, of achthonderd Deense gebakjes, of vierentwintighonderd van die kleine, kleffe snoepjes die ze verkochten in de Poolse delicatessenzaak in High Street. Het was de enige keer dat ik me herinner belangstelling voor wiskunde te hebben gehad. Ik zat in mijn bank, ingeklemd tussen mijn klasgenotes naar Pater Gregorius te staren boven mijn rode leren missaal, en mij kwaad af te vragen hoeveel donuts hij had opgegeten van mijn geld, hopend dat hij erin zou stikken.

Maar Oom Frank kwam terug na mijn mazelen, trok zich niets aan van quarantaine en stapte zo mijn kamer in om me te bezoeken. Oma was ontzet over zijn miskenning van de besmettelijkheid van mijn ziekte, maar hij hield vol dat een ziekte alleen besmettelijk was in de incubatieperiode en niet daarna, en dat het een misplaatste formaliteit was die iemand aan huis bond na zo'n aanval. Ik weet niet wat er veranderd was in de jaren tussen zijn eerste poging en zijn tweede, geslaagde bezoek. Wat het ook was, Oma koos tot Moeders afschuw de kant van Oom Frank door te denken dat het belangrijk voor mij was enig contact te hebben met de andere kant van mijn familie. Misschien voelde ze iets van de voortgang van haar ziekte, en maakte ze zich zorgen over wat er zou gebeuren als zij er niet meer was om te bemiddelen.

Het eerste bezoek vond plaats in mijn kamer, met Oma als chaperonne, niet zozeer om mijn oom, maar om wat ik in een moment van loslippigheid zou kunnen zeggen over mijn leven met Moeder.

Toen ze evenwel merkte dat ik mijn kindertijd zo had herschreven dat alle pijnlijke momenten waren weggewist, vertrouwde ze mij genoeg om hem vaker te zien en zelfs in de twee jaar die volgden, door hem van school gehaald te worden voor een uitje.

Moeder en Oom Frank wisselden nooit zelfs maar een groet. Mijn oom, die momenten van wat hij noemde 'taal van man tot man' afwisselde met momenten van verstrooid zwijgen, vertelde me dat ze niets gemeen hadden. Toch vond ik dat ze in heel wat dingen op elkaar leken. Geen van beiden voelden ze zich op hun gemak in de buurt van kinderen, en allebei waren ze gauw verveeld. Hij nam me mee om de musea te doen. Per taxi gingen we naar South Kensington en begonnen dan onder zijn geestdriftige leiding aan een rondgang door het enorme Museum voor Natuurlijke Historie, of de gebouwen voor Wetenschap of Geologie, waar hij me begon te vertellen over zijn reizen, vooral in Argentinië.

Oom Frank had vele jaren in Argentinië doorgebracht, waar hij spoorwegen had ontworpen. Hij zette de lijnen uit en wachtte op het binnenrollen van de winst. Een andere oom (ik bleek er zes te hebben) was miljonair geworden aan de Argentijnse spoorwegen, en Frank was hem daarheen gevolgd. Frank stapte de collectie langs, zich nu eens verheugend over een struisvogelei, dan weer over een oude stoommachine, en legde intussen uit hoe het hem in zijn overzeese avonturen was vergaan.

'Nooit een zakenhoofd gehad of zo. Charlie kwam zowat zijn kantoor niet uit en toch sleepte die een vermogen bij elkaar. Toen ik aankwam, was hij al mooi bezig zijn koffers vol goud te stoppen en op huis aan te gaan. Hij liet een enorme lijst met connecties voor me achter, vanzelf, maar ik wist niet wat ik daarmee moest, of zo.'

Dan draaide hij de mahoniehouten vitrines met me rond, vooral in het Museum voor Natuurlijke Historie, dat altijd meer bij hem in de smaak leek te vallen dan de andere. Bij de kasten met opgezette kolibries en de enorme platte voeten van de emoes en de struisvogels stond hij soms hele tijden stil en zei dan: 'Ik heb dat nooit kunnen begrijpen van die... vogels, allemaal... buitengewoon als je erover nadenkt... allemaal zo anders, en allemaal leggen ze eieren.'

Als we er een poosje tussendoor hadden gelopen, langs de minuscule eitjes van de kolibrie en de enorme donkere eieren van de struisvogel, begon hij te praten over de tegenstelling tussen zijn eigen schamele verdiensten in Zuid-Amerika en de enorme gouden eieren die zijn broer eraan had overgehouden, waarna zijn belangstelling voor de rest van de natuur – of die nu sinds lang opgezet of nog levend was – zienderogen slonk, en hij me in plaats daarvan meenam naar een van de Londense hotels om er de thee te gaan gebruiken.

Ik voor mij was veel meer geïnteresseerd in thee met toebehoren dan in het doen herleven van Patagonië, en ik zat, terwijl hij gin-cocktails dronk, in de foyer van het nogal deftige maar verwaarloosde Russell Hotel mijn buik rond te eten en te luisteren naar de snippertjes informatie die hij losliet over mijn andere ooms en, het meest fascinerend van al, over mijn vader.

Oom Frank was erg vaag over zijn familie. Hij keek in zijn hoge glas gin, starend in het onbestemde vocht met zijn eigen tamelijk onbestemde, bleekblauwe ogen, trok aan zijn fraai gewelfde snorretje en mompelde dan zoiets als: 'Nelson is altijd nogal een buitenbeentje geweest.'

Nelson was mijn vader, en ik vertraagde mijn eten tot het absolute minimum om me te concentreren op zijn onthullingen.

'En impulsief... trouwde met je moeder, zomaar. Mama vond het maar niets, die Kitty was katholiek.'

Hij keek van zijn glas naar mij en weer terug naar zijn glas. 'Ik neem aan dat je zelf een beetje katholiek bent. Kan niet echt kwaad denk ik. Veel gedoe over religie enzo. Ik heb een paar prima katholieken gekend. Zeker, ik herinner me er een uit Buenos Aires, heel fatsoenlijke kerel, heel fatsoenlijk. Gestorven aan de tyfus.'

Hij verviel in een van zijn karakteristieke stiltes en mijmerde toen verder: 'Wat ik vooral zou willen zeggen over je moeder, is, dat ze niet het soort vrouw is waar een man al te veel tijd mee wil doorbrengen. Dat zul je wel gemerkt hebben.'

Oom Frank sprak me, net als Peter, altijd aan of ik een man was.

'Heb in geen jaren iets van Nelson gehoord, niet sinds de... scheidingskwestie, en daarvoor is hij gewoon verdwenen. Nooit geweten wat er tussen hem en Kitty is gebeurd. Wist niks van jou tot je negende. Wij geen van allen. Gek, hè?' Oom Frank vond het zo gek dat het hem onbehaaglijk stemde als ik over zijn broer als mijn vader sprak, dus ging ik die Nelson noemen.

'Heeft Nelson rood haar?'

Mijn oom keek nogal verschrikt en schudde het hoofd.

'Een van uw andere broers?'

'Nee, nooit gedaan aan zoiets. Er is er wel eentje van Charlie met een horrelvoet. Je zou zeggen, met al dat geld moet daar iets aan te doen zijn of zo, maar nee, die draait zo naar binnen.'

Oom Frank trok zich weer terug in zijn gepeins, na een vlugge blik op mijn eigen grote voeten om zeker te zijn dat er niet een naar binnen draaide. Opgelucht richtte hij zich weer op zijn drankje en bestelde er nog een. Als er zo nog een paar lange pauzes waren gevallen, zei hij: 'Je Oom Frank moet eens aan het werk.' Dan rekende hij af, liet een taxi komen en bracht mij naar huis, waarbij hij me altijd een daalder toestopte als we de saaie kilometers naderden vol namaak-Tudor villa's en kleinere rijtjes huizen die Hendon en ons huis aankondigden. Zijn laatste woorden als ik uit de taxi stapte waren altijd: 'Denk erom, je kunt altijd rekenen op je Oom Frank; je laat me maar weten als je me nodig hebt.'

Aangezien hij nooit een adres of telefoonnummer gaf, was dit geen reële mogelijkheid, maar we hadden allebei plezier in het soort fantasieverbond dat we er samen op na hielden.

Ik bedacht vaak dat Frank leek op een geleidehond die bepaalde routes goed kende en andere instinctief meed. Als hij me bij het hek had afgezet en weer naar West-Londen was verdwenen in de taxi, stond ik daar aarzelend op straat, biddend dat niemand me zou zien. Ik was geen onopvallende verschijning. Meestal hoorde ik daar helemaal niet te zijn. Frank haalde me gewoonlijk op bij het klooster, maar hij had zo'n hekel aan scholen in het algemeen en kloosters in het bijzonder, dat hij telkens kans zag me thuis af te leveren in plaats van weer bij school. Soms, als hij eerder genoeg kreeg van ons uitje dan het tijdstip dat ik terug moest zijn, kon ik een andere taxi nemen en op school zijn voor er enig kwaad was geschied. Dat betekende wel dat ik mijn daalder moest aanbreken, maar dat was oneindig veel beter dan op Moeder te stoten of zelfs op Oma.

De ene keer dat Oma me betrapte toen ik zo in Hendon was gedumpt, trok ze me het huis in en zei: 'Nou, dat is onzin zeg. Frank heeft van zijn leven nog geen dag gewerkt. Ik zal hem erover aanspreken: hij heeft jou niet hier af te zetten. Stel je voor dat Kitty thuiskomt!'

Maar om de een of andere reden sprak ze nooit met Frank over diens manier van thuisbrengen, en het bleef zo dat ik van school gehaald en bij ons tuinhek afgezet werd. En een keer was Kitty thuis, maar dat was in een van haar vreemd rustige fasen, toen ze rondzweefde in een soort trance. Ze vroeg alleen maar: 'Wat doet die hier?'

'Ze is op weg naar school,' zei Oma.

'O goed,' zei Moeder, en zeilde weg naar de zijkant van het huis, de rok van haar geborduurde zijden japon achter haar meefladderend met de gracieuze zwaai van haar heupen.

Hoofdstuk 7

Oma zei dat niets ooit meer hetzelfde was geworden na de Eerste Wereldoorlog. De oude orde was weggerot samen met de voeten van de soldaten in de loopgraven, als koudvuur had het zich door het bloed van het land verspreid, zodat alle mensen zich nu gekwetst en bedrogen voelden door het heden, en hevig terugverlangden naar vroeger, en hun leiders wantrouwden. Nostalgie was een institutie geworden. Het leven was volmaakt geweest voor de oorlog, zeiden de mensen; de aardbeien smaakten toen beter, de meisjes waren mooier, de mannen romantischer en de feestjes leuker. Zelfs onder de werklozen weefden zich geromantiseerde fantasieën rond het verleden dat hun ontstolen was. Het slavenwerk op de boerderij werd verheerlijkt, en in de rijen voor het stempellokaal werd met natte ogen gehunkerd naar langvergeten continuwerk in de fabriek uit de dagen van weinig wettelijke bescherming en eindeloze werkuren. Dat was nog eens een tijd; die was nu voorbij. Misschien was het meer de orde van de dingen die de mensen misten dan de dingen zelf.

Wat het ook was, deze malaise van de jaren dertig was nationaal. Alleen Moeder, en tot op zekere hoogte Oma en ik, dachten dat het iets unieks was van onze familie. Vanwege de bijzondere omstandigheden rond onze vlucht van het eiland en ons betrekkelijk sociaal isolement daarna, waren we niet in staat in te zien, dat het hele land zijn levensstijl veranderde of van buitenaf veranderd kreeg. Als de eindjes niet aan elkaar konden worden geknoopt en de slagersrekening moeilijk te betalen was, gaf Moeder mij de schuld en niet de kosten van het levensonderhoud. En als Oma boodschappen ging doen en het winkelmeisje toonde geen respect, dan dacht Oma dat het aan onze positie lag, aan de ongenade waarin we gevallen waren. Als een winkelier familiaar deed, dacht Moeder dat het kwam doordat de schuldige op de hoogte was van onze moeilijke situatie, en niet doordat de tijden waren veranderd. Als haar leven minder plezierig was geworden dan vroeger, had ik het gedaan.

Agnes zei, dat de verandering tussen de oorlogen atmosferisch van aard was: ze zei dat het aanvoelde als de onbehaaglijke benauwdheid bij een naderende storm. Moeder en Oma begonnen elkaars gedrag te bekritiseren zoals ze dat eerder niet hadden gedaan. Moeder was blij toen de aandelenmarkt instortte in New York; ze zei tegen mevrouw Muller, dat de rijken hun trekken thuis hadden gekregen. Ze raakte echter van streek toen de overdadige, met lovertjes bezaaide glamour bij de eerdere modes verstrakte tot meer conventionele lijnen. Waar haar jonge aanbidders vroeger hadden geprobeerd zich van de anderen te onderscheiden, vonden ze het nu verstandiger stevig binnen de perken van een groep te blijven, zonder te riskeren die kwijt te raken door al te veel op te vallen. Een van haar vrienden ging naar Spanje om te vechten, wat ze hem nooit vergaf. Agnes zei me dat Moeder vond dat al die waaghalzen hun sensatie nergens anders hoorden te zoeken dan balancerend rond het scherp van de snede van haar vluchtige passies, dat ze hun krachten maar moesten meten met haar boosaardigheid en winnen of verliezen zoals het uitkwam.

Ik werd onttrokken aan de zorgen van de Filles de la Croix toen ik twaalf jaar was en geplaatst in het veel gedisciplineerder milieu van Duitse nonnen. Ik verliet mijn Franse klooster onder een wolk van verdenking. Vanaf het moment dat die boven mij kwam te hangen tot de tijd dat ik van huis wegging, is die eigenlijk nooit helemaal weggetrokken.

Ik viel een kind aan in ons buurtpark, en haar moeder beweerde dat ik geprobeerd had het meisje te vermoorden. Oma was ontzet, en hoewel ze volhield dat ik niet de bedoeling om te doden had gehad, bracht ze me onmiddellijk over naar de gegarandeerde strengheid van een Pruisische opvoeding. Moeder had naar het scheen al jaren op die maatregel aangedrongen en was al op bezoek geweest in die tuchtschoolachtige instelling in Hertfordshire. Ik vond het spijtig mijn vriendinnen te verliezen, mijn vrije dagen, en mijn oom Frank. Ik was bedroefd omdat ik mijn oma pijn had gedaan, en ik was ook bedroefd omdat ik het mishandelde meisje in kwestie niet echt had doodgemaakt.

Hoewel ik veel vaker gevochten had, in het klooster, op onze slaapzaal of achter de tennisloodsen, waren dat alleen maar vechtpartijen geweest om oude rekeningetjes te vereffenen en kleine ruzies te beslechten. Mijn eerste en enige publieke gevecht was veel ernstiger. Ik wou dat kind dood hebben. Ik sloeg haar tegen de grond, ging boven op haar zitten, greep haar haar in mijn vuisten en sloeg haar hoofd tegen het geasfalteerde pad. Ik beukte zo hard ik kon, en dat ze er niet aan is doodgegaan, bewijst alleen maar hoe moeilijk het is iemand af te maken. Ik was ook groter dan zij, – niet ouder, maar groter. Geen wonder dat Moeder bij mij zulke lukrake resultaten had, als zij – zo klein – op mijn veel grotere lijf insloeg.

Ik was dat meisje al jaren zo nu en dan tegengekomen. Het was een van die gevallen waarin twee mensen op het eerste gezicht een afkeer van elkaar hebben, behalve dat – net als bij liefde, de afkeer ongelijk verdeeld was. Want zij vatte onmiddellijk een actieve hekel aan mij op, terwijl ik mij langzamer van haar aanwezigheid bewust werd, en altijd door haar slinkse streekjes. Als ik boodschappen ging doen met Oma, liep dat meisje, wier naam ik me niet eens kan herinneren, soms achter ons aan, of aan de overkant van de weg, en deed Oma's manke lopen na, waarmee ze haar positie in de buurt ondermijnde. Ik deed altijd of ik het niet zag, en dat wakkerde haar afkeer aan. We waren te verwaand voor haar, te achterbaks, te ongewoon met al die glanzende auto's die bij ons hek stopten. Dat was een deel van het probleem. Het andere deel was gewoon dat ze de pest aan me had. Ze plaagde me met mijn haar en mijn sproeten, en ze spotte met mijn familie. Jaren gingen voorbij, we werden allebei groter, en ik negeerde haar.

Tegen de tijd dat ons laatste onzalige treffen plaatsvond, was ik haar vrijwel vergeten. Ze was niet meer dan een schim van vroeger. Ik was zo verzonken in mijn school en mijn zelfonderzoek en zo zelden thuis, dat ik haar zelfs niet zag. Moeder had die dag bezoek: twee zusters en een man die Denny heette. Ze hadden zich allemaal verkleed met hoeden en sluiers, ook Denny, en ze speelden een heel lawaaiig spelletje in de zitkamer. Ik weet niet meer waarom ik niet op school was, maar ik was thuis. Oma ging de stad in, wat neerkwam op een wandelingetje naar High Street en wat boodschapjes bij de buurtwinkels. Ze nam mij mee, maar liet me achter in het park met de opdracht op haar te wachten op 'onze' bank. Dat was een zwart ijzeren geval onder de beschutting van een enorme eik. Daar zaten we soms uren, starend naar de andere bomen en het grijsgroene uitzicht in de richting van het parkhek, met alleen het schuifelen van mijn voeten en het zachte werken van Oma's vingers, die de stilte van de eenzame perken verstoorden. Soms kwam een kuierende of haastige vreemdeling voorbij, en soms kwam mijn vijandin eraan gelummeld, in een plas stampend als die er was of alleen maar een gezicht trekkend als ze dacht dat het geen kwaad kon.

Op die middag zat ik alleen op die bank te staren over het doorweekte gras met hier en daar een deken van gevallen bladeren. Het was een sombere dag die zijn asgrauw gezicht in de wind hield. Ik voelde hoe de vochtige kilte langs mijn vingers en mijn neus begon te kruipen, terwijl roestkleurige eikebladeren naar de grond zigzagden en neerkwamen in slordige hoopjes op het modderige pad. Ik vergeleek de saaie dag buiten met het kleurige gedartel van Moeder en haar vrienden binnen, en een voorbijgaande glans zweefde rond haar beeld in mijn gedachten. Ik zag haar graag met haar vrienden en vriendinnen. Het was of je een mooie onbekende van een afstand zag. Het gezelschap van anderen transformeerde haar van de heks die ik wist dat ze was, in alle boze betekenissen van dat woord, in iets schitterends en onwezenlijks. Vaak wilde ik dat ze in het huis naast ons woonde, zodat ik haar zou kunnen begluren en haar altijd op haar best zou zien, zonder dat ze wist dat ik keek en toch dicht bij me. In werkelijkheid woonden er twee zangeressen in dat huis, de Trix Sisters, en hoewel Moeder vaak een van hun liedjes had gedraaid, 'I'm sitting on top of the world', vond ze hen vervelend en verklaarde dat ze nog voor geen ons hersens bij elkaar hadden, zodat ze zelden of nooit bij hen op bezoek ging. In weerwil van onze – inmiddels wederzijdse – afkeer, was de mijne soms licht gemengd met andere, meer ingewikkelde gevoelens, zoals die middag, toen ik in het park zat te mijmeren over Moeder als een plekje licht in een voor de rest grijze wereld.

In die zachte stemming van dochterlijke genegenheid stapte mijn vijandin binnen. Ze ging op de bank naast me zitten, op een metertje afstand, en begon te neuriën. Ze neuriede 'John Brown's lijk dat ligt te schimmelen in zijn graf', terwijl ze het ritme meetikte met haar handen. Het is nooit mijn lievelingslied geweest, maar het was een openbaar park, dus ik deed alsof ik haar niet hoorde. En ik bleef dat doen ondanks het feit dat ze het wijsje bijna niet af kon krijgen door haar gegrijns. Ineens hield ze op en zei: 'Weet jij wat een slet is, Joan Allen?'

Ik wist wat een slet was. Ik was er zelf vaak voor uitgemaakt, en op school bespraken we in onze slaapzaal de betekenissen van alle scheldwoorden die we konden verzamelen. Ze zag kans mijn naam uit te spreken alsof dat ook een scheldwoord was. Ik deed of ik haar niet hoorde.

'Nou, weet je dat?'

Ik deed nog steeds of ik haar niet hoorde.

'Iedereen zegt dat je moeder een slet is. Iedereen zegt dat ze het doet met de helft van alle mannen in Londen. Iedereen zegt...'

Ik stompte haar heel hard op haar arm en stond op om haar nog een stomp te geven, maar ze was weggehold en stond nu op het natte gras.

Eigenlijk was ik meer geïnteresseerd in haar woorden dan in haar, dus liep ik haar niet achterna maar ging weer zitten. Was het mogelijk dat iedereen dat zei? En was het mogelijk dat Moeder 'het' deed met al die mannen? En wat betekende het als ze dat deed? En wie was iedereen en waarom praatten ze over mijn moeder? Ik had het monopolie op haat jegens mijn moeder. Alle lelijke gedachten over haar waren mijn eigendom. Ik had het recht verdiend om slechte dingen van haar te denken, maar ik was haar dochter en zelfs ik zei niet wat ik dacht. Hoe meer ik erover nadacht, hoe kwader ik werd op die lasterlijke meid. Ik besloot dat ze een gifkikker was (een ander scheldwoord dat ik vaak van Moeder te horen had gekregen) en dat het niet zozeer de woorden waren als haar mond zelf die niet deugde. Ik voelde een golf heet bloed opstijgen naar mijn gezicht. Door de duizeligheid heen hoorde ik die afschuwelijke kletskous zingen; het was hetzelfde wijsje, weer 'John Brown', maar nu waren de woorden veranderd in:

'Joan Allens moeder is de slet van Hendon Town,
Joan Allens moeder is de slet van Hendon Town,
Joan Allens moeder is de slet van Hendon Town,
En dat zegt iedereen.
Ta-ta.'

Ze had plezier in haar pesterij, en ze stampte als een stompzinnige soldaat over de grasrand, zwaaiend met haar armen en adem scheppend voor het volgende couplet:

'Joan Allens moeder...'

Dat was het moment dat ik op haar sprong. Ze lag half op het gras en half over de rand, met haar hoofd op het pad. Ik hoorde het kraken van haar schedel toen die het asfalt raakte en er ging een rilling van plezier door me heen. Dat was wat ik wou horen, niet haar zingen maar de achterkant van haar hoofd die op de grond sloeg tot alles zacht werd in mijn handen.

Ik had haar moeder niet zien zitten breien op de volgende bank, net zo min als ik Oma in haar richting had zien hinken met haar grote tas vol garen. Ik zag niets anders dan de uitpuilende ogen van mijn slachtoffer en de bovenkant van haar hoofd; haar hoofd dat inbreuk maakte op het mijne, dat mijn plaats probeerde in te nemen door mijn moeder te beledigen. Mijn moeder. Ze was van mij, of iemand anders dat nu leuk vond of niet, ze was van mij! Ik had twaalf jaar van haar verwaarlozing overleefd, twaalf jaar van haar gemartel, en ik was niet van plan haar te delen met wie ook.

Mijn slachtoffer moet zich betrekkelijk veilig hebben gevoeld met haar moeder binnen gehoorsafstand. Ze moet geweten hebben dat er een vechtpartij van zou komen en erop hebben gerekend dat ze zou winnen door ouderlijke tussenkomst. Ik was me maar vaag bewust van het geschreeuw dat al heel gauw aanzwol rond mijn aanval, zoals ik me ook maar vaag bewust was dat ik zelf werd getrokken en geslagen. Ik was halsstarrig en ik had de kleur van haar hoofd veranderd in de kleur van het mijne. Er was een heel oploopje ontstaan toen ik eindelijk van het bloedende kind werd afgesleurd. Daar stond Oma, zwijgend en beschaamd, die me aankeek met Moeders ogen. Ik keek met walging neer op het gehavende hoopje aan mijn voeten met het rode lint dat ik in haar haren had geknoopt. Ze kreunde en mijn neus bloedde. Ik ging naar huis onder de wolk die jaren boven mijn hoofd zou blijven hangen als een demonische nimbus. Het eerste stukje werden we gevolgd door een onbekende vrouw die vond dat ik moest worden opgesloten en dat ook schreeuwde naar Oma's rug die zich mank verwijderde.

En ik werd opgesloten. Ik werd het huis binnengesmokkeld en naar boven gejaagd, waar Oma me opsloot in mijn kamer. Ik kreeg geen thee en geen avondeten voor straf, maar aangezien de vrolijke stoeigeluiden nog uren naar boven bleven drijven, nu eens veranderend in het getinkel van glazen en dan weer in het zachte gebrom van conversatie gekruid met gelach, nam ik aan dat Oma niets aan Moeder had verteld over mijn schande.

Misschien waren er thuis al eerder uitbarstingen geweest over de Pruisische school, want de snelheid waarmee ik daar heen ging, viel niet te rijmen met een plotselinge beslissing. Ik ging niet meer terug naar het Franse klooster, zelfs niet om mijn spullen op te halen. Die werden me nagestuurd. Ik had me altijd betrekkelijk beschut gevoeld in mijn vriendschappen op school, omdat ik wist dat er een opzegtermijn nodig was van een hele schoolperiode, en onze beperkte financiële middelen lieten niet toe dat er zoveel schoolgeld over de balk werd gegooid. Moeder moet dus al veel eerder hebben opgezegd. Misschien zei ze elke periode wel op, en verzon dan een smoesje om me weer terug te sturen. Hoe ze het ook voor elkaar kreeg, twee dagen later begon ik bij de Duitsers en voelde me zoals ik me voorstel dat het in een dwangbuis moet voelen.

Het was een totale benauwenis. Zelfs de slaapzalen werden in de gaten gehouden door spionnen. Waar ik ook ging op het terrein van de school of in de gebouwen zelf, overal waren de nonnen. Gewoonlijk liepen ze te patrouilleren en te straffen in groepjes van twee. Ze beweerden dat ze ons fatsoeneerden op die manier, maar het was fatsoeneren met leer en koperwerk op onze blote huid. Naast hun rozenkrans droegen ze een leren zweepje, waarmee ze zo vaak ze konden over onze polsen striemden.

Wat hun bedoeling ook geweest mag zijn, de teamgeest in de school was sterk. Afgezien van een groep bangbroeken die helemaal door hun angst werden beheerst, hielden de meeste meisjes elkaar overeind, verenigd in een gemeenschappelijk front. De enige manier om erdoorheen te komen was de regels leren. De enige mogelijkheid tot rebellie was binnen dat kader. Mij leken de nonnen soms even wreed als Moeder, maar uiteindelijk minder machtig. Het ergste aan hen was hun taal. Ik had nooit eerder Duits horen spreken, behalve een enkel woord in Hendon of Golders Green, als de Duitse joden elkaar op straat tegenkwamen en een praatje maakten. Van de dag dat ik kwam tot de dag dat ik wegging, werd Duits mijn taal. Ik leerde het en ik spuwde het uit, niet alleen om waar het voor stond maar ook vanwege de klank. Ik was thuis in Frans en Engels, met een enkel woord uit de taal van Jersey dat ik me nog herinnerde; ik was niet voorbereid op de wurgende keelklanken van hun geblafte Deutsch.

Zoals de nonnen ons meisjes onder een welhaast gemilitariseerd regime hielden waarin de geringste overtreding werd betrapt en afgestraft, zo leefden ze zelf binnen de tuchtregels van een uiterst strenge orde. Ik leerde hen beter kennen dan de meeste ander leerlingen, omdat ik het overgrote deel van mijn vakanties in de granieten blokken van het klooster zat opgesloten. Ik merkte hoe ze kropen voor hun Moeder Overste, nog abjecter dan de meisjes het deden voor hen. Na mijn eerste jaren daar, voelde ik mij ver boven hen verheven. Zij zaten levenslang vast, terwijl wij niet langer vastzaten dan tot ons eindexamen, of korter, als een ouder of voogd overtuigd kon worden van de ontberingen die daar heersten.

Ik was een jaar of veertien toen de escalatie van bewaking en strengheid die over het klooster begon te komen, me ging opvallen. De meisjes waren altijd aangemoedigd over elkaar te klikken, maar ineens kwamen er overdreven beloningen voor die vormen van klein verraad; de straffen zelf werden strenger. Moeder Overste, in haar ongerept witte gewaden, stookte het klooster op met een fanatieke pook. Nablijfperioden, die eerder werden gevuld met het van buiten leren van gedeelten uit *De levens der Heiligen* werden nu aangewend voor het repeteren van nationalistische leuzen.

Er was maar een natie, Duitsland, waartoe, als Zuster Gudrun geloofd mocht worden, God de Almachtige Vader en Zijn eniggeboren Zoon behoorden. De refter, die eerst was omzoomd met gewijde schilderijen, toonde nu bleke plekken op het donker eiken waar alle bruinogige heiligen waren verwijderd. Opzichtige prenten van Onze Lieve Heer en Onze Lieve Vrouw met blonde lokken, werden ter vervanging aan de wand gespijkerd.

Elke maand werd er geknoeid aan onze boeken. Zelfs onze bijbels en missalen hadden verminkte bladzijden, waar de lekezusters bepaalde zinnen uit hadden weggeknipt. Bij Yolanda de Leon werd haar zwarte vlecht afgeknipt en verbrand; ze moest achteraan in de klas zitten en slapen in een hokje dat ver van ons anderen vandaan lag. Ze werd de felste volgelinge van de nonnen en wist meer van de NSDAP in Duitsland dan een van ons, maar ze was donker en vreemd en met zonde besmet. Haar vader was diplomaat. Elke nieuwe schoolperiode zag ik met opluchting de ambassadewagen komen die haar naar de deur van het klooster bracht. Ik was veiliger met Yolanda erbij dan zonder haar. We wisten allemaal dat Judas de Jood rood haar had gehad. De nonnen zochten zondebokken en bekeerlingen. Het was veel makkelijker om bij de laatsten te zijn.

De nonnen zelf – die tot die tijd alleen vrees voor de Moeder Overste, in de tweede plaats de vreze Gods, en voorts grote ijver in de dienst van beiden hadden getoond – veranderden ineens in hun houding tegenover ons. Eerst hadden ze ons behandeld als dresseerbare larven wier schoolgeld het klooster in stand hield en wier profane aanwezigheid dus onvermijdelijk was. Nu klommen we allemaal op tot potentiële missionarissen voor hun Vaderland.

Een groot deel van onze leerstof bestond al uit Duitse taallessen, Duitse geschiedenis en Duitse aardrijkskunde, met een klein maar onvermijdelijk vakje voor Duitse literatuur. Aan dit dieet werden nu de dagelijkse ophemelende verhalen toegevoegd over het wonder van Duitslands nieuwe leider en 's lands onweerstaanbare weg omhoog naar glorie en wereldmacht. De verheerlijking van de Führer trof ons klooster als een onverklaarbare verademing. Elke les kon een andere kant worden uitgestuurd door handig met vragen over Hitler op de proppen te komen. Argeloos gemurmelde lofprijzingen voor de Leider en uitgekiend gefluisterde terzijdes waarin het verlangen werd uitgesproken te vluchten naar die verrukkelijke nieuwe orde in Berlijn, werden begroet met toegeeflijkheid.

Als het ons gevraagd werd, konden we ons opstellen in een menselijk hakenkruis. We riepen geregeld *Heil Hitler* als groet. Zelfs op het speelveld werd ons geleerd met onze hockeysticks de nazigroet te brengen. Moeder Overste was onvermurwbaar: wij Engelse meisjes waren decadent en ten ondergang gedoemd, alleen de zuiverheid van Duitsland had toekomst. Ze bood ons alleen redding zolang we 'onze zaak losmaakten van de natie die niet heilig is'.

Bij mijn zeer zeldzame bezoeken aan huis – bezoeken die meestal een tochtje naar het strand van Selsey inhielden – probeerde ik Oma uit te leggen dat heel Europa op het punt stond te veranderen.

'Er komt een bondgenootschap tussen Engeland en Duitsland. Wij zullen de jongere compagnon worden van de Führer. Dat komt allemaal al heel gauw, moet u weten,' zei ik dan tegen haar.

'Ja lieve kind,' zei zij dan, zonder haar blik af te wenden van de horizon, alsof ze verwachtte dat een of ander schip een belangwekkender boodschap zou brengen. Ze leek bereid daar eindeloos op te wachten. In haar laatste jaren leek niets haar te interesseren buiten haar heimwee naar Jersey, haar haakwerk en mijn verzekeringen dat ik haar geloof deelde, haar zeer strenge geloof dat ze interpreteerde met haar eigen vriendelijke barmhartigheid.

Ik wilde dat Oma mijn nieuws zou ontkennen. Ik wilde dat ze me tegensprak en me vertelde dat Engelands toekomst niet zou worden overspoeld door Duits fanatisme. Want hoewel we het militarisme van onze school in ons opnamen, bleef de school een tijdelijke plek, een voorbijgaand vagevuur waaruit we allemaal van plan waren te ontsnappen. We leefden daar dan wel in een vuurzee van *Heil Hitler*, maar de meesten van ons haatten de Duitse nonnen die zich in hun zak en as verlustigden. We waren verontwaardigd over hun levenswijze en de manier waarop ze die aan ons opdrongen. Hitler zelf was de enige van hun helden die we aardig vonden, omdat alleen hij gezorgd had voor de enige adempauzes die we daar kregen. Zijn bezetenheid was onze enige ontspanning.

Ik wilde dat Oma de subtiele ban voor mij brak van de voorspellingen van de nonnen, maar Oma was te druk met het op orde brengen van haar eigen leven, uur na uur, waarin ze haar verleden teruggraaide en opsloeg in de kamfer van haar geheugen, terwijl de kanker in haar heup voortknaagde aan haar toekomst.

Hoofdstuk 8

Soms lijkt het, als ik terugkijk, of ik geboren ben in 1939. Dat was het jaar dat ik veranderde in een distelvlinder, die hier een geverfde dame wordt genoemd. Ik gebruikte geen rouge of make-up, maar sloeg wel mijn vleugels uit en werd in de ogen van anderen een vlinder, een enorme, opvallend gekleurde decoratie; en ik werd verliefd. En mijn lijf, dat me altijd had tegengewerkt met alleen een onderstroom van iets dat bewonderaars naar me toetrok als een wassende vloed, begon voor me te werken. Eindelijk stond het aan mijn kant. Het werd mijn alles. De volgende tien jaar bracht ik door met het onderzoeken van alle sensuele paadjes die erdoorheen liepen. Ik werd toen verliefd, net voor de oorlog, werd daarna weer verliefd en weer, mijn honger bevredigend naar strelingen en genegenheid, mijn dorst naar liefde lessend met een gretigheid die sommigen misschien zullen interpreteren als wraak. Maar mijn hartstochten waren echt. Ik was niet langer een vreemdelinge. Seks werd mijn familie, mijn land. De ballingschap leek voorbij. Mijn lange armen en benen lieten hun last van schuldgevoel vallen, en sloegen zich om een reeks van minnaars.

Ik begon bekend te raken als een beauty. Het was mijn paspoort voor feestjes, en de sleutel van mijn groeiende macht. Ik was te lang als lelijk gebrandmerkt om in dit nieuwe etiket ooit echt te geloven. De enige keren dat ik me min of meer zo voelde, beleefde ik in de armen van een minnaar. Ik hunkerde naar omhelzingen, naar haast dodelijke nabijheid. Zodra er iets van een scheiding kwam, een lichamelijke afstand tussen mij en mijn minnaar van het moment, begonnen de oude twijfels weer. Het was of een paar cellen uit Oma's heup zich hadden overgeplant in mijn hart en daar voortwoekerden, kankercellen die zich in mij opdeelden tot de warmte van iemands kussen ze kon terugdrijven in een hartstochtelijke chemotherapie.

Oma moet haar kanker minstens acht jaar in bedwang hebben gehouden. Zo lang liep ze al mank. Haar ziekte veranderde haar gezicht langzaam van het droge ivoor van haar jongere jaren in de gebleekte broosheid van papier. Het was hetzelfde dunne papier dat ze gebruikte voor haar brieven aan Agnes. Tegen het licht gehouden was het doorschijnend, met alleen de onberispelijke letters van haar rondschrift in blauwe inkt over de bladzijde gesponnen als de blauwe adertjes in haar gezicht, afgewisseld met lijntjes van pijn. Ze liep mank, maar ze klaagde nooit.

Ik dacht dat ze gewrichtsontsteking had, als zoveel mensen. Op een dag, toen ze boodschappen was gaan doen, kwam er een zigeunerin bij ons aan de deur. Het was een vrouw van onbepaalbare leeftijd met een tot de kleur van gestolde jus gebruinde huid, die slecht paste bij een Londense winter. Ze had een sfeer van velden en hagen om zich heen. Er kwamen soms mensen aan de deur om iets te verkopen, maar deze vrouw leek niets in haar armen te hebben – geen mand, geen wasknijpers, of snuisterijen. Ik deed open en raakte in de war door haar verschijning, met haar lange, wijd uitlopende rok en haar dunne katoenen bloesje. Het was koud buiten. Het was winter.

'Ik kom voor de dame hier in huis,' zei ze.

'Mijn moeder is niet thuis,' zei ik.

'Nee, die niet, de dame. De dame.'

En ze drong zich langs me heen de hal in, waarbij ze langs het tafeltje met het marmeren blad streek en bijna Oma's Chinese vaas met de lange koperkleurige beuketakken omgooide. Elk jaar in de lente zocht Oma die bladeren bij elkaar als ze op kleur kwamen en ze hield ze dan met een glycerinemengsel een jaar lang goed, waarbij ze heel langzaam bleker werden tot het sap weer begon te werken in de complete bomen buiten.

Ik was bang dat de vrouw iets zou stelen als ze binnenkwam. Zigeuners waren dieven. Ze hadden de nagels gestolen uit het kruis van Christus. Zigeuners stalen ook kinderen. Maar ik was zestien en helemaal geen kind. Ik dacht dat het om Oma's spulletjes te doen was. Van Zuster Gudrun had ik gehoord dat zigeuners bederf waren. Als Europa eenmaal gereinigd werd, zouden alle zigeuners van de kaart worden geveegd. De kloosterwereld was zo plat als de aarde voor Columbus en de lekezusters stonden klaar met hun bezems om al de rotte stammen over de rand te duwen. Nu ik deze vrouw zo dicht bij me zag, voelde ik me schuldig over die kennis. Dus liet ik haar langs me heen benen, en beperkte me ertoe haar achterna te lopen.

'De dame, ik kom voor de dame,' bleef ze herhalen, en ze ging op de trap af, die ze moeizaam hinkend beklom zoals Oma dat deed, scheef over de gepoetste leuning, een denkbeeldig bundeltje meedragend. Het was net Oma, die Rufus onder haar arm meesmokkelde. Rufus was toen al een jaar dood. Toen ze boven aan de trap kwam glimlachte ze spijtig en klom weer naar beneden, weer hinkend, mijn grootmoeder nabootsend, nadrukkelijker naarmate ze dichter bij de hal kwam.

'Die is het, zie je?' zei ze, terwijl ze me recht in het gezicht keek.

'Die is er niet,' mompelde ik. Het had me van mijn stuk gebracht Oma's ingeboren elegantie zo tot een karikatuur gemaakt te zien. Er leek ineens zo weinig verschil tussen de twee vrouwen.

'De kanker maakt haar dood,' zei ze. 'Wist je dat?' Ik schudde van nee.

'Die maakt haar dood. Ik ben gekomen om er wat van mee te nemen, maar nu ze er niet is...' Ze keek om zich heen en nam met haar donkere halfgesloten ogen alles in de hal in zich op. Ten slotte bleef haar blik rusten op de bladeren van de bruine beuk, en de spanning om haar heen leek weg te ebben. Ze trok een zijtakje van het boeket en hield dat in haar schildpadkleurige hand.

'Geef me dit,' zei ze tegen me en ik knikte. 'Niet stelen, denk erom, geven, deze bladeren. Er komen geen vazen meer van. Wist je dat?'

Weer schudde ik mijn hoofd. De voordeur was op een kier blijven staan en liet een stroom bittere januarikou binnen. Zonder nog een woord van verklaring vertrok de zigeunerin. Ze liep ons tuinpad af, een beetje slingerend. Bij het hekje hinkte ze weer een paar stappen, draaide zich om en keek me nog eens aan. Ik sloot de deur, deed boven en onder de grendel erop en ging toen alles in huis op slot doen.

Ik vertelde Oma niet dat die vreemde bezoekster voor haar geweest was; ze kwam ook nooit meer terug. Haar voorspelling over de bladeren bleek fout, want de volgende lente verzamelde en prepareerde Oma weer een vaas vol. Maar op mijn achttiende verjaardag vertelde ze mij dat ze een plaats had besproken in het verpleeghuis in Chislehurst, en korte tijd later ging ze daarheen. Pas toen kreeg ik officieel te horen dat ze kanker had. Ze maakte nog mee dat de eerste bommen op Londen vielen, maar ze stierf voordat haar geliefde eiland werd binnengevallen en vervolgens bezet door de Duitsers. Nadat ze naar het verpleeghuis was gegaan, hield ze op zich aan haar leven vast te klemmen, en dat glipte zichtbaar weg. Ik verving mijn bezoeken aan de nog steeds gezonde mevrouw de Gruchy door geregelde wekelijkse tochtjes naar Chislehurst in Kent. Van de ene zondag op de andere kon ik haar zien wegkwijnen en inschrompelen tot een magerte die haar beenderen uit haar lichaam leek te duwen.

Als ze praatte, kon ik het gewricht van haar kaak zien. Ze had het in haar laatste maanden minder over Jersey en concentreerde haar broze krachten op Moeder. Ze probeerde me uit te leggen hoe anders Moeder in werkelijkheid was. Ze noemde me voorbeelden van haar hartelijkheid, haar trouw en haar moeilijkheden. Ze deed haar uiterste best om haar menselijk voor me te maken. Ik kreeg er soms tranen van in mijn ogen, zoals ze probeerde haar dochters wreedheid weg te praten. Ik had mijn eigen vlees op het hare willen enten om haar te bedekken en in te wikkelen en haar verdroogde gebeente te beschermen. Ik had nooit geweten hoeveel ik van haar hield voor ze zo aan het sterven was, ontwricht door de last van haar familie. Ze smeekte me voor Moeder te zorgen.

'Ze is zo alleen,' zei ze steeds weer, 'zo alleen.'

Ik luisterde naar alles wat ze te zeggen had, en uit respect voor haar sprak ik er niets van tegen. Ik zat daar maar te knikken en hield haar perkamenten hand vast, en zag de bladeren van de bomen vallen.

Ik denk dat ze stierf met de gedachte dat ik Moeder en haar razernijen een beetje beter begreep. Ik denk dat ze stierf met het idee dat iets van haar begrip en vergevensgezindheid op mij was overgegaan. Ik hoop het maar. Ik hoop dat ze niet doorhad hoe hard mijn gevoelens tegenover Moeder waren, hoe ik me verlustigde in het vooruitzicht van haar neergang; hoe haar voorspelling dat Moeder 'zo alleen' was, als muziek in mijn oren klonk. Ik wilde dat mijn moeder zou lijden. Het heeft me nog eens dertig jaar gekost voor ik ook maar een fractie begreep van wat Oma me probeerde te vertellen. Ik moest eerst mijn eigen leven leven en opbranden, voor ik maar een glimp kon opvangen van wat Moeder werkelijk voelde. Voor het zover was, wilde ik haar helemaal niet begrijpen – ik wilde haar haten. Ik had jaren tevoren al uitgemaakt dat Moeder een heks was. Ik was aan dat idee gewend geraakt, ik was er groot mee geworden. Het feit dat ze bleef hangen in mijn achterhoofd, zoals Hanno's lege papegaaiekooi in de serre, was iets dat ik verkoos te negeren. Ik dacht dat ik haar macht kon uitbannen door zo nu en dan aan mensen te vertellen dat ik haar had gehaat. Want zelfs haar krachten slonken in mijn herinnering en zij verschrompelde tot niets meer dan haar nietige postuur en ze werd achter het toneel geduwd, uit het gezicht. Grotere, belangrijker dingen waren aan de gang, zoals de oorlog en mijn eigen liefdeleven. Het leek of in 1939 alles gebeurde.

In dat ene jaar ging ik het huis uit, trouwde ik, ontmoette ik mijn vader voor het eerst, begon het voorspel van de oorlog en, niet in de laatste plaats, stierf Oma. In het begin van de zomer had ik eindexamen gedaan en de school verlaten, en ik was de politiek even zat als al mijn vriendinnen. Het minste zuchtje van Hitler en Chamberlain was ons gemeld in het klooster met een eerbiedige opwinding die niemand van ons meisjes deelde. De nazistische blufferijen en dreigementen waren nu zoveel jaar afgedraaid, dat geen van ons ze meer serieus nam.

Een van mijn vriendinnen bracht de zomer door in Kent met haar familie. Er zou een logeerpartij zijn en ze nodigde mij ervoor uit. Ik accepteerde dankbaar en sprak af, dat ik er vier dagen na het begin van de vakantie heen zou gaan. Oma gaf mij toestemming. Ik realiseerde me toen niet dat het haar laatste zomer zou worden. De zigeunerin had maar één jaar voor haar voorspeld, en omdat ze dat allang overleefd had, was ik gaan denken dat ze zwak was, maar onsterfelijk. Ik liet haar alleen naar Selsey gaan en ging zelf met mijn vriendinnen mee.

Het bleek dat door al het gepraat over oorlog tijdens de afgelopen maanden, mijn vader was teruggekomen naar Engeland om zich te melden bij zijn oude regiment als het nodig mocht zijn. Hij had contact gehad met Oma en een intrigerend getikt papiertje met zijn adres erop voor mij gestuurd. Hij woonde in Chelsea, in een geleende flat, en zou, had hij geschreven, het aardig vinden me te zien, als ik tijd had. Het grootste deel van de volgende vier dagen sjouwde ik op en neer naar Chelsea zonder hem ooit thuis te treffen. Na achttien jaar totale afwezigheid vond ik dat niet zo verontrustend als ik anders misschien zou hebben gedaan. Hij had geschreven in zijn brief aan Oma: 'Zeg aan Joanna...' Dat was ik. Omgezet door een streek van zijn pen van Joan, de surrogaatmaagd van Orléans, de jonge martelares, in dit nieuwe transatlantische wezen, de toekomstige *femme fatale*. Ik vond het prachtig. Ik heb mezelf nooit meer Joan genoemd.

Agnes arriveerde uit Jersey om Oma die zomer gezelschap te houden. Ze was sterk toegenomen in gewicht, dat in plooien rond haar kin, heupen en middel leek te hangen, met kleine plooitjes in haar gezicht. Ik bracht hen samen naar het station en zette hen op hun trein, met spijt om al de tijd dat ik niet op wacht kon staan voor mijn vaders deur. Oma had me verteld dat ze na haar terugkomst naar het verpleeghuis zou gaan, maar ik bracht dat niet in verband met sterven. Ik dacht dat het alleen maar een logische stap was die meer te maken had met het feit dat ik van school ging en een baantje in de verpleging in het vooruitzicht had, dan met haar gezondheidstoestand. Ik was te zeer gewend geraakt aan haar broosheid en aan het idee dat ze uitsluitend bestond om Moeder en mij apart en uit elkaars haren te houden.

Dat ik in de verpleging ging, was Oma's idee. Ik stemde er graag mee in, want het betekende verlossing van de Duitse nonnen en van de grillige tirannie van Moeder. Bovendien zou ik een opleiding krijgen voor Nightingale, zoals de verpleegsters genoemd werden, in het St Thomasziekenhuis, en aan die instelling had ik zoete herinneringen, om maar niet te spreken van de vertrouwde aanwezigheid van mevrouw de Gruchy. Toen Oma en Agnes waren vertrokken, had ik nog precies twee dagen voor ik in Kent moest zijn. Ik was nog nooit naar een partij voor grote mensen geweest. Mijn kennis van het gezelschapsleven beperkte zich tot kinderpartijtjes en het afgeleide plezier om Moeder te zien weggaan naar of terugkomen van haar feestjes.

Schuilend voor een regenbui in de porseleinafdeling van Peter Jones liep ik tegen een meisje van school aan. Na een haastig Heil Hitler vertelde ze me dat haar broer diezelfde avond een feest gaf op Cadogan Square en dat hij meisjes te kort kwam en dat ik er absoluut heen moest gaan. Tegelijkertijd beloofde ik haar te komen en mezelf dat ik het niet zou doen en liep vervolgens terug naar het langzamerhand vertrouwd geworden adres, dat mijn vader had achtergelaten. Terwijl ik op het rode, versleten kleed van zijn trappenhuis zat, werkte ik een aantal alternatieve krijgslisten uit. De eerste was Nelson ontmoeten en me koesteren in zijn vaderlijk welkom – hoe dat ook zou uitvallen; ik gaf toe dat ik daar geen idee van had. De tweede was me terugslepen naar Hendon met de noordlijn van de ondergrondse en binnenblijven tot het tijd zou zijn voor mijn al afgesproken ontsnapping naar Kent. De derde was naar huis bellen en Moeder vragen of ik die avond naar het feest mocht. Het duurde even voor ik de juiste woorden had bedacht voor dat verzoek. Toen ik ten slotte een openbare telefooncel had gevonden, kreeg ik niet eens gehoor, dus besloot ik het erbij te laten zitten en gewoon naar huis te gaan. Maar toen ik daar eenmaal was, begon een restje rebellie me te wassen en aan te kleden voor een avondje uit.

Ik was nog nooit een avond uit geweest, dus had ik geen officiële tijd waarop ik thuis moest zijn. Ik redeneerde dat er, aangezien uitgaan me niet verboden was, altijd een kans was dat het wel mocht. Ik was achttien en ik zou aan het eind van de zomer mijn eigen centjes verdienen. Mijn wilskracht was net voldoende om de verleiding te weerstaan Moeders kleren te lenen. Ik liet mijn hand neer in een la vol zijden lingerie van haar; het leek alsof ik mijn vingers door water liet glijden. Ik verlangde naar zijde op mijn huid, en het kalme geschommel van punters op de rivier en naar jongemannen met blazers die me weg zouden laten drijven van de lawaaiige menigte. Maar de poppespulletjes van Moeder konden me daarbij niet helpen. Het was de adrenaline van mijn durf, die me kleedde die avond.

Geen feestje is ooit meer zo fijn geweest. Ik dronk gin en champagne en ik danste, lachte en flirtte en pronkte met mezelf. Ik moet er vreselijk uitgezien hebben, maar het kon me echt niets schelen. Ik ontmoette een stuk of vijftien mogelijke vriendjes, die me afwisselend 'een mooi nummer', 'een grapjas', een 'reuzemeid' noemden, naast tientallen andere bijna-koosnamen die mijn hoofd meer op hol brachten dan de gin zelf. Ik werd dronken, gaf over in de badkamer van mijn vriendin, verstopte een handdoek achter de wc en ging er weer uit om te dansen.

Voor ik op pad ging had ik, bij gebrek aan een hogere autoriteit, mezelf strenge Assepoesterinstructies gegeven. Moeder zou het niet zo erg vinden, redeneerde ik, als ik om twaalf uur thuis was; er was ook een goede kans dat ze zelf niet eerder thuis zou zijn. Heel vaak kwam ze pas terug in de vroege morgenuren.

Het ene ogenblik leek de kamer vol en ronddraaiend met mensen in kleurige schittering die terugkaatste in de lange vergulde spiegels naast de haard, het volgende draaide hij alleen maar. Het volgende dat ik mij herinner is, dat ik tastend mijn weg zoek langs de struiken naar onze voordeur, waarbij ik blaadjes aftrek van Oma's dierbare camelia's. Ik had veel tijd nodig voor het vinden van het slot, dat onverklaarbaar van plaats was veranderd. Eenmaal binnen, stommelde ik naar de keuken, mezelf dwingend de namen uit te spreken van alles wat ik wilde gaan eten: brood en vleespastei, kaas en rijstevla en... Ik vond de lichtknop, ook weer met moeite, maar voor ik die kon omdraaien werd ik me bewust van twee felle katteogen die naar me loerden uit het midden van de keuken. Moeder zat aan de kale keukentafel als een potje ingemaakt kwaad. Ik deed het licht aan en zag dat ze een vleesmes in haar hand hield.

Ik weet niet wat er gebeurd zou zijn zonder de hulp van de gin en de champagne die in mij rondklotsten. Zou ik teruggedeinsd of in elkaar gedoken zijn, dan was ze misschien op me afgesprongen. Wat er gebeurde was dat jaren van nerveuze spanning in mij opwelden en me de baas werden; ik begon te lachen. Dat verraste haar, en gaf mij net genoeg tijd om een van de keukenstoelen te grijpen en voor me uit te houden zoals een leeuwentemmer zou doen.

Haar armen schokten zo dat ze leken op poppetjes die ze liet dansen. Ik vond het licht en ze knipperde naar me met haar ogen. Knipperen kon niet, ik had haar dat nooit eerder kunnen laten doen. Er begon een zenuw te trillen in haar linkerwang, waardoor haar bovenlip in een ritmische grijns trok.

'Slet,' schreeuwde ze.

Ik zei helemaal niets. Ik was net een golf van gin-misselijkheid de baas geworden en voelde me triomfantelijk over dat kunststuk.

'Slet.'

Weer zei ik niets maar ik dacht, en ik wist dat ze het horen zou: ja, dat ben ik, en ik vind het fijn. Ik vind het fijn om aangeraakt te worden. Ze stond op en stootte het vleesmes diep in het oude grenehout van de tafel, trok het er weer uit alsof het hout boter was. Toen schoof ze op me af. Haar stem begon omhoog te gaan: 'Ik ben vervloekt om jou. Jij leeft van bloed. Ik heb het gezien, je maakt haar kapot. Jij dierlijke slet. Glurende, kruiperige slet. Ik had je weg moeten snijden voor je geboren werd. De Heer zal het me nu vergeven; Hij zal het begrijpen.'

Bij het uitspreken van die laatste woorden sloeg ze een arm en een been uit in de ruimte die nog over was tussen ons, opverend als een balletdanseres die blijft hangen in de lucht. Het mes sneed door de achterkant van mijn hand. Het zag er nat en wit uit als de vetrand van vlees. Toen begon het te bloeden, het spetterde op de keukenvloer. Moeders hele lijf begon te trillen en ze maaide met beide armen in het rond. In de ene hand had ze het vleesmes nog vast, de andere graaide naar mijn bloed.

'Rood is de kleur van de Duivel. Rood is ontaard. Rood is verkeerd. Jij bent rood van binnen en van buiten. Jij bent dood.'

Haar lippen verstrakten tot een bleek lijntje. Het zweet glinsterde en rolde naar haar schouders. Keer op keer sloeg ze toe, mepte in de lucht of hakte splinters van de stoel. Haar bleekheid kwam scherper uit tegen mijn bloed dat als oorlogskleur op haar gezicht gesmeerd zat.

'Je bent gek, hartstikke gek, rood.'

Er kwam een zacht geknetter hoog uit haar borst. Het klonk als het begin van een brand, of als elektrische draden die contact maken. Als op een teken vielen haar beide handen slap langs haar zij en stond ze stokstijf maar schijnbaar levenloos in een poel van bloedige splinters op de vloer. Ik wachtte om te zien of het een truc was, en bewoog me toen voorzichtig naar de deur. Moeders arm, die met de hamervlek, schoot in een kramp omhoog. Ik stootte de kapotte stoel naar haar toe en zag die met haar op de grond vallen.

Boven was mijn slaapkamer een puinhoop. Mijn kleren waren in stukken geknipt. Mijn gehaakte sprei was aan rafels getrokken, mijn boeken waren verscheurd en mijn verzameling zeeschelpen was door elkaar gegooid en in het kleed getrapt. Mijn kamer was teruggebracht tot een karikatuur van het strand van Selsey. Ik verbond mijn gewonde hand met een reep linnen van mijn lakens. Ik had ruim twintig gulden gespaard in mijn kloosterjaren; Oma had me een tientje gegeven als fooi voor het personeel in Kent. Toen ik wegging, begluurde ik Moeder, zoals ik zo vaak eerder had gedaan. Haar schouders waren zo wit als lakmoespapier, maar waar haar armen en onderarmen mijn bloed hadden geraakt was haar huid felrood. Ze zat op handen en voeten en kreunde als een gewond beest.

De straatlantaarns wierpen lange galgeschaduwen om me heen. Alle gordijnen in onze straat waren stijfdichtgetrokken. De ligusterheggen waren uitgegroeid tot barricaden van struikgewas. Zelfs in High Street waren de metalen rolluiken van de winkels neergelaten. De duisternis wond zich rond mijn voeten en verzwaarde mijn bezittingen in mijn zwarte krokodilleleren koffer tot stenen. Ik probeerde weesgegroetjes te zeggen tegen de nacht, maar mijn mond was vormeloos en te dik om te bewegen. Ik wilde slapen en wakker worden met het geloof in een van Oma's dromen. Ik wilde dat de snee in mijn hand een zwaardwond was, die reikte tot aan mijn oksel. De hekken van het park waren dicht en je kon nergens zitten, dus liep ik door, dronken van het mengsel van gin en tranen. Ik had heel lang niet gehuild, langer dan ik me herinneren kon, en ik had een beetje gezelschap aan mijn tranen. Ik ging zitten op een laag muurtje waar ik niet te horen zou zijn vanuit een van de slapende bungalows, en dwong mezelf te huilen zo hard ik kon. Het roze ochtendlicht toonde de silhouetten van de rijen schoorstenen tegen de lucht toen ik snakkend naar adem wakker werd.

Ik liep naar Golders Green onder het drukke getsjilp van de mussen, die ik zo en dan onderbrak in hun gezang met een krampachtige snik. Mijn ogen deden zeer, mijn hand deed zeer, en mijn hoofd ook. Alles was Moeders schuld. Alles. Ik besloot ter plekke dat ik haar nooit meer wou zien. Ik zei tegen mezelf dat ik ook nooit iets te maken wilde hebben met haar kleinzielige verwaandheid. Ik zou alle dingen afzweren waarvoor zij gestaan had, zelfs wat mijn haar betrof; ik zou het lang laten groeien en ermee zwieren bij het lopen, en ik zou alleen omgaan met mensen zoals ik, ordinair volk en sletten en dronkaards. Ik nam een miljoen besluiten terwijl ik verder trok. Ik had nog negen uur voor mijn trein naar Kent vertrok. Ik besloot mij tot die tijd uitsluitend te voeden met cakejes en gedachten aan toekomstige wraak.

Ik friste me op in de damestoiletten op Victoria Station. Ik bette mijn gezwollen gezicht zo lang met koud water, dat mijn hele blouse kletsnat aan me vastplakte. Om weer droog te worden, liep ik rond in de zon bij de taxistandplaats en keek met een half oog naar de drukte van vakantiegangers op weg naar de kust of het continent. Er stond een familie kinderen op een stapel versleten bagage te passen, waarbij ze om de beurt een regel zongen van het springtouwliedje, dat we zo leuk vonden bij Les Filles de la Croix:

'Nelson Nelson verloor een arm
Nelson Nelson verloor nog een arm.'

Minutenlang stond ik naar hen te kijken, gebiologeerd door die naam:

'Nelson Nelson verloor een oog
Nelson Nelson verloor nog een oog.'

Pas toen de jongste van de kinderen, een klein meisje met bijna geen tanden, ophield en terug begon te staren, realiseerde ik me dat ik mijn Nelson nog steeds niet gezien had. Ik besloot dat ik hem vinden zou, zelfs als het betekende dat ik mijn trein naar Kent moest uitstellen. Ik zou op hem gaan zitten wachten op zijn trap in Chelsea.

Ik had niet echt verwacht dat hij thuis zou zijn. Het was al genoeg om te geloven dat hij bestond. Louter het idee van hem was voor mij even exotisch als de veelkleurige wezens van het Museum voor Natuurlijke Historie. Misschien kwam ik het dichtst bij een voorstelling van hem als een man, door hem te zien als een kruising tussen Oom Frank en een Indiaan. Hij zou iemand kunnen zijn, die een pak droeg en mocassins, een stropdas en een vederbos. In plaats daarvan was de man die de deur voor me opendeed en me niet meteen herkende als zijn dochter, heel rustig en hij rook naar houtvuur. Hij zag eruit of hij immuun was voor zorgen.

Ik nam hem op van zijn zwartfluwelen sloffen tot zijn kortgeknipte snorretje en liet mijn ogen glijden over zijn gladde voorhoofd zonder rimpels, zijn hooggewelfde zandkleurige wenkbrauwen, zijn grote, lichtelijk verbaasde grijze ogen, terwijl zijn mond zich vormde tot een glimlach.

'Joanna?'

'U hebt mijn neus ook... mijn ogen bijna, maar ook mijn neus.'

'Joanna! Ik moet toegeven, je bent geweldig groot. Gefeliciteerd. Ik moet je maat een beetje verkeerd berekend hebben. Ik had een kratje gemberbier ingeslagen voor je komst, maar ik denk dat we beter een fles champagne kunnen aanspreken... kom binnen, kom binnen,' zei hij tegen me, terwijl hij achteruit zijn rommelige zitkamer inliep en daarbij bijna struikelde over een punt van een van zijn halfuitgepakte koffers.

'Joanna, kijk eens aan, je bent meteen al een goede dochter voor me. Je bent op komen dagen om een oude man gezelschap te houden bij het drinken.'

Ik ging zitten in een grote leren leunstoel en hielp zo de vulling van paardehaar naar buiten te komen door een al bestaande scheur. Nelson was in de weer met het ontkurken van een fles champagne, die hij in twee glazen liet lopen.

'Op ons Allens,' zei hij, en wipte de inhoud van zijn glas in een teug door zijn keelgat. Ik volgde het voorbeeld en voelde weer dezelfde duik in de bruisende branding als op het feest van de vorige avond; een onderstroom van belletjes schoot mijn neus in en ik proestte.

'Zo mag ik het zien, ik moet er niet aan denken dat een meisje van mij zich door het leven zou willen slaan zonder een glas of wat.'

Toen zweeg hij even en liet mijn rode haar op zich inwerken.

'Kan me niet voorstellen dat je moeder erg dol is geweest op die kleur haar van jou... het is maar goed dat je twee keer zo groot bent.'

Hij zweeg weer even en keek om zich heen; zijn ogen bleven rusten op de slordige inhoud van zijn koffer, alsof hij daarin een onaangename herinnering in wilde verbergen.

'En, hoe is het met je moeder?'

Ik probeerde uit te leggen hoe erg ze me haatte en hoe we gevochten hadden en dat ik haar nooit meer wilde zien, maar Nelsons gedachten leken af te dwalen en ik hield ermee op.

'Tussen twee haakjes, jij hebt mijn neus, weet je; andersom, of niet? Ik ben de oudste.'

Een plotselinge stilte viel tussen ons en allebei zaten we een tijdje te kijken naar het varenpatroon op het kleed, totdat Nelson opstond en in zijn koffer ging rommelen naar een paar schoenen dat hij aantrok, waarbij hij zijn hoofd tussen zijn knieën begroef.

'Ik voel me eigenlijk een beetje raar, ik denk dat een eindje om me goed zou doen; kan ik ergens met je heen lopen?'

We wandelden het hele eind terug naar Victoria Station. Het was vooral Nelson die praatte; ik was te bang hem kwijt te raken, zodat ik het niet weer durfde te riskeren zijn aandacht te verliezen; ik koesterde me in zijn nabijheid en in de kalme diepte van zijn stem, hoewel ik maar bij flarden verstond wat hij zei. Ik was zo opgewonden dat ik bij hem was, dat de emotie mijn brein doordrenkte met een totaal gevoel van welbehagen, waardoor de feitelijke betekenis van zijn woorden werd weggespoeld. Mijn zere voeten van de vroege morgen waren helemaal vergeten. Ik liep daar met een mooie man. Ik liep daar met mijn vader. Ik hoorde thuis op dat trottoir onder de platanen met hem. Ik wilde bij hem wonen. Ik hoopte dat hij me zou aanbieden bij hem in te trekken, maar dat deed hij niet. In plaats daarvan bood hij me een haven voor de storm. Alleen om bij te tanken.

'Het is een beetje laat voor mij om een vader voor je te zijn, Joanna, maar ik zou graag je vriend zijn. Je kunt altijd op me rekenen als je iemand nodig hebt om je een borrel in te schenken en een tijdje je hand vast te houden. Dan praten we over de goede momenten van het leven en samen zullen we ook goede momenten beleven, jij en ik.'

Hij pakte mijn hand en hield die net zo stijf vast als Oma's garen dat deed, als ze de strengen tot een bol wond van mijn gevangen vingers.

‘Ik zal er altijd zijn voor jou. Spoor me maar op via White’s, dat is mijn club. Ik ben nogal in beweging. Ik kan nooit tot een besluit komen of ik mijn koffer zal uitpakken of niet, maar je vindt me wel. Kom me dus opzoeken zodra je weer in de stad bent.’ Toen stopte hij iets in de zak van mijn jasje en was weg. Ik keek hoe hij opging in de drukke straat, volgde zijn brede schouders tot ze verdwenen waren. Ik wilde hem achternalopen maar ik durfde geen inbreuk te maken op zijn geforceerde kalmte.

Mijn lengte en mijn neus en mijn ogen waren allemaal van hem, maar mijn onstuimigheid kwam van Moeder. Ik was een vreemde voor hem. Angst of smart van welke soort ook, kon hij niet aan. Ik meende dat hij geen verstoringen in zijn leven wilde omdat hij er te veel van had gezien in de loopgraven. Ik romantiseerde Nelson altijd graag. Maar ik wist dat je wel tegen hem aan kon leunen, maar dat hij geen man was om iemand van de grond op te rapen. Ik hield van hem, vanaf het ogenblik dat hij zijn deur in Chelsea voor mij opende tot aan het ogenblik, bijna tien jaar later, dat ik hem vaarwel kuste op het station bij zijn vertrek met de boottrein naar Parijs, die ’s nachts zou verongelukken.

Dit keer was ik terug op Victoria Station met evenveel recht daar te zijn als ieder ander. Het was bijna tijd voor mijn trein. Ik had een kater van de woelige emoties en de champagne. Ik was verdwaasd en verward, opgelucht en uitgelaten, dakloos en sjofel en vrij. Oma en Selsey en Agnes waren voorlopig allemaal vergeten. Zelfs Moeder had tijdelijk haar monopolie over mijn gedachten verloren. Ik reisde alleen met de trein naar de bisschopstad Canterbury met vijftig gulden in mijn zak en een gekneusde camelia, allebei geschenken van de man van wie ik hield. Terwijl het rijtuig over de rails bonkte, probeerde ik alle verschillende lieve woordjes uit die ik zou kunnen gebruiken als Nelson me ooit ten huwelijk zou vragen. Ik vroeg mij af of hij gezien had hoe ontwikkeld mijn figuur was, hoe groot mijn borsten. Ik dacht van wel. Ik maakte een zorgvuldige analyse van zijn grijze blik. Was hij teruggeschrokken van de aanblik van mijn haar? Ik dacht eerder dat hij erom had moeten glimlachen. Ik liep al de verschillende manieren van aanpak na, die ik kon uitproberen als ik, ouder en wijzer, uit Canterbury terug was. Het waren allemaal lieve woorden, die in de knop werden gebroken door een schok van de trein die stopte en iets siste, dat klonk als 'slet'.

Toen de hop en de appelbomen voorbijschoten, probeerde ik niet te denken aan Hendon en niet te huilen. Ik was nog steeds aan het oefenen op mijn aanpak van Nelson bij onze volgende ontmoeting, maar ik had besloten niet met hem te trouwen. Ik zou in plaats daarvan met een ander trouwen en aardig zijn en een man gelukkig maken, en helemaal niet op Moeder lijken. Ik wilde een huwelijk dat eeuwig zou duren en mijn huis zou vullen met kinderen van mijzelf. Ik was met tederheid overgoten, toen ik op het station aankwam, en pas toen ik mijn koffertje uit het bagagerek trok, begon ik me bezorgd te maken dat Moeder zou hebben opgebeld om mijn gastheer te vertellen, dat ik onteerd was en mijn huis uitgezet om een tippelaarster te worden. Maar niemand in het huis van mijn vrienden bleek iets over mij te weten. Het verzamelde gezelschap daar was geamuseerd over mijn totale gebrek aan een toonbare garderobe, maar men stak de hoofden bij elkaar en verzamelde een uitmonstering voor me van kleren, die aanzienlijk meer in de mode waren dan die Moeder had verscheurd.

Toen ik daar op het land verbleef, begon ik veel over Nelson te praten, waarbij ik heldendaden voor hem verzon en opschepte over alles wat hij had en was, van zijn fluwelen sloffen tot zijn mosterdgas. Ik nam zoveel over van zijn manieren en eigenaardigheden als ik mij van onze ene korte ontmoeting kon herinneren. Ik maakte er een gewoonte van mijn cocktails in een keer achterover te slaan, zoals ik er ook een punt van maakte mijn nieuw verworven kleren telkens opnieuw in te pakken. Altijd als ik alleen was doorleefde ik weer de scène van het vleesmes en mijn laatste ogenblikken thuis. Maar langzamerhand verdreef het gevoel dat ik meer welkom was in dat onsamenhangende, rode bakstenen huis dan ik ooit was geweest bij mijn eigen familie, het drama van het verlies van een ouder en het winnen van een andere naar de achtergrond.

Binnen tien dagen waren deze episoden verzonken achter de horizon van een nieuwe liefdesgeschiedenis, zoals alles daarna zou verzinken als ik keer op keer mijn hart schonk aan wie me maar zijn onvergankelijke toewijding beloofde.

Hoofdstuk 9

'Joanna... Joanna!'

Ik vond het heerlijk mijn nieuwe naam te horen roepen, zoals ik die hele laatste zomer voor de oorlog heerlijk vond. Ieders zenuwen leken net zo te zijn opgevoerd als de mijne, en ze prezen me voor dezelfde tekortkomingen, die de nonnen zo naarstig hadden willen onderdrukken.

Ik ontmoette een aantal jongens, en ik leerde hoe ik die moest prikkelen. We bleven elke avond laat op, en nadat we uitgedanst waren, lag een groep van ons meisjes in een kluwen op een van de hemelbedden te praten over liefde en seks – wanneer we ons erin zouden werpen en met wie. In mijn laatste klooster hadden we vaak seksuele ontdekkingen aan elkaar doorgefluisterd op onze wandelingen van en naar de kapel, twee aan twee, zodat het nieuws zich voor- en achterwaarts verspreidde langs de nieuwsgierige sliert. We hadden ook het verbod op alle bloot getrotseerd om de vooruitgang van onze borsten en tepels en lichaamshaartjes te kunnen volgen. Maar alle opwinding was daar onderdrukt als bij in een bakje gekweekte rozen, die zich uitspreiden en in bloei raken zodra hun wortels de vrijheid voelen van de volle grond. Over een van de meisjes in het jaar na het onze, ging het gerucht, dat ze een duistere relatie onderhield met Zuster Gudrun, maar toen ze ondervraagd en een beetje gemarteld werd, hield het meisje in kwestie vol dat ze nooit iets meer gedaan had dan een kusje gegeven op het dunne snorretje van de Duitse non.

Elke avond als we op dat bed lagen, koppelden we elkaar aan de een of ander van de broers of vrienden. Sommige van die jongens waren al mannen, wat hun een extra aantrekkelijkheid gaf. Ze kwamen aan het ontbijt met kleine witte watjes aan hun kin, waar ze zich gesneden hadden bij het scheren. Ze hadden geen tijd om te tennissen omdat er werk was waaraan ze moesten denken. Werk was betoverend en uniformen van elk soort werden bewonderd.

Van soldaten en matrozen werd gezegd dat ze 'het' deden met prostituées en dat ze konden knipogen zonder hun mondhoek te bewegen en dat ze grove dingen zeiden onder het dansen. Mijn eigen geheime favoriet was een scheepsofficier die Dickie heette. Hij was drieëntwintig en hij rookte een kromme barnstenen pijp die hij placht uit te kloppen over zijn onderarm op het terras van de zitkamer. Dan wreef hij over zijn mouw met zijn lange ivoren vingers, waarbij hij de tweed of het katoen streelde op een manier die maakte dat ik door hem aangeraakt wilde worden. De andere meisjes hadden hun bedenkingen. De een vond hem saai, een ander te verlegen, een derde vond dat hij altijd naar oude tabak rook en te veel geïnteresseerd was in zijn eigen interessante uiterlijk. Hoe meer we 's avonds over hem praatten, hoe meer ik overdag op hem ging letten. Al gauw begon Dickie ook op mij te letten. Hij pikte me tussen de andere meisjes uit en riep me bij mijn naam.

'Joanna.'

Ik draafde dan naar zijn verschaalde tabakslucht toe en wilde mijn haar, mijn gezicht, mijn hele lijf wel in die geur van de zee stoppen. Achter de rododendronstruiken, niet ver van Caterham, vond ik mijn roeping.

Aan het eind van de maand reisden we samen naar Londen terug, elkaar voor eeuwig toegedaan. We namen afscheid bij Victoria Station in de tea-room van het Grosvenor Hotel. Dickie zou een tijdje naar zijn moeder gaan en ik moest mijn opleiding beginnen in het St Thomasziekenhuis. Volgens mijn hoofdzuster was ik de onhandigste, luiste, onoplettendste verpleegster van mijn jaar. Het kon me niet schelen, ik hoorde haar en de andere stafverpleegsters nauwelijks tegen me tekeergaan: ik was verliefd. Zelfs zonder het gekwikzilver in mijn polsslag en mijn hoofd en het duizelende bruisen van mijn bloed, zou ik een vreselijke verpleegster zijn geweest. Mijn eerste paar maanden bestonden bijna uitsluitend uit spoelen en uit ondersteken, met alleen een belofte van werk op de afdeling later. De aanblik van zieke mensen gaf me kippevel; ik kon niets ergers bedenken dan ze te moeten verzorgen. Ik was in de verpleging gegaan omdat het een uitweg was uit Hendon. Het was het enige soort werk, dat Oma's instemming had. Ze was trots op mijn gestreepte uniform met de gesteven kap. Maar nu ik begonnen was, merkte ik dat de mogelijkheden van het huwelijk veel aanlokkelijker waren.

In de brede, ontsmette gangen, die de afdelingen en de operatiekamers aan elkaar hechtten, vergat ik de boodschappen die ik moest overbrengen, me alleen maar bewust van mijn dijen die elkaar raakten boven de dikke randen van mijn kousen. Toen in het najaar eindelijk de oorlog werd verklaard, na veel heen en weer gepraat, kregen wij verpleegsters allemaal te horen hoe onmisbaar we zouden zijn voor ons land. Dickie was uiterst vaderlandslievend, en ik denk dat ik nog steeg in zijn achting doordat ik mijn steentje zou bijdragen in zo'n traditionele rol.

Zelf gaf ik niet om al die vurigheid, ik had in het klooster voor mijn leven genoeg patriottisme te slikken gekregen. Terwijl ik dag in dag uit de ondersteken leegde, was het een kleine troost te weten, dat de nonnen allemaal zouden worden geïnterneerd.

Dickie verlangde naar actie. Zijn vader was gesneuveld in de Eerste Wereldoorlog en hij leek vastbesloten dat heldendom op passende wijze te evenaren. Oma zat in haar verpleeghuis en bereidde zich, zoals zelfs ik met mijn onervaren beroepsoog kon zien, voor op de dood. Moeder speelde niet langer een rol in mijn leven. De oorlog was een feit, althans, dat werd gezegd. Overal in Londen werden zandzakken gestapeld, en 's avonds begonnen er luchtbeschermingswachters te verschijnen. Veel jongens die ik kende, werden opgeroepen of waren al in opleiding. Dickie vroeg me geregeld ten huwelijk, dat hoorde bij zijn romantische gedrag. Hij gaf me bloemen en chocolade en nam me royaal mee uit eten in een Italiaans restaurant, Roman's. Soms was hij dagenlang weg, dan deed hij iets op het Ministerie van Marine en 'zocht dingen uit'. We wilden allebei trouwen, maar zijn moeder was er niet gelukkig mee; de combinatie van mijn katholicisme en Moeders echtscheiding had haar tegen me ingenomen.

We trouwden dus in het geheim, op het bureau van de burgerlijke stand in Kensington, in de novembermaand nadat we elkaar hadden leren kennen. Dickie vond dat ik 'voorlopig' maar moest doorgaan in de verpleging en dat deed ik. Het betekende dat ik moest wonen in het bijgebouw van het ziekenhuis en alleen de avonden en de zondagen vrij had. Ook moest ik om tien uur binnen zijn. Ik was bezig Dickie om te praten en had al half bereikt dat ik mijn baantje zou opzeggen, toen hij werd opgeroepen in actieve dienst. Hij vond het zo prachtig, dat hij leek te vergeten dat het betekende dat hij mij moest verlaten. Hij stond daar op de Charing Cross Embankment, mijn hand als een kopje in zijn porseleinen schoteltje. Ik hoorde zijn diepe, verontschuldigende stem tegen me zeggen: 'Het zal niet zo lang duren, Joanna, en dan kunnen we voor altijd bij elkaar zijn.'

Hij had mooie ogen, hazelnootbruin, met een zachte droevige uitdrukking erin, alsof hij voortdurend ergens spijt van had. Zijn langwerpige, gladgeschoren gezicht liep uit in een vierkante kin. Hij was knap. Alle leerlingverpleegsters vonden dat, en in zijn uniform was hij nog knapper. Hij kwam afscheid nemen in het ziekenhuis terwijl ik dienst had – een gedurfdheid die de eerste van vele zou zijn.

'Ik schrijf je elke dag, wat er ook gebeurt. Ik hou van je, Joanna, geloof me, en zo gauw ik kan, kom ik terug en haal je hier weg. Dat beloof ik je.' Ik realiseerde het me toen niet, maar Dickie was net als de stukken Turks fruit, die ik in de zak van mijn schort had en opat in de spoelkamer: hij was vol belofte.

Ik heb me vaak afgevraagd wat er gebeurd zou zijn als hij niet was weggegaan. Alles wat ik weet is, dat ik van hem hield en dat ik van hem wilde houden, dat ik probeerde te geloven in dat 'altijd' van hem. Hij kwam pas terug na zes maanden – zes lange maanden waarin ik verpleegster was onder omstandigheden die nauwelijks beter waren dan op school. Hij stuurde me een toelage, maar hij zei tegen niemand dat we getrouwd waren. Hij dacht dat het op de een of andere manier zijn carrière kon schaden. Hij schreef me, zoals hij beloofd had, elke dag. Maar naarmate de maanden voorbijgingen, werden zijn brieven steeds meer beschrijvingen van zijn leven bij de marine en steeds minder de liefdesbrieven van een pas getrouwde echtgenoot. Ik kon de gedachte, dat er iets mis zou gaan met dit huwelijk, niet verdragen. Ik herinnerde mij Moeders kortstondige uitstapjes op dit terrein en ik was vastbesloten het beter te doen, dit huwelijk te laten slagen ook al moest ik er de lange winter op mijn eentje voor gaan zitten wachten.

Oma stierf net voor Kerstmis. Het telegram dat de directrice me gaf op haar kamer, deelde mee dat ze dood was. 'Tot onze spijt is mevrouw Roberts vannacht heengegaan' was duidelijk genoeg. Maar de blokletters spelden Oma niet voor mij. Ik ging recht naar mevrouw de Gruchy, die haar borst omklemde en huilde met onderdrukte horten en stoten. Ik kon niet huilen. Ik had het gevoel dat achter de gecodeerde boodschap Oma ergens over zee zat uit te staren. Het leek of ik, als ik nog een weekend wachtte, een trein kon pakken en haar op kon zoeken. Ik telegrafeerde het nieuws naar Dickie op zijn schip. Ik kreeg een telegram terug met 'veel liefs', maar komen deed hij niet. Later legde hij uit dat hij, omdat hij officieel nog vrijgezel was, geen verlof had kunnen krijgen wegens familieomstandigheden. De begrafenis vond plaats in Chislehurst. Er was niemand behalve Agnes en de verpleegsters van haar huis, Nelson en ik. Moeder, vertelde Agnes, had griep, dus die was niet gekomen. Nadat Oma dood was, miste ik haar zelfs erger dan ik Dickie miste. Ik had spijt dat ik haar in die laatste maanden verwaarloosd had. Mijn uren in het ziekenhuis maakten dat ik niet vaker dan eens in de veertien dagen naar Chislehurst kon reizen.

Ondanks Dickies bezwaren, had ik haar verteld dat ik getrouwd was en dat had haar genoegen gedaan. Ik nam Dickie mee naar haar toe en ook hij was opgelucht. Ik denk dat het goed was, na bepaalde dingen die hij over mijn familie had gehoord, dat hij kennis maakte met zo'n presentabel familielid.

Dickie kwam terug met zijn eerste verlof, net na mijn negentiende verjaardag. Het was laat in het voorjaar en al warm. Ik nam een week vrij en we schreven ons in als man en vrouw in een hotel. Ik heb nooit méér van hem gehouden dan toen. Ik vroeg hem niet voor hoelang hij thuis was, omdat ik mijn eerste week niet wilde bederven. Op de vierde dag ging ik viooltjes kopen en een fles champagne. Toen ik terugkwam in het hotel was Dickie weg. Hij had een brief voor me achtergelaten waarin stond dat hij maar een pasje had voor vier dagen. Hij zou gauw terugkomen, beloofde hij, en hij wist dat zijn 'arme lieve Joanna' begrijpen zou dat die oorlog op de eerste plaats kwam, voor al het andere.

Ik schaamde me voor ons allebei en voor het eerst was ik bang voor de oorlog. Het vallen van de bommen was begonnen en ik had niemand die me vasthield, niemand om vast te houden. Ik bleef de rest van mijn week in het hotel, niet in staat om een vervroegde terugkeer naar het ziekenhuis onder ogen te zien. Ik had te veel van mijn medeverpleegsters verteld over mijn geheime huwelijk en hartstochtelijke hereniging, en ik kon het niet opbrengen terug te gaan en hun te vertellen dat mijn stormachtige jonge echtgenoot teruggestormd was naar zijn geliefde schip.

Mijn eerste afkeer van de Duitsers was geboren in het klooster, de tweede in die lege hotelkamer. Ik was kwaad omdat ze mijn man gestolen hadden. Maar ik wist wat de soldatenvriendjes van mijn vriendinnen uithaalden, die zagen veel vaker kans om weg te komen dan hij. Zijn brieven bleven komen: korte onpersoonlijke berichten over hoe hij het maakte, voorafgegaan en afgesloten door zijn sterotiepe liefdesbetuigingen. Toen de maanden voortgingen en de oorlog ernstiger werd, wilde ik iemand die van mij zou houden zoals ik van iemand hield. Ik wou de wilde roes van mijn eerste feest terugvinden, het verlies van mijn Oma vervangen in mijn hoofd, en ik wilde mijn uniform verknippen tot nog waardelozer snippers dan Moeder met mijn vorige kleren had gedaan.

Toen Dickie bijzinnetjes in zijn brieven begon te zetten over hoe vreselijk lang het zou kunnen gaan duren voor hij weer thuiskwam en hoe hij zich een echte schoft voelde omdat hij mij gedwongen had met hem te trouwen, en dat hij het echt zou begrijpen als ik vond dat ik mijn vrijheid terug moest hebben, besefte ik dat ik een domme vergissing had begaan. Zijn plichtmatige brieven bleven komen, elk met de precieze datum en tijd, maar na een tijdje las ik ze niet meer. In plaats daarvan bepeinsde ik hoe ik behoefte had iemand te vinden, die niet verlegen of droevig was, maar die wist hoe je je hartgrondig kon vermaken, iemand die het net zo naar vond dat ik moest werken als ikzelf, en die van me zou houden met een lichamelijke hartstocht, die alleen door de mijne zou worden geëvenaard.

Ik begon weer feestjes af te lopen. Sommige avonden spijbelde ik van het ziekenhuis, op andere klom ik laat door een raam naar binnen. Mijn ontslag als verpleegster viel bijna volmaakt samen met mijn kennismaking met Thierry de Gastonville. Thierry was de volstrekte tegenpool van mijn afwezige, ontrouwe echtgenoot. Thierry was hoffelijk en Frans, wereldwijs en met een reputatie van losbandigheid. Hij bracht zijn avonden door met gokken in dure clubs, drinken en schandaaltjes vertellen. Dat was allemaal aangenaam ver verwijderd van Dickies koppige vaderlandsliefde.

Ondanks mijn lange uren in de verpleging, had ik nog steeds niet zoiets als een gewonde soldaat gezien. De gevoelens van wederzijds meeleven die later zouden opkomen en ons Londenaren zouden samenbinden tot een eliteclub van overlevenden, waren nog niet begonnen. De instortende gebouwen maakten nog geen deel uit van ons dagelijkse gerantsoeneerde leven. Londen was een stad van clubs en pubs. Ingeklemd tussen de rivier en de uitwaaierende buitenwijken, lag haar rijke vulling te pronken. We leefden van drank en sandwiches om zo dicht mogelijk in de buurt van de speeltafels te blijven. Londen was haar eigen croupier en draaide het wiel waarvan elk nummer won. Het oorlogsgepraat van de politici leek even vergezocht als de onsubtiele propaganda van de nonnen. Ik hoorde tot een generatie van pseudo-pacifisten. Miljoenen jongemannen waren gesneuveld in de vorige oorlog, weggevaagd door de waanzin van hun leiders, regeringen die jongens gebruikten als kanonnevoer in verzonnen conflicten en voor 'goede' zaken die leugens waren. Wij waren geen goedgelovige werktuigen die in een oorlog gegooid konden worden door de gril van een regering. Mensen als Dickie waren zeldzaam bij ons. We gaven hem geen eer voor zijn enthousiasme. We schreven zijn ijver toe aan angst om zijn moeder teleur te stellen en aan een complex over zijn vader.

Later gingen geliefden voor jaren uiteen en hun liefde overleefde die kloof. Maar later begrepen we allemaal waarmee we te maken hadden. We konden toen de broosheid van ons leven zien. Niet alleen de soldaten en de zeelui en de piloten, maar ook wij, de burgers, konden de volgende morgen dood zijn. Zo werd elke avond het vieren van een afscheid. En elke morgen, als we onze weg zochten door straten die als koekjes verkruimeld waren, dankten we alle goden waarin we geloofden voor het voorrecht dat steenstof te mogen inademen, al was het maar voor nog een dag. Dat kwam allemaal later, samen met de perrons met vertrekkende treinen met soldaten, die uit de ramen hingen voor een laatste groet en die eruitzagen als rijen jachttrofeeën, in rook afgevoerd. Er werd beleefd gedrongen bij de verlieslijsten om het ergste te weten. Het waren de namen van de verminkten en de brandslachtoffers, die later samenvloeiden met de nu nog ongedeerden in steeds groter en groter aantallen, zodat het algemene mengsel van ons verzamelde bloed aanzwol met zijn kwetsuren. Onze wereld werd een onwezenlijke plek. De parameters ervan verschoven en verdwenen, vaste bakens hielden op te bestaan.

Tegen de tijd dat de bombardementen echt begonnen en half Europa bezet was door de Duitsers, vluchtelingen onze havens begonnen binnen te kruipen met gruwelverhalen over wreedheden in Duitsland zelf en in Polen – ja, toen was ook ik oorlogswerk aan het doen. Iedereen deed dat. Het was voor mij geen vaderlandsliefde als zodanig, het was een gemeenschappelijke noodzaak om te blijven leven. En hoewel ik misschien niet zoveel van Engeland hield als het hoorde, ik leefde mee met Jersey met zijn Gestapo-indringers en zijn naziwetten, zijn hakenkruizen wapperend boven het eiland. Er waren geruchten dat meer dan duizend mannen en vrouwen uit Jersey op transport waren gesteld. Er waren geruchten over Gestapo-methoden, er waren geruchten over spionnen onder ons, over landingen aan de Kanaalkust. Ik wist niets uit de eerste hand over de Gestapo, maar ik wist wel iets van Duitse methoden; ik had mijn tijd uitgediend bij de nonnen. Ik wist dat ze grondig en koud waren, en ik was bereid om het even wat voor uniform aan te trekken om te helpen voorkomen dat ze Londen zouden binnenmarcheren met hun grauwheid, die al het natuurlijk grauwe dat de stad bezat, te boven ging. Hun laarzen en hun Heil-Hitlers waren allang geen schoolmeisjesgrapje meer.

Maar in de tijd dat Dickie begon te dienen, en de tijd dat Thierry vechten beneden zijn waardigheid achtte, vond er alleen maar die schaduwoorlog plaats. Er gebeurde niet veel behalve afwachten. De bommen die op Londen vielen waren heel sporadisch en leken meer toevallig dan gericht neer te komen. We herinnerden ons de propaganda die uit de vorige oorlog was overgebleven en we zagen de oude affiches die beweerden dat Duitse soldaten baby's op hun bajonetten spietsten. En we wisten nog dat het toen, pas vierentwintig jaar geleden, allemaal leugens waren geweest. Voor ons waren de moedigsten onder de mannen de gewetensbezwaarden, zij die weigerden te doden, weigerden te vechten. Dat waren onze helden in dat eerste jaar, de mannen die dapper genoeg waren om zich uit te spreken tegen de opkomende paniek. En van al die mannen leek Thierry de drager van een symbolisch erekruis voor nonchalance. Hij leefde of er helemaal geen oorlog bestond. Hij had het nooit over enig gevaar voor zijn eigen land. Hij behandelde politiek als een grap. Het zou allemaal in een paar maanden over zijn, beweerde hij; er zouden verdragen worden getekend, en het leven zou heel gewoon doorgaan.

Ondertussen trok ik in een flat die hij bezat aan de Edgware Road en leefde daar als een maintenee in het soort luxe dat ik nooit gekend had. We waren verloofd, en anders dan Dickie, liep hij met die verloving te koop en vertelde erover aan al zijn vrienden. Ondanks de losbandigheid van zijn gedrag, zijn drinken en verkwisten en de felle hartstocht van zijn omhelzingen, gingen we nooit echt met elkaar naar bed. Soms brachten we een hele nacht samen door, maar lang niet zo vaak als ik wilde. Thierry kuste me heel ruw en dat wond me dan zo op, dat ik zei dat ik best met hem tot het einde wilde gaan. Op zulke momenten kleedde hij me niet uit, maar sprak hij me toe of ik een openbare bijeenkomst was.

'Je bent een jonge maagd die slaapt, je moet langzaam worden gewekt,' zei hij dan, terwijl hij aaide over zijn vingernagels en zo nu en dan zijn wijsvinger naar zijn zegelring met het familiewapen liet glijden. 'Je bent uitverkoren door een Fransman die je lichaam zal oproepen om uitgeperst te worden als de druiven van zijn land. Maar nog niet, mijn bloedkopje, je bent te jong om de duistere wegen te begrijpen van de liefde.'

Het was of hij in gedachten uit mijn bed en op een balkon was gestapt. Achteraf zie ik de belachelijkheid wel in van die verklaringen. Maar in die tijd dacht ik dat er een geheime zinnelijke wereld bestond waarvan Thierry de sleutel bezat. Ik leefde in een staat van permanente opwinding. Ik kon urenlang in aanbidding zijn gezicht bekijken. Ik dacht dat als hij me eenmaal in een leven van hartstocht had binnengeleid, ik nooit meer goed de kans zou krijgen hem te bekijken. Mijn ogen zouden onbeschermd zijn en mijn zicht vertroebeld door aanhoudende orgasmen. Hij had blauwzwart haar, dat glad achterover geplakt zat als bij Valentino, en amandelogen die zo intens bruin waren, dat Zuster Gudrun ze zou hebben gebrandmerkt als satanisch. Als hij moe was werden zijn oogleden kapjes die zijn uitdagende lome blik veranderden in iets reptielachtigs. Hij vond mijn leven maar niets tot op het moment dat ik hem had ontmoet.

'Dat is niet getrouwd, Joanna,' zei hij, zodra Dickie ter sprake kwam. 'Als jij en ik getrouwd zijn, dan zul je weten wat echte seks is. Nu eerst moet je leren chic te zijn, stijl te hebben, te leven. Je bent een heremietkrab, in je schelp, met alleen je hoofd dat uitsteekt. Je ziet het leven, maar je weet nog niet hoe het te leven. Ach, je wist nog niet eens hoe je kussen moet. Je spreekt mijn vrienden, je vindt hen aardig, je luistert naar hun gesprekken over kunst, schilders, dichters. Maar er is ook de kunst van het kussen.' Het laatste woord werd uitgesproken met lippen die getuit waren alsof hij een voorstelling gaf tot stichting van zichzelf. 'De liefde bedrijven is een kunst. Denk je dat Louis zomaar leerde schrijven – nee! Het vergt allemaal tijd. Je bent heel ongeduldig. Ik hou daar wel van, trouwens, het is beter. Je hebt passie, anders dan al die Engelse meisjes.'

Thierry wist te suggereren dat hij persoonlijk de liefde had bedreven met 'al die Engelse meisjes'. Hij had ook de reputatie van een losbol. Soms verdween hij voor een nacht, soms voor twee, en bewaarde bij terugkomst een raadselachtig zwijgen over zijn wapenfeiten.

'Alleen jullie Engelsen praten graag over de bijzonderheden van jullie seks. In Frankrijk doen wij het eenvoudig, wij hoeven daar niet over te spreken.'

Ik hield daarvan. Ik hield van hem. En ik had Frans bloed in mijn aderen. Ik wilde dat hij de blauwe sporen ervan over mijn borsten aanraakte. Na de oorlog zouden we teruggaan naar Thierry's château in het dal van Champagne, daar ten zuiden van Reims. Intussen werkte ik aan mijn image: ik liet mijn haar knippen op een nieuwe manier, ik leerde me kleden en de sieraden te dragen die Thierry voor mij kocht. Ze waren van jade en amethist en antiek zilver. Hij pronkte graag met me en zag me graag flirten met zijn vrienden. Hij was er trots op te worden gedagvaard wegens overspel om mijn scheiding mogelijk te maken.

We gingen naar Brighton en brachten daar een schunnig weekend door onder begeleiding van een privé-detective zodat ik kon zeggen 'op de zesde, zevende en achtste juni 1940, in het Metropole Hotel in Brighton, pleegde ik overspel bij meer dan drie gelegenheden met Thierry de Gastonville'. Het voelde zo gedurfd en het klonk zo schandelijk. Het klonk eigenlijk schandelijker dan het was, want die nachten sloten we ons op in onze hotelkamer als de heer en mevrouw Gaston en lagen in ons tweepersoonsbed te kussen terwijl Thierry praatte, mijn haar streelde en zijn nagels over mijn sproetige armen trok, wat lange krassen achterliet, die ik de volgende dag trots toonde onder de korte mouwen van mijn jurk.

Ik koesterde me in de reputatie die mijn nieuwe verhouding mij bezorgde. Ik werd wel aan het lijntje gehouden, maar ik was vrij om rond te zwerven door de artistieke buurten van Londen en de levendige cafés. Ik maakte vrienden aan de toog van The Wheatsheaf en The George. Ik raakte vooral bevriend met de dichters, die publieke dingen konden opschrijven en privé maken, terwijl Thierry privé alles liet klinken of het voor een publiek bestemd was. De pimpelende schrijvers waren een tegengif voor mijn gebrek aan intimiteit van Thierry. Ik vond een surrogaat voor seks in hun vrolijke spot. Nadat ik Thierry verlaten had, waren mijn affaires en verhoudingen bepaald geen surrogaat meer. Toch bleef ik altijd het meest houden van de dichters, met hun geklets en geroddel en het voortdurende haakwerk van woorden. Van Eliot werd beweerd dat hij over Pound gezegd had: 'Die komt hier niet zitten praten als de Abdij van Westminster.' Ik heb dat altijd een aardige opmerking gevonden. Ik had mijn eigen Abdij in de Edgware Road. Ik had mijzelf daar op het altaar gelegd. Toen ik eenmaal was afgewezen, werd ik zelf een Abdij, fragieler en vluchtiger dan Westminster, maar toch een plek waar grote dichters zich te sterven legden in mijn zijbeuk. Lang nadat mijn huwelijk met Thierry voorbij was, bleven die vriendschappen bestaan; ze hielden me overeind in de oorlog en daarna, tot in de jaren vijftig. Wat ook de geest was die de dolle euforie van die oorlogsnachten dicteerde, het was ook mijn geest. Elke minuut moest propvol, al het wilde moest eruit geperst en genoten worden voor het te laat was. We dansten op de as, en schraagden onze angsten met vrolijkheid. We zongen in de volgepakte tunnels van de schuilkelders, en stookten alcohol van 90% met laboratoriumspullen in een lokaal in de medische school van Guy's Hospitaal.

De oorlog riep bij mijn leeftijdgenoten dezelfde dingen wakker die ik altijd gevoeld had, de symptomen van manische depressiviteit. Het zat in me om van het ene uiterste in het andere te zwaaien. En zo zwaaide ik heen en weer terwijl Londen in brand stond, samen met mijn vrienden. En heel die wereldstad was een potentiële vriend. De barrières waren neergehaald. De formele introducties van mijn kinderjaren waren weg. Er was geen tijd om te verspillen aan zulke dingen. Elke seconde telde en moest gebruikt worden om te voorkomen dat iemand ze echt zou gaan tellen.

Tussen die mooie momenten in, zweefde de treurigheid binnen. Vrienden stierven of verdwenen, lievelingsplekken werden weggebombardeerd. De brancarddragers, strompelend alsof ze door het zand liepen, dan weer gravend en porrend in het steenstof en het puin, deden me denken aan mijn dagen in Selsey waar ik valkuilen groef op het strand. De onbeschadigde huizen stonden er trots bij als geslaagde zandkastelen tot de volgende bommengolf kwam en ze wegvaagde. Je moest oppassen niet al te veel beklemde ledematen onder ogen te krijgen waar dat gebeurde. Je kon beter een andere kant opkijken en het ondergrondse gemurmel niet horen. Burgers mochten trouwens de gangen niet in, maar stemmen uit die mierenhopen konden door de luchtbel van onze opwinding breken. Ik begreep die slingeremoties omdat ze altijd al de mijne waren. De oorlog zou ophouden na zeven lange jaren en zij die hem overleefden, zouden proberen een nieuw tijdperk in te gaan. Mij lukte dat nooit. De euforie en de wanhoop zaten diep in mezelf. Het was het bombarderen niet dat me zo had gemaakt, of de angst voor de nazi's. Het was Moeder. Het is eigenlijk nogal mal, zo mee te maken hoe de geschiedenis onze tijd drastisch in heel andere vormen giet, en toch zo onherroepelijk opgesloten te zitten in een microkosmos van het verleden. Ik werd geboetseerd door de zich herhalende getijden van mijn liefdes.

Thierry's ideeën over hartstocht waren zo grandioos, dat ze nooit werden omgezet in praktijk. We trouwden in het voorjaar van 1941. Het kostte me nog een jaar om me te realiseren dat Thierry homoseksueel was, en ik alleen maar een dekmantel ter bescherming tegen schandaal van een erger soort. Ik stelde vast, dat het allemaal mijn schuld was, *mea culpa*, vastbesloten hem niet in de steek te laten. Mijn gebaar miste helaas zijn uitwerking, hij wilde me niet en mijn aanvaarding stond hem tegen.

Het huwelijk werd drie jaar later ontbonden. Het was nooit echt voltrokken. Zoals Thierry zelf me zo vaak had gezegd: ik was een onnozele wat seks betrof.

In een soort onuitgesproken patriottisme keerden zijn kansen met die van zijn land, alsof de greep waarin de troepen van de invaller Frankrijk hielden, samenhing met zijn geluk in het spel. Hij begon zo zwaar te verliezen in de eerste tijd van ons huwelijk dat al mijn sieraden eerst beleend en later verkocht werden. Hij pelde de ui van al mijn bezittingen helemaal af tot aan de zachte knop in het midden – met andere woorden, tot aan mijn eigen zachte kern die even kuis bleef als mijn eerste echtgenoot die had achtergelaten. Ik was technisch gesproken geen maagd meer: de paar weken met Dickie hadden daarvoor wel gezorgd, maar ik was ook niet de losbandige vrouw die men in mij zag. Alleen mijn haar, embleem van mijn uitwaaierende reputatie, was in overeenstemming met mijn image. Ik was rood als het rood van cherry brandy met daarbij de donkerder, maar eveneens natuurlijke glans van wilde kastanjes die net uit hun stekelige bolsters zijn gesprongen.

Na Thierry kwamen er nog twee echtgenoten, een hele reeks minnaars, vier kinderen en dertig jaar misverstand, die me tot hier hebben gebracht, weer op mijn rug, maar deze keer in een ziekenhuisbed. De enige man die ooit echt beantwoordde aan mijn ideaal van wat een man hoorde te zijn, was Nelson, mijn vader, die opdook uit de onzekerheid van Londen in de oorlogsdagen en me de plaats gaf in zijn leven die ik altijd had willen innemen. Als Nelson vertrok om te gaan vechten, was ik trots op hem, en elke keer als hij terugkwam wachtte ik hem op in het Victoria Station.

Door al die jaren bleef hij alleen over als meer dan een foto. De anderen werden fotootjes, vastgepind in de tijd, maar Nelson betekende meer voor me dan zijn knappe uiterlijk, meer dan zijn blonde snorretje met een beetje grijs erin. Vaak stelde ik me voor hoe de golven mosterdgas over de klaproosvelden zijn loopgraaf waren binnengedreven en hem hadden gesmoord in hun ziekte, terwijl hij zijn betoog uithoestte tegen de gasdampen zelf en tegen de Machten van hogerhand: 'Dit moet een vergissing zijn, dit is niet voor mij bestemd.' Maar dat was het wel en het klauwde zich zijn leven in, het bewaarde die eerste blik van dagende verbazing op zijn gezicht, voor altijd gestempeld in een vertederende uitdrukking van onbegrepen onschuld. Het was het enige gezicht dat mijn verwarde misverstand over de liefde overleefde.

Ik werd van Assepoester tot Prinses zonder de voorafgaande verplichting mijn flinke voeten in glazen muiltjes te wringen. Na mijn praktisch in de kerker gesleten kindertijd hield ik van de grote wereld waarin ik terechtkwam, met zoveel hartstocht dat die de kwaliteiten van een sprookje leek te bezitten.

Misschien moest ik daarom zo nodig iedere liefde die ik vond op de proef stellen. Ik was de dochter van de Sneeuwkoningin, en altijd als ze bij me aan de poort kwamen en zeiden dat ze van mij hielden, moesten ze, hoe veel ik ook van hen hield, hun liefde bewijzen. Als ze de eerste drie voorgeschreven taken volbrachten, het verslaan van de draak, het vinden van de toversteen en zo, dan kon ik me toch nooit neerleggen bij een nog lang en gelukkig leven. Ik kon gewoon niet geloven dat iemand van me hield. Dus bleef ik hen kwellen met loze en vaak onmogelijke verlangens, alle goedwilligheid verdrijvend met mijn grillen tot de een of de ander er niet meer tegen kon. Dit is overdreven, maar het is wel een patroon dat ik duidelijk kon herkennen. Ik kon zelf voelen dat ik het deed. Dingen forceren. Mijn eigen voorspelling laten uitkomen. Ik heb steeds geloofd dat niemand van me hield, dat ik het uiteindelijk niet waard was, en dat mijn schoonheid maar een sprookje was.

Elke keer weer zei ik uiteindelijk tegen mezelf, na maanden of zelfs jaren guerrilla-oorlog, scherpschieten en vallen zetten: 'Zie je wel, ik wist dat hij niet echt van me hield!' Moeder kon in de toekomst kijken; misschien verlangde ik daar ook wel naar. Hoewel, ik weet het niet. Ik was gevangen in een draaimolen van huwelijken. Er zijn weglopers en er zijn blijvers, en ik was een trouwster. De eerste twee echtgenoten hadden nooit meer dan affaires moeten zijn, de laatste twee waren anders, maar daartussenin ben ik met zoveel mensen verloofd geweest, dat ik me nu zelfs hun namen niet meer kan herinneren, zelfs niet van wie mijn hart hebben gebroken.

Vroeger dacht ik dat mijn hart zoiets was als een van Oma's meest kostbare stukken porselein en dat het zou verbrijzelen als ik er verkeerd mee omging. Toen kwam ik erachter dat mijn hart niet brak, het rekte alleen maar steeds verder en verder uit, tot alles schrijnde en gewond was, voortdurend bereid om weer te gaan schrijnen en gewond te worden. Ik had een hart van rubber, zoals een rubberstempel, dat telkens opnieuw dezelfde verklaring aflegt. Op zoek naar dezelfde oppervlakkige extase en tegelijk onweerstaanbaar aangetrokken tot de mislukking. Mijn dochters noemen hen mijn zielepoten. En het is waar dat ik een zwak heb voor geestelijk invaliden. Ze maken van de boodschap op mijn rubberstempel een tijdelijk hoofdpunt van het nieuws, ik word de verlosser. Ik word de heelmeesteres van impotentie, de eerste echte liefde van de homoseksueel, de evenwichtgeefster van de neuroot, het moment van rust voor de zenuwlijder en ten slotte, bijna onontkoombaar, de verontwaardigde inspectrice van zwakheden. De hartebreekster van mijn kant. En door al die trauma's heen, heb ik nooit zoveel van een man gehouden als ik gehouden heb van een kind, mijn kind.

Ik heb vier dochters van mezelf. Bijna dertig jaar lang heb ik mijn leven overgeheveld in het hunne. Ik heb hen geleid door armoe en weelde. Ik heb hen gestuurd door hun ziektes en door de mijnenvelden van hun aanleg om de verkeerde weg op te gaan. Ik heb vier meiden, vier vrouwen, totaal verschillend van elkaar. Ze zijn de vier uiteinden van de wereld, bij elkaar gehouden door mij, hun moeder, die van hen hield in hun vaderloze kindertijd. Geen enkele hoveling mocht lang blijven aan mijn scharlaken hof. Als de kinderen hen niet verdreven, deed ik het. Soms waren er deserteurs, die al de benen namen uit de dolle janboel van mijn slaapkamer voor ik eraan toe was ze te laten gaan.

Soms werken de pillen niet die ik slik om al die mislukkingen waar toch niets meer aan te doen is, te vergeten. Soms stijgt de grauwte die Oma koos voor onze ballingschap op in mijn hoofd en wil ik huilen tot mijn ingewanden mijn ogen uitkomen. En nog steeds word ik kwaad, zo kwaad, dat golven van razernij over me heenslaan en ik geen adem kan krijgen. Die loop ik eruit. Het gebeurt nu niet meer zo vaak. Maar als het gebeurt, dan loop ik door de nachtelijke stad, dan stampen mijn voeten over het grauwe plaveisel en dan vraag ik mezelf: 'Waarom ben ik zo alleen? Wat doe ik met mijn leven, wat heb ik ermee gedaan? Waar zijn mijn oude vrienden? Waar zijn ze gebleven? De vrolijke jongens die me mee uit lunchen namen, of de echte vrienden zoals Louis en William? En David, en Roger, en de ooit zo prachtige Nancy, zelfs Nancy die zo somber was dat ze ons aan het lachen maakte als we haar zagen zwaaien boven haar glas, hangend aan de bar in de Franse pub, piekerend over de laatste treurige resten van haar leven. We herkenden onszelf niet in haar. Het is makkelijk spotten met verweerde glorie.'

Ik heb twintig jaar doorgebracht in Bohemia, en toen heb ik me teruggetrokken. Twintig jaar waarin ik voortdurend van naam veranderde. Dat werd meer dan een gewoonte voor me. Het was of ik er niet meer buiten kon, of ik mezelf niet kon aanvaarden. Ik zocht mijn vrienden en verbond me diep met hen. Bij sommige woonde ik, met sommige sliep ik; andere verpleegde ik alleen maar. Ik was een vreselijke verpleegster in St Thomas, maar toen het aankwam op de gevoelsziekten, hield ik ervan mensen door hun crises heen te helpen. Het gaf me de moed, denk ik, om mezelf door mijn eigen crises heen te helpen.

Waarom iedereen de wijken Soho en Chelsea Bohemia noemde, weet ik niet. Soms leek het alleen maar wishful thinking. Maar waarom het ook was, veel maakte het niet uit. Ik verhuisde en verhuisde maar, van het ene adres naar het andere en bevredigde mijn rusteloosheid door kamers voortdurend anders in te richten. Mensen reisden op en neer, naar Parijs, naar Amerika, naar Italië, maar die vriendschappen kwamen zeker zo dicht bij een echt huwelijk als de huwelijken die ik had meegemaakt. Die waren tot de dood ons scheidt, voor goede en voor kwade dagen, voor ziekte en gezondheid. Er was een grote kracht in mij, heel de jaren veertig door. Het was mijn tijd. Ik dacht dat niemand die van mij af kon nemen. Ik wist dat geen man het kon, geen minnaar of echtgenoot kon zich indringen en mijn rugschild vernietigen. Mijn roekeloze escapades vermaakten de kring waarin ik verkeerde. Ik had een manier gevonden om te werken (als journaliste bij de *Kensington Post*) en mijn sociale leven gaande te houden, met drie dochters en een vierde op komst. Alles stond op zijn plaats. Tot ik, vanuit mijn eigen moederschap, nieuwsgierig werd naar Moeder. Het was 1953 en ik wist niet eens of ze dood was of nog leefde. Ik had nooit meer iets van haar gehoord. Ik had dat ook nooit gewild. Ik had zoveel mensen verteld dat ik haar haatte, dat die woorden hol geworden waren en ik ontdekte dat ik nog steeds hunkerde naar haar vergiffenis, of begrip, of wat ook – misschien alleen naar een teken van haar.

DEEL II
Miss Kitty

Hoofdstuk 10

De beste stranden zijn die waar de dood loert, de inhammen en rotspunten waar schepen zijn vergaan, de rafelige kusten waar soldaten zijn geland en smokkelaars hun waar hebben uitgeladen. Als ik een man was, zou ik zeeman zijn geworden, als Daddy en Grootpapa. En ik zou net zo'n huis bouwen als zij, met terrasdekken als dak en patrijspoorten als ramen. Ik ben geboren op een oorlogsschip, op het grijsgranieten, door het land ingesloten schip, op Claremont met zijn masten en vlaggen, vastgelopen in de schaduw van de vuurtoren van La Corbière. Claremont was de extravagantie van een gepensioneerde admiraal; de droom van een gewonde zeeman, voor anker gegaan in de tuinen vol onhandelbare struiken en sierbomen, met hun uitzicht over de klippen en rotsen naar Corbière Point, en verder naar de eenzame vuurtoren.

Claremont was gemeubileerd met nostalgie; het was een maritieme reliekschrijn en, met de intrinsieke rusteloosheid die daarbij hoorde, waren al de vele kamers behangen. Er waren rode houtsoorten uit Canada, palissander uit Brazilië, Chinees behang en chinoiserie, Indiase tafels en Japanse schermen en houtgesneden engelen uit Vera Cruz. De hele aardrijkskunde en geschiedenis leken te zijn uitgedistilleerd in dat huis, zoals de hele wereld dat was in het eiland. Tussen de twee grote naties Engeland en Frankrijk, lag het in zijn eigen warme wateren en haalde het beste van beide naar zich toe, als lekkernijen die worden geborgen uit een wrak, terwijl het al de vervelende kanten van het leven, als wrakhout, voorbij liet drijven naar andere zeeën.

Ik werd al geboren met een band met de zee. Die was mijn erfdeel. Grootpapa wist het en hij was er trots op.

'Nu moet je toch eens even kijken naar Miss Kitty hier,' zei hij tegen onze bezoekers. 'Nog maar net zes en ze kent al de getijden tot op een inch en de minuut nauwkeurig. Het is alsof het kleine nest ze voorzien kan. Ik zit tot diep in de nacht over mijn kaarten en cijfers gebogen, op de uitkijk naar stormen, en dit kindje kan je altijd vertellen wanneer de zee ruw zal zijn.'

Dan wendde hij zich half tot mij, met al de krasjes op zijn kreukelig gezicht.

'En jij beweert dat je ze kan voelen, maar ik weet wat je in je schild voert. Jij houdt 's avonds La Corbière in de gaten vanuit je kamer. Ik wed dat dat baken jou seinen geeft en je alles vertelt wat je grootvader zo graag zelf uitzoekt.'

En hij had gelijk. De lange lichtstraal van de vuurtoren flitste mijn kamer in als ik aan het spelen was, en ik probeerde er in te staren om te zien of ik hem met mijn ogen kon tegenhouden. Ik kon hem nooit verhinderen door te zwaaien naar zee, maar ik kon voelen hoe zijn geheimen in mij overvloeiden.

Hij zei het me, als er een vissersboot verging en hij vertelde me wat de zeelui zeiden, als ze door de golven zonken. Hij leerde me woorden die ik nooit had gehoord. Hij gaf me de namen van vrouwen die uitgeschreeuwd werden door vaders en vrijers. Een keer gaf hij zelfs mijn eigen naam door, Kitty, in een gorgelend gefluister. Maar ik wist dat het een andere Kitty was, en ik wist dat die heel anders moest zijn, groter en niet zo aardig, zonder zo'n slimme grootpapa of knappe vader of chique mamma, en zonder de vriendschap van de maan of de tropische wateren van mijn ogen. Mensen noemden het ogen van smaragd, maar ik vond de mannen aardig die zeiden dat ze op de zee leken. Cartier, de juwelier in St Helier, had smaragden te koop en Maman had een broche met een smaragd. Maar dat waren maar stenen. Water is beter dan stenen; het wikkelt zich twee keer per dag om de stenen heen en sleurt ze mee naar zee.

Ik ben onder een gelukkig gesternte geboren. Ik had echter geboren willen worden in een bijzonder jaar, zodat de mensen zouden zeggen: 'O ja, 1406, het jaar van de geboorte van Kitty Roberts en natuurlijk de invasie van Pontbriand en Pero Nino. Dat was een groot jaar, een victorie voor Jersey.' Of een groep mannen zou mompelen, uitstarend over zee: 'Ik zal nooit 1781 vergeten, wat een jaar! De Slag van Jersey en de geboorte van Kitty Roberts.' Of: '1766: Admiraal Philippe de Carteret vaart rond de wereld en, als om het te vieren, werd hier op het eiland een ster geboren: de kleine Kitty Roberts.' Het was mijn enige teleurstelling als kind dat ik geboren was in 1899, toen er niets opmerkelijkers gebeurde dan de opening van het doorgetrokken stuk spoorweg van St Aubin naar La Corbière, en dat een van Daddy's setters een nest kreeg van veertien puppy's.

Het zou zo passend zijn geweest om tegelijk te zijn geboren met een grote gebeurtenis, als een tweeling voor het nageslacht. Agnes vond dat niet.

'Stel je toch eens voor, Miss Kitty,' zei ze tegen mij, 'dat je was geboren in het kielzog van een grote uitvinding, of als voorbode van een of andere ramp: wie zou er dan zoveel tijd voor jou hebben gehad? Je zou niet zo uniek zijn geweest als het eiland belegerd was of als er een hongersnood had geheerst. Op zijn best had je de eer moeten delen, net als delen met een zusje. Nu heb je juist alles voor jezelf.'

Maar Agnes begreep het niet. Zo was ze nu eenmaal. Ze zei de dingen waarvan ze dacht dat ze Maman en mij plezier zouden doen, maar ze kon de wereld niet erg helder zien. Ze dacht dat ze dat kon, omdat ze uit Ierland was gekomen met een veerboot en met de trein door een stuk van Engeland was gereden. Ze had Waterloo Station van binnen gezien, en ze had de oversteek gemaakt van Weymouth naar St Helier, ze had leren borduren, haken en praten in de taal van Jersey met de andere bedienden. Agnes had grote voeten en plompe handen en als ze haar haar uitkamde, kwam het bijna tot aan haar middel.

'Als iemand het me vraagt – en ze hebben er niets mee te maken, maar mannen bemoeien zich overal mee – dan zeg ik dat het tot mijn middel komt, en dat zou ook zo zijn als ik mijn jurken maar een klein beetje hoger zou dragen, er is dus helemaal geen reden om me tegen te spreken Miss Kitty, helemaal niet,' legde ze steeds uit.

Maar dat hoorde allemaal bij dat niet begrijpen van haar, want soms moest ik dingen zeggen, dan brandden de woorden hun eigen weg door mijn keel. Als de zon op een bepaalde manier scheen, of als het kaarslicht haar betrapte, was Agnes' gezicht bedekt met een heel fijn dons, bijna zo dik als op de lamstongblaadjes in de zuidtuin. Ze noemde het een perzikhuid. Van perzikvelletjes heb ik nooit gehouden, maar Agnes vond ik aardig. Het vachtje op haar gezicht was het dikst op haar bovenlip. Als ik iemand vertelde hoe lang haar haar werkelijk was, of als ik haar zei dat ik niet van haar hield, dan ging Agnes' lip trillen en dan leken de blonde haartjes te dansen.

Het was de enige dans die ze kende, op een vreemd gehuppel na, dat ze me eens voordeed en een Ierse jig noemde. Ik hield niet van Ierland, zo te horen was het daar zo anders dan op ons eiland als het maar kon. Agnes was altijd zo blij dat ze bij ons was, dat ze zich vastkleefde als een zeeslak. Soms moest je haar gewoon lostrekken. Veel verschil leek dat voor haar niet te maken, behalve dat haar greep er een heel klein beetje losser door werd.

Het zeebaken van La Corbière was net een steeds terugkerend zoeklicht, dat naging of alles in orde was in ons huis. Het was mijn licht. Het hield de schaduwen van ons leven in beweging. Ik werd er moe van als de dingen stilstonden. Ik denk dat ik allergisch was voor alles wat hetzelfde bleef. Ik vond het leven het leukst als de gezichten om me heen veranderden. Ik vond het fijn als de bedienden kwamen en gingen – dat wil zeggen, allemaal, op Agnes na. We hadden ooit een tuinman die mij niet mocht. Hij zei dat natuurlijk nooit, maar ik merkte het toch. Als ik langs hem liep, kon ik hem horen denken en soms gaf ik antwoorden op de woorden in zijn hoofd. Op den duur verstopte hij zich als hij mij aan zag komen, maar ik wist hem overal te vinden. Hij bleef niet erg lang. Voor hij vertrok, veranderde hij en scharrelde niet meer bij me weg; hij riep me zelfs bij zich.

'Je houdt van de vuurtoren, niet waar, Miss Kitty?' zei hij, wijzend naar de witte toren van La Corbière. 'Ze zeggen dat die genoemd is naar de zwarte kraaien, weet je wat dat zijn?'

Ik schudde mijn hoofd en stak de tenen van mijn witte kinderschoentjes in de rand van zijn bloembed, op een manier die hem ergerde, dat wist ik. Hij negeerde mijn aanslag op zijn terrein.

'Nou, die vogel is een voorteken van onheil... weet je

wat een voorteken van onheil is, Miss Kitty?'

Dat wist ik niet en het ergerde me, dat die man ineens zo zeker was van zichzelf en zich verlustigde in wat hij deed.

'Dat leer je nog wel, dat leer je nog wel, en ook iedereen om jou heen.'

Ik wilde niet dat iemand meer wist van de vuurtoren dan ik. Ik was zijn wachter, net zo goed als de oude man die zijn treden opklom en zijn stralen liet rondzwaaien over de zwarte waterpieken. Ik had de golven hun patronen zien vormen als ze omsloegen en neervielen, en ik had ze bekeken als ze rustig tegen de kust sloegen. Ik kende hun ritme, ik zou erop hebben kunnen dansen vanuit de herinnering die in mijn bloed zat, net zo goed als ik de polka's en walsen kon dansen, die Maman op de piano speelde.

Die avond, toen Agnes mijn haar kamde, vroeg ik haar wat de vuurtoren betekende.

'Ik zou het niet weten, Miss Kitty. Behalve dat hij betekent, dat de schepen veilig zijn. Ik geloof niet dat vuurtorens iets zouden moeten betekenen.'

Toen ik klaar was om naar bed te gaan, kwam Maman zelf naar boven, zoals ze elke avond deed, om mijn gebedje met me op te zeggen. Maman en ik waren katholiek, Daddy en Grootpapa niet. We hadden twee geborduurde fluwelen knielkussens die in een kastje naast mijn ladenkast zaten, en die lagen dan naast elkaar op de vloer, een voor elk van ons als we knielden en Maman naar mijn gebedje luisterde. Toen ik heel klein was, had ze dat samen met mij opgezegd, me helpend bij de moeilijkste stukken. Het duurde niet lang voor ik het helemaal uit mijn hoofd kende, maar Maman deed nog steeds mee, zelfs met de stukjes voor kinderen. Ze zei dat het zoveel betekende voor haar.

Na het bidden zat Maman vaak een paar minuten op mijn bed te vertellen hoe gelukkig ik haar maakte door gewoon mezelf te zijn. Ik wilde haar niet altijd in zo'n sentimentele bui hebben met bedtijd; ik had haar liever zoals ze gewoonlijk was. Bovendien vond ik het nogal mal. Hoe had ik haar gelukkig kunnen maken door iemand anders te zijn? Ik probeerde er niet naar te luisteren, zoals ik ook probeerde niet naar mezelf te luisteren als ik op haar lieve woordjes inging. Het duurde nooit lang en daarna was er tijd voor vragen.

'Wat betekent La Corbière, Maman?'

'Dat is Jersey-taal voor *corbeau*, kraai,' zei ze, nauwelijks merkend hoe pijnlijk haar bevestiging van de woorden van de tuinman mij trof.

'Waarom?'

'Dat is gewoon zo, Kitty, daar hoort geen waarom bij.'

Ik kon die avond lang niet in slaap komen. Ik knielde bij het raam, kijkend door dat rondje naar de ronde maan daarbuiten. Die was in de derde fase van de cyclus, weer afnemend tot een sikkel. Het ijle witte licht versmolt met het forsere licht van het baken, dat zijn brede straal over de zee wierp. Grootpapa zei dat het achttien mijl ver te zien was op een heldere dag. Je kon het zien in Frankrijk. Je kon het zien van schepen in heel Het Kanaal en van alle vissersboten. Ik had Maman willen vragen wat een voorteken van onheil was, maar ik deed het niet, want ik had aan de stem van de tuinman gehoord dat het iets naars was, en zij hield niet van nare dingen. Ze vermeed ze waar ze maar kon. Als de slakken in de tuin kwamen, liet ze de eerste tuinmansknecht sinaasappelschillen met arsenicum neerleggen en die inspecteerde ze dan, maar ze ging de volgende morgen nooit met me mee kijken naar de hoopjes dode slakken in de zilverige windsels van hun eigen slijm. Maman moest beschermd worden tegen nare dingen. De kerk beschermde haar een beetje, maar op andere momenten moesten Agnes en ik ze bij haar vandaan houden.

Grootpapa was de hele volgende dag in zijn studeerkamer. Hij had jicht. Het was niet de bedoeling dat ik hem stoorde in zijn studeerkamer, maar gewoonlijk vond hij het fijn als ik het deed. Ik wachtte de hele morgen op Vader, maar die was uit rijden gegaan en had gezegd dat hij bij de Gruchy zou blijven lunchen, en, hoewel ik me op het dakterras een uurlang stijf had zitten concentreren op de landzijde om hem vroeg naar huis te trekken, werkte het niet. Ik at mijn lunch in de kinderkamer en ging toen Grootpapa opzoeken. Die deed of hij boos was over mijn binnenkomen, dus deed ik of ik weer wegging, maar hij riep me terug van de deur: 'Kom dan maar hier, Miss Kitty, nu je je grootvader toch al gestoord hebt, kun je net zo goed blijven.'

Ik ging naast hem staan en legde mijn arm op de houten armleuning met de leeuwekop van zijn stoel. 'Hoe is het vandaag met uw jicht, Grootpapa?'

Hij keek somber omlaag naar zijn gezwollen omzwachtelde voet en zuchtte. 'Het is de bezoeking van een oude man.'

'Ik denk dat het morgen wel een beetje beter zal zijn, het houdt op met regenen, u zult het zien.'

'Ik hoop dat je weer gelijk hebt, Miss Kitty, met je voorspellingen.'

'Wat is een voorteken van onheil, Grootpapa?'

Hij keek me vreemd aan, met angst bijna, en hij boog zich om mijn haar te strelen. 'Waarom wil je dat weten?'

'Ik vroeg mij af of de zwarte kraai een voorteken van onheil was.'

Hij maakte een abrupte beweging in zijn stoel en trok een grimas van de pijn, beseffend dat hij stil moest blijven zitten. 'Een van de bedienden heeft je hoofdje volgestopt met onzin. Het is een bijgelovig stelletje, ze zouden nog steeds heksen verbranden, als ze konden. Trek jij je daar maar niets van aan, Miss Kitty. Voortekens van onheil, nou vraag ik je!'

'Maar waarom...?'

'Kraaien voeden zich met dingen die dood zijn, die eten ze op, het houdt ze in leven, daar steekt geen kwaad in, als het hun natuur is.'

Hij was boos, bozer dan hij wilde zijn, het leek of hij zich een gebeurtenis herinnerde uit zijn verleden. Hij schudde zijn hoofd als om die herinnering te verdrijven, greep toen naar zijn been en zuchtte weer.

'Ik zal vanavond niet op het bovendek verschijnen; voor mij wordt het de schaduw van La Corbière.' Hij hield even op en zei toen, opgewekter: 'La Corbière, dat is nog eens een kraai voor jou. Staat daar van 1874 af. Eerste betonnen vuurtoren in Engeland, ik wed dat je dat niet wist.'

Ik kuste hem op de donkere kant van zijn hoofd en voelde me vreemd dicht bij zijn haar, alsof de zilverige strengetjes met de paar overgebleven bruine haartjes ertussen, zich om mijn lippen wikkelden.

Ik was zeven jaar oud. Ik was nooit weggeweest van Claremont, behalve naar kinderpartijtjes elders op het eiland, 's zomers naar de poppenkast, naar St Helier om de winkels te bekijken met Kerstmis, en een enkele keer mee met Maman als die haar vriendinnen ging opzoeken. Maar meestal kwamen de mensen bij ons. Vooral de kinderen hielden van ons huis. Niemand anders woonde in een huis dat een schip was, of dat zijn eigen vuurtoren had om de weg te wijzen langs de klippen naar de zee. Op woensdag en zaterdag kwam onze dansleraar naar Claremont, en met nog vijf jongens en meisjes werd er gedanst op het parket in de open plek tussen de stofhoezen in de balzaal. Af en toe kwam Grootpapa naar beneden om naar ons te kijken. Soms zei hij tegen me, dat hij gehoopt had dat Daddy een zoon zou krijgen, zodat die de familie kon navolgen bij de marine, maar dat ik in de plaats daarvan geboren was en hij nu geen kleinkinderen meer wilde, omdat hij met plezier al zijn schatten in het ene mandje wilde doen.

Ik vond het moeilijk me voor te stellen dat een ander kind de volmaaktheid van mijn familie zou komen bezoedelen. Al mijn vriendinnen en vrienden hadden broers of zusters, of allebei. Soms hadden Agnes of Maman, een keer zelfs Papa, me gevraagd of ik een ander kindje wilde om altijd mee te spelen. Ik zei dan altijd 'nee'. Vriendjes en vriendinnen waren leuk omdat ze kwamen en weer gingen. Soms gingen zelfs de beste, zoals Harry de Gruchy en Emily Carteret, me op de zenuwen werken, als ze langer dan een middag bleven. Ik heb altijd graag geamuseerd willen worden. Als mensen niets interessants meer te doen of te zeggen weten, wil ik dat ze geen moment langer blijven rondhangen. Het idee van een broertje of zusje vond ik verschrikkelijk. Soms gaf Maman een raadselachtig antwoord, suggererend dat ik eraan gewend zou raken en het zelfs leuk zou gaan vinden. Ik verzekerde haar dat dat niet zo was, maar dan glimlachte ze alleen en zei: 'Je zult het zien.'

In zulke perioden leken mijn ouders elkaar nader te komen; ze trokken een net om zich heen, waar ze mij steeds in meevroegen. Ik hield daar niet van. Meestal was ik al in het centrum van hun kring, ik had geen behoefte aan uitnodigingen. Ik was het die hen samentrok, ik die Grootpapa zo dichtbij haalde, ik die op alle wenken bediend werd. Later vertelde Maman me dat ze na mijn geboorte vijf keer zwanger was geweest, en elke keer was het misgegaan, na precies vijf maanden en twee weken. Ze zei me dat ze alles had gedaan om haar baby's te redden. De specialisten op het eiland hadden haar onderzocht en ze was zelfs naar Londen gereisd om onderzocht te worden door een beroemd gynaecoloog. Ze hadden echter niets kunnen vinden. Klinisch was ze volstrekt gezond en de foetussen ook, naar het leek.

Ze vertelde dat ze de laatste drie keer in bed was gebleven, bijna zodra ze wist dat ze in verwachting was; er was een slaapbank in de zitkamer gezet, Daddy had haar overal heengedragen en ze had geen bezoek ontvangen, alleen haar familie die rustig bij haar zat, als ze haakte of praatte en ik had naast haar gezeten met mijn hoofd tegen haar zij. Mij werd nooit verteld dat ze een baby verwachtte. Ik wist niets van die dingen. Alleen de mogelijkheid van een nieuwe uitbreiding van de kinderkamer werd geopperd en dan kwam het wachten van vier maanden, gevolgd door de onvermijdelijke tranen.

Grootpapa stond mij nader dan wie ook, tijdens die maanden van onderdrukte opschudding. Hij liet me zijn telescoop zien en legde uit hoe die werkte en hoe de verschillende rotsen heetten langs die zuidwestkust. Hij vertelde me over zijn tijd op zee, de jaren dat hij de oceanen afschuimde. Hij gaf me een ivoren waaier met geverfde zijde uit China en hij zei dat Jersey net een waaier was, met zijn net van wegen vanuit St Helier. Hij vertelde me over de slagen om ons eiland en over andere slagen, die hij zelf had meegemaakt, ver weg, waar meer palmbomen waren dan op onze promenade. Het hele najaar van

1906, tot aan de lente daarna, bleef hij steeds om me vragen en roepen. Zijn jicht werd steeds erger en kluisterde hem aan zijn stoel met voetenbank.

Ik mocht weg uit de leskamer, bij het nerveuze onderricht van Mademoiselle Bazin vandaan, om mijn grootvaders wensen te vervullen. Hij was 's winters ziek geweest, van meer dan jicht alleen, en hij was een weerspannige invalide. Hij wilde naar beneden, naar de Point, voor zijn dagelijkse wandeling, eindigend in de gebruikelijke klauterpartij over de scherpe grijze rotsen, die een gevaarlijk pad naar zee vormden.

'Het zijn alleen Claremont en jij die me gaande houden, Miss Kitty. Jullie twee vormen een schip, dat drijft op een paar heldere ogen van water. Ik kan het niet over mijn hart verkrijgen bij jullie weg te gaan.'

'Maar u gaat niet bij mij weg, Grootpapa.'

'Nee, natuurlijk niet,' zei hij dan, bijna kortaf, en zakte weer terug in de kussens van zijn stoel. Zijn energie ebde weg. Hij had met Kerstmis pleuritis gehad, vocht op de long. Agnes vertelde me dat hij in zijn koorts had geklaagd dat hij aan het verdrinken was. Later sprak hij daar veel over.

'Het is een verschrikkelijke troost te voelen hoe de golven je omlaagtrekken, ertegen te vechten en te snakken naar adem, te voelen dat je longen gaan barsten en dan de aangename gewaarwording van het je overgeven aan iets dat je altijd bent geweest. Ik heb nooit Darwin nodig gehad om te weten dat we uit de zee komen. Het is een heerlijk vreemd gevoel om daar weer heengebracht te worden – wat zeg jij ervan, Miss Kitty, hè? Voel jij je een zeemeermin? Weet jij wat ik bedoel?'

'Vader, wat ben je Kitty nu toch aan het vertellen?'

Mijn vader was ongemerkt binnengelopen op zijn

rubberzolen. Hij wilde altijd schoenen met rubberzolen. Hij was er gek op. Iedereen droeg leer, behalve Daddy, die een onverklaarbare affiniteit had met rubberzolen en canvas bovenwerk en die weigerde iets anders aan te trekken dan gymschoenen.

'Kom Kitty, ga spelen,' zei hij tegen mij, gebarend naar de deur en zichzelf om mijn vertrek te verhaasten.

'Nee Dickie,' legde Grootpapa uit, 'je kent je eigen dochter niet; ze begrijpt dingen net zo goed als jij en ik.'

'Ze is zeven jaar!' herinnerde Daddy hem op halve fluistertoon, alsof hij mij die informatie wilde onthouden, alsof het iets was dat ik niet al lang wist.

'Nou, je kunt zeggen wat je wilt, maar ik zeg je, ze heeft me aardig behekst en dat is aangenamer dan verdrinken. Probeer het zelf maar, denk aan wat ik gezegd heb. Zie je niet dat ze uniek is?'

Mijn vader draaide zich nu helemaal naar mij om me goed aan te kijken; hij nam het groen van mijn ogen op, het blanke van mijn huid, mijn krulletjes, mijn handen, het organdie jurkje met de strik dat ik droeg, en hij glimlachte. De glimlach verspreidde zich langzaam over zijn gezicht, verwrong dat langzaam in een versie van dat van Grootpapa, rimpeltjes leggend die er eerst niet waren, zijn ogen oplichtend als door een onzichtbare vlam. Hij stak zijn armen naar mij uit en ging heel diep door zijn knieën. Ik was kleiner dan alle andere kinderen van mijn leeftijd – zo klein dat ik eruitzag als een porseleinen poppetje.

'Kitty is verrukkelijk,' zei hij, over mijn schouder, 'dat zie ik wel.'

Als antwoord knikte Grootpapa alleen maar, hij knikte zich in een van die plotselinge slaapjes, die hem nu leken te overvallen en die hem voor seconden of minuten meevoerden in een ondoordringbare sluimer. We lieten hem achter op het onbewoonde eiland van zijn armstoel.

Maart ging over in april, april in mei, en de golfstroom zond zijn warme water rond de kust, zoals altijd ingrijpend in het klimaat, zodat de overigens noordelijke lucht warm bleef en de subtropische planten konden groeien. Grootpapa bleef kwakkelen, er kwam een soort grijs stof langs de verspreide haarscheurtjes in zijn gezicht en zijn ogen werden waterig, alsof ze vooruitliepen op zijn verlangen terug te keren naar de wurgende omhelzing van de golven. De hele lente door bleef hij roepen. Zijn stem weergalmde door het huis: 'Miss Kitty, Miss Kitty.' In juni was hij te zwak geworden om rechtop te zitten en werd hij afgevoerd naar zijn bed, waar hij onder de zware draperieën van zijn met houtsnijwerk versierde hemelbed lag te mompelen in zichzelf.

Ik wilde bij hem blijven, maar Maman vond het niet goed; ze beweerde dat het mij te veel verdriet zou doen als ik getuige was van zijn dood, die nu zeker zou komen. Soms mocht ik op mijn tenen naar binnen om hem te zien liggen, weggezonken in het linnen schuim van zijn rusteloos ziekbed, maar dat was alleen als uit zijn onverstaanbaar gemompel mijn naam duidelijk was op te maken. Daarbuiten werkte ik aan mijn lessen en scharrelde ik in de tuin met Maman, die me de namen leerde van alle bloemen, of ik danste met de andere kinderen, danste met mijn vrienden en vriendinnen, of ik keek hoe mijn andere vrienden, de vuurtoren en de maan, mij hun tekens gaven.

De maan nam toe en nam af volgens haar stille code, er was een zeeman in nood en deze keer riep hij mijn naam en riep hij om mij. Daar was Kitty als een flits tegen de wolken in de lucht en Kitty in de vuurtorenstraal.

Miss Kitty strekte zich uit in licht van de verraderlijke rotsen van La Corbière over de dam bij eb en bij vloed, naar mij reikend, grijpend met lange zilverige vingers, net zoals Grootpapa aan het sterven was en mijn naam bleef roepen. Heel die junimaand was hij aanwezig in mijn geest. Hij zat zo duidelijk in mijn hoofd, dat het nauwelijks meer mogelijk was mezelf te zijn. Tegen het midden van de maand werden zijn wanhopig gefluister en zijn onuitgesproken angst zo'n last voor mijn geest, dat ik niet meer in het bezit was van mijn eigen lichaam. Ik voelde zijn vlees in het mijne, en het was een en al pijn. Ik kon het Maman natuurlijk niet zeggen, het zou haar pijn gedaan hebben, en Agnes was veel te aards om het te begrijpen. Ik kroop ook in mijn bed en lag in mijn afgesloten kinderkamer, woelend in het rusteloze kielzog van Grootpapa's koorts, hem volgend in zijn langzame neergang, zijn rijzen en dalen, tot hij eindelijk verdronk in de ongenezen pleuritis van zijn longen. Ik voelde het water wegen op zijn borst. Ik voelde de pijn en elke draai van zijn worsteling om te blijven drijven, en toen, op 25 juni, St William's Day, vond hij de zoetheid waar hij niet heen gedurfd had en liet hij al de draden in mijn hoofd los.

Hoofdstuk 11

Als kind speelden we soldaatje. Dat was ons lievelingsspel. Soms waren we douanes die op smokkelaars joegen, achter de bosjes in onze tuin, of in de grotten op het strand. Soms waren we de smokkelaars zelf, die stukken wrakhout naar geheime schuilplaatsen rolden. We waren nooit Fransen of Engelsen, we waren altijd mannen van Jersey die ons eiland verdedigden tegen aanval en invasie. Van meisjes die zulke spelletjes niet leuk vonden, maakten we gevangenen of we zetten ze achter het raam van de kinderkamer, waar ze moesten wachten op de terugkeer van hun manvolk. Claremont was perfect voor marinespelletjes, en omdat van de andere kinderen er ook verscheidene uit marinegezinnen kwamen, werd dat een reden voor nog groter trots. Het was mijn huis, een droomhuis, dat zich klaarmaakte in de gretige handen te vallen van zijn vierde generatie.

Harry de Gruchy was mijn beste vriend. Ik vond bijna alles aan hem aardig. Soms werkte hij me op de zenuwen, maar hij had dat snel in de gaten en vond dan altijd een manier om het bruisen te stoppen dat uit mijn knieën leek op te stijgen door mijn lijf naar een regelrechte woedeuitbarsting, voordat die ons uiteen kon jagen. We leken in sommige opzichten veel op elkaar; we hielden van plagen. Als hij mij dwars wilde zitten, wist hij altijd wel ter sprake te brengen dat hij 'meeliep met de eeuw'. Hij was een jaar jonger dan ik, geboren in 1900, en daar was hij buitensporig trots op.

'De hele twintigste eeuw zit aan mij vast,' zei hij dan, 'dus als er grote dingen gaan gebeuren, dan maak ik daar deel van uit. Het is echt nogal opwindend, als je erover nadenkt.'

Hij had het van zijn moeder. Die wist zijn geboorte door de meest oppervlakkige conversatie heen te vlechten, zodat Maman en ik al zeker honderd keer hadden gehoord dat Harry meeliep met de eeuw. Ik was er jaloers op. Negentienhonderd was op zichzelf geen opmerkelijk jaar geweest, volgens Agnes, dus vanwaar die trots? En toch was hij het, zolang we opgroeiden. Als we niet in het geheim verloofd waren geweest sinds 1910, zou ik zijn verwaandheid niet hebben kunnen verdragen. Toen de oorlog begon en zijn broers vertrokken om te gaan vechten, samen met alle jonge mannen van het eiland, haatte hij de dag van zijn geboorte. Hij was pas veertien en overal te jong voor, toen vijftien en zestien en nog steeds te veel een jongen om in het leger te kunnen. Hij had toen bij de marine gekund, als adelborst, maar hij wilde vechten, kaki dragen en naar Frankrijk gaan, brieven naar huis schrijven vol nonchalance en gecamoufleerd *savoir-faire*. In plaats daarvan maakte hij zijn school af op het Victoria College en kwam een enkele keer voor het weekend naar Claremont, maar meestal in zijn vakanties.

Harry zei altijd dat hij niet wist waar hij meer van hield, van mij of van Claremont, en dat deed me genoegen. Ik had nooit willen trouwen met een man die zou proberen me mee te nemen naar zijn eigen huis. Er waren geen andere huizen die gebouwd waren als een schip, en als ze er waren, dan waren ze niet van mij en gevuld met de schimmige sporen van mijn Grootpapa; ze stonden niet zo dicht bij de klippen of baadden zich niet in het heldere licht van hun eigen vuurtoren.

De oorlog maakte Harry droevig en haalde hem bij me weg. Zelfs in 1914 al, toen de Koninklijke Jersey Militie werd gemobiliseerd om het eiland te verdedigen, was hij kwaad dat hij niet mee kon doen. We hadden dat spel zo vaak gespeeld, we hadden de zee zien breken door de oude telescoop op het dak, onze plannen gemaakt en uitgevoerd en zo dapper gevochten, met Harry voorop. Toen we kinderen waren, hadden we het nooit als een handicap gevoeld dat we zo klein waren en onze spelletjes niet echt, het was pas de echte oorlog die dat tot ons door liet dringen. Die sloeg Harry's verwachtingen stuk en bedierf ons verleden.

In 1915, toen het Overzeese Contingent vertrok om dienst te gaan doen aan het front, veranderde er iets in hem toen hij de schepen zag wegvaren. Hij was altijd rusteloos geweest, impulsief en vreemd in zijn manier van doen. Maar toen de mannen weg waren, met zijn twee oudere broers erbij, en niets achterlieten dan de oude mensen, de kinderen, de meisjes, de eeuwige palmbomen, de warmwaterbloemen en de stranden bezaaid met de witte veren van de rondcirkelende meeuwen, toen werd hij teruggetrokken. Hij begon weken achter elkaar bij me weg te blijven, kwam me dan op vreemde tijden, 's avonds of voor het aanbreken van de dag, naar beneden fluiten uit mijn kamer. Hij was wilder geworden dan hij ooit was geweest, en zijn gewone levenslust had door de frustratie soms iets ruws gekregen. Hij besprak de oorlog met me tot in de kleinste bijzonderheden, behandelde de ene slag na de andere, gaf beschouwingen over de manschappen, het geschut, de strategie van beide zijden die hij zo goed mogelijk reconstrueerde uit gecensureerde brieven en de plaatselijke krant. Radeloos hoopte hij dat de oorlog zo lang zou duren dat hij mee kon doen, vechten, winnen. Op het ruige gras, boven op de klip die uitzag over de Point, zat Harry korte bosjes uit te trekken en naar beneden te gooien op de stille rotsen.

'Jij weet wat ik bedoel, Kitty. Ik kan mijn leven niet leven als er zoiets is als dit, waar ik vandaan gehouden ben. Ik voel me een lafaard. Ik zal me altijd zo voelen als ik geen kans zie daar te komen... Moeder zegt alsmaar dat de oorlog bijna over is, ze wil dat die afloopt voor ik erheen kan. Ze is vastbesloten me hier te houden...'

Harry had grote korenbloemblauwe ogen met in elk een grijs plekje, een volmaakt symmetrische oneffenheid, die soms het licht ving en dan zijn hele gezichtsuitdrukking leek te veranderen. Ze waren een heel klein beetje dichtgeknepen, wat hem een mysterieuze blik gaf met een tikje spot erin. Hij had zwart golvend haar en een flinke kleur, en als hij boos werd, bloosde hij. Zijn mond was klein en cupidorond. Hij kwam uit een familie van mooie mensen, maar hij was zonder twijfel de mooiste.

Toen Maman een meisje was, was ze naar Florence geweest met mijn tante Violet en daar was ze zo overweldigd door de schoonheid van de schilderingen in de Santa Croce, door de indruk van de stad en de kerk zelf, dat ze het katholieke geloof had omarmd. Harry's moeder, die ook naar Italië was geweest, zei dat ze dat gevoel heel goed kon begrijpen omdat zij ook dagen had doorgebracht met het bekijken van de fresco's in de oude renaissance-kerken en er diep van onder de indruk was geweest.

'Ik wist het toen nog niet, maar ik was in verwachting van Harry en het heeft me altijd verbaasd hoeveel hij weg heeft gekregen van een engel van Botticelli. Ik denk soms dat het komt doordat ik er daar zoveel bekeken heb.'

Niemand anders in onze familie was rooms-katholiek, alleen Maman en ik. Het leek of de mannen ons daarin maar onze zin gaven en erover dachten als een voorbijgaande gril of misschien een vreemde afwijking. Sommige mensen kregen cholera als ze op reis gingen, sommigen tyfus en sommigen een geloof. Daddy was een heel tolerant mens; het kon hem niet schelen wat mensen deden, zolang het beschaafd was. Het leek hem niet dwars te zitten dat uit zijn eigen onwrikbaar protestants geslacht, zijn enig kind katholiek werd opgevoed. Hij was bang voor andere dingen. Zowel mijn grootvader van moederszijde als een tante was gestorven aan de tering en ook zijn eigen zuster was eraan bezweken. Daar bij de klippen van Claremont zelf, was ze als kind gestorven. Hij zag mijn onnatuurlijke bleekheid met angst en beven aan. Als anderen mijn albasten teint prezen, vertrok zijn gezicht; was dat een teken dat de ziekte in mij sluimerde? Hij zag zelf toe op mijn gezondheid, wat in die tijd excentriek was, maar ik was klein en ik leek teer. Altijd als hij me zag, leek zijn hand bijna onwillekeurig naar mijn voorhoofd te gaan om te voelen of de verraderlijke koorts was begonnen.

Hij zou ontzet zijn geweest als hij geweten had dat ik buiten in de dauw met Harry zat te praten, terwijl de ochtendwind uit zee recht in mijn gezicht blies en mijn jurk vochtig maakte. Hij zou, denk ik, ook ontzet zijn geweest als hij had gezien hoe hartstochtelijk zijn zeventienjarige Kitty daar op de klippen werd gekust. Harry was heel snel gegroeid vanaf het moment dat de oorlog was begonnen; hij wilde een man zijn, dat was nodig. Hij wilde in 1916 van school afgaan en met mij trouwen. Hij praatte over weglopen naar Gretna Green, dan dienst nemen als gewoon soldaat en naar Frankrijk varen op een troepenschip en mij brieven schrijven.

'Ik weet dat dat stom is, maar je weet wat ik bedoel, Kitty, we moeten ons leven gaan leven. Ik moet gewoon deze tijd vertegenwoordigen, dit nu, wat het ook is. Ik moet gaan.'

Er waren kale plekken langs de rand van de klip, waar Harry handenvol graskluiten naar beneden had gegooid.

'Jij kunt dingen zien, Kitty, die andere mensen niet kunnen zien, en ik weet dat jij weet hebt van de toekomst. Ik wil niet dat je me een hoop onzin vertelt, ik wil gewoon de waarheid weten. Als jij in de golven kijkt, wat zeggen die je dan? Zal ik in Frankrijk komen? Ja? Zal ik een kans krijgen om te vechten?'

En ik zei hem dan wat ik al wist: dat hij gaan zou. Hij zou later gaan, iets in dat gaan gaf me een akelig gevoel, zo akelig dat ik niet lang naar de zee kon blijven kijken.

'Het maakt jou bedroefd, Kitty, omdat we dan gescheiden zullen zijn, maar als ik terugkom dan trouwen we, dan zullen we alle dekken en terrassen van Claremont laten schitteren van licht, dan maken we elke avond feest en dansen we tot de zon opgaat. En jij zult altijd het beste dansen, net als vroeger.'

Harry geloofde in me, het maakte hem blij als ik zei dat hij zijn kans zou krijgen, maar het maakte mij bedroefd. Als hij weer weg was, werd ook hij somber, en toen de maanden zo traag verliepen in de zomer van 1916 en verder 1917, met niets dan patstellingen, slachtingen en vreselijke verhalen die de ronde deden over de moffen, maakte het wachten hem ziek.

Ik heb ziekte altijd naar gevonden, zelfs bij Harry. Ik vond het onaangenaam naast zijn bed te staan en te zien hoe zijn ziekelijke trekken zich plooiden tot een glimlach. Ik wilde dat hij gezond was, dat iedereen gezond was. Ziekte is een zwakheid, er zit iets oneervols in. De enige zwakheid die we toestaan is die, welke ons tot sterkte leidt. Laatste ziekten zijn in orde, maar Harry kon geen laatste ziekte hebben, hij was mijn verloofde, we zouden gaan trouwen, de balzaal stond onder zijn stofhoezen te wachten.

Zijn familie woonde in de St Peter-parochie, slechts een kort ritje bij onze St Brelade vandaan, langs de kust rond de Baai van St Ouen. Hij en zijn broers hadden allemaal kamers op de bovenste verdieping, met een schuin dak en gotische ramen in het grijze graniet. Hij had geen leuke kamer, hij was te smal en stond vol rommel. We hadden de kamer van Grootpapa in Claremont uitgekozen als onze slaapkamer en Harry had de bibliotheek in gedachten als zijn privé-studeerkamer. We kenden elkaar al van toen we baby's waren. We hadden al zolang met elkaar geruzied, gevochten en gespeeld, dat het onze ouders heel gewoon leek als we elkaars kinderkamers en later kamers binnenklommen, om bij elkaar op ziekenbezoek te gaan. Ze beschouwden ons als honorair broer en zus; veel te jong om aan verliefdheid te denken. Er was geen verlegenheid tussen ons geweest, geen waarneembare aantrekkingskracht van een volwassen soort, die de aandacht zou hebben gevestigd op de noodzaak van een verlate chaperonne. Onze verloving was een geheim, al was onze liefde voor elkaar welbekend. De twee families noemden ons 'de kinderen', en we werden vaak alleen gelaten.

Harry lag uitgestrekt in bed. Hij was gegroeid. Hij was al lang, maar nu was hij nog langer, en ook de rozige rondheid van zijn gezicht had iets gekregen van een meer ernstige, uitgerekte lengte. Zijn armen die boven de dekens lagen, waren ook dunner. Hij had heel lange, heel smalle mooie handen, die alleen ontsierd werden door de stompjes van zijn afgebeten nagels. Ik voerde een campagne om hem daarvan af te brengen. Ik vond het onelegant bij hem – bij iedereen, maar speciaal bij hem. Hij zag me laatdunkend naar zijn afgekloven nagels kijken.

'Hmmm, ik ben weer bezig geweest.'

Ik zei niets, maar ging op zijn bed zitten, terwijl ik probeerde niet te kijken naar zijn versmalde gezicht of zijn gretige ogen. In plaats daarvan telde ik de zeshoekige stukjes van zijn lappendeken.

'Je vindt het niet fijn als ik zo ben, hè?'

'Nee,' zei ik, zonder op te kijken.

'Ben je gisteravond wezen dansen bij de Carterets?'

Ik knikte. Ik hoefde zijn gezicht niet te zien om te weten dat hij jaloers was.

'En was daar iemand bij die beter danste dan ik?'

'Reginald is heel goed.'

Hij strekte zijn hand uit om de mijne te vatten.

'Kom nou, Kitty, wees niet boos op me,' zei hij, te zacht voor zijn stem. Ik pakte zijn hand en kneep in de huid boven zijn pols. Ik kneep zo hard dat hij een kreet van verrassing gaf, zijn arm terugtrok en ophief om me te slaan, maar ik was al buiten zijn bereik.

'Kitty Roberts, je bent het gemeenste kind van de hele wereld!'

Hij noemde me vaak kind, al was ik een jaar ouder dan hij. Ik stond aan zijn voeteneind naar hem te staren, hem uitdagend om op te staan, zo zich wat beter te gaan voelen en zichzelf te hervinden.

'Ik mag niet opstaan,' zei hij zwakjes.

'En je mag ook niet vloeken, of 's nachts je huis uitgaan, op je vaders paard rijden of zijn wapens laden, zonder dat hij erbij is, maar dat doe je wel.'

Hij werkte zich voorzichtig in een zittende houding. Ik kon zien dat hij duizelig was, maar het kon me niet schelen. Ik wilde dat hij sterk was. Na een poosje keek hij van mij weg.

'Ik hou van je, Kitty, al ben je een feeks, ik hou van je. Je zou rood haar moeten hebben als een vos, dan zou iedereen weten hoe vals je eigenlijk bent. Je maakt me niet bang met dat gestaar van je, je kunt er dus net zo goed mee ophouden... Geef me dat boek maar aan en stap dan maar op, beneden zitten ze vast op je te wachten.'

Harry was de enige in de wereld die me erin kon laten lopen. Ik denk dat hij echt immuun was voor mijn ogen. Hij hield ervan, maar ze konden hem niet in bedwang houden. Als ik kwaad werd, begon hij te lachen. Ik gaf hem zijn boek aan, een zwaar werk over de zeevaart en toen ik het naast hem neerlegde, viel hij uit naar mijn arm en trok me op zijn schoot. Met één hand draaide hij mijn arm om en met de andere trok hij aan mijn haar.

'Hoe voelt dat, Miss Kitty?'

Hij had mijn hoofd zover achterovergebogen dat het voelde of mijn nek zou breken, terwijl zijn ogen me bespotten. Toen kuste hij me op de manier waarop hij een jaar eerder begonnen was me te kussen. Hij had gezegd dat dat de manier was waarop mannen een meisje hoorden te kussen. Hij had het afgekeken van zijn vader, die geregeld hun kamermeisje zo kuste, als zijn moeder er niet was.

'Zo,' vroeg hij buiten adem, 'hou je nog van me?'

Ik fluisterde mijn antwoord: 'Ja.'

'Hou dan op te doen of je zo vreselijk bent. Ik weet hoe je bent en ik ben sterker dan jij, dus heeft het geen zin tegen mij het bazinnetje uit te hangen. Je kunt de rest van de wereld als je slaaf behandelen, maar jij en ik zijn elkaars gelijken. Je kunt me niet verdrinken met je ogen.'

Hij liet me los en ik streek mijn jurk glad. De mouwen waren helemaal gekreukt en ik kon de blauwe plekken voelen opkomen op mijn arm, waar hij die had vastgehouden.

'Je hebt mijn arm gekneusd.'

'Je hebt erom gevraagd.'

Ik vond het niet erg dat Harry me pijn had gedaan, hij was weer zichzelf. Ik had hem nodig en hij had gelijk: ik was het geweest die hem nijdig had gemaakt. Het was vijf maanden voor zijn verjaardag. Vijf maanden tot 1918.

Ik heb nooit begrepen hoe het komt dat ik in de toekomst kan kijken en zien wat er zal gebeuren met andere mensen. Ik kan hun leven en hun dood even duidelijk uitgetekend zien als de rotsen en eilandjes op een van mijn grootvaders zeekaarten. Ik heb het nooit gewild: het voorzien van de dood van vreemden, het ondergaan van de snijdende druk bij het sterven van vrienden; oppervlakkige kennissen die mijn geest binnenvallen met hun wezensvreemde doodsangst. Er sneuvelden achthonderdtweeënzestig mannen van Jersey in de Grote Oorlog en minstens een dozijn daarvan flitsten mijn geest binnen, maakten daar hun laatste dagen of uren door, nog voor hun namen verschenen op de bulletins die werden aangeplakt in St Helier en St Aubin.

Er waren moeders, meisjes en vrouwen over heel het eiland die wachtten op nieuws over het lot van hun man. De verliezen waren opgelopen tot proporties die voor geen burger meer te begrijpen waren. Er waren geruchten dat er honderdduizenden mannen waren gevallen op bepaalde slagvelden, afgeslacht in een paar uur tijd en op een oppervlakte van een paar honderd meter. Er was sinds twee jaar distributie, bepaalde dingen waren schaars geworden in de stad. Daar hadden wij over het algemeen geen last van; we hadden welvoorziene moestuinen op Claremont en op de velden achter de diepe droge singel hadden wij onze eigen koeien en schapen. De stallen hadden het meest te lijden, want onze paarden werden gevorderd voor het front.

Daddy diende in de militie en droeg zijn uniform vaker dan nodig was, zoals veel van zijn vrienden. Er werd voortdurend patrouille gelopen op de stranden; de oude telescoop op het dak kreeg weer echt werk te doen bij het speuren naar vijandelijke schepen en onderzeeërs of pelotons binnenvallende soldaten. Sommige eilanders beweerden dat ze in stille nachten de kanonnen over zee in Frankrijk konden horen. Meer dan zesduizend man vertrokken van het eiland – zesduizend mannen en jongens die zo trots marcheerden op het ritme van de trommels en dan zo dapper zwaaiden van het dek van de afvarende schepen.

Mijn opleiding was voltooid. Ik was klaar op mijn zestiende. De lessen hadden plaatsgevonden op Claremont, met een enkel uitstapje naar de stad voor meer gespecialiseerde onderwerpen. Daddy wilde me niet van huis laten gaan voor school; ik denk dat hij bang was dat ik in contact zou komen met een kind met tbc en zou bezwijken aan de familiekwaal. Maman was een groot voorstandster van een goede schoolopleiding, maar prefereerde katholieke gouvernantes boven protestantse schoolleraressen. Ik bleef muziek en Franse en Italiaanse conversatie studeren, ik had een tekenleraar die een keer in de week kwam en me redelijke aquarellen leerde maken. Ik hield van tekenen en zou graag naar de kunstacademie zijn gegaan, en niet meer met waterverf maar met olieverf leren werken. Maman besloot echter dat dat niet te pas kwam voor een dame, ondanks het feit dat haar lievelingszuster, de tbc-patiënte Violet, een geslaagd schilderes van miniaturen was geweest.

Ik gebruikte mijn tante Violet heel vaak bij mijn verdediging. Ik stelde me voor hoe mijn leven zou kunnen zijn, de zee schilderend op grote rustige olieverfdoeken, alleen door mijn hand getemd. Ik zag me dat altijd doen op Claremont, ik zou er nooit verder voor weg hoeven te gaan dan het dak of de klippen. Harry vond het een mooi idee dat ik zou gaan schilderen, en hij moedigde mij aan. Maman bleef onwrikbaar.

'Maar Tante Violet was schilderes, en dat was een dame.'

'Tante Violet woonde in Londen, liefje,' antwoordde ze dan, alsof dat om de een of andere reden de hele situatie verklaarde.

'Alles wat ik wil is leren tekenen en dan terugkomen naar Claremont.'

'Maar je leert toch tekenen, Kitty. Meneer Anselm zegt dat je heel aardig schetst en je aquarellen doen ons allemaal veel genoegen.'

'Meneer Anselm is een idioot, Maman. Ik wil geen beekjes en bloemetjes schilderen, ik wil de zee schilderen.'

'Nou, waarom doe je dat dan niet?'

Ja, waarom niet? Ik wist niet hoe. Het lag buiten mijn bereik, ik voelde het zo dolmakend duidelijk in me en toch lag het buiten mijn bereik. Ik deed verscheidene zwakke pogingen om olieverf te gebruiken, maar het wilde niet lukken. Meneer Anselm zei dat olieverf niet netjes was en weigerde zijn hulp bij het ontsluieren van de geheimen ervan.

Intussen gingen de maanden voorbij; de zonen van onze buren bleven sterven, door mijn hoofd schieten en zich daar vastzetten. Maman begon mijn helderziendheid griezelig te vinden en te zeer in strijd met onze geloofsbeginselen om het aan te kunnen. Dus hield ik op met alle gezichten op te noemen die mijn geest belegerden. Ik zei het alleen nog tegen Agnes, die een ziener had gekend in Ierland toen ze nog een meisje was en die begreep dat het een zeldzame maar niet onmogelijke gave was, om aan te voelen wanneer iemands stervensuur was aangebroken, zelfs als die in Frankrijk was. Het was pas in die oorlogsjaren dat ik me volledig bewust werd van die dubieuze 'gave' van mij. De kreten en de fluisteringen van verdrinkende zeelui waren zo'n wezenlijk onderdeel van mijn kindertijd geweest, dat er niets vreemds aan leek. Ook toen Grootpapa stierf, leek het heel gewoon dat hij zijn lievelingskind bij zich riep. De oorlog echter was heel iets anders. Zowel bekenden als onbekenden grepen naar de dodencel van mijn hoofd. Ze zaten daarin tot het moment van hun executie. In vredestijd kunnen maar weinig mensen zich zo meester maken van mijn geest; in de oorlog voelde ik dat hun kreten iets in mij doodmaakten, centimeter voor centimeter, even zeker als zij hun bloedende lichamen voortsleepten door de modder. En achter degenen die ik kende waren er twee legers die de golven vulden met onrust.

Ik wist dat alles, en ik wist dat er iets nog uniekers aan mij was dan het verbazende groen van mijn ogen, de modieuze blankheid van mijn huid en mijn onverklaarbaar kleine gestalte. Ik zag zoveel en ook zo weinig. Elke keer als Harry bij me kwam en me smeekte voor hem in de golven te kijken, dan deed ik het en riep die bedroefdheid op; ik slaagde er niet in die te vertalen in een aankondiging van zijn dood en de geboorte van mijn eenzaamheid. We zagen die bedroefdheid als een bewijs van onze liefde. Hij liep weer met het jaar mee, was achttien en geschikt om zijn land te dienen, zijn eiland. Hij volgde de opleiding en stak de bajonet op zijn geweer in een dummy met meer energie dan hij ooit eerder had getoond; hij demonstreerde zijn dapperheid met een strozak die aan de belvédère hing in mijn tuin. Hij droeg zijn uniform met een bijna woeste trots. Onze laatste gesprekken voor hij wegging, waren vol kinderlijke dromen over hoe ons leven zou zijn na zijn terugkomst, als de oorlog was gewonnen, want hij twijfelde er niet aan dat hij, Harry de Gruchy die meeliep met de eeuw, de katalysator zou zijn die nodig was om de oorlog te beëindigen met ere en een magnifieke stortvloed van glorie.

Hij had een beurs gewonnen voor New College, die voor hem klaar zou liggen bij zijn terugkomst. Hij zou klassieke letteren en wijsbegeerte gaan studeren en zich onderdompelen in de daden van de oude Griekse strijders. In de tussentijd zou hij zelf een strijder zijn, de rest moest wachten. Als hij in Oxford zou zijn, zou ik leren schilderen, en dan... zou er zoveel volgen dat we nauwelijks konden kiezen in welke stukjes van onze toekomst we ons zouden verlustigen.

Het was juni toen hij ging; de camelia's stonden in bloei, hij kwam vroeg in de morgen naar Claremont en gaf me een witte camelia die ik herkende als afkomstig uit Mamans zuidtuin. Harry bracht altijd bloemen voor me mee, en hij plukte die altijd uit onze perken. Maman had een theorie dat de planten op Claremont eronder zouden lijden als ze tijdens de bloei werden aangeraakt door andere handen dan die van haarzelf. Harry's romantische gaven waren een voortdurend gevecht tussen die twee.

Ik had gevoeld dat hij naar het huis kwam, ik had hem zien rijden over het grindpad, maar ik was te opgewonden om meteen naar beneden te gaan. Het was Agnes die me kwam zeggen: 'Kapitein de Gruchy is hier voor je, Miss Kitty.'

'Kapitein de Gruchy'. Het klonk zo vreemd. Hij had op school aan de training meegedaan, en hij had nu een paar maanden opleiding achter de rug, maar het was moeilijk je Harry voor te stellen als kapitein. Promotie ging echter bijzonder snel in het laatste jaar van de oorlog. Sommigen zeiden dat het kwam doordat er daar geen mannen meer waren, zodat ze het commando aan jongens gaven. Harry dacht natuurlijk dat het alleen kwam door zijn ingeboren leiderschapsgaven, dat hij nu, in rang verheven, zo trots aan het hoofd van zijn mannen kon staan. Hij kwam om afscheid te nemen en me te vertellen dat 'zijn mannen' diezelfde morgen nog scheep zouden gaan van de Victoria-pier in St Helier.

Hij had me zo vaak gevraagd, als we op de klippen zaten die uitzicht gaven op La Corbière: 'Als je in de golven kijkt, wat zeggen ze dan? Zal ik in Frankrijk komen? Ja?' Maar ik, het wonderkind van Claremont met mijn helderziende ogen, had gezien dat Harry wel naar Frankrijk zou gaan, maar niet dat hij ooit terug zou komen, niet eens voor zijn begrafenis. Zijn kruisje zou komen te staan in Versailles op het oorlogskerkhof, met tienduizenden andere witte kruisjes, elk met een naam en een geboorte- en sterfdatum erop. Ik kon dat toen niet zien, toen ik in zijn vurige ogen keek en een stapje hoger ging staan op de granieten stoep om me nog dieper in zijn omhelzing te nestelen.

Er was nooit sentimenteel gedoe geweest tussen ons – geen flauwekul, zoals Harry het noemde. Hij zei dus niet

'Wacht op mij' of 'Denk aan mij'. We gingen met elkaar. Dat was al zo sinds hij tien was en voor het eerst had besloten dat hij voor altijd op Claremont wilde wonen.

'Wat trek je aan als je naar de kade komt?' vroeg hij. Ik zei dat ik mijn moiré zijden jurk zou aandoen met de bleke klaprozen op de rok en die leuke kanten inzetsels. Ik wist dat hij het meest op die jurk gesteld was, vooral als ik erin ging wandelen met een kanten parasolletje, waar hij graag een beetje mee speelde. Hij knipoogde dus en maakte zijn paard los, reed weg, terug naar St Peter en naar zijn eigen familie daar.

Maman ging met me mee naar de kade. Daddy was er al en deed iets met zijn militiesoldaten om de menigte op afstand te houden bij het vertrek van onze laatste soldaten. Het was een nieuw bataljon, geheel bestaande uit verse rekruten en pas opgeleide officieren; dus ze voeren weg zonder de tegenzin van oudere soldaten die hun veerboot pakten. Ze hadden gehoord van de verliezen en wilden alleen maar hun steentje bijdragen. Sommige mannen zagen er, toen ze over de reling van het schip hingen, veel jonger uit dan achttien. De mensen om me heen juichten, ik juichte ook, en ging toen naar huis om te wachten, samen met al de andere gescheiden geliefden die zouden leren wat angst was, ver weg van de kanonnen en de rook van de slagvelden. Ik leerde begrijpen hoe de vrouwen zich voelden als ze rond de bulletins dromden om de lijsten van doden en gewonden te zien.

Ik maakte me geen zorgen dat Harry gedood zou worden; hij was te dapper en te zelfverzekerd en de oorlog zou gauw afgelopen zijn – iedereen zei dat. Maar ik dacht dat hij misschien gewond zou raken, en een ziekelijke nieuwsgierigheid maakte dat ik steeds weer de lijsten doorkeek. Er waren mannen in St Helier die hun benen kwijt waren en mannen die een arm hadden verloren; er waren blinden, velen die – maar dat was een beetje taboe – een shell shock hadden en er verdwaasd en verlaten bijliepen en opschrokken als je dag tegen hen zei.

Ik kon me niet voorstellen dat Harry een stukje van zichzelf zou kwijtraken, zelfs niet het topje van een van zijn afgekloven vingers. Daar was hij te slim voor. Je moest onvoorzichtig zijn om een arm of een been te verliezen. Het was niet het licht van La Corbière dat me vertelde van zijn dood, niet de vogel die een voorteken was van onheil, noch diens discipel, mijn eigen wetende inzicht. Het was Agnes die het nieuws voor het eerst hoorde en die het me kwam vertellen, wetende van onze vriendschap, maar niet van onze liefde. Agnes stormde mijn kamer binnen en gooide eruit: 'Kapitein de Gruchy is gesneuveld, Miss Kitty, in Frankrijk.'

Ik had het moeten weten, ik had tenminste genoeg moeten zien om hem de waarheid te zeggen. Ik had de mijn moeten voorzeggen die hem uit elkaar zou rukken en hem moeten waarschuwen dat als hij zich de vertegenwoordiger van zijn tijd voelde, de ambassadeur van zijn hele generatie, dat nu juist kwam omdat hij de wrede, naamloze dood zou sterven van zoveel van zijn leeftijdgenoten. Voorbestemd om weg te rotten in de modder en niets meer te zijn dan een herinnering, gegraveerd in hout en steen, met al zijn dromen aan scherven, en maar een korte jongelingstijd achter hem, en een bundeltje brieven uit de loopgraven, een paar foto's en een postume ridderorde.

Twee weken later was de oorlog voorbij, waarmee zijn profetie vervuld was, dat zijn aanwezigheid daar nodig was om een eind aan de zaak te maken. Uit de bergen doodsaankondigingen van het Ministerie van Oorlog rees een soort hilariteit in plaats van verdriet. Ik wilde huilen om Harry, het is de enige keer in mijn leven dat ik ooit heb willen huilen. Maar ik wist niet hoe. Huilen was iets dat andere mensen deden binnen in mijn hoofd. Ik had nooit andere plannen voor de toekomst gemaakt. Harry was de toekomst. Toen hij ziek was, had ik hem niet aardig gevonden, nu hij dood was, haatte ik hem.

Hoofdstuk 12

Het was Daddy die me op de been hield na de oorlog – Richard (Dickie) Seymour Philippe Roberts; hij was achtenvijftig toen de Wapenstilstand kwam. Hij zei tegen me: 'Ik ben een typische eilander, Kitty, met een typische eilandmentaliteit. Dat komt van het veilige afgesloten zijn van de rest van de wereld door de zee. Wij proeven de wereld aan de kade, van de koopvaarders uit Newfoundland, Canada en al de exotische havens in heel Amerika.'

Hij mocht graag zichzelf analyseren; zoals alle Jerseybewoners zat hij gevangen in het kruisvuur van de culturen van Engeland en Frankrijk. Hij had zijn schoolopleiding gehad aan het Victoria College, op het eiland, en was toen, zoals zijn vader en grootvader voor hem, bij de marine gegaan. Ik geloof niet dat hij zich ooit echt gelukkig heeft gevoeld bij de marine; hij miste zijn eigen schip thuis, het nog maar pas nieuw ingerichte Claremont, dat veertig jaar voor zijn geboorte was gebouwd toen zijn illustere grootvader met pensioen ging.

Daddy hield van Jersey met dezelfde devotie die grootmoeder aan God gaf. Zijn familie was oorspronkelijk uit Engeland gekomen, uit de West Country. Maar zijn grootvader, de admiraal, had Jersey op zijn dienstreizen aangedaan en was er verliefd geworden op een aardige weduwe. Toen hij zich had teruggetrokken, getekend door de gevechten en oud voor zijn tijd, trouwde hij zijn jonge bruid en bouwde zich een replica van een schip op de zuidwestpunt van het eiland dat, naar hij bezwoer, van alle eilanden die hij gezien had, van de Zuidzee tot de Antillen, het meest het paradijs benaderde. Maar andere families waren daar al veel langer en hadden hun naam en hun bloed vermengd met de geschiedenis van Jersey: de Gruchy's, de Carterets, de Cabots en de Granvilles, allemaal echte Jersey-geslachten. Mijn overgrootvader was er niet tevreden mee de tweede zoon te zijn van een voortreffelijke familie in Engeland, hij wilde dat zijn telgen ook voortreffelijke eilanders zouden zijn. Daarom trouwde hij met een zuivere Jersey-weduwe en drong er later bij zijn zoon op aan hetzelfde te doen. Hoe vaak Grootpapa zijn verhaal ook vertelde, altijd zag hij kans het feit te vermelden dat zijn jonge bruid een verse bruid was. Hij zei dan: 'Je Grootmama had Jersey-bloed, maar er waren geen dode echtgenoten bij haar uitzet.' Toen, net toen de familie zijn eilandstamboom begon te verwerven, doorbrak Daddy het patroon door met Maman te trouwen. Zij was een nieuwkomer, in Engeland geboren, hoewel je het nooit zou denken als je haar hoorde praten. Misschien had ze gelijk om zichzelf te beschouwen als een ereburgeres want ze had Frans bloed – hugenoots – en dat was altijd een paspoort om in de gunst te komen.

De verschillende generaties overlapten elkaar op Claremont, aanzwellend als een springvloed. De vrouwen waren het ergste, die leefden veel langer dan normaal, als levende skeletten in de kast, want ze sloten zich op in steeds kleinere kamertjes tegen de tocht, lieten hun ideeën verstenen en vermenigvuldigden hun vooroordelen. Eén zo'n oude dame hing boven arme Mamans eerste jaren op Claremont, als een oeroude spin die een calvinistisch web spon om de nieuwe katholieke bruid in diskrediet te brengen. Die oude dame beschouwde Mamans geloof als een smet op de bladzijde van Burkes adelboek. Paaps was voor haar synoniem met heks. Toen ze er niet in was geslaagd het huwelijk te voorkomen, trok ze zich terug in een piepklein ziekenkamertje in de zuidelijke vleugel en hield vol, in weerwil van haar negenennegentig jaar en een zware geelzucht, dat ze stervende was tengevolgde van een paapse samenzwering.

De mannen in de familie leken immuun voor dit fanatisme, ook al hadden ze zoveel jaren in dat tirannieke kielzog geleefd. Daddy zelf zou heel goed door zoveel onverdraagzaamheid getekend kunnen zijn geweest, ware het niet dat het toen een tijd was, waarin de woede van een vrouw krachteloos werd gemaakt door de heersende mannelijke autoriteit. Bovendien was mijn grootvader een uiterst intelligente man. Toen Maman toetrad tot de familie Roberts, vermaande hij hen: 'Op mijn reizen heb ik volken ontmoet die zo verschillend waren als de inboorlingen van Fiji en de Indianen van Noord-Amerika, de Russen en de Chinezen, en ik zeg jullie, overal heb ik er heren gevonden. En eens, in Nieuw-Zeeland, toen ik bijkwam van een koortsaanval, ben ik verzorgd door Maori's met naakte lijven en beschilderde gezichten, en ik ontdekte dat die een verdomd stuk beschaafder waren dan sommige van mijn collega-officieren, een stuk gastvrijer dan een bepaalde familie hier in Red Houses.'

Het was een van zijn lievelingsverhalen en ofschoon hij het vertelde ter verdediging van Maman, was zij, denk ik, een van de mensen die er het meest door waren geschokt. Het feit dat hij altijd eindigde met de woorden: 'Je ziet dus maar, we zijn allemaal kinderen Gods, wat ons geloof ook is, en ik wil in dit huis geen kwaad woord horen over katholieken of totempalen,' trof haar evenzeer als een godslastering.

Toen ik geboren werd, waren de oude dames allemaal dood, wat waarschijnlijk ook maar goed was, want ik denk niet dat ik ze graag in mijn huis zou hebben gehad. Wat ik erover hoorde, klonk altijd alsof ze te veel of juist te weinig karakter hadden, ongelijk verdeeld, en in weerwil van al hun etiquette denk ik dat geen van hen het standsbesef had van Maman en mij. Ik denk zelfs niet dat Daddy het had, niet echt. Hij had zo'n vreemd mengsel geleerd van zijn leraren op school en van zijn familie. Er was niets dat hem zo boeide als cijfers. Dat was een hartstocht waartoe hij verscheidene van zijn vrienden overhaalde. Hij verklaarde allerlei dingen door ze om te zetten in cijfercodes.

Achteraf kan ik inzien dat roulette en poker een bijna fatale betovering moeten hebben gehad. Alles wat hij bezat op een enkel cijfer zetten en het zien winnen of verliezen, verdubbelen of hem breken, dat moet de hoogste sensatie zijn geweest voor een man als hij, doordrenkt met de leerstellingen van Francis Galton, de apostel van het kwantificeren. Daddy had elk woord gelezen dat Galton had gepubliceerd; hij vond Galtons neef, Charles Darwin, veel minder interessant. Mijn vader was een fervente, anonieme discipel van de voorloper der moderne statistiek.

Zo amuseerde Galtons idee van een 'schoonheidskaart' hem meer dan wat hij ooit had gezien. De meester had uit alle hoeken en gaten van de Britse eilanden een reeks schoonheidsgegevens verzameld, door alle meisjes die hij op straat of elders tegenkwam te classificeren als 'aantrekkelijk, onbeduidend of afstotelijk'. Galton was tot de conclusie gekomen dat Londen het hoogst scoorde in schoonheid en Aberdeen het laagst. Bij Daddy daarentegen kwam St Helier op de eerste plaats; Londen volgde als tweede en een groot aantal mindere oorden deelden een enorme laatste plaats.

Galton beweerde ook dat hij verveling kon kwantificeren, maar toen ik las wat Daddy me over dat onderwerp kon laten zien, merkte ik dat ze daar geen van beiden iets van begrepen. Verveling is een ziekte. Het is een van de gevaarlijkste kwalen van de wereld. Wie er nooit aan geleden heeft, kan niet begrijpen hoe ernstig het is. Men zegt dat wat iemand doet onder invloed van drank of razernij, zijn schuld aan elke misdaad kan verminderen, maar ze zien niet in waartoe verveling een mens drijven kan.

Hoewel Daddy urenlang kon praten over zijn getallenheld, zag hij kans al die ideeën fascinerend te maken. De enige keer dat hij zelf bijna vervelend werd, was toen hij erop stond een week lang elke dag bij het eten hardop een hoofdstuk voor te lezen uit *De erfelijkheid van genialiteit.* Zelfs dat vond ik niet echt erg, want Daddy achtte zich gerechtigd om zieltjes te winnen (en dat deed hij) omdat zijn eigen hoofd en lichaam gemeten waren door de grote Francis Galton in eigen persoon, op de Internationale Tentoonstelling, toen hij pas vierentwintig jaar was. Het had Daddy drie stuivers gekost, zoals hij vaak herhaalde, om de absurditeit van prijsverhoudingen te illustreren.

'En dat, Miss Kitty,' zei hij dan, 'was zonder twijfel mijn mooiste uur.'

In zijn bibliotheek had Daddy werken van iedereen die ooit iets had gepubliceerd over het onderwerp van de maten van de mens. Hele avonden zat hij op verhandelingen te turen in het Engels, het Frans en het Amerikaans, geschreven door mensen als Morton, Broca en Bean. Een van zijn lievelingsauteurs was de Italiaan Lombroso. Een boek waar we bijzonder op gesteld waren, herinner ik me nog, heette *De misdadige mens*. Op het omslag stond een collage van misdadigers. Toen ik nog een klein meisje was, legde hij me al Lombroso's theorieën uit: de merktekens van de lagere typen. Er zijn bepaalde tekens die iemand tot misdadiger stempelen, los van alles wat hij doet in zijn leven. Grote oren, grote voeten, dikke schedels, grote kaken en te veel haar waren allemaal duidelijke tekens van criminaliteit, net als een donkere huid en tatoeages.

Grootpapa kon uren en uren met Daddy redetwisten over die nieuwe theorieën. Het laatste argument was altijd een nieuw verslag van zijn eigen ervaringen toen hij in de donkere, getatoeëerde handen was geweest van de Maori's.

'Je moet toch in kunnen zien, Dickie, dat dit een stukje doorslaggevend bewijs is dat althans een deel van de ideeën van die knaap Lombroso niet kan kloppen. Zo donker als die vlek op de vloer, Dickie, en hun hele huid volgetatoeëerd met boten en vlinders, maar geweldige mensen... geweldig!'

Het debat bleef eeuwig onbeslist, maar de liberale en de elitaire zienswijzen werden heen en weer geslagen door Claremont als een eindeloos volgehouden spelletje badminton, tot Daddy won bij verstek, omdat Grootpapa stierf. Intussen werd ik elke week opgemeten. Van Maman mocht hij me niet elke dag meten, en mijn tabellen werden vergeleken met die van Lombroso om er zeker van te zijn dat de maten van Daddy's enige erfgename voldeden aan al zijn idealen. Hij vond het prachtig dat mijn huid zo wit was, in weerwil van Grootpapa's geboden omtrent de verdiensten van donker, en hij vertelde me vaak dat ik een volmaakte dolichosefaal was, wat ik fijn vond; het klonk een stuk volwassener dan het gebruikelijke 'porseleinen pop'. Zijn enige zorg – en daar was hij echt ongerust over – was mijn geringe lengte. De hele familie was lang, en lang zijn was een van de noodzakelijke eigenschappen voor zijn tabellen. Hij zag toe op wat ik at en zocht lekkernijen uit die een kind normaal niet mocht hebben. Ik werd aangemoedigd te ontbijten met oesters en dan 's middags rood vlees en 's avonds vis te eten. Elke dag moest ik een bepaalde hoeveelheid melk drinken en de orchideeënkas werd ingeschakeld voor het telen van tropische vruchten. Dat laatste gebeurde op advies van Grootpapa, die graag zei: 'Al die drukte om eten en indigestie en jicht hebben we onszelf aangedaan, denk ik. In de Zuidzee eten ze alleen maar tropische vruchten en ik heb nooit een gezonder of meer uit de kluiten gewassen slag mooie mensen gezien.'

Dus moest ik ananas slikken terwijl Daddy zwoegde om in de oude oranjerie een broodvruchtboom te laten groeien.

Behalve op mijn eten, hield Daddy ook toezicht op mijn lichamelijke opvoeding, hij nam me mee uit rijden en wandelen of liet me gewoon in mijn kinderkamer op en neer springen en met mijn armen zwaaien, zodat ik groeien zou. Een tijdlang was er verschil van mening op Claremont. Daddy's obsessie over misdadige types bereikte haar hoogtepunt op het moment dat zijn vader zijn geduld begon te verliezen. Ze ruzieden tot er een compromis was bereikt: 'Sommige van die nieuwerwetse ideeën zijn best, Dickie, maar als een getatoeëerde man een heer kan zijn, dan kan een kleine man dat ook zijn. En dames' – zo decreteerde Grootpapa – 'zijn eleganter als ze tenger zijn. Dat is een vrouwelijke eigenschap. Prijst niet de hele literatuur de teerheid van meisjes, de breekbaarheid van hun lichaam. In hemelsnaam, Dickie, Kitty is een mooi kind, en bovendien is ze intelligent; hou op het meisje te kwellen.'

Langzamerhand kwam Daddy tot de overtuiging dat het zo was. Hij hield nog steeds stevig vast aan bepaalde ideeën; hij hield een levenslang vooroordeel tegen rood haar, grote voeten en grote oren en een permanent zwak voor dolichosefalen, maar hij liet veel van de rest vallen in een meer theoretische studie van de getallen.

Toen de oorlog voorbij was, waren zijn studies ingekrompen tot een enkel citaat en de nog steeds doorgaande constructie van zijn schoonheidskaart. Behalve zijn vasthouden aan het dragen van schoenen met rubberzolen, was zijn opmerkelijkste excentriciteit het mompelen van een van de categorieën voor die kaart als hij werd voorgesteld – of vaker, voorbijliep aan – een lid van het andere geslacht. Het was vreemd, maar niet bijzonder vreemd, dat hij 'aantrekkelijk' mompelde als hij een aantrekkelijke vrouw passeerde op straat. Het was wat minder vergeeflijk als er 'onbeduidend' werd gemompeld, maar als de onderste graad werd bereikt en zijn oordeel 'afstotelijk' werd uitgesproken, dan gaf dat vaak complicaties. Maman was heel briljant in het verdraaien van zijn commentaar.

Daddy's interesse voor getallen bereikte haar hoogtepunt tijdens de oorlog. Hij volgde de fronten en de krijgsverrichtingen daar met standvastige concentratie. Hij wist precies hoeveel officieren, manschappen, paarden en kanonnen er in elk bataljon waren. Hij volgde het verloop van hun veldslagen en de rampzaligheid van hun verliezen. Zijn liefde voor statistieken moet hem meer hebben doordrongen van de tragedie en de verschrikkelijke verspilling van die oorlog. Zelfs op het eiland kwamen er van de tweeënzestighonderd tweeënnegentig mannen onder de wapenen maar vierenvijftighonderd dertig terug. Hij raakte bezeten van de oorlogsdoden, van de verdwenen aantallen. En zijn verdriet vermengde zich met mijn persoonlijk verdriet om Harry de Gruchy, en samen zetten we de bloemetjes buiten, eerst in St Helier en toen in Londen. De nummers één en twee van de schoonheidskaart werden het terrein van onze feestelijkheden.

Daddy was altijd een gezelligheidsmens geweest. Hij maakte graag een ritje voor een lunch of een diner, hoe ver het ook was; hij genoot van de avondjes op zijn club, of thuis als hij zijn vrienden op Claremont ontving. Hij en Maman hadden samen heel veel vrienden en die wisselden elkaar af om plezier te komen maken, als ruiters in een draaimolen.

En toen, heel plotseling, veranderde hun manier van leven. De draaimolen stopte, hun landhuizen begonnen in verval te raken. Men zei dat het in Engeland nog erger was, heel veel grote huizen waren vernield en gebruikt voor troepen en hospitalen. Er was een bediendenprobleem, dat er vroeger helemaal niet geweest was. Meisjes wilden echte banen met echte lonen. Ze wilden geen dienstmeisje meer zijn. Pankhurst en haar club zetten alle vrouwen aan tot geweld. De mannen die terugkwamen, waren zo geschokt dat ze tot sufheid vervielen, of elke seconde van hun geleende leven brassend doorbrachten. Na de loopgraven wilden ze meer dan de comfortabele keurigheid van hun landhuizen; ze waren niet bereid tot rust te komen in een gevestigd bestaan. Ze hadden iets ontketends over zich, dat Daddy deelde.

Hoewel hij veel ouder was, begon hij de terugkerende soldaten in hun verwildering te overtreffen en, om een of andere reden, nam hij mij met zich mee. Maman zag die verandering in hem als een voorbijgaande fase. Een mensenleeftijd aan waarden was verloren gegaan in Frankrijk en een hele generatie was verminkt. Ook zij voelde zich gedesoriënteerd. Haar vriendinnen hadden hun zonen verloren. Jersey was zijn onaantastbaarheid kwijtgeraakt. De postboten waren tot zinken gebracht, onze schepen, zoals de *Roebuck* en de *South Western*, het eiland was bedreigd, de bevolking uitgedund, het moreel geschokt. De oude orde was aan het veranderen en niemand leek te weten waarin. In de verwarring die daaruit voortkwam, zocht ze soelaas in haar geloof en in haar tuin, in haar vriendschap met mevrouw de Gruchy (Harry's moeder), die zich te bed had begeven na het nieuws van de dood van haar jongste zoon en die, zo leek het, misschien nooit meer beter zou worden.

Eerst bleven we in Jersey en toen, in de zomer van 1919, gingen we naar Londen voor een tijdje. Daddy zei dat het me goed zou doen eens van het eiland af te zijn om te kunnen vergeten. Hij zei me dat hij altijd gehoopt had dat ik verliefd zou worden op Harry en met hem zou trouwen.

'Ik heb het nooit eerder gezegd, want je mama is zo precies over het geloof. Maar er is niets mis met ons soort, zoals je weet, en hij was zo'n goed geproportioneerde jongen.'

Goed geproportioneerd was zijn hoogste lofprijzing. We logeerden in Claridge's, in aangrenzende kamers met een zitkamer ertussen. Hij wilde naar Londen, het was echt zijn idee. Ik zie nu in dat hij al in de greep van zijn goklust was en niet wilde dat een van zijn goede vrienden het zag. Ik vermoed dat hij het huis waar hij van hield niet wilde vergokken, terwijl hij er zo dichtbij was. Londen was neutraal terrein. Hij noemde het steeds de verloren stad die wij gevonden hadden. Hij ontdekte er oude vrienden uit zijn marinejaren en een aantal nieuwe vrienden die zich, net als ik, koesterden in zijn extravagante vrijgevigheid.

Nooit eerder had ik zulke mooie jurken of sieraden gehad. Er waren dagen dat hij met een kleur van opwinding opstond en me meenam naar Bond Street, naar Cartier, om prachtige dingen voor me te kopen. Hij kocht een smaragden halsketting voor me, mijn eerste, en een broche met een enorme robijn, afgezet met granaatjes. Als we zo op stap waren, kocht hij ook altijd iets voor Maman. Ik merkte hoe vreemd hij die geschenken koos; hij deed er soms wel een uur over om iets uit de juwelencassettes te kiezen en veegde het dan weer opzij wanneer hij hoorde hoeveel het kostte, met de opmerking: 'Dat is niet genoeg, ik wil iets dat veel geld kost.'

Ik wist het toen niet, maar hij moet in die tijd al zwaar aan het gokken zijn geweest. Zijn aanvallen van koopwoede kwamen als hij gewonnen had, de dagen van neerslachtigheid daartussen moeten de katers van zijn verliezen zijn geweest. Zijn cadeaus voor Maman moeten ook zijn enige manier zijn geweest om zijn geweten te sussen, want hij was ook haar fortuin aan het verspelen. Elke avond, als hij me had teruggebracht naar ons hotel, ging hij weer uit en kwam dan niet terug voor de kleine uurtjes. Soms was hij er niet voor het aanbreken van de dag. We ontbeten altijd laat. Ik dronk stevig met hem mee, iedereen deed dat, het was een kenmerk van onze tijd. Harry zou vast ook gedronken hebben, want die liep met de eeuw mee, maar Harry was weg en zijn lichaam met de kleine kaken was ergens achteloos weggesmeten aan de overkant van Het Kanaal. Wat hij ook mocht hebben beweerd: ook ik liep bijna met de eeuw mee, ik liep één jaar achter, één jaar uit de pas. Ik probeerde het vol te houden, maar van het dansen wist ik, dat één pas alles is als je eruit bent.

Ik miste de zee, ik miste La Corbière, ik miste mijn toekomst en het meest van al misschien, miste ik Claremont. Ik was nooit eerder van huis geweest. Daddy had onze vakantie voor mijn welzijn bedacht, maar hij was het die dat wilde en nodig had, niet ik. Niettemin begon ik er plezier in te krijgen. Ik kreeg er vrienden, een hele kring van vrienden, allemaal overlevenden van de oorlog en van de decimering door de griepepidemie die erop volgde. We hadden doden te betreuren, we waren jong en rijk en hadden niets omhanden; er kwam een nieuw soort muziek uit Amerika en elke week waren er nieuwe songs, we hielden van dansen en, zoals Harry zei, ik danste het beste.

Twee keer moest Vader terug naar Jersey en beide keren stond hij erop dat ik achterbleef. Ook toen kwam het nooit bij me op dat hij mijn erfdeel aan het verkopen was, achter mijn rug om. Bij ons katterig ontbijt placht hij te zeggen: 'Heb je al een echtgenoot gevonden, Kitty?'

'Je weet dat ik een man van Jersey wil, is dat niet het beste?'

'Door die oorlog zijn de kansen kleiner, er zijn er niet veel over en die er zijn, leer je niet zo gauw kennen. Waarom pak je niet zo'n rijke graaf nu het kan?'

Ik dacht eerst dat hij een grapje maakte, maar begreep toen dat hij inderdaad de jongemannen die ik als danspartner gebruikte, stuk voor stuk als mogelijke huwelijkskandidaten beschouwde. Hij leek niet eens hun schedels te willen meten, hij volstond met een oppervlakkige inspectie en besloot dan op grond van het Lombroso-principe: kleine kaken, kleine oren en geen haar op hun borst, geen rood haar, ook niet in hun baard, dat was voldoende. Er kwam één criterium bij, dat ik hem nooit had horen noemen voor onze trip naar Londen: ze moesten een dikke portemonnee hebben.

Elke morgen, als om elf uur ons ontbijt arriveerde, binnengebracht op zilveren rolwagentjes met onze schoteltjes grape nuts en roereieren, schelvis en niertjes in pepersaus, peuzelde hij wat en vroeg dan: 'En, is er al een echtgenoot aan de horizon verschenen, Kitty?'

Maar dat was nooit het geval, – althans niet tot ik Nelson Allen ontmoette, die de zee kon beschrijven alsof ik ernaar stond te kijken, en die grijze ogen had als het ruwe water rond La Corbière Point. Hij was net teruggekomen uit Canada. Hij had de hele oorlog door gevochten en had het overleefd. Hij danste met me in het Café de Paris en hij begreep het van Claremont en de zee.

Na een week bracht hij een verlovingsring met een smaragd voor me mee, die ik droeg voor de grap. Ik liet hem aan Daddy zien. 'Vind je dat niet gek, Daddy, ik ken hem nauwelijks!'

Het was een van zijn sombere dagen, die hij doorbracht op zijn kamer met het maken van berekeningen op papiertjes die hij vervolgens in de prullenbak gooide.

'Doe het, Kitty,' zei hij, 'als je van hem houdt. De kansen zijn kleiner. Ik wil dat je dat weet. De kansen zijn kleiner.'

Maar ik wist het niet. Ik was graag bij Nelson. Ik zat te wachten op zijn bloemen en zijn bezoekjes. Ik hield ervan met hem te dansen. Ik vond het fijn als hij me kuste en met me over Claremont praatte. Ik had liever niet dat hij me veel over zijn familie vertelde, maar hij was zelf ook niet zo op hen gesteld; hij vond ze vervelend, wat een goed teken leek – de meeste mensen zijn vervelend. Iedereen om me heen werd verliefd. Het was in de mode. Ik nam aan dat ik die volgde, want we raakten officieel verloofd.

Het was een korte verloving. Nelson zei dat het leven kort was, dat we terug moesten naar Canada en dan zien wat we zouden doen.

Ik voelde me van het begin af aan niet zeker over Canada, maar Nelson zei dat ik de zee geweldig zou vinden. We zouden dagen en dagen op zee zijn, zonder storend land en niets dan onze stemmen zou zich mengen met de aanrollende golven. Maman was heel ongelukkig met het plotselinge van de hele zaak en nog meer met het feit dat Nelson niet katholiek was, maar Daddy praatte haar om. Soms leek het of hij het was die verliefd was. Agnes was aangedaan, al was Nelson dan een Engelsman en ze wierp zich op de voorbereidingen voor het huwelijksfeest of het de volgende dag al zou plaatsvinden.

Ik bracht de kerstdagen van 1919 op Claremont door. Nelson kwam voor drie dagen over en vertrok toen naar Frankrijk. Ik kreeg een soort griep en lag in bed met het gevoel of er over de uiteinden van al mijn zenuwen was geschraapt. Daddy was uitermate rusteloos en kreeg toen ook griep. Ik verveelde me. Nelson schreef me uit Frankrijk; zijn brieven leken op Harry's brieven, ze hadden hetzelfde ronde handschrift en hetzelfde lichtelijk verbijsterde, onlogische air.

Maman begon in die tijd te haken. Ze liet de schijn varen dat ze alleen in vrije ogenblikken kanten randen maakte en begon aan één stuk door haar lussen van zijde aaneen te weven. In weerwil van wat Daddy had gezegd over mijn huwelijk buiten de kerk, zag zij het als niet anders dan een zonde. Het haken was haar boetedoening en haar verdediging. Ze strikte haar verontschuldigingen in haar werk en ontrafelde al doende zichzelf. Ze boog voor Daddy's wil, maar het buigen brak haar.

De plechtigheid vond plaats op Claremont, in de zitkamer, en werd geleid door een dominee die Daddy uit Londen had meegesleept. Dominee Ellis heette hij, Percy Ellis. Hij hield van cricket en van poëzie, weet ik nog, en van een goed glas port. Maman versierde het huis met zoveel bloemen uit haar perken en kassen, dat het wel een rouwkamer leek. We konden ons nauwelijks bewegen, door de vazen met kaslelies en de potten met rode ribes.

We trouwden in februari, op St Valentijnsdag. De eerste tien dagen van onze huwelijksreis werden in Londen doorgebracht. Het sneeuwde, toen we daarna aan boord gingen. Ik vond de andere passagiers op het schip niet aardig en hun slungelige kinderen ook niet. Nelson had er niet bij gezegd dat de oversteek ook betekende dat we acht dagen aan boord opgesloten zouden zitten met hun stompzinnigheden. De zee zelf was prachtig, dat is waar, maar toen ik die eenmaal voor me had, wilde ik Nelsons stem niet al maar door de golven heen horen.

Hoofdstuk 13

Goed, de hele wereld hoereert er op los, en wat dan nog! Zelfs Koningin Elizabeth was een wraakgierige heerseres voor haar mannen. Alleen dwazen en leugenaars durven mij met haar te vergelijken. Waarom moet het altijd hetzelfde zijn wat een vrouw voelt? We zijn niet allemaal sletten, wat Nelson en zijn ontaarde vrienden ook mogen zeggen. Zij had rood haar. Ze mag dan koningin van Engeland zijn geweest, maar dat was Anna Boleyn met haar extra vinger ook. Het was haar aangeboren, het rode haar van de hoererij. Alleen haar trouwe onderdanen noemden haar de Maagdelijke Koningin, de Fransen noemden haar de ketterse hoer. Dat weet ik nog. Ik heb nooit zo'n smet gehad als zij. Er zat niet zoiets laags in mijn bloed voor het zich vermengde met dat van Nelson.

Hij was een oplichter, die zich mooi voordeed met zijn verstand van de zee en zijn begrip voor de grijsheid ervan. Nadat we getrouwd waren, vertelde hij me dat geen van de meisjes die hij kende nog maagd was. Waarom moest ik onderworpen worden aan zijn smerige hoerengedoe?

'Wat denk je dan van je lieve Maman?' zei hij. 'Hoe zou dat gegaan zijn? Hoe denk je dat jij geboren had kunnen worden als ze dat niet gedaan had met je vader? Je kwam naakt tussen haar benen vandaan. Als een dier... daar is niets verkeerds aan. Iedereen doet het.

Wat is er aan de hand daar op Jersey? Je mag dan katholiek zijn, Kitty, maar je bent geen non. Dit is wat getrouwd zijn betekent. Je bent twintig jaar oud, in godsnaam!'

In Londen hebben we gevochten. Na de eerste twee nachten vochten we, en ik won. Harry had er nooit iets over gezegd. Hij heeft nooit geprobeerd me pijn te doen op de klippen. Nooit; als het zo moest, dan had hij het kunnen proberen in zijn slaapkamer, of in de mijne, maar dat heeft hij nooit gedaan en wij zouden gaan trouwen. Ik had Harry mijn hele leven gekend, en Nelson was maar een vreemde. We waren daar omringd door vrienden en festiviteiten. Toch won ik, want Nelson veranderde. Hij zei dat het niet gaf en deed het af als een grap. Hij leek toen te begrijpen dat ik anders was, wat andere meisjes ook deden. Harry had altijd gezien dat ik anders was, daarom had hij me gevraagd voor hem in de golven te kijken, daarom wilde hij met me trouwen – daarom en om Claremont.

Al de maanden die volgden bleef een stukje van mij Nelson haten omdat hij geprobeerd had mij te breken. Ik begon alle gebreken op te merken die eerst verborgen waren gebleven. Hij leek blind voor de wereld, blind voor onaangenaamheden. Hij haalde eenvoudig zijn schouders op over elke situatie die moeilijk het hoofd te bieden was. Door het gas dat hij had binnengekregen of zijn shell shock, had hij een zekere onaantastbaarheid ontwikkeld voor alles wat akelig is in het leven. Hij zag alleen het goede en hij wist het goede en het leuke opnieuw te benaderen op manieren die voor mij onzichtbaar waren.

Meer dan iets anders aan hem echter, haatte ik zijn voeten. Ik vond die zo afstotelijk dat ik, als ik die eerder gezien had, nooit met hem getrouwd zou zijn. Ze hadden als illustratie kunnen dienen op de voetenpagina van *De misdadige mens.* Ik zag ze voor het eerst aan boord, op onze reis. Nelson lag te slapen na een bad. Hij had zijn naaktheid bedekt: zo dacht hij veilig te zijn voor mijn verachting. Maar hij had zijn voeten vergeten en ik zag ze. Het waren grijpvoeten, met de lange van elkaar gescheiden tenen die iemand levenslang brandmerken als dier. Met heel zijn aantrekkelijke uiterlijk, zijn grijze ogen en de adellijke titels in zijn familie, verborg Nelson iets in zijn bloed.

Tijdens de bootreis kon ik niet ontsnappen aan het domme gebabbel van de andere passagiers. Later was het de onmetelijkheid van Noord-Amerika waaraan ik niet ontsnappen kon, de eentonige uitgestrektheid van Canada. We bleven drie dagen in Toronto, de eerste en enige plaats daar die iets bezienswaardigs had. Ik was verbaasd te zien hoeveel groter die stad was dan St Helier, en zo vol met Engelse winkels en namen. Er waren praktisch geen Indianen te zien, maar ik geloof dat ik er één zag. Het meest was ik onder de indruk van de pracht van het bont. Net toen we uitnodigingen begonnen te krijgen en iets van ons bezoek hadden kunnen maken, moest Nelson zo nodig onze koffers verder het land inslepen, naar het eindeloze negatief van de provincie. Hij zei dat we later terug zouden gaan naar Toronto. We verlieten het Cosmopolitan Hotel met zijn lounges die een vrolijker voorproef waren van het reusachtige binnenland. Het was, zoals me zeker tien keer werd verteld, het grootste hotel in het Britse Rijk.

Toen ik mijn champagne zat te drinken in het restauratierijtuig van de trein en de contouren van de stad aan mij voorbij zag glijden, besefte ik niet dat het mijn laatste blik was op iets van een herkenbare beschaving, voor bijna een jaar. De rest werd een lange trektocht naar het belachelijk afgelegen Lethbridge in het terecht geheel onbekende Zuid-Alberta. Om redenen die ik nooit zal begrijpen hield Nelson van die plek. Hij kende het stadje en het gebied eromheen, al van toen hij nog maar een jongen was. Hij was er voor de oorlog geweest. Al de jaren dat hij de bodem had onderzocht voor de Union Pacific spoorlijn, had hij het als thuishaven in zijn gedachten gehad. Zijn baan als landmeter bij die maatschappij was voor hem vrijgehouden. Hij had me er eerder iets over verteld en had toen de zaak op een geniepige manier geïdealiseerd. Meten was zijn vak, maar hij zag kans zelfs het verzamelen van gegevens en statistieken tot iets volstrekt oninteressants te reduceren.

Hij had een groef achtergelaten in Lethbridge waar hij meteen weer perfect in paste. Er was daar een groepje, voor het grootste deel mannen, Engelsen of Schotten, allemaal met hun verborgen dozen vol lintjes en medailles uit de oorlog. Ze leefden als spijbelende schooljongens, zich uitlevend in hun wilde onbehouwen manieren en hun gezuip, van de ene slecht ingerichte kamer naar de andere zwervend en de aardige dingen van het leven veranderend in iets smerigs. Nelsons elegante uitbundigheid werd een karikatuur van die van zijn lompe vrienden.

De eerste maand lag er sneeuw. Diepe, onveranderlijke sneeuw, als een foto. Alles was zwart-wit, bomen en sneeuw zonder eind en zonder hoop, niets dan een uitgestrekte prairie van hetzelfde. Uit die verstijvende kou trok Nelson bont te voorschijn: bever en witte vos, die hij had overgehouden van het vorige jaar toen hij een winter in het noordelijke poolgebied had doorgebracht. Ik liet er capes en moffen en mutsen van maken voor mij. Mijn bezoekjes aan de bontwerker waren de enige vleugjes kleur in die gure weken. Als ik klaagde of zelfs maar een opmerking maakte over het vreselijke weer, begon Nelson over de oneindig ergere winters in het verre noorden en prees me gelukkig. Hij had net zo goed onze smakeloze maaltijden kunnen goedpraten op grond van het feit dat ze te verkiezen waren boven de dunne pap die onze buurman aan zijn honden voerde.

Van sneeuw leek het landschap te veranderen in moeras, en de mensen die zich hadden vetgemest in hun doodskistachtige doosjes van huizen, kwamen naar buiten om de gelederen te versterken van wat belachelijk genoeg, de society van Lethbridge werd genoemd. Ze noemden mij hun koningin. Mijn leven vulde zich met namaakmajesteit. Als ik daar had moeten regeren, dan zou het geweest zijn als Maria de Bloeddorstige. Ik zou als een gesel zijn geweest. De brandstapels zouden zijn verrezen op het marktplein; in plaats van de boomstammen, de prijs van boomstammen en de kwaliteit van boomstammen zou ik de mensen van het stadje takken hebben laten verzamelen om die houtstapels aan te steken en hun saaie gewoonten uit hen weg te branden. Alleen de bontwerkers zouden mijn zuivering hebben overleefd. Want de bontwerkers konden zonder twijfel de mooiste coupe snijden die ik ooit in een mantel heb gezien. Ze konden wonderen doen met pelzen, zelfs in Lethbridge.

Ik zat vaak op die dingen te broeden, uitkijkend in mijn erker over het donkere dooien in de nasleep van die Canadese winter. Ik dacht dan ook aan Harry en Claremont, de man en het huis die ik had verruild voor die treurige bakstenen kippenren met zijn kleine kamertjes en zijn horren in de ramen. Mensen die in zoiets wonen, beginnen te klokken als hennen.

De oorlog was nu voorbij en we hadden dat moeten vieren. In plaats daarvan hadden we nieuwe vijanden gevonden: het klimaat en de ligging van die onmogelijke plaats. Ik zei tegen Nelson dat we moesten vertrekken zodra het veilig genoeg was het land weer door te trekken, dwars door de overstromingen om ons heen.

Hij gaf mijn plannen nauwelijks aandacht.

'Er is altijd tijd nodig om aan een plaats gewend te raken, over een tijdje zien de dingen er heel anders uit, je zult het zien.'

Ik wilde het niet zien en het laatste wat ik wilde, was gewend raken aan zo'n afstompende plaats. Soms haalde hij alleen maar zijn schouders op als ik dit duidelijk maakte, en zei: 'Wel, ik ben met je getrouwd, maar mijn vrouw ben je nog steeds niet, dus voor je allerlei eisen gaat stellen, zou je er misschien nog eens over moeten denken mij te geven wat mij toekomt.'

Hij was veranderd, hij had zijn galante charme verloren en was niet meer de Engelse gentleman met wie ik getrouwd was, maar een halfbloed houthakker geworden. Nelson was gek op de bossen. Hij behandelde die als geheime goden. Heel dat van muskieten vergeven voorjaar sleepte hij me erheen, om aan flarden gestoken te worden terwijl hij zijn erbarmelijke polletjes sleutelbloemen en viooltjes verzamelde. Hoe kon hij denken dat die bloemetjes de zwartgalligheid konden verhullen die in mij groeide? Het waren Jersey-bloemen, welk recht hadden die te groeien in die halfgekoloniseerde woestenij?

Tot in de drukkende hitte van de zomer bleef Nelson geloven in zijn fantasie dat ik 'bij zou trekken'. Hij kreeg graag gelijk. Als hij het kreeg, had hij een maniertje om zijn grote grijze ogen langzaam even te sluiten. Hij was dolmakend geduldig, ondanks zijn opwellingen van impulsiviteit. Als een seizoen slecht was, wachtte hij gewoon op het volgende. Als een stad vreselijk was, wachtte hij tot die erop vooruit zou gaan. Dus hield hij vol dat ik bij zou trekken, en bijtrekken deed ik inderdaad, als uit een diepe bewusteloosheid, om mezelf terug te vinden in Canada, met hem. Het was 1920, het begin van de dolle vrolijkheid die volgde op de oorlog, het begin van een nieuw tijdperk. Het chaperonneren was dood, samen met alle helden in Frankrijk. In elke grote stad in de wereld waren dansfeesten die de hele nacht duurden en de meest verrukkelijke kleren die ooit gezien waren; ik zat in Zuid-Alberta met een man van wie ik niet meer hield.

We kenden elkaar nu negen maanden en we waren vreemden voor elkaar geworden. Toen ik Nelson leerde kennen, dacht ik dat ik van hem hield. Het had zo geleken. Maar ik was bijgetrokken en wat begon als sluipende onverschilligheid was aangegroeid tot afkeer. Zijn woorden verstomden in mijn hoofd. De aanblik van zijn voeten, zelfs als hij zijn schoenen aan had, maakte me misselijk. Als hij het over de zee had, leek het heiligschennis. De naam van mijn eigen huis en eiland raakte bezoedeld in zijn mond. Ik rilde als hij in de buurt kwam. Ik voelde me wegkwijnen in de verveling van zijn gezelschap. Ik begon hatelijk te doen om hem bij me vandaan te houden en de deur op slot te doen van mijn slaapkamer en zitkamer.

Hij probeerde me te betrekken in zijn gezelligheidsleven: me pure whisky te laten drinken en het rauwe zweet te laten opsnuiven van zijn dronken vrienden, of me van de walgelijke wijn te laten nippen waarmee de plaatselijke dames hun bloed vergiftigden. Er waren daar nogal wat oude soldaten, zelfs in Lethbridge, niet alleen het stel geshellshockte vandalen uit ons leger, maar geboren Canadezen die ook in dienst waren geweest. Juist die ex-militairen leken te denken dat hun oorlogsverleden een soort bijzondere band schiep tussen hen en mij. Ze zochten me op om me dat te vertellen. Ze zagen mijn manier van afkatten voor coquetterie aan en bleven onverschrokken. De kansen waren kleiner, al jaren waren ze kleiner. Waarom had een van hen niet Harry's kans getrokken? Waarom was hij dood terwijl zij nog leefden, en Nelson – waarom?

Ik wist nu wat het vagevuur was. Maman, met al haar bidden, wist het niet: het vagevuur, dat was Nelson en zijn bende rond zien hossen als er gedanst werd, met hun woeste en lawaaiige gestamp. In hun opvatting was plezier gelijk aan lawaai plus een wilde bevestiging van pret. Plezier was voor hun het breken van dingen, het stuk slaan van platen (die pas na maanden te vervangen waren) en glazen. Ik dacht aan het glaswerk op Claremont met zijn zilveren filigraan en dat leek zo ver weg, dat mijn geest bezweek in de waanzinnige hitte van de zomer die volgde.

Sommige van Nelsons zogenaamde vrienden, die mijn afkeer van die plaats en mijn verlangen eraan te ontsnappen aanvoelden, boden aan er met mij vandoor te gaan. Ik wilde wanhopig graag weg, naar huis, maar ik wist niet hoe ik het aan moest pakken... nog niet. Niettemin durfde ik hun verraderlijke aanbod niet aan te nemen. Ik was inmiddels al zo kwaad, dat ik bang was van mijzelf. Ik wist niet zeker of ik zo'n man niet onderweg zou vermoorden. De temperatuur overtrof alles wat ik had meegemaakt. Het asfalt in de hoofdstraat smolt. Nelsons kanarie stierf, geroosterd in zijn kooi.

Brieven van Maman sijpelden binnen met een onwezenlijke traagheid. Haar sympathie en goede raad waren lang niet genoeg om de toenemende giftigheid van mijn gevoelens aan te kunnen. Er ging tijd verloren door de Atlantische oversteek en nog meer tijd, als de kloof tussen twee beschavingen, tussen Toronto waar de post aankwam en Zuid-Alberta waar hij uiteindelijk heen moest. Daddy was een klein beetje aan het kwakkelen, ze dacht dat hij mij miste. De hibiscus zou gauw gaan bloeien, maar de witte scheen iets te mankeren. Er was een kind verdronken bij St Ouen's Bay; mevrouw de Gruchy was nog steeds niet beter. Agnes zou met pensioen gaan en haar eigen huisje aan zee betrekken, en Maman was wat van de rommel op zolder voor haar aan het uitzoeken. Claremont miste me en zij ook. En tussen de regels door, zo knap erin gehaakt als alleen haar kantmaakstersvingers dat konden, waren er toespelingen op onderwerping, nederigheid, plichtsbetrachting en het verdragen van pijn. Toen vertelde ze me ook over haar eigen vele miskramen en wat ze toen had doorgemaakt, elke keer weer, met een lijst van alles wat ze had gedaan en nagelaten om haar baby's te behouden. Haar brieven hielpen me toen niet erg; hoeveel ik ook van Maman hield, het meest hield ik van haar als ik bij haar was. En ik wist dat ze mij nodig had om haar te beschermen: ze was net als haar hibiscus, ze had beschutting nodig tegen de hardere dingen in het leven.

Het was in mei, toen de stad – aarzelend tussen winter en zomer – in elkaar gedoken zat tussen twee onontkoombare excessen in, dat ik Arabella Lintock ontmoette, die, afgezien van mijn mooie onbruikbare bont, het enige goede was dat Canada mij ooit gaf. Ik dacht die eerste keer dat ze een Schotse was, ze sprak met een duidelijk accent van de Hooglanden en ze had een zekere stijl en een subtiele humor, die je daar alleen bij nieuwkomers leek te vinden.

Ze had heel lichtbruine ogen die veel overbrachten van wat ze zei, net als haar handen, die een vreemde mime van haar woorden weefden als ze sprak, alsof ze gewend was zich verstaanbaar te maken aan een doof familielid. Ze was van gemiddelde lengte, met bruin kortgeknipt haar en een slank, sierlijk figuurtje. Ik ontdekte haar door het raam van onze gang boven. Ze stond onder een enorme plataan achter in een tuin op haar eentje te dansen bij de muziek van haar platenspeler. Ik had al van haar gehoord; haar korte haar was het plaatselijk schandaal, zo was het niveau van de sensatie daar. Maar ik had gehoord dat ze buiten de stad woonde. Het huis dat bij de tuin hoorde waar ze stond te dansen, was van haar oom.

Arabella haatte Lethbridge bijna net zo erg als ik. Haar familie was drie generaties geleden naar Canada gekomen. Haar grootmoeder stond bekend als een van de Red River vrouwen, wat betekende, voor zover ik begreep, dat ze het ergens aan die Red River nog ellendiger gehad moest hebben dan wij. Haar vader was beambte geweest bij de Hudson Bay Company en was nu met pensioen. Hij was doof, door een ongeluk op een schip dat hij aan het inspecteren was. Het gezin was daarom verhuisd en leed daaronder.

Ik begon haar familie op te zoeken. Haar vader was een imposante oude man, maar ik hield niet zo van hem omdat hij doof was. Haar broer David was bijna net zulk plezierig gezelschap als zijzelf, en gedrieën maakten we een paar door muggen geplaagde uitstapjes en hadden we vele minder gekwelde avondjes in het huis van haar oom. Arabella was negentien en weduwe; ik benijdde haar om die laatste staat, hoewel ze me zei dat ze haar dode man voortdurend miste. In het ene jaar van haar huwelijk had ze in Toronto gewoond. Ze sprak over die stad of het de Hof van Eden was en ze was voortdurend plannen aan het maken om daar weer heen te gaan. Ik vertelde haar hoe ik niet alleen walgde van Lethbridge, maar ook van mijn huwelijk met Nelson, en hoe graag ik naar huis wilde.

Het leek of ik Nelson minder ging haten toen ik eenmaal ontdekt had hoe ik bij hem weg moest lopen. Ik vergat bijna volledig dat hij er was, met zijn kamer op niet meer dan een misstap van de mijne. Ik was uit geweest met Arabella en kwam laat thuis. Nelson zat in de benauwde zitkamer in gezelschap van een verzameling glazen. Hij had blijkbaar vrienden over de vloer gehad. Het huis, zijn huis dat hij in zijn vrijgezellentijd met zijn onhandelbare kameraden had gedeeld, had ondanks de vijf maanden van ons huwelijk nog zijn mannelijk voorkomen behouden. Er waren veel huiden en trofeeën en opgezette vogels, de meubels waren grotendeels bekleed met donker leer.

Toen ik langs de openstaande deur liep van de kamer waar hij zat, keek hij kwaad op. Nelson was nooit kwaad. Hij nam nooit die moeite, maar toen stonden zijn ogen kwaad.

'Een mooie tijd voor iemands vrouw om thuis te komen,' zei hij. Ik negeerde hem en liep naar boven, naar mijn kamer. Hij kwam me achterna de trap op.

'Ik heb het tegen jou, juffertje eigenwijs. Waar heb je gezeten?'

Ik was bijna bij mijn kamer en ik had geen zin hem antwoord te geven. Ik was op weg terug, die trap op was een stap in de richting van Claremont. Het kon me niets schelen.

'Zeg me één ding. Was je bij David Lintock?'

Toen draaide ik me om. Ik wilde zelfs niet dat hij de naam van mijn vrienden in de mond nam.

'Ja, dat was ik,' zei ik, 'en dat gaat jou niets aan.'

Hij kwam achter me aan, tot hij zo dichtbij was dat ik de whisky in zijn adem kon ruiken. Toch leek hij niet dronken, alleen maar kwaad.

'Ik kan niet zeggen dat je vergeet dat je mijn vrouw bent, want dat heb ik nog nooit van je gemaakt, Kitty... Ik heb genoeg geweld gezien... Dat hoef ik niet meer... Maar we zijn nu een hele tijd getrouwd en toen je zo bang was, heb ik je gerespecteerd, maar nu je me de risee van Lethbridge maakt met dat mooie Schotse jongetje van je, kunnen we de fijngevoeligheden wel vergeten. Er worden dus door jou geen deuren meer op slot gedaan.'

Hij stond nu in mijn kamer en haalde de sleutel uit de koperen plaat van het slot en stak die in zijn zak, draaide zich om en liet me alleen.

Alles wat ik bezit, bezit ik in smaragden, de stenen die ik verzameld heb als compensatie voor het aan mij begane onrecht, en de zachte stenen van mijn ogen. Waarom zijn die blind voor mijzelf? Waarom moet ik voorzien wat er van anderen zal worden, als ik niet eens kan zien wat er met mij gebeurt? Zo is het altijd gegaan. Het instinct dat werkt om mensen die normaler zijn, te waarschuwen, werkt bij mij niet. Ik bezat een meer vooruitziende blik gekoppeld aan een verraderlijke bijziendheid. Ik voelde geen angst die nacht – integendeel, ik zou gauw weggaan; ik kleedde me uit en ging slapen zonder de geringste notie dat ik nooit meer mezelf zou zijn. Nelson maakte me stuk.

Hoofdstuk 14

Mamam zei dat Nelson het recht had te doen wat hij mij heeft aangedaan. Ze zei dat elke echtgenoot dat recht had volgens de wet. Als ik niet geslapen had, zou ik de grijze zeeogen uit zijn gezicht hebben gekrabd, ik zou hem vermoord hebben, of ik zou hem mij hebben laten vermoorden voor hij de kans kreeg mijn binnenste uit elkaar te scheuren met zijn kwalijke benige vlees. Maar ik droomde. Ik droomde dat ik op de grasrand lag van de klip met de schrale wind van La Corbière die over me heen waaide, met Harry aan mijn zij. Ik droomde dat Harry op me rolde, Harry die me nooit pijn deed, niet Nelson die mijn kamer vulde met geschreeuw en mijn bed met bloed. Maman zei dat het altijd pijn moet doen de eerste keer, dat God het zo gewild heeft. Of ik geloof dat niet, of ik geloof niet in God. Want alleen Nelson en zijn afstotelijke dochter hebben die gaten in mijn lichaam getrokken en allebei hebben ze hun littekens achtergelaten.

Eerst besefte ik niet wat het was, ik voelde alleen de pijn en de duisternis, zijn grote verstikkende gewicht dat mij verpletterde. Hij bedekte mijn mond met zijn hand om mijn gillen te smoren en ik beet hem, ik herinner me de smaak van zijn bloed achter in mijn keel. En ik herinner me ook nog dat hij mijn naam bleef fluisteren; door mijn eigen kreten heen hoorde ik hem roepen: 'Lieveling, ik hou van je!'

Nadat hij klaar was met martelen, bleef ik gillen zo

lang ik er de kracht toe had, terwijl hij bij de deur het bloed dat over zijn naakte lijf liep, afveegde met de handdoek van mijn wastafel. Elke keer dat hij naar me toe wou komen, gilde ik zo hard ik kon, daarom stond hij daar in de deuropening te zeggen: 'Kitty vergeef me. Ik zweer dat ik niet wist dat het zo zou zijn.'

Hij brabbelde en huilde en stamelde woorden die ik niet kon verstaan, behalve al die keren dat hij zei: 'Vergeef me.'

Nooit. Ik heb het hem nooit vergeven. Niet in de acht dagen die nodig waren om het geschonden vlees zover te laten genezen dat ik weer kon staan, niet in de weken die volgden, toen mijn woede en frustratie mijn lijf deden schokken van het schreeuwen, niet toen ik hem drie weken later verliet, niet in Toronto of Jersey of Londen, nooit. Ik dacht toen dat hij mij vernield had, maar ik wist nog niet wat vernielen was; hij had zijn enorme, besmette zaad in mij geplant, dat nu groeide in het geheim, binnen in mij als een zwam in mijn schoot.

In de acht dagen dat mijn wonden heelden, probeerde hij keer op keer naar me toe te komen. Hij zei dat het was om het uit te leggen. Maar in zijn lust vond ik mijn enige kracht. De verachting die ik voor hem voelde, zette zich vast in mijn ogen en als ik die opzette was hij bang om bij me in de buurt te komen, zelfs wanneer ik hulpeloos in mijn bed lag. Ik kon hem laten terugdeinzen. Ik kon hem laten rillen en huilen. De zonden van de vaderen zullen neerkomen op hun kinderen. Hij liet mijn ogen vollopen met hun bijtend vuur en net zoals ik hem verbrandde, verbrandde ik zijn smerige dochter.

Toen ik Arabella liet komen en haar vertelde dat ik zou vertrekken zodra ik in staat was op te staan en mijn spullen te pakken, wist ik niet dat er iemand anders mee zou gaan buiten mijn vriendin. Ik wist toen niets van dat ding binnen in mij. We vertrokken met al onze koffers, voor er drie weken om waren en namen de lange weg met de trein van de Union Pacific naar Toronto. Nelson probeerde me niet tegen te houden toen hij eenmaal zag wat ik aan het doen was. Hij hielp zelfs de kruier mijn koffers naar beneden brengen, met zijn niet verbonden hand. Ik zei hem dat als hij ooit zou proberen me te volgen, te zien of contact te maken op welke manier ook, ik hem zou vermoorden. Hij huilde stille misselijke tranen, die over zijn voeten op de vloer drupten.

Er heerste een koortsepidemie in Lethbridge in de weken voor we vertrokken; overal in de stad werden er mensen ziek. Na onze eerste week in Toronto, leek ik het ook te krijgen, een vreemde, onregelmatig terugkomende ziekte, waardoor ik me verscheidene weken slap voelde. Arabella wilde dat ik bij haar bleef, dat we samen een huis zouden nemen en de maanden van onze trieste gevangenschap inhalen, maar ik wilde naar huis. Ik had een plek die mijn wonden kon genezen. Toch bleef ik nog in Toronto om te proberen haar over te halen met me mee te gaan naar Claremont. Ze zei dan steeds: 'Ik kan me niet voorstellen dat ik ooit meer van een plek zal houden dan van deze stad. Ik hoor hier thuis. Vanaf de eerste keer dat ik hier kwam en onder de olmen wandelde, de lucht inademde en mezelf zo'n deel van de stad voelde, heb ik nooit meer ergens anders willen zijn. Ik denk dat ik zou gaan kwijnen, zoals jij toen je uit Claremont weg was, als ik hier weg zou moeten. Dit is mijn plek. Ik ben hier niet geboren, Kitty, maar ik wil hier wel sterven; over een jaartje of honderd, als ik Young Street op zijn minst een miljoen keer op- en afgelopen ben. Begrijp je niet dat ik hier niet weg kan, zelfs niet voor jou?'

En als ik dan probeerde iets te zeggen om haar van gedachten te doen veranderen, zei ze: 'Het is niet eerlijk dat je me probeert over te halen. Je weet dat je mensen zover kunt krijgen dat ze dingen doen. Maar als ik halverwege de Atlantische Oceaan ben, ga ik vast huilen en ik weet dat jij aan huilen een hekel hebt, zelfs van goede vriendinnen zoals ik.'

Ik boekte mijn overtocht voor 15 oktober en in de drie weken die ons nog restten tot mijn vertrek, genoten we van al de elegantie die Toronto te bieden had.

Een week voor de vastgestelde vertrekdatum werd ik weer ziek. Het was Arabella die het eerst de mogelijkheid van zwangerschap ter sprake bracht. Ik werd zo razend toen ze erover begon, dat ze een dokter liet komen om me een kalmerend middel te geven. Ze had nog nooit de gewelddadigheid van mijn nieuw verworven woedeaanvallen meegemaakt; ze maakte zich ongerust om mij en riep professionele hulp in. Een week later bevestigde dezelfde dokter haar veronderstelling: ik werd bezeten.

Ik was liever doodgegaan dan dat ik een kind kreeg, welk kind ook. Maar Nelsons smerige monster in mij geplant: die gedachte was haast te vreselijk voor mij om te bevatten. De eerstvolgende dagen hield Arabella mij in leven. Het moet de aanblik zijn geweest van de omvang van mijn woede en angst, de grootte van haar liefde voor mij, die ervoor zorgden dat ze me zo hielp. Ze praatte me door die eerste fase van mijn razernij heen en vertelde me dat er manieren bestonden die zij niet kende, om een zwangerschap af te breken. Ze zei dat die illegaal waren en dat mensen vaak aan zo'n poging stierven. Dat kon mij niet schelen. Ik zou toch sterven door mijn eigen hand, doodzonde of niet, als dat ding binnen in mij er niet uitgehaald werd.

Terwijl zij op onderzoek uitging, liet ik mijn koffers terugsturen uit de haven en ik pakte ze uit, op zoek naar Mamans brieven over haar miskramen. Ik volgde haar geboden en verboden als omgekeerde recepten in de hoop hetzelfde resultaat te bereiken dat zij niet vermijden kon... Ik holde en ik reed paard en ik tilde, ik danste, dronk en rookte. Ik nam gloeiend hete baden en ging laat naar bed, ik zorgde voor heftige lichaamsbeweging en plotselinge schrik en er gebeurde niets, op een lichte ronding van mijn taille na. Het was de elfde week van mijn besmetting. Arabella vond een Chinese vrouw in de Lower Elisabeth Street die ons een brouwsel van bittere bladen verkocht, waarvan ze zwoer dat het binnen een week zou werken. Elke avond, onder Arabella's tranen, slikte ik het giftige spul. Het maakte me misselijk tot in mijn botten. Ik ging ervan zweten, rillen en kreunen in mijn slaap. Ik kreeg er diep in mijn binnenste zo'n kramp van, dat ik mijn tanden op elkaar moest zetten om niet flauw te vallen. Maar er gebeurde niets.

Toen vond Arabella, door bemiddeling van een oude vriendin, het adres van een naamloze dokter op Brewer Street, die zijn praktijk bedreef onder de dekmantel van een kantoortje ergens op een bovenverdieping en die bereid was te opereren, op voorwaarde van volstrekte geheimhouding. Tegen die tijd begon mijn vriendin de moed te verliezen. Het was niet de misdaad tegen de Kerk waar ze bang voor was – ze was niet katholiek zoals ik – het was de misdaad op zichzelf en de kans op ontdekking. We verhuisden naar een huis in de buitenwijk van weer een andere, afwezige vriendin en daar kwam de dokter zijn messen in mij steken. Dat was de enige keer dat ik ooit vrijwillig mijn benen heb gespreid. Hij zei dat ik elk moment in de komende dagen kon gaan bloeden en als dat gebeurde, mocht ik beslist geen contact meer met hem zoeken en zelf een manier vinden om af te komen van wat hij 'de brokken' noemde.

We waren hier al voor gewaarschuwd en ik was klaar voor vertrek. De brokken zouden overboord worden gewipt en er was geen kans op ontdekking. Ik nam voor dat doel pakpapier en touw mee en voor alle zekerheid ook een stuk jute. Hij vertelde me dat ik me onder geen enkele voorwaarde mocht laten onderzoeken door een andere dokter omdat ik dan de gevangenis in zou gaan. Arabella bracht me weg. Sinds ik mijn slechte nieuws had gehoord, was ik nu voor het eerst echt opgewonden omdat ik naar huis ging. Ik had geen berouw, ik was vrij en zou spoedig de hele zaak kunnen vergeten. Vergeven kon ik het niet, maar omwille van mijn geestelijke gezondheid zou ik het wel vergeten.

Die avond, toen het schip de Atlantische Oceaan opvoer, bevlekte het eerste straaltje bloed de lakens in mijn hut. Ik vierde dat door een fles Bollinger te bestellen en die in bed leeg te drinken. Gedurende de overtocht was er een storm, een bruiloft, een diefstal en veel gepraat over de vrouw van een bontwerker die er met haar minnaar, een politicus, vandoor was gegaan om in Quebec in zonde te gaan leven. Anderen zeiden in New York, en sommigen hielden vol dat de twee overspeligen zich verborgen hielden op ons schip. Er was een Londense financier die failliet was gegaan. Er waren geruchten over een verloving met een Rothschild. Elk aspect van het leven werd ontleed en beoordeeld aan boord, maar er waren helemaal geen brokken. Tegen de tijd dat we de haven van Liverpool binnenliepen, waren de meeste van mijn kleren niet meer te dragen.

Ik durfde nog niet naar een dokter. Ik had geen andere

keus dan naar huis te gaan. Op Claremont zou ik Daddy dwingen me te helpen. Maman mocht het niet weten. Haar geloof zou nooit toestaan wat ik vastbesloten was te doen. Maar als ik Daddy vertelde dat ik nooit naar Nelson terug zou gaan en dat hij me moest helpen met het regelen van een behoorlijke abortus, of anders zou moeten aanzien dat ik het ding er zelf uitsneed, dan zou hij het zeker begrijpen. En zelfs als hij het niet begreep, dan zou hij me nog helpen, daar was ik zeker van. Ik nam de trein naar Weymouth en vandaar de veerboot naar het eiland. Mijn bagage zou nakomen. Ik had praktisch al mijn geld opgemaakt sinds mijn vertrek uit Lethbridge, maar dat gaf niet want ik ging naar huis. Ik droeg een jurk die door haar coupe mijn zwangerschap aan het oog onttrok en daaroverheen een van mijn prachtige bontmantels. Ik had Maman vanaf het schip een telegram gestuurd dat ik eraan kwam. Toen de veerboot de Engelse haven in St Helier naderde, stond ik op de uitkijk naar mijn ouders, in de wetenschap dat ze er allebei zouden zijn, Maman in haar mooiste kleren en Daddy in zijn nette pak met gymnastiekschoenen.

Maar Maman stond alleen op de kade, in het zwart gekleed, zo volledig in de rouw dat mijn hart in elkaar had moeten krimpen. Was het harteloos van mij, of geloofde ik nog in een orde der dingen? Ik dacht meteen aan mevrouw de Gruchy; die was ziek geweest toen ik wegging en ik wist dat Maman van haar hield met een vriendschap die grensde aan devotie. Ik vond die totale rouw een beetje raar. Geen moment dacht ik eraan dat het om Daddy zou kunnen zijn. Daddy was pas zevenenvijftig. Hij was de enige man op wie ik kon bouwen. Ik had hem nodig; anders dan zelfs Harry, had hij me nooit in de steek gelaten. Ze vertelde het me in het rijtuig naar huis.

Ik kon het nauwelijks bevatten. Het rijtuig zelf zag er anders uit; het werd niet eens bestuurd door de stalknecht, de leidsels lagen in de handen van een grofgeklede jongen.

Ze vertelde me daar niet alles. Ze zei alleen dat Daddy was gestorven en dat hij begraven was op het kerkhof van St Brelade; er was geen tijd geweest om ons terug te roepen voor de begrafenis. Ons. Ze zag mij als de helft van een paar. Met dat ding in me dat drukte onder de witte warmte van mijn mantel, leek het of ze mijn toestand geraden had. Het was nog warm op het eiland. Na de kou van de Atlantische oversteek en de winderige herfst van Toronto, leek het er misleidend vertrouwd.

Het rijtuig ratelde over de boulevard en verder over Victoria Avenue, langs het lange zandstrand van St Aubin's Bay. Ik was zo blij dat ik thuis was, dat ik wilde praten en Maman laten zien hoe goed alles zou worden. Ze zat in het uiterste hoekje van haar bank en kneep zo hard mogelijk in het marineblauwe leer. Ze was gewikkeld in stilte en kon bijna niet reageren op wat ik tegen haar zei. Het sterven was in haar gezonken en had haar zo opgeslokt dat er alleen een smalle, kaarsrechte schim over was. De weg volgde de kust tot aan St Aubin zelf, voerde langs de tuinen en hekken van onze vrienden en kennissen voor hij scherp het binnenland indraaide, direct na het doorkruisen van het havenstadje, en liep door in de richting van Red Houses.

Hoewel Maman me verteld had dat Daddy dood was, denk ik niet dat ik haar geloofde toen we zo naar huis reden. Ik denk dat ik verwachtte hem te zien rondzwerven in de tuin, waar hij liep te wachten op het geluid van hoeven en wielen om ons te begroeten. Of ik dacht dat hij zou wachten tot we thee dronken in de zitkamer om dan geruisloos binnen te wandelen op zijn rubberzolen, zijn armen om mijn schouders zou leggen en zeggen dat hij blij was dat ik thuis was.

Maman probeerde steeds woorden te vormen en perste dan haar lippen weer op elkaar. Ze zocht naar de aardigste manier om me te zeggen dat ze geruïneerd was, voor we op Claremont aankwamen en ik het bord van de veilingmeester op het hek zou zien: '... een markant landhuis met domein, te koop bij opbod op 28 november', gevolgd door naam en adres van een makelaar. Toen we het vlakke land van La Moye inreden, voor we de ruïne bereikten, de klippen en ons tuinhek, zei ze, met een stem die ergens anders vandaan leek te komen dan uit haar mond: 'Ik ben geruïneerd, Kitty, geruïneerd.'

Ik dacht dat ze bedoelde, dat haar leven als weduwe een ruïne zou zijn en ik stak mijn hand uit en greep de hare, voor het eerst iets beseffend van de waarheid dat Daddy er niet meer was.

'Dickie, je vader, zat diep in de schuld. Er is niets over. Hij heeft mij – ons – niets nagelaten. Alleen maar schulden.'

Ik trok mijn hand van de hare of ik hem gebrand had.

'Doe niet zo gek, Maman, we betalen gewoon die schulden en redden ons met de rest. Claremont is er altijd nog en u hebt uw eigen geld, dat moet toch veilig zijn, hoe het er verder ook mee staat. Maakt u zich geen zorgen.'

'Ik vind het zo erg, Kitty, zo erg.'

Meer zei ze niet, er waren tranen in haar ogen en op haar gezicht zat een vreemd schimmelig laagje met iets wits rond de lippen. Zo zaten we daar, met niets meer te zeggen – ik had geen echt inzicht in de ramp die haar had getroffen, en zij niet in de mijne. Toen het rijtuig schokte, schokte ook het ding binnen in mij en ik dacht eraan dat Daddy me zou gaan helpen. Als hij er niet was, zou ik gaan huilen. Toen zag ik het houten bord aan een paal naast het hoge gietijzeren hek: 'Claremont, een markant landhuis met domein, te koop bij opbod'. Het bloed in mijn knieën begon te bruisen, een bittere vloeistof begon mee te borrelen en toen als gesmolten gif door al mijn aderen op te stijgen, tot in mijn hoofd. Mijn bloed smoorde me, verstikte me, wurgde me als het ware van binnenuit.

Als Harry de kluitjes groen gras ontwortelde op de kliprand bij de Point, gooide hij ze naar beneden en dan rolden ze her en der botsend, stotend en brekend om en om over de rotsen. Het leek altijd zo ver om te vallen, zo'n harde overgang van de veilige rand naar de zee. Ik was nu ook ontworteld: Daddy was dood. De griep die het eiland had geteisterd sinds het eind van de oorlog, had haar klauwen in een nieuw slachtoffer geslagen en van het leven beroofd met maar drie dagen ziekte als waarschuwing. Er was geen tijd geweest om het mij te zeggen. Het was allemaal te plotseling gebeurd.

En zo begon ook Maman aan haar wentelende val. Eerst het sterven, toen de advocaten, toen het verlies. De schok van de ontdekking dat heel zijn vermogen weg was, in het geheim vergokt en dat Claremont was verpand aan een Londense bank, met al het bijbehorende land. Er waren schuldeisers uit heel Engeland die hun claim indienden toen het zover was, en de wettelijk verplichte aankondigingen verschenen in de pers. Daddy was direct na de oorlog in de schulden geraakt en was er dieper en dieper in weggezonken. Alles moest weg, zelfs de meubels, het zilver en het glaswerk. Zelfs Mamans beste sieraden. Hij had ons geruïneerd. Mamans bruidsschat schoot er uiteindelijk ook helemaal bij in; alleen een klein erfenisje van haar eigen moeder redde ons dat jaar van het armenhuis.

Ze moet gedacht hebben: De hemel zij dank dat Kitty veilig getrouwd is voor deze schande, de hemel zij dank dat zij tenminste veilig is. En toen kwam ik terug als de druppel die de emmer deed overlopen. Arme Maman, haar wereld was op zijn kop gezet, ze zag haar rampspoed als een oordeel over haarzelf. Ik vermoed dat ze dacht dat als ze beter gebeden had, haar dochter meer had onderwezen in het geloof, met een goede katholiek was getrouwd, meer aan de armen had gegeven, dat dan niets van dit alles was gebeurd. Ze aanvaardde ons lot als een boetedoening en droeg de schande zo trots als ze kon. Na al die jaren als meesteres van Claremont, moet het krenkend voor haar zijn geweest ineens niemand te zijn, en nog krenkender toen ik terugkwam om haar plotselinge gedwongen anonimiteit te veranderen in een slechte naam. Meisjes liepen niet weg bij hun mannen.

Ik zeg altijd, als ik het verhaal weer vertel om nieuwe vrienden te schokken en te vermaken, dat toen ik terugkwam uit Canada, Daddy dood was, Claremont verkocht, de Robertsen geruïneerd en dat Maman woonde in het huisje van een van haar Ierse dienstbodes. Het is makkelijker en het klinkt dramatischer als je de gebeurtenissen in elkaar schuift.

Er waren vijf weken van stofhoezen, woedeaanvallen en vreemde mannen die onze meubels telden en van labels voorzagen. Alles werd gecatalogiseerd, alles moest worden verkocht, van de kabinetten met het boullewerk in de zitkamer tot het hobbelpaard in mijn oude kinderkamer. De grenen tafels in de keukens zouden onder de hamer gaan en de schilderijen in de hal, de chinoiserie; mijn vazen van Grootpapa, de bibliotheek, de bedden, de Turkse tapijten – allemaal zouden ze verdwijnen. Buiten praatten de mensen erover. Ze praatten in St Helier en in St Aubin. Ze praatten in Red Houses, mompelden en fluisterden over het hele eiland. De rest van de bedienden praatte in de keukens. De begerige toekomstige kopers praatten terwijl ze aan onze dingen zaten. 'Daddy was een gokker', 'Daddy was een schoft', 'Dickie Roberts was een gokker', 'Dickie Roberts heeft zijn arme vrouw op de straatstenen gezet, heeft haar arm achtergelaten, wie had dat kunnen denken?' 'Wat zou zijn Vader gezegd hebben?' 'En allemaal in het geheim, in het geniep, beleend en verkocht in het geheim, zijn erven bedrogen. Die arme erven.' De arme erven waren van hun medelijden niet gediend.

Om Claremont, mijn droomhuis, mijn huis, stond een ring van schande. Ik dacht dat Maman dood zou gaan. Ze was zo smal en bleek in die weken, ze kwijnde weg naarmate de dagen tot de veiling verstreken. Agnes was bij haar. Agnes hielp haar en vertroetelde haar, probeerde haar terug te lokken uit de zwijgende trance waarin ze bezig was te verdwijnen. Agnes deed ook haar best mijn verdriet en woede te kalmeren, zij verbond de wonden als ik op de veroordeelde meubels had ingeslagen, mijn boosheid uitgillend over de komende veiling en over Daddy's desertie. Het moet Agnes geweest zijn die aan Maman vertelde dat ik zwanger was.

Ik zou het haar nooit verteld hebben. Mijn lichaam strekte zich wanstaltig uit rond het enorme ding in mijn binnenste. Ik sloeg erop met mijn vuisten, ik gooide mezelf op de grond, ik sprong van de trap af; ik kreeg er water van in mijn knieën en verstuikte enkels. Ik slikte alle pillen en drankjes uit het medicijnkastje. Ik hongerde mezelf uit, maar die zwam in mij was hard geworden, zo hard als puimsteen en hij groeide maar en groeide maar; niets leek hem te kunnen stoppen. Hoeveel bloed ik ook liet vloeien en hoeveel blauwe plekken er ook van kwamen, het ding hield me van binnen vast in zijn kwaadaardige greep. Het had een macht van zichzelf, een afschuwelijke macht, die zich deed gelden dwars tegen mijn wil in. Het sleepte Maman terug van de rand van wat voor aftakeling ook, die ze had gekozen voor zichzelf Het bracht haar op een avond naar mijn kamer. Naar mijn bed. Het liet haar mijn dekens terugtrekken zodat het heuveltje zichtbaar werd, het keerde haar tegen mij – mijn eigen Maman, die me nog nooit in mijn leven had gedreigd. Het gaf haar een kracht die ze nooit had bezeten. Dan was dus de hele wereld tegen mij.

'Kitty, Kitty, waarom heb je me niet verteld dat je in verwachting was?'

'Dat ben ik niet.'

'Kitty, liefje, je weet dat het wel zo is. Ik kan zien dat het zo is.'

Ze trok mijn nachtjapon omhoog en ik voelde me star van afkeer. Ik wilde zo dat ze het niet zou zien, dat ik niet in staat was haar benige hand tegen te houden. Ze zag de blauwe plekken en de schrammen en iets in haar verstijfde, stijver dan enig korset dat ze ooit had gedragen. Iets verhardde zich in Maman en ze zei tegen me: 'Kitty. Het is Gods wil dat je dat kind draagt. Wat je aan het doen bent is een doodzonde.'

'Ik wil een abortus.'

Toen ik het woord uitsprak, stokte haar adem en ik voelde de hardheid van haar hand tegen mijn gezicht.

Maman had me nog nooit geslagen. Het maakte me kwaad, bijna net zo kwaad als zij.

'Ik zal een abortus hebben. Ik zal het doen en u kunt me niet tegenhouden. Daddy zou me geholpen hebben. Ik haat hem dat hij is doodgegaan. Ik haat hem, hij zou me geholpen hebben dit ding dood te maken.'

Maman was een stap bij me vandaan gegaan toen ik dat zei. Ze keek me aan met een vreemde mengeling van liefde en afkeer. Wat kwaadheid was geweest, was in die paar seconden uitgekristalliseerd tot een vastberadenheid die doorklonk in haar stem.

'Ik heb alles verloren, Kitty, alles wat ik had of kon krijgen. Ik kan nooit meer met opgeheven hoofd door St Helier lopen. De rest van mijn leven zal in armoede worden geleefd. Ik had gehoopt dat jij veilig was voor deze slag. Ik had gehoopt je zoveel mogelijk te kunnen beschermen tegen de pijn ervan. Ik heb gebeden dat ik je vader zou mogen volgen, zodat ik je zo weinig mogelijk last zou bezorgen. Maar nu zweer ik op het graf van mijn moeder en bij alles dat ik heilig acht, dat ik zal blijven leven om jou dat kind te zien baren en dat ik zal blijven om te zorgen dat het fatsoenlijk opgroeit in deze wereld. Je hebt hier durven spreken van een obscene operatie, in de wetenschap dat het een doodzonde is. Ik ben je moeder, Kitty, en ik hou van je, maar ik zal je aangeven en zorgen dat je in de gevangenis komt als je niet ophoudt die baby kwaad te doen. Begrepen?'

Ik lag haar aan te staren en verzamelde de kwaadheid die ik voelde opkomen in mijn ogen. Toen die daar eenmaal was, smeet ik haar door het kaarslicht heen naar haar toe. Maar in plaats van terug te wijken, staarde ze regelrecht terug, haar eigen ogen vullend met een granieten toorn.

'Begrepen?' herhaalde ze, dichter bij schreeuwen dan ik haar ooit had horen doen. Ik knikte, maar ze was meedogenloos.

'Geef antwoord!' eiste ze.

Dus zei ik 'ja' en ze ging weg. Ik begreep: de hele wereld was tegen mij en koos partij voor dat ongeboren ding. Nooit had ik zo'n bitterheid gekend.

Hoofdstuk 15

Schande scheert je vrienden weg als overtollig bos. Sommigen waren zo in verlegenheid gebracht dat ze niet wisten wat ze moesten doen en bleven dus maar weg. We droegen te veel rampspoed met ons mee toen we Claremont verlieten. Het was onrustbarend. De mensen wisten niet hoe ze moesten reageren. Een sterfgeval alleen al maakt dat mensen een tijdje uit de buurt blijven, maar door alles wat erbij kwam, uitgesproken en onuitgesproken, gezien en vermoed, bewogen we ons over het eiland als de kiemen van een besmettelijke ziekte. Andere vrienden bleven trouw en wilden helpen. De de Gruchy's bijvoorbeeld boden ons de gastvrijheid van hun huis aan voor zolang als het nodig was, heel goed wetend dat dat voor altijd zou kunnen zijn. Een andere tak van dezelfde familie bood Maman financiële steun aan. Verschillende van Daddy's vrienden boden huizen aan op hun landgoederen. Hier een huis uit een bruidsschat, daar een rentmeestershuis, vrij van huur en graag gedaan.

Ik was trots op Maman dat ze dat afwees en haar eigen 'centje' verkoos boven liefdadigheid. Daddy had altijd zijn arme verwanten gehad, zijn klaplopers; zo iemand wilde ik niet zijn. Ik denk dat we het eiland misschien beter meteen hadden kunnen verlaten, toen de veiling voorbij was en de schulden waren betaald. De vijf jaar dat we nog bleven was zoiets als het zout uit de zee zeven en er onze wonden mee insmeren. Ik zei dat ook tegen

Maman, maar die zei gewoon dat zout het beste geneesmiddel was. Ik weet het niet. Misschien wist ze dat tenslotte beter. De zee is het meest genezende aspect van het eiland. Ik zou gek zijn geworden als ik niet in de golven had kunnen staren.

Arme Maman, ze had me gechanteerd en ze dacht zo dat ze gelijk had, dat ze het recht aan haar kant had; toen de beproeving kwam, merkte ze dat, hoe zondig mijn eerste plan ook was geweest, ik het was die gelijk had: dat ding had nooit mogen leven. Het vernielde alles wat goed in ons was. Het was een kanker in ons huis. Maman stierf aan kanker, het zat in haar heup. De dokters zeiden dat het te laat was, het had er eerder uitgesneden moeten worden. Gezwellen moeten vernietigd worden, anders vernietigen ze jou. Ze groeien tot ze barsten.

Het mijne groeide. We verhuisden naar de noordkant van het eiland. We logeerden buiten Rozel, in de St Martin-parochie, met uitzicht op de zee in Rozel Bay. Maman koos die plek uit, ze moet er haar redenen voor hebben gehad. Het was acht kilometer van St Helier en eenentwintig kilometer bij Claremont vandaan, dat leek een heel eind. Het was ongeveer zo ver als we konden gaan zonder Jersey te verlaten en het leek een ballingschap, de eerste van vele. Toch wisten de hotelhoudster en haar zuster wie wij waren, ondanks Mamans weigering over onze zaken te spreken. Het was een klein familiehotel dat er, volgens Maman, een redelijke keuken op na hield. We hadden drie grote kamers op de eerste verdieping, twee slaapkamers en een gemeenschappelijke zitkamer. Het was een karikatuur van Londen voor mij.

Maman had haar fiets meegenomen, Agnes had zich over haar honden ontfermd; er waren het patiencespel, haar boeken en de ruige winterzee, gevolgd door de moordende springvloeden van het voorjaar. We stonden die maanden ver van elkaar, ondanks dat we zo dicht op elkaar zaten. Ik nam Maman haar tirannie kwalijk. Ze dacht dat ze door bij me te zitten en me voor te lezen, me kon laten vergeten wat ik in me meedroeg. Ik kon nauwelijks lopen. Ik voelde me een enorme spin met een afstotelijk lijf dat opbolt in het licht. We lieten de spiegels weghalen. Ik was grotesk, ik zwol maar op door mijn aandoening die een infectie leek. Maman probeerde me mee te nemen naar de kerk, maar daar kwam niets van in. Ik verborg me in mijn kamer. Niemand zou het genoegen hebben me in die staat te zien. Elke woensdag en zondag ging Maman naar de mis. Ze zei me dat ik me beter zou voelen als ik het ook deed. Ik weet dat ze wilde dat ik ging biechten om weer in staat van genade te komen. Maar ze dreef het niet door, ze kon zien dat ik bad. Ik bad de hele dag en ook nog in mijn slaap. Ik bad dat de Heer mijn bezoeking van mij zou wegnemen en me zou verlossen van mijn gezwel. Gebeden zijn privé, bij mij was dat al jaren zo, Maman wist dus niets van mijn dagelijkse heiligschennis (wat het in haar ogen geweest zou zijn).

Ik ging pas na de beproeving weer biechten, toen Maman mij had opgebiecht dat ze, hoewel ze nooit kon goedpraten wat ik had willen doen, nu tenminste begreep waarom ik het had willen doen. Ze zei dat ze wist dat ik in de toekomst kon kijken en dus de foltering had kunnen voorzien die voor me lag. Dat was het moment waarop ik terugkeerde in de schoot van de Kerk, maar alleen omdat zij een toontje lager was gaan zingen; als ik echt geweten had wat ik door zou moeten maken, dan had ik me van de klippen gegooid of van het schip, halverwege de Atlantische Oceaan, met mijn smaragden verlovingsring. Maman steunde meer en meer op haar geloof, het was alles wat zij had. Ze had een vergevingsgezinde aard; toen onze tegenslagen kwamen, geloofde ze dat het haar schuld was. Ik kon dat niet, en zo kon ik niet steunen op God die me alles had ontstolen en me alleen mijn reusachtige, ongewenste erfenis had gelaten. Als hij zo'n naijverige God was, dan had hij dat ding ook wel mogen nemen. Ik zwoer toen ik het zag groeien dat ik een manier zou vinden om het dood te krijgen, maar als Maman me te slim af zou zijn en het zou ter wereld komen, dan zou het ook al de gestrengheid van de Kerk te verduren krijgen, hoe erger hoe beter. De Kerk had me in de watten gelegd als kind, maar nu de tijden veranderd waren, wat deed zij nu voor mij?

Ik heb geprobeerd de rest van mijn tijd in Jersey te vergeten. Waarom die gal weer smaken? We verhuisden van het ene onderkomen naar het andere, van noord naar zuid en weer terug; op de vlucht, zei Maman, voor mijn driftbuien. Maar die waren een deel van mijzelf, ze volgden ons overal, zetten pensions op stelten en shockeerden rustige hotels. Maman probeerde mijn gedrag tegenover de verschillende pensionhoudsters goed te praten als voortkomend uit verdriet en ze deden of ze het begrepen. Ik weet voor mezelf dat ik vanaf het begin van de lente alleen maar lusteloosheid voelde. Ik meed al mijn kennissen, zoals ik al had gedaan sinds mijn terugkeer. Ik kon de houding niet vinden die ik tegenover hen moest aannemen, ik was te veel gewend een van hen te zijn om te weten hoe ik iets anders moest zijn. De kloof tussen ons leek onoverbrugbaar. Misschien dat ik hen weer aan zou kunnen als het ding weg was. Ondertussen verstopte ik me in verduisterde huurkamers. Begin april had ik het zo moeilijk dat we in Agnes' huis trokken, zodat die me kon verzorgen. Het was een opluchting daar te slapen zonder tegenover vreemde dienstmeisjes te moeten doen of ik nog leefde. De laatste paar weken was ik praktisch catatonisch. Alleen de zee bracht een beetje soelaas; de zee was niet veranderd.

Agnes zou nu hier moeten zijn. Agnes met haar saaie herhalingen van het verhaal van mijn beproeving. Agnes met haar overgevoelige fixatie op pijn, snikkend om de martelingen die Nelson en zijn kind me lieten ondergaan. De rest bestaat uit stemmen. Al de dokters praatten over stemmen, ze leken erdoor geobsedeerd.

'Hoort u stemmen, mevrouw Allen, wat zeggen ze?'

Ze waren zo vervelend; dokters zijn vervelend. Natuurlijk hoor ik stemmen, ik ben niet doof!

'Maar hoort u stemmen in uw hoofd?'

Het zijn van die absurde wezens. Wat willen ze toch? Ik heb een geheugen. We hebben allemaal geheugens en een geheugen spreekt. Net als dat van Agnes, dat mijn beproevingen zo vaak opnieuw vertelde dat alleen het geluid van haar stem mij al ziek maakte, zodat ze, in haar eigen huis, uit mijn kamer moest worden verbannen. En Maman die me vertelde hoe ik bijna doodgegaan was, alsof ik dat zelf niet wist. Maman, die me vertelde dat de dokter gezegd had dat ik nooit een kind had moeten krijgen. Ik was er niet op gebouwd en ten minste een van ons had moeten sterven. Waarom dat ding niet? Hoe kwam het aan al die weerzinwekkende gezondheid? En dan de stem van de verpleegster, niet zo'n glurende verpleegster die ze in vieze ziekenhuizen hebben, maar een echte verpleegster met een schoon uniform met kap en keurig geborsteld haar. Ik hoorde haar woorden tegen mij en haar gefluister tegen Maman. Ze zei dat de dokter gek moest zijn geweest om te doen wat hij gedaan had. De knippen en inscheuringen vergden zestig hechtingen. Zestig hechtingen en een uur met de verlostang om het twaalfenhalfpondsmonster uit mijn buik te scheuren.

Hoe durft iemand verbaasd te zijn dat ik mijn dochter niet kan uitstaan? Zo noemde Maman haar altijd als ze mij de les las. Maar zelfs Maman kon niet ontkennen dat het ontaarde ding, door de dokter die nacht naar buiten gerukt, lelijk was. De wet zei dat het van mij was, maar er is geen wet die beveelt dat een moeder van haar kind moet houden. Zoals Maman me door de jaren heen bleef voorhouden: er waren wetten die me konden dwingen haar te houden, maar er waren geen wetten om me te zeggen hoe.

Ik wist dat we Claremont niet zouden zijn kwijtgeraakt als ik niet was getrouwd. Ik kan de stappen nameten van Londen naar Lethbridge. Het was in Londen dat alles verkeerd begon te gaan. We hadden er niet heen moeten gaan. We hadden het eiland nooit moeten verlaten. Omdat we toen vertrokken, ging het later voor ons verloren. Hoe anders zou alles zijn geweest!

Hoe anders zou het zijn geweest als ik Mamans liefde niet had verspeeld door de abortus die ik wilde! Ze ging meer geven om haar kleinkind dan om mij. Ze zei altijd dat het niet zo was, maar dat was niet waar. Als het waar was geweest, dan zou ze me weer hebben begrepen en zou ze me niet in de steek gelaten hebben zoals ze deed, net toen de oorlog op uitbreken stond.

Ik wil me Jersey niet meer herinneren, niet zoals het toen was, in de jaren twintig, toen we arm waren. God zij dank heeft nooit iets me beroofd van mijn herinneringen aan La Corbière. Niets heeft dat baken bezoedeld. Die vogel was het tegendeel van een voorteken van onheil, het is het enige dat ik onbedorven heb bewaard. Later keek ik vaak uit over zee in Selsey en stelde me zijn stralen van licht voor, mijn licht. Al het andere was besmet toen we weggingen, maar La Corbière bleef intact. En naarmate de jaren voorbijgingen, werd het eiland zelf meer een geheel, zodat het op elke weegschaal kon worden gezet om zwaarder te wegen dan alle treurigheid die later kwam.

Ik ben nooit teruggegaan. Ik hoorde bij Claremont en Claremont hoorde bij mij. De gedachte dat andere handen daar de reling grijpen om uit te kijken over zee, maakt me ziek. Ik word er zo kwaad om. In de dagen van weleer, heeft Grootpapa me verteld, liepen er vrijpaden over het eiland. Ze werden de perquage genoemd en waren breed en kronkelig; ze voerden allemaal naar zee. Elke Jersey-man die een misdaad pleegde, hoe ernstig ook, kon een van die paden aflopen en ontsnappen en zolang hij binnen de ruime grenzen van de perquage bleef, kon hij niet gearresteerd worden. Zijn vrienden mochten hem opwachten aan de waterkant met een boot en hem wegvoeren van het eiland. Al zijn goederen werden in beslag genomen door zijn Seigneur en de misdadiger kon nooit terugkeren. Was dat wat wij deden?

Soms dacht ik dat Maman terug zou gaan. Ze had daar meer vrienden gehouden en ze miste het zo. Toch zei ze op de dag van ons vertrek dat ze nooit zou terugkeren. Ik weet nog dat ze, toen we de veerboot opgingen, zij en ik en Agnes met de roodkop aan de hand, naar het bovendek liep en daar naar St Helier stond te staren tot het uit het zicht verdwenen was. Het leek of ze het beeld ervan opzoog, of ze een deel ervan met zich mee wilde sleuren. Ze keek zo vreemd, ik vroeg haar wat ze aan het doen was en ze zei: 'Ik berg het op in mijn geheugen, Kitty, want ik zal het nooit meer zien.'

Op dat moment was ik helemaal niet van plan voor altijd van het eiland weg te blijven. We gingen gewoon ergens anders heen in de hoop dat het daar beter zou uitpakken. Misschien had Grootvader ook haar de legende van de perquage verteld. Misschien wist ze dat het de gratie van de Kerk was, die door de wet werd toegestaan. Misschien dacht ze dat we, door voorgoed weg te gaan, met al onze bezittingen in beslag genomen en verloren, onze zonden van de lei konden wegwissen en onze schande teniet doen.

Ik wist niet waarom ze Londen koos als plaats om te wonen behalve misschien omdat Londen onze eilandmentaliteit had doorgeprikt. Claremont was verpand aan een Londense bank. Ons vermogen was daar, ergens in die geldstad, circulerend door de handen van gokkers met meer geluk of verstand dan Daddy. Ik had daar vrienden uit de tijd voor mijn huwelijk en nu had Maman er ook een vriendin. Mevrouw de Gruchy, de steunpilaar van haar gezelligheidsleven, was eerder dan wij van het eiland weggegaan voor behandeling in het St Thomasziekenhuis en ze was daar gebleven om aan te sterken. Dat duurde nu al bijna twee jaar en alles wees erop dat ze in haar suite aan de Thames zou blijven tot ze haar lievelingszoon zou volgen. En niet in de laatste plaats: Londen was tweede op Daddy's schoonheidskaart.

Ik kan geen enkele reden bedenken waarom ze voor Hendon koos. Het lag niet in onze aard in een voorstad te wonen en toch besloten we daartoe. We namen het huis zonder het gezien te hebben. Het was afschuwelijk. Ze had eerder gezegd, nadat we vanuit Agnes' benauwde gastvrijheid waren verhuisd naar ons eigen vreselijke rijtjeshuis aan de baai: 'Als we ooit naar Londen verhuizen, dan moet ik een tuin. Ik geloof niet dat ik echt iets anders nodig heb.'

Ik knikte toestemmend, maar wist dat een tuin van ons centje, een petieterig onbeduidend ding zou worden. Ze leek blij met mijn toestemming, wat absurd was als je bedacht dat de enige centen die we hadden uit haar portemonnee kwamen. Maar Maman was in veel opzichten *nerveuse* geworden, het meest opvallend in haar verslaving aan het haken. Ze deed het aan een stuk door, zonder het zelf te merken. Het begon een zenuwtic te worden. Ze ging nooit ergens heen zonder haar kluwen zij en haar haakpennetje.

We hadden een paar buitengewoon onaangename discussies over geld na mijn zogenaamde herstel van mijn beproeving. Maman was ervan overtuigd dat ik Nelson moest schrijven (die ze hardnekkig mijn echtgenoot bleef noemen), om hem te vragen mij en zijn kind te onderhouden. Ik weigerde. Na het eerste jaar aanvaardde ze met tegenzin dat ik niets voor mezelf wilde hebben, maar ze bleef aandringen op alimentatie voor de roodkop, tot aan de scheiding toe. Niet alleen was ik liever doodgegaan van de honger dan dat ik één stuiver van hem had aangepakt, ik was ook vastbesloten dat hij het bestaan ervan niet te weten mocht komen. De gedachte dat hij en ik voor altijd verbonden waren, was volstrekt onverdraaglijk voor me en ik had me voorgenomen dat hij het nooit zou weten.

Maman was de enige die ik niet in bedwang had. Ze bestond het om Nelson achter mijn rug om te schrijven dat hij een dochter had. Gelukkig was hij inmiddels uit Lethbridge vertrokken en de brief kwam maanden later retour, met een stempel 'adres onbekend' op de envelop. Ik stikte bijna toen ik die in de brievenbus zag liggen, met zijn adres erop in Mamans mooie handschrift. Ik sprak toen een maand lang niet tegen haar en ik dreigde weg te zullen gaan. Dat was een loos dreigement en dat wist ze waarschijnlijk wel. Waar had ik heen gemoeten? De enige dingen van waarde die ik had, waren de smaragden die Daddy voor me had gekocht en mijn bont; de smaragden verkocht ik in de winter van 1922 om iets van de Parijse mode te kunnen kopen en niets ter wereld kon me ertoe brengen mijn bont te verkopen. Voor mij waren die vellen niet zozeer gevoerd met het bloed van de arme dieren die ervoor gevangen waren, maar met mijn eigen bloed. Ze bedekten mijn littekens.

Ik dacht er nooit aan, tot nadat Maman was gestorven en zij mij haar centje naliet; hoeveel beter ze alleen had kunnen leven van haar geld. De smaak van Canada was toen voor mij te bitter om de meer praktische overwegingen van mijn trots onder ogen te zien. Was ik er niet geweest, dan had ze het eiland nooit hoeven verlaten. Ze had er in een goed hotel kunnen wonen en bij haar vrienden blijven, als de weduwe die ze was. Niemand vond dat het haar schuld was dat Daddy alles wat ze bezat had verspeeld. Het zou moeilijk voor haar geweest zijn, maar lang niet zo moeilijk als Hendon en haar lange jaren van ballingschap. Maar het was niet mijn schuld, het was de schuld van het kind. Als de roodkop er niet was geweest, had Maman niet hoeven sterven.

Hoofdstuk 16

Het leven in de voorstad beviel me op een bepaalde manier wel. Het hield de roodkop redelijk uit het zicht en het gaf mij de kans onze ballingschap en armoede op te sieren met wat van de meer traditionele attributen waaraan het in onze toestand ontbrak. Het voegde een zeker waas van mysterie toe aan onze geschiedenis. Maman kon er voor haar weggekwijnde tuin zorgen, ze plantte er de grote heesters in uit het milde klimaat van het eiland. Soms probeerde ze te veel, zoals toen ze het eerste mimosaboompje een winter in Golders Green wilde laten overleven, of toen ze een bougainvillea langs de voorgevel van het huis wilde leiden. Maar zolang ze zich hield bij haar wisteria's en camelia's en zo, floreerden haar beschermelingen en konden ze bijna de geur terugbrengen van de tuin van Claremont op een zomerdag. Bijna, maar nooit helemaal, want de overvloed ontbrak, de mengeling van hele rijen jasmijn en azalea verweven met de verre, indringende geur van de zee.

Vanaf de tijd dat we net in Hendon woonden tot helemaal aan het eind, vertoonde Maman een vreemd kloostergedrag. Zij had de plek gekozen, maar ze heeft hem nooit kunnen accepteren. Op het eiland, in de dagen van haar glorie, toen ze de eerste families van Jersey ontving en door hen ontvangen werd, was er geen enkele eilander, hoe nederig ook, met wie ze niet een praatje wilde maken. Ze reed op haar fiets met de enorme wielen hele parochies door en ze kende alle bewoners van de kleine huisjes bij naam. Ze stapte altijd af om hun baby's te bewonderen, hun bloemkool en hun vroege flamboyanten. In die dagen was ze niet te goed om in wiens huis ook een glaasje limonade te drinken. Ze leek te houden van mensen en ze was populair. Ik vond het altijd raar dat ze er zo op uit trok met haar kwijlende honden achter zich aan, langs de binnenpaden en over de kustweg toerde, omgaand met mensen van wie je anders het bestaan niet zou hebben geweten. Ze leek hen uit het niets te voorschijn te halen.

Als de tuinen in hun piekmaanden waren en er genoeg zacht fruit en sla op Claremont was voor een heel leger, moedigde ze haar entourage van arme bewonderaars altijd aan naar de keukens te komen met hun mandjes en wat mee te nemen van het overschot dat anders 'verspild' zou zijn. Het was een gewoonte waar vooral de tuinman een hekel aan had, want zelfs ik kon zien dat hij bepaald geen honderden ponden frambozen en tomaten op de composthopen gooide, maar dat hij ze met een behoorlijke winst voor zichzelf verkocht in Red Houses en St Helier. Maman had, ondanks haar briljante greep op de huishouding, iets naïefs over zich.

Toen we eenmaal in Hendon waren, spon Maman zich echter in haar eenzaamheid in. Natuurlijk zou ik niet gewild hebben dat ze intiem was geworden met de meesten van het soort mensen dat om ons heen woonde maar zelfs bij het boodschappen doen was ze ontoeschietelijk en hautain, zoals ze vroeger nooit geweest was. Nooit vertrouwde ze het de opeenvolgende oerdomme dienstmeiden toe, haar lijstje aan de winkelier te geven en mee terug te brengen wat ze wenste; vooral als het de drogist of de fourniturenwinkel betrof, wilde ze altijd zelf gaan. Toch bracht ze in al de jaren dat ze er woonde, nog niet een fractie van haar vriendelijkheid op voor een van die mensen. De melkboer, de postbode en de boodschappenjongens waren allemaal uit haar vroegere hartelijkheid verbannen, zodat zij haar ook uitsloten van wederkerige attenties die ze zo miste en zo nodig had.

We spraken nooit over die dingen en ik geloof niet dat ze dacht dat ik het merkte. Op Claremont was ze gewend geweest aan acht keurig geklede, toegewijde leden van het huispersoneel; in Hendon moest ze het doen met de ene slordige meid na de andere. Want na onze eerste maanden daar, toen Agnes terug was naar het eiland, werkte een hele serie meisjes voor ons, waar altijd iets mis mee was en die stuk voor stuk ontslag namen of kregen als hun gedrag te onuitstaanbaar werd om langer te verdragen, of omdat hun gemelijke aard te koppig was om de standjes te accepteren die ze zo verdienden.

We hadden Agnes bij ons moeten houden, we hadden haar makkelijk kunnen overhalen te blijven en dan zou tenminste de vervelende huishoudelijke kant van ons bestaan zijn opgelost. Agnes had gesmacht naar het eiland. Ze verklaarde dat ze nog nooit ergens zoiets akeligs, vreemds en vuils had gezien als Londen.

'Het is een wonder dat iemand hier kan blijven leven,' zei ze huilerig als ze weer eens spitsroeden had gelopen door de plaatselijke hoofdstraat op haar boodschappendag, 'en kijk toch eens hoeveel mensen er zijn. Ze zien eruit als insekten. Als Onze Lieve Heer had gewild dat er zoveel mensen op een plek zaten, dan zou Hij het wel gezegd hebben in de Bijbel.'

Agnes wist precies wat God bedoelde en dacht, en ze was er dol op Zijn wil te verklaren aan andere mensen.

'Wist je dat die bussen uren kunnen rijden door al die

vuile straten zonder ooit bij zee uit te komen? Het is niet fatsoenlijk meer. Ik begrijp niet dat Londenaren daarmee kunnen leven!'

Als Maman ter plaatse niet bepaald populair was en verwaand werd gevonden, dan kon het haar vergeven worden op grond van de omstandigheid dat ze zo duidelijk een dame was. Agnes echter, met haar uitgesproken afkeer van alles wat Engels was, was bijna een gevaar in de buurtwinkels. Maar we hadden haar thuis kunnen houden, iemand anders had de boodschappen kunnen doen. De hoofdzaak was dat ze Maman verwende, haar kaneeltaartjes voor haar maakte, haar hibiscusthee en dat ze haar ontbijtblad precies zo klaarmaakte als het moest, en het water ververste in de eindeloze bloemenvazen. Agnes zou nooit mijn lovertjesjurk uit Parijs bedorven hebben, die van Worth met de mooie distel en het goud op de rug, de opalen strepen en hetzelfde groen als mijn ogen. Ze zou die nooit hebben laten weken in een teil zeepsop, zodat er niets van overbleef dan een enorme, veelkleurige, ongestolde gelei die was blijven hangen aan een gazen onderrok.

God weet dat ik die meid daar bijna voor vermoord heb. Haar naam kan ik me niet herinneren, het was Susan of Sally of zoiets, en ze had een heel slechte huid. Ik zei Maman meteen toen ze haar aannam, dat iemand met een huid in die conditie, een slechte keus moest zijn: 'Voedsel hoort niet te worden klaargemaakt door iemand die zo duidelijk geïnfecteerd is.'

Maman zei alleen maar dat ze uitstekende referenties had en dat ze het soort meisje was dat misschien een tijd zou blijven en niet na een paar weken weer verdwijnen. Ze zei dat ze 'stoïcijnse kwaliteiten' had. Waarom je bedienden zou uitzoeken op kwaliteiten die bij soldaten pasten, was een absurditeit die Maman niet wenste te verklaren.

Ik had die jurk gekocht met mijn laatste granaatjes. De smaragden waren verdwenen om mijn moreel op te vijzelen. Daddy had veel sieraden voor me gekocht op de morgens na zijn meevallers in onze Londense tijd samen. Maar in de loop van de jaren moest ik ze allemaal verkopen. Het was de enige manier om er presentabel uit te blijven zien. Van Mamans centje kon geen behoorlijk kleedgeld af.

Voor de ramp maakte ik me er alleen bezorgd over welke jurk ik zou aantrekken en wat voor nieuwe jurken ik zou kopen. Later was het altijd: waarvan moet ik ze betalen? Hoe kan ik me de schoenen veroorloven die ik wil hebben als ik het pakje ook al heb genomen? Geen geld hebben is een nachtmerrie. Het was tot daaraantoe om arm te zijn, maar als je er iets van een uitgaansleven op na wilde houden, moest je je goed kleden, er magnifiek uitzien en dan erkennen dat je aan de bedelstaf was.

Mamans puisterige nieuwe rekruut was zo gebrand op haar baantje dat ze zich aanmatigde niet alleen te doen wat haar gevraagd werd, maar ook veel dat haar niet was gevraagd... Ik heb er nooit tegen gekund dat Agnes of een minder equivalent van haar, achter me aan liep om mijn kleren op te ruimen. Ik had de draad weer opgevat met dezelfde vriendenkring die ik had verlaten toen ik Nelson had ontmoet. Iedereen die hem gekend had, meed ik natuurlijk, maar er bleven er nog heel veel over om me aangenaam bezig te houden op mijn ronde van dansavonden en huispartijtjes. Ik zorgde ervoor dat ik bij heel wat verschillende kringetjes hoorde, zodat ik niet te gauw genoeg zou krijgen van een bepaalde groep. Steeds hetzelfde kan heel vervelend zijn.

De Mosleys ontvingen vaak gasten en ik werd altijd te logeren gevraagd door Lady Mosley, die een van mijn beste vriendinnen werd. Ik herinner me nog dat ik een lang weekend bij haar was geweest en op een maandagavond terugracete naar Hendon, vanwege een diner in Holland Park om negen uur. Ik had alleen tijd om een bad te nemen en iets anders aan te trekken en ik gooide de inhoud van mijn koffer over de vloer van mijn slaapkamer, op zoek naar alle dingetjes die ik nodig had voor mijn toilet, terwijl Freddie Palliser, mijn chauffeur van de maand, op me zat te wachten. Nadat ik weg was, heeft dat halfgare hitje blijkbaar mijn kamer opgeruimd en besloten me te verrassen door mijn lievelingsjurk in de was te doen.

Toen ik de volgende dag opstond voor de lunch, met de gewone prikkelbaarheid die je altijd hebt na een genoeglijke avond, merkte ik dat ik de jurk in kwestie niet in mijn kast zag hangen. Ze had de brutaliteit te grijnzen toen ze me vertelde dat ze hem had gewassen. Maman overdreef vreselijk toen ze naderhand zei dat ik had geprobeerd de sul te vermoorden. Na alle beproevingen die ik had doorgemaakt was ik bepaald niet van plan voor zo iemand te worden gehangen. Ik probeerde haar alleen maar te verminken, in het belang van de mode en de haute couture. Ik voel mijn bloed nog stollen als ik eraan denk. Je zou haar toch, net als die andere die mijn grijze zijden Fortuny had gestreken – gestreken nota bene!

Ik neem aan dat ze zich nu allebei wel ergens een weg door het leven rammen, en troepen gevoelloze kinderen in de wereld schoppen om de dromen van andere mensen te vernielen. Ik denk niet dat de oorlog ze uitgeroeid heeft – hoewel die niet bepaald kieskeurig was – want dat zou te mooi zijn om waar te zijn, en ik weet zeker dat ik het me herinnerd zou hebben als er een door mijn hoofd was komen klauwen, op weg naar een graf in de modder.

Soms hield ik van Londen, het stelde me in staat mijn ongeluk te vergeten en ik maakte het beste van ons leven. Er was geen andere weg. Ik besefte dat Daddy, hoeveel hij ook had misdaan, in één ding gelijk had gehad: schoonheid en een goede afkomst waren de belangrijkste dingen in het leven. Ze waren alles wat ik had, maar ze waren genoeg om me over het afschuwelijke verlies van Claremont heen te helpen; ze hielden me geestelijk op de been. Misschien zou ik zelfs helemaal vergeten zijn hoeveel pijn het deed van mijn erfdeel beroofd te zijn, als de roodkop er niet was geweest. Dat wezen groeide als een enorme made, de proporties ervan waren werkelijk ontstellend en om het nog erger te maken, begon het me zo gauw het kon, te kwellen met zijn bestaan en omvang. Het hing in de lucht, als zoiets lomps tenminste in de lucht kan hangen. Het zat te wachten in hoeken en achter deuren. Het had Nelsons ogen en zelfs Nelsons stem. Als het zei: 'Het spijt me, Moeder, het spijt me,' dan leek het of ik zou barsten van afkeer.

En het was traag en dom. Het weinige dat gered was uit Claremont voor ons eigen gebruik, wist het te bederven of te vernielen. Ik wist dat het dat met opzet deed. Het had al bijna alles afgepakt van mij, van ons, en nu wilde het ons ook de laatste souvenirs nog afhandig maken. Het kostte me jaren om het in te prenten dat het me nooit 'Moeder' mocht noemen. Ik kan de aanwezigheid ervan voelen in huis. Ik kon de walgelijk slaafse gedachten ervan horen; het was net als de vader, maar dan met al diens verborgen gebreken er aan de buitenkant opgekwakt als waarschuwing voor hun verraderlijkheid. Het had spijt, altijd spijt, spijt dat het geboren was en juist daarom deed het of het vergeving verdiende. Het geloofde echt dat spijt hebben alles goed maakte dat het vernield had en nog steeds vernielde! Goddank zijn er andere dingen op de wereld om over te praten en andere mensen om mee om te gaan.

En dat lukte. Ik heb twintig jaar het Londense leven geleefd en ik heb er mijn spoor nagelaten. Het was geen anoniem bestaan. De arme Maman echter leek onze verhuizing niet aan te kunnen. Ze verloor haar veerkracht en haar heldere oordeel. Ze begon zich dingen in te beelden en was ten prooi aan totaal belachelijke angsten. Ze verwarde haar eigen wanordelijke gedachten met de mijne. Ze verbeeldde zich dat ik gevaar liep, niet zij. Ze werd bijna bang voor vreemden, zelfs voor onze dienstmeisjes. Ze dacht dat de wereld ons beloerde en over ons fluisterde en daar raakte ze erg van in de war. De eenvoudige verklaring was natuurlijk dat de wereld van onze buren ons begluurde; het was onvermijdelijk dat zij speculeerden en roddelden over ons.

Wij waren anders. Moeder was een dame, hoe zou het hun kunnen zijn ontgaan hoe misplaatst zij daar woonde in ons moderne schoenendoosje? Wij, drie vrouwen, verborgen achter de camelia's. Ze wilden van alles weten – waar waren de mannen, waren er mannen, hoe leefden we en waarvan? Maman werd zo paranoïde, de arme vrouw. Als ik ook maar een standje gaf aan de hit of de roodkop, dan werd ze stijf van angst. Wat zouden de buren zeggen? Ik was bang dat de akelige kleinburgerlijke normen van de buren haar hadden besmet. Haar toestand was soms heel duidelijk te merken; ze praatte er dan zelfs openlijk over, ook over haar angsten, alsof ze echt waren.

Toen haar sterven naderde, was Hendon een uitgedijde dodencel voor haar geworden en elke dag was alleen een uitstel van executie. Ze herhaalde zo vaak dezelfde woorden tegen me, dat ik onze gesprekken over dat onderwerp woordelijk kan citeren. Het kwam altijd door een vlaagje drift van mijn kant. Ze behandelde me als een klein kind en noemde het woedeaanvallen. Soms, een heel enkele keer, en altijd uitgelokt, werd ik wel eens kwaad op een volstrekt natuurlijke manier. Iedereen, behalve Maman, heeft twee kanten aan zijn karakter. Alleen zij, met haar verslaving aan de kerk, vond het nodig de aard van een heilige te hebben.

Maar nee, elke keer dat ik mijn stem verhief of een ongare aardappel terugstuurde, was het een 'aanval'. Ze had me in Canada moeten zien. Ze had me op Claremont gezien toen Daddy was gestorven – dat waren aanvallen als je wilt. Het verbaasde me dat ze het verschil niet kon zien tussen boosheid en smart. Ik denk dat haar hersens begonnen uit te rafelen door dat gehaak.

'Kitty, Kitty, zie je dan niet hoe gevaarlijk je gedrag is?' zei ze dan met die gelijkmatige, diepe stem van haar met die afgewogen woorden die altijd zo aangenaam in het oor klonken, wat ze ook zei.

'Besef je dan niet dat het een zaak voor de rechtbank wordt? Dit is geen kwaadaardigheid meer. Het is waanzin; en Kitty, ik maak me zo bezorgd dat ze je mee zullen nemen als dit uitkomt. Mijn centje kan je niet beschermen, liefje, niet als ze je opsluiten. Probeer je aanvallen in bedwang te houden alsjeblieft. Je moet erom denken. Dat moet.'

Mijn littekens gingen er pijn van doen als ze zo sprak, want ik besefte dat ik vrienden en relaties had, en zij had niemand behalve mij. Ze moet gevoeld hebben dat haar geest begon te verduisteren en ze moet bang geweest zijn uiteindelijk in een gesticht terecht te komen. Alleen al de gedachte dat mijn lieve Maman die uiterste vernedering zou moeten ondergaan, deed de woede in mij verschrompelen en veranderen in de behoefte haar te beschermen. Ik probeerde haar te doen inzien dat er geen gevaar was dat de politie of haar geheimzinnige 'ze' haar zouden komen halen. Ze huilde dan bijna, wat anders nooit gebeurde, en zei: 'Mij niet, Kitty, jou. Jij bent het die ze komen halen, begrijp je dat niet?'

Haar trotse, geduldige geest was niet tot rede te brengen. Ze was ervan overtuigd dat er buiten dokters en wetsdienaren op me stonden te wachten. Het was een vreemde situatie want ik wist dat zij het was die ze konden komen halen als het erop aankwam, en als ik haar niet hielp. Dus altijd als de spanning steeg in ons huis en Maman zei 'denk eraan', dan deed ik dat; ik dacht eraan dat zij slachtoffer was van een paranoïde obsessie en dat zij, als ik er niet in zou slagen haar te kalmeren, van me weg kon glippen om haar dagen te eindigen in volslagen verwording. Ze droeg haar angsten over op mij, maar dat maakte ze niet minder echt. Ze worstelde met iets dat ze niet de baas kon. Haar 'denk eraan' was een waarschuwing dat het misbruikte netwerk van haar geest het elk moment kon begeven, en ze was doodsbang omdat ze voelde dat ze niet de kracht zou hebben zich te herstellen.

Hoofdstuk 17

Ik had veel aanbidders, zoals Maman hen noemde, veel bewonderaars. Het was de enige manier waarop ik mijn verveling kon tegengaan. Ze zeiden altijd dat ze van mij hielden, wat best was zolang ze het niet te vaak zeiden. Sommige hadden in de oorlog gediend, sommige waren daar te jong voor, maar allemaal hadden ze het over sterven. Ze deden of ze zouden sterven als ik hen niet kuste, sterven als ik geen afspraak maakte, als ik niet om hen gaf, en sterven als ik hun cadeautjes niet aannam. Ik hield hen op een afstand omdat ik wist dat ze opgewonden raakten als ik hen te dichtbij liet komen. Maman hield van de bloemen en de chocoladetruffels in goudpapier die ze stuurden, de mandjes met lekkers en de snuisterijen, maar ik hield alleen van grammofoonplaten en smaragden. De vriendjes die dat niet in de gaten kregen, hielden het niet erg lang vol.

Ik hoorde eens van een koningin in Egypte die gedwongen was te trouwen tegen haar wil en die een paviljoen van edelstenen had gebouwd om haar overspeligheden bij te houden tijdens de afwezigheid van haar echtgenoot. Ze liet het hele koninkrijk haar lichaam bezoedelen en kocht dan telkens een juweel om de minachting aan te geven die ze voor haar echtgenoot voelde, terwijl ze wat hij bezat zo waardeloos mogelijk maakte. Het was een vreemd verhaal, maar ik vond het aardig. Geen van mijn minnaars mocht ooit mijn naaktheid zien of aanraken, maar ze brachten me allemaal wel edelstenen.

Er was een juwelier in Golders Green die er kettingen van maakte voor me. Hij werd een vriend, samen met zijn zuster, Elsa Muller, die elke jurk en elk pakje er kon laten uitzien of het van een van de meest exclusieve Parijse modehuizen kwam, hoewel ze in werkelijkheid woonde en werkte in onze straat. Maman keurde haar af; het was de enige van mijn vrienden of vriendinnen die zij probeerde uit mijn leven te bannen. De Mullers waren joods en Maman had, net als de meeste van mijn vrienden, een hekel aan de joden. Het gaf niet hoe aardig ze waren, of zelfs nuttig, Maman wilde hen niet in of bij huis hebben. Ze vond het al naar als ik een praatje met hen maakte in de winkel. Ze vond het een nieuw teken van onze schande, dat ik zelfs maar overwoog sociaal verkeer met hen te onderhouden. In haar ogen was het een extra verzwaring van haar boetedoening dat we ermee in dezelfde straat moesten leven. Als het aan haar had gelegen, had ze hen waarschijnlijk met geweld laten verwijderen.

Als het om de roodkop ging, hoewel ze toegaf dat de scharlakenrode haarbos een onmiskenbare afzichtelijkheid had, en dat de groteske omvang van het wezen zoals zij het noemde 'niet zo gelukkig' was en de vraatzucht 'niet passend voor een dame', zocht zij er altijd excuses voor, alsof de genetische gebreken minder verdoemelijk waren dan ze leken. Ze hield vol dat Grootpapa had verklaard dat Daddy's boeken en artikelen over erfelijke tekortkomingen vaak overdreven waren en soms zelfs onjuist. O ja, ze beschermde de roodkop tegen het voor de hand liggende oordeel van misdadige stigmata, maar als het over de joden ging, brandmerkte ze het hele ras als slecht, gedegenereerd, afstotelijk en praktisch alles wat ze verder aan krachtige negatieve termen in haar woordenschat had. Ze probeerde me de Mullers tegen te maken met de verzekering dat Daddy nooit met ze gesproken zou hebben. Als Elsa op de thee kwam en haar kaneelcake en enorme *Pflaumentorte* meebracht, had Maman altijd wel een reden om weg te gaan, of ze bleef op haar kamer. Naderhand gingen de restjes van die heerlijke cakes onveranderlijk naar haar bibberhondje Rufus. Het was niet verbazend dat die ziek werd van die machtige zoetigheid. Maman zag er natuurlijk een joodse samenzwering in, terwijl Elsa er mij alleen maar liever om was. Ik heb die hond nooit kunnen uitstaan.

Elsa had zowat honderd neven en ze had broers en ooms verspreid over de hoofdsteden van Europa. Zelf kwam ze uit Wenen en ze kon die stad zo beschrijven dat hij tot leven kwam met zijn wilde muziek en zijn dansgekte, zijn bals, geflirt en plezier. Alle mannen in haar familie waren, wat zij noemde 'juwelen', en ze praatte heel ongegeneerd over edelstenen en kostbare bezittingen. Anders dan de meeste van mijn vrienden, die nogal vervelend bescheiden waren over hun dingen en daarom niet te betrekken waren in gesprekken over de bijzonder mooie van Claremont, genoot Elsa van nauwkeurige beschrijvingen van vazen en kroonluchters, de vergulde lijsten met dik houtsnijwerk van de familieportretten en de exotische schatten die uit de hele wereld waren aangesleept en opgetast. Ze had een echte bewondering voor mijn smaragden. Ze maakte me aan het lachen met haar vlugge, kosmopolitische geestigheid.

Ik had plezier in haar dwepende verhalen over haar neef Dietrich, die verdwaalde in het paleis Schönbrunn; haar neef Josef die om middernacht over straat walste in de Graben en zo goed danste dat er allemaal mensen om hem heen kwamen staan en mee gingen dansen door de Weense nacht. Ik hield bijna van haar omdat ze zo bewonderde wat ze achtergelaten had. Ik kan niet tegen mensen die hun verleden kleineren in hun ballingschap.

Ik weet zeker dat ik Wenen leuk zou hebben gevonden, maar waarschijnlijk toch het meest in de jaren twintig. Er waren zoveel krantekoppen, aanplakborden en gesprekken over de Depressie, dat die de hele jaren dertig leek op te slokken. Als ik ook maar een ogenblik ophield met dansen, werd ik van die jaren gewoon depressief. Alles werd zo serieus; zelfs de eigen vrienden veranderden in saaie, zorgelijke zakenlieden of politici. Eeuwigdurende beweging, dat is de beste remedie tegen verveling – of liever, de beste inenting. Ik bleef aan het reizen, de kaart van Engeland over van landhuis naar landhuis, de weekends wegschrappend van vrijdag tot maandag, zodat de weken daartussen korter werden en makkelijker te vullen.

In aanmerking genomen dat half Europa door mijn hoofd is gemarcheerd, zou het niet zo moeilijk moeten zijn verslag te doen van mijn eigen tijd. Hoe kun je de middens-van-de-week van twintig jaar kwijtraken? Ik kan me het strand in Selsey heel goed voor de geest halen, hoewel ik niet meer weet welke vriendjes daar wel en welke er niet met mij heen gingen, maar wat nog meer? Ik wandelde soms wel door het park en soms gingen we bootje varen.

's Zomers was er tennis en 's winters schaatsen. Ik ging verscheidene keren naar Parijs, ik vond vliegen leuk. Ik had een hekel aan de bioscoop. Ik weet niet wat deprimerender was, de aanblik van een rij voor de steun of van een rij voor de bioscoop. Ik ben er een keer geweest en toen ging ik er halverwege weer uit. Het hele idee van het donker en het zo dicht op mensen zitten die je niet kent, is heel akelig, net als de marionettenbewegingen op het doek met hun eindeloos op je afkomend zwart-wit. Het deed me denken aan Canada. Ik vond de opera wel aardig en zo nu en dan een concert, maar ook daar werd ik vaak rusteloos en liep er dan uit.

Ik weet niet waarom al die middens zo vluchtig zijn gebleken. Alles wat ik me lijk te herinneren, zijn melodietjes.

*

En ik herinner me dat Maman zich eindelijk liet vermurwen en de roodkop wegstuurde. Dat was duidelijk het beste. Het wezen zwol op onder onze ogen. Omdat het volstrekt duidelijk was dat het – letterlijk – een monster zou worden, moest het beter zijn het te laten africhten. Alles wat we om ons heen hadden waren scherven van Claremont. Als we het toen niet de deur uitgedaan hadden, zou er helemaal niets meer over zijn geweest.

Met Maman zelf ging het toen een stuk slechter. Ze zat soms lange uren bij de roodkop, met die enorm sproetige vuist in haar broze hand terwijl ze uitstaarde over de cameliastruiken in de achtertuin en herinneringen ophaalde aan Claremont in lange, verdrietige monologen. Het was vreselijk te zien hoe Maman zich vernederde in het bijzijn van zo'n vreemde. Soms haalde ik hen uit elkaar en ging zelf bij Maman zitten, maar de schaamte over dat alles maakte haar dan aan het huilen. Het was nog erger voor haar als ze besefte dat ze betrapt was op het verklikken van haar geheimen aan vreemde oren. Aan de ene kant was ze zo paranoïde over spionnen, aan de andere kant leek ze zich er werkelijk niet van bewust dat de enige gevaarlijke spion in ons huis zat. De roodkop zat als een niet stuk te krijgen lintworm in ons midden.

Het Franse klooster waar het wezen uiteindelijk werd heengestuurd, was veel te laks naar mijn smaak en te dichtbij, maar het was beter dan niets. Een van de meest duistere eigenschappen van de roodkop was een zo barre gewoonheid dat niemand er iets achter zocht. Zo gauw het wezen er de kracht voor kreeg begon het te zinnen op mijn vernietiging. Trouwens, al voor het geboren was had het niet alleen mij ondermijnd en gekwetst, maar ook Maman en onze manier van leven, onze overtuigingen en zelfs ons eiland.

Er is veel doortraptheid voor nodig om iemand zijn eigen land af te nemen. Ik kon tenminste mijn vijand herkennen. De arme Maman werd misleid en uiteindelijk besmet. Zoals de roodkop een kankergezwel in ons leven had geplant, zoals de vader ervan dit gezwel had geplant in het mijne, zoals het de honderdvijftien vierkante kilometer van Jersey had volgezaaid met het onuitroeibare zaad van vernietiging, zo wist het ook langzaamaan de kanker te planten in Mamans zij.

Ik heb geprobeerd, God weet dat ik geprobeerd heb, de kwaadaardigheid op afstand te houden. Mijzelf hield ik in quarantaine en Maman probeerde ik te redden uit de bedrieglijke wurggreep van haar wangedrochtelijke kleinkind. Maar toen het naar het klooster ging, was het kwaad geschied. Eindelijk hadden we het huis in Hendon voor onszelf. Er werd niet meer gestolen uit de keuken, er werd 's avonds niet meer gejankt. Geen krokodilletranen meer. Geen dolmakend gesnik; geen spottende blikken van voorbijgangers. Maman kon bij mevrouw de Gruchy op bezoek gaan zonder de gênante lompe roodkop mee te slepen. Ze kon naar Kew Gardens gaan en er eindelijk eens van genieten. Ze kon haar haakwerk wegleggen en de ivoren pennetjes terugleggen in hun koker. Maar toch, het was te laat.

Bijna een jaar worstelde ik met haar angsten en besefte toen dat ik een drastischer stap zou moeten nemen, zowel om haar te kalmeren als te beschermen. Ik scheidde van Nelson in de winter van '29. De rechtszaak, met haar onvermijdelijke rimpeltje schandaal, heropende de discussie over alimentatie. Maman wilde hulp. De aandelenmarkt was ingestort in Amerika, en verscheidene vrienden van haar hadden zware tegenslagen geleden. Er werd veel gespeculeerd over een financiële crisis. Maman bleef maar zeggen: 'Je hebt recht op zijn geld, Kitty, en hij heeft geld, zou je deze onaangename kwestie dus alsjeblieft behoorlijk willen regelen.'

'U wilde niet leven van de liefdadigheid van de Gruchy's en dat zijn uw dierbare vrienden,' bracht ik haar in herinnering. 'Waarom zou ik dan zo diep zinken dat ik ook maar een cent aanneem van de man die ik haat?'

Ik was zo vastbesloten niet toe te geven dat ik dagen ziek was, alleen van het redeneren en vasthouden aan mijn standpunt. Ik kreeg mijn voorlopig vonnis van echtscheiding als een vroeg soort kerstcadeau, maar niets dat die winter gebeurde, kon Maman opvrolijken. Ze had een aanval van neerslachtigheid; ik zou haar doorzeurende kritiek op mij erg vervelend gevonden hebben als ze niet zo oprecht bang was geweest.

Daar zaten we, gevangen in de voorstad, zij met haar groeiende fobieën en ik met mijn nieuw verworven en potentieel kwetsbare vrijgezellenstatus. Van onze aankomst in de grijze wereldstad af, had ik huwelijkskandidaten van me af kunnen houden met de onoverkomelijke barrière van mijn al bestaande huwelijk. Het is de enige manier om voorgoed een einde te maken aan het gejengel van de aanzoeken. Mijn scheiding viel samen met – of veroorzaakte misschien – een toestand van paniek bij Maman. Niets wat ik deed of zei, kon haar ervan overtuigen dat ik bij mijn verstand was. Zoiets heet geloof ik een angsttoestand of -aanval. Daarin projecteerde Maman haar eigen gekte op mij. Ze ontsloeg zelfs het dienstmeisje en weigerde een nieuwe aan te nemen, zodat ze zelf moest ploeteren in het huishouden, met het argument dat geen vreemde mij mocht zien.

Ik telegrafeerde Agnes om over te komen van het eiland en te helpen haar te kalmeren. Ik regelde onze tocht naar Selsey voor een winderige Pasen aan het strand. Ik speelde patience met haar tot ik voor mijn leven praktisch geen *patience* meer overhad. Ik liet zelfs, als laatste toevlucht, het roodkopmonster uit de kooi om te zien of het tot haar door kon dringen, maar natuurlijk maakte het haar nog erger – zo erg dat, toen het weer weg was, Maman in een crisis terechtkwam.

Dat was het moment waarop ik besloot met Peter te trouwen.

Hij had me al een paar maanden rondgereden en hoewel ik zijn conversatie moeilijk te volgen vond, was die in elk geval niet vervelend. En hij was op zijn manier de meest geschikte man om mee te trouwen op de korte termijn. Hij was geschikt in Mamans ogen, niet in de mijne. Maar tenslotte trouwde ik hem voor Maman.

Hoofdstuk 18

Op het eiland, als Harry en de andere kinderen kwamen spelen, zaten we op de klip en plukten madeliefjes en klaverbloemen, trokken de bloempjes uit elkaar om uit te vinden wie van wie hield. De madeliefjes waren het beste: 'Hij houdt van mij, hij houdt niet van mij, hij houdt van mij, hij houdt niet van mij.' Ik trok madeliefjes uit voor Harry en hij voor mij, maar als we alleen waren speelde hij vals, scheurde zijn hele bloem uit elkaar en riep: 'Ze houdt van mij, ze houdt van mij en alleen van mij.' Ik hield van Harry. Ik dacht dat ik van Nelson hield toen ik verliefd op hem werd, maar dat bleek niet zo te zijn. Ik weet dat ik na hem nooit van iemand anders gehouden heb. Flirten is niet houden van. Het is er een middeltje tegen, een remedie.

Toen ik Peter trouwde, hield ik helemaal niet van hem, maar zijn gevoelens voor mij waren genoeg voor ons tweeën – hoewel ze snel bedierven en in iets zuurs veranderden. Die verhouding heeft altijd een bittere nasmaak achtergelaten, maar ze voldeed aan de bedoeling. Ze toonde Maman dat ik normaal was. Ze bewees haar dat ze niets te vrezen had. Ze verdreef ook het sfeertje van schandaal dat over ons huis in Hendon was komen te hangen.

Peter was net Jan Klaassen, hij zag de dingen zoals hij het wilde, ondanks de kreten uit het publiek. Iedereen riep: 'Achter je!' maar Peter kon alleen maar voor zich kijken. Ik waarschuwde hem dat hij niets van me moest verwachten. Ik zei hem dat ik hem niets zou geven. Ik had niets te geven.

Hij zei: 'Hou je niet een heel klein beetje van me, Kitty?' En ik zei hem: 'Nee.'

Maar hij geloofde me niet. 'Je bent zo'n plaaggeest,' lachte hij dan.

Het leven was een grap voor hem, van de vroege morgen tot de late avond. Maar zijn goede humeur haalde niet het niveau van een gevoel voor humor. Hij had me vele malen ten huwelijk gevraagd. Hij was daar hardnekkiger in dan een van de anderen. Op een dag zei ik dus 'Ja'. Trouwen is niet houden van. Ik wilde niet met hem trouwen, ik wilde Maman geruststellen. Ik zei hem heel duidelijk dat ik nooit meer een kind wilde, en dat we in aparte kamers zouden slapen. En dat was best. Alles was 'best', voor de bruiloft.

Ik weet niet waarom ik toen zo toegeeflijk ben geweest. Ik denk dat ik er zeker van wilde zijn dat de zaak niet werd afgeblazen. Na jaren waarin ik de weigerende partij was geweest, wilde ik ineens heel graag voor het altaar staan. Ik ging zelfs met hem naar het klooster van de roodkop en deed een middag lang of ik het wezen niet haatte. Ja, ik trok zelfs mijn lip niet op, toen het op ons af kwam kruipen. Misschien was dat mijn fout. Peter kreeg een verkeerde indruk. Hij nodigde het zelfs mee uit naar zijn huis op het land.

Maman is niet de enige die haar waanideeën heeft. Misschien omdat ik zoveel tijd met haar had doorgebracht, luisterend naar haar wishful thinking en haar nostalgie, was ook ik gaan fantaseren. Ik hoopte dat we door het huwelijk met Peter misschien weer op een mooie plek zouden kunnen gaan wonen. Ik wist dat het nooit zoals Claremont zou zijn, maar het had smaakvol kunnen zijn en geriefelijk, en Maman had er weer iets van de attentie kunnen krijgen waar ze zo naar snakte. Peter was als was in mijn handen, hij deed alles wat ik wilde, ik kon hem kneden in net zoveel vormen als ik wilde. Ik probeerde hem uit tijdens onze verloving, ik bedacht nukken alleen om te zien hoe hij zou reageren. Geen gril was hem te bizar of te moeilijk om aan tegemoet te komen.

Hij leek de perfecte begeleider voor Maman en mij. Hij stelde zijn inkomen tot mijn beschikking, hij nam het schoolgeld voor de roodkop over en hij kocht de mooiste smaragden voor me die ik ooit heb gehad, mooier dan die Daddy voor me kocht en veel mooier dan een van de losse stenen, ringen en broches die mijn andere aanbidders hadden bijgedragen aan het groene fonds.

Mijn verloving genas Maman. Die haalde haar terug uit de lange tunnel van ellende waarin ze zich omlaag had laten glijden en zette haar weer in het zonlicht waar ze zo van hield. Ze werd weer jonger, en ze begon de wereld weer op te merken en er uitgesproken plezier aan te beleven. Als ze over Jersey sprak, was het niet meer met het air van een verdronken zeekapitein, die de golven van een vreemde kust over zijn dode gezicht voelt spoelen. Ze hield haar hoofd een tikje hoger als ze de hoofdstraat doorwandelde en ze haalde wat van haar betere kleren uit de mottenballen en trok die weer aan, klaar om haar nieuwe positie van schoonmoeder in te nemen. Maman was vreemd gefascineerd door justitie. Ze praatte erover alsof die op de schoorsteen van ons neergehurkte huisje zat, het zwaard in de hand, klaar om tuchtigend neer te schieten op de Robertsen van Claremont, door hun schande voorbestemd voor de kat met negen staarten, een gevangeniscel of transport naar de koloniën. De justitie lag onder haar kussen, en luisterde alles af vanuit de harde kern van haar kluwen zij. Die loerde in de keuken en verstopte zich achter de palm in de serre. Die volgde haar in de winkels en zat naast haar in het park. Die had ons in de gaten. Die had een onzichtbaar galgje op ons tuinhek getekend. De justitie en de Kerk, dat waren de twee uiteinden van de pijnbank waarop ze gefolterd werd.

De roodkop vermoordde mijn dromen. Het monster probeerde mijn hart te breken, maar dat liet ik niet toe. Maman had bij ons kunnen wonen in Easton Square, ze had haar zomers kunnen doorbrengen op Haddersly Hall en daar voor een echte tuin kunnen zorgen. Die tuin in Yorkshire had maar een paar struiken, geen echte heesterperken of lange bloeiende borders die opvlamden langs de muren. Er waren geen lavendelperken of lelies op de vijvers, geen waterhyacinten, winterjasmijn of donkere camelia's. Ze had op haar oude dag blij kunnen rondscharrelen in een zelf gecreëerde tuin. Ze had haar eigen wijnstokken kunnen hebben en orchideeën ook, als de roodkop er niet was geweest.

In feite waren we amper bij de ambtenaar van de burgerlijke stand vandaan en hadden we net de smalle gouden band naast mijn smaragden verlovingsring geschoven, toen het gevecht begon dat zou eindigen in het stuk lopen van al mijn plannen. Peter had al ingestemd met het idee dat Maman bij ons zou komen wonen. Anders zou ik niet met hem getrouwd zijn. Maar nu stond hij erop dat de roodkop meekwam. Hij wilde die zelfs uit het klooster halen zodat de besmetting permanent zou zijn. Hij zei dat hij altijd had gedacht dat dat mijn bedoeling was. Het onderwerp was net een schimmel: het groeide en verspreidde zich en liet de dunne draden van die eenzijdige *amour* wegrotten. Hij beweerde dat de enige reden dat hij had ingestemd met mijn voorwaarde van geen kinderen, was geweest dat ik er al een had dat hij kon adopteren.

Onze huwelijksreis werd buitengewoon vervelend als gevolg van al die onzin. Al in de eerste week bereikte ik het punt dat ik niet meer kon verdragen dat het onderwerp werd aangeroerd. Het leek alsof het was teruggevallen in de put waarin het leefde, tot Peter totaal van houding veranderde jegens mij. Ik was voorbereidingen aan het treffen in Eaton Square om Maman bij ons in te laten trekken (op de zitkamer op de eerste verdieping die licht en groot was en aangenamer dan een van de eigenlijke slaapkamers) toen mijn echtgenoot aan het muiten sloeg. Hij zei me dat Maman alleen kon komen als de roodkop ook kwam. En hij was zeer onverzettelijk. Ik probeerde van alles, ik plaagde, huilde, gilde, mokte, maar hij negeerde me gewoon. Hij zei dat het zijn huis was, dat hij mijn man was en dat hij me wel zou vertellen wat ik moest doen.

Natuurlijk wees ik hem erop dat hij tot voor een paar dagen nooit zulke regels had gesteld. Hij keek naar me, waarbij hij het directe contact met mijn ogen vermeed en zei met een stom Yorkshire-accent: 'Waar ik vandaan kom, daar zeggen ze dat je niet meer achter de bus aanholt als je hem eenmaal gepakt hebt.'

Het was dus oorlog. Nee, ik denk dat het nog maar een impasse was voor de oorlog. De onaangenaamheden kwamen later. Ik geloof dat Maman genoegen beleefde aan haar bezoek aan Haddersly Hall. Maar dat was in zekere zin nog wreder. Het deed haar denken aan dingen die ze gemist had, om ze vervolgens weer weg te nemen. Ja, ik denk dat ze daardoor definitief van de kaart is geraakt, want ze was zoveel beter, die zomer van 1930.

'Peter, Peter, beterweter, had een vrouwtje en verspeelt 'r.'

Hij probeerde me bang te maken en hij probeerde me te kwetsen. Hij wilde het kleine beetje afpakken dat ik bezat in de wereld. Ik was met hem getrouwd zodat hij me meer zou geven, Maman haar plaats kon vinden en wij weer achtenswaardige mensen zouden worden. Maar in plaats daarvan intrigeerde hij en probeerde hij mij te vernietigen. Bedenk hoe pijnlijk het was voor Maman om alleen in Hendon te wonen zonder mij om haar te troosten. Dat was op zichzelf al wreed. Maar hij was een wreed mens. Onder zijn lachjes en zijn banaliteit was hij een tiran. Toen het duidelijk werd dat ik hem niet zijn zin zou geven, begon hij me te tergen en op mijn zenuwen te werken.

Ik bewaarde een onmenselijk lange tijd mijn geduld met hem. Ik wilde Maman voorgoed uit Hendon weghalen, dus ik negeerde zijn ellendige, zeurderige, domme klachten, met alleen zo nu en dan een teken van ongeduld. Hij leek te vinden dat een korte flits van mijn ogen en een paar weerwoorden uit zelfverdediging een nieuw soort kwaad waren en hij werd zelfgenoegzaam en puriteins. Op een dag pakte hij de Bijbel van zijn moeder en zei, terwijl hij zijn brede hand op het ingelegde leer uitspreidde: 'Ik zweer bij de dood van mijn moeder dat ik nimmer deel zal hebben aan jouw wreedheid tegen Joan.'

Hij zag er zo volstrekt belachelijk uit met zijn trillende bovenlip, de tranen die in zijn ogen kwamen en de kloppende aderen op de rug van zijn uitgespreide hand, dat ik in de lach schoot. Wie zou dat niet hebben gedaan? Mensen zitten toch niet in hun huiskamer dingen te zweren op graven. We zaten niet in een Italiaanse operette, we waren beschaafde mensen die in een beschaafde wereld leefden. Terwijl ik zat te lachen in mijn stoel, met mijn hoofd achterover vanwege de steek in mij zij die ik kreeg van al zijn absurditeiten, stak Peter zijn hand uit en sloeg me in mijn gezicht.

Ik bracht de kracht terug in mijn ogen. Ik riep de grieven op die ik begraven had, in de hoop mijn maman te helpen, ik plaagde hem niet meer. In plaats daarvan vertelde ik hem alle dingen die ik van hem wist en die hij zelf niet kende. Ik liet hem zijn familie zien, stelde hem aan hen voor, één voor één. Ik vertelde hem alle gedachten die daar rond de eettafel draaiden en nooit werden uitgesproken. Ik vertelde hem mijn gedachten over hem. Ik liet hem verschrompelen.

Eerst bleef hij proberen zich te verontschuldigen. Maar wat gedaan is, is gedaan. Hij kwam die avond naar mijn kamer en probeerde me te kussen. Daarna bleef hij op zijn kamer voor een dag of twee, om de schrammen te laten genezen. Kussen zijn voor vrienden, niet voor vijanden. Werd er soms gekust in de oorlog? Hij had me bedrogen; gebruikt voor zijn eigen krankzinnige plannen. De hoogwelgeboren Robert Peel. Vanaf het moment dat ik besloten had met hem te trouwen, had ik hem Peter genoemd, want hij was de rots waarop ik mijn Kerk had willen bouwen, Mamans kerk. Maar in plaats van rots was dit drijfzand en drijfzand kan dodelijk zijn. Hij bedroog me, maar echt raken deed hij me niet, want ik hield helemaal niet van hem. Het was niet als bij Harry of Daddy of Maman, of mijzelf, waar het gewicht van mijn emotie kan vertroebelen wat ik zie. Alles wat ik te doen had, was Peter aankijken en ik wist precies wat hij dacht, precies wat hij van plan was. Ik wist dat hij zou komen met zijn maffe oude legerrevolver om te proberen me dood te schieten; ik wist dat hij het lef niet zou hebben omdat de roodkop er bij was. Dus ik was hem te slim af, ik deed het enige dat hij nooit had kunnen denken: ik klom bij het wezen in bed en pareerde zo zijn aanval. Het was er aan het begin en aan het eind.

Na dat fiasco wiste ik de sporen van Peter zo goed mogelijk uit. Maman had het niet meer over haar angsten, die een beetje terug leken te komen in de maanden nadat ik Yorkshire had verlaten. Ik denk dat ze haar les had geleerd, al was de beloning haar ontroofd: we waren twee normale mensen, twee verstandige mensenkinderen, twee vrouwen die samenwoonden in het dwangbuis van ons geldgebrek, met geen andere gesel te vrezen dan de wraakzuchtige intriges van de roodkop.

Van tijd tot tijd viel Maman terug in de oude kwaal. Dat werd onveranderlijk veroorzaakt door de menselijke giraf. Dat monster kon zelfs moeilijkheden maken als het er niet was. Het was brutaal en uitdagend geworden. Het was bang voor me omdat het wist dat ik het doorzag. Het durfde zelfs naar mijn vrienden te kijken met wellust. Het was walgelijk. Niet dat ik niet altijd had geweten dat het een slet zou worden. Het zat in de aard. Zelfs als klein kind had het voortdurend aan Agnes gezeten, bedelend om te worden aangeraakt. Sommige dingen kunnen gecorrigeerd worden. Waar zou opvoeding goed voor zijn als dat niet kon? Ik heb het geprobeerd. Het mocht me nooit Moeder noemen, ik wilde dat niet zijn, niet gesteld raken op de vreselijke last die het lot mij had opgelegd. Maar in dat opzicht was ik een goede moeder. Ik probeerde zo goed als welke moeder ook, het zich beter te laten gedragen. En als Maman niet zo zwak was geweest, zou het me nog gelukt zijn ook; in ieder geval met de eerste beginselen van fatsoen.

Maar altijd was er die overbelasting. De barst was zichtbaar en Maman riep, in al haar berusting, nog steeds 'denk eraan'. Wat kon ik nog doen? Ik hield van haar, ik was haar dochter, haar enige dochter. Ik was al wat ze had. Zo vaak ik maar kon, gaf ik haar het strand om haar te kalmeren. Ik gaf haar de zee. Ze vroeg er vaak om. Maman kon uren over zee uitstaren. Ik hield de strengen zij voor haar op, ik luisterde naar haar verhalen over Jersey, hoorde telkens weer het hartzeer dat ze had om ons verloren eiland. Ik ging met haar naar de mis, ik bad met haar, ik zorgde voor haar in haar lange laatste jaren. Wat kon ik anders doen? Ik was haar dochter.

Ik wilde niet dat ze naar dat verpleeghuis ging. Chislehurst was zo ver weg. Ik zou haar liever thuis verpleegd hebben. De ziekte ontwikkelde zich heel snel toen het eenmaal zover was. Het was daarvoor altijd een kiem geweest en een manier van lopen. Goddank is de pijn haar bespaard gebleven. Ik heb gehoord dat kanker vreselijk pijn kan doen. Maar Maman liep alleen een beetje mank. Haar pijn kwam van haar ballingschap en de last van de roodkop die ze naast zich meesleepte en van haar schande. Ze was bang om te sterven. Ze heeft me dat zelf verteld. Ze was bang me te verlaten. Ik had haar zo lang beschermd, het moet haar een heel eenzaam gevoel gegeven hebben, dat ze de laatste reis alleen moest maken. Ik zei haar dat ik bij haar zou zijn omdat ze in mijn hoofd zou zitten in haar laatste dagen, maar dat maakte haar nog banger. Het was de dood zelf die haar met angst vervulde.

Ik was zo gewend geraakt aan ons samenzijn, zo met

ons tweetjes, we waren elkaar zo nabij. Ik miste haar toen ze stierf. Ik miste haar overal in huis. Soms sliep ik in haar bed en probeerde er de sporen van haar aanwezigheid te voelen. Elsa Muller kwam soms 's avonds bij me zitten om mijn platen voor me te draaien. Ze ruimde ook het huis een beetje op. De dienstmeisjes desintegreerden nadat Maman was gestorven. Ze waren het begin van het einde. De eerste sport van de ladder die afdaalde naar puin en verdriet.

Ik voelde Mamans angsten in mijn hoofd, lang nadat ze gestorven was. Ik voelde ze beter dan ooit toen ze nog leefde. Ze bleven als een wig in mijn hoofd steken, lieten een groot gat achter, blootgesteld aan de open lucht. De winter was koud. Het vuur ging telkens uit, dus gaf ik het huis op. Maman had Hendon uitgekozen. Ik ging er weg toen ze dood was. Ik verhuisde naar West End en trok er in een hotel. Toen besefte ik hoe makkelijk Maman dat ook had kunnen doen als dat demonische kind het haar niet had belet. Het was geen aardig hotel. De mensen waren niet aardig. Misschien zou Maman het er toch niet naar haar zin hebben gehad. Ofschoon... ze had op het eiland kunnen blijven. Ze zou dat fijn gevonden hebben. Ze had dat nodig.

Het was de oorlog die alles kapot maakte. Die trok alle steken los in Mamans haakwerk. Die verstrooide al mijn vrienden. Degenen die overbleven, werden heel vervelend, als mensen van wie de ideeën zijn drooggevallen. En ze begonnen te fluisteren. Niet achter mijn rug, zoals men dat altijd doet. Ze kwamen me opzoeken en dan fluisterden ze zo zacht dat ik hen niet kon verstaan boven mijn eigen gedachten uit. Misschien hadden ze niets interessants meer te zeggen. Elke avond was er verduistering en ik had last van het donker.

Ik weet nog dat het de eerste juli 1940 was, dat de Duitsers het eiland bezetten. Ik hoorde het op de BBC. Dat was de tijd dat het vechten begon in mijn hoofd. Er waren te veel mensen aan het doodgaan. Ze probeerden maar tot mij door te dringen, door mij heen te dringen met hun laatste ogenblikken. Het waren er te veel. Ze deden mijn ogen pijn. Ze zouden me doodgemaakt hebben als ze konden. Het was oorlog. Er was geen respect voor de burgerbevolking. Voor niemand. Sommigen zeiden dat de oorlog zou aflopen. Maar dat gebeurde nooit. Ze zeiden dat het land al jaren voor het begon, bezaaid was geweest met spionnen. Wij hadden er een in ons huis. Ze zeggen dat ze niet allemaal Duits spreken, maar dat er duidelijke tekens zijn waardoor ze zich verraden.

Ik ben al jaren een gevangene. Ze hebben me gepakt tijdens de Blitz. Ik zag ze niet aankomen omdat mijn hoofd al beschadigd was door de andere slachtoffers. Ze namen mijn smaragden weg, ze stalen ze, en mijn kleren. Het is erg vervelend achter deze tralies. Ik blijf me maar afvragen wat de Duitsers met Claremont hebben gedaan. Ik blijf me dingen herinneren; met de herinneringen kom ik de uren door, en met praten – in mezelf, want er is niemand anders die me horen kan. Er zijn alleen spionnen, spionnen en spionnen. De muren hebben oren, loslippigheid kost mensenlevens. Ze hebben mijn smaragden gestolen, maar mijn ogen heb ik nog.

DEEL III
Arme Florence

Hoofdstuk 19

Ik ben geboren in Grantham in Lincolnshire in 1869, en mijn zuster Violet werd twee jaar later geboren; Ivy was de jongste. Hoewel ik me Grantham heel goed kon herinneren nadat we naar Jersey waren verhuisd, zei mijn moeder altijd tegen me dat dat niet kon, dat ik te jong was geweest. Het enige dat ze ons wilde laten meenemen naar het eiland waren onze naam en toenaam, onze goede manieren en een enkele keer een verwijzing naar Berry Place, het huis waar zij geboren was. Mijn vader was dokter, telg van Franse hugenoten die gevlucht waren en zich in Engeland hadden gevestigd. Hij was scherpzinnig, vriendelijk en verdraagzaam en hij hield veel van onze moeder. Als ze boos op hem werd, wat nogal eens voorkwam, dan draaide hij aan zijn snor en zei: 'Ik ben zo trots als een pauw dat ik zo'n mooie knorrige vrouw heb.'

Onze moeder was lang en had wat een klassiek gezicht werd genoemd, ze had rosblond haar met witte zijden plukjes rond haar voorhoofd, net als een baby. Zij hield ook veel van Vader, en soms, als Vader een heel moeilijk geval tot een goed einde bracht of een bijzonder mooie kerstdecoratie maakte, kon ze heel trots op hem zijn, maar ze kon nooit helemaal vergeten dat ze een Berry was, van Berry Place, die beneden haar stand was getrouwd.

Toen we eenmaal in Jersey woonden, waren er mensen

die het verband met de hugenoten uitzochten, en ze vonden dat een van onze beste aanbevelingen. Tot Moeders verdriet had niemand daar ooit van de Berry's gehoord, maar iedereen wist wat een hugenoot was, of had er een in de familie, hoe ver dat ook terug was in het verleden.

De buren zeiden dat het ons bijna tot een van hen maakte, bijna tot geboren eilanders. Van het begin af aan was Jersey dus goed voor ons. We gingen erheen omdat het leek of Vader ging sterven. Hij had tuberculose en de vochtige lucht van het moerassige Lincolnshire had hem aan de rand van de dood gebracht, hoewel hij, in strijd met de medische opinie van hemzelf en zijn collega's, gedeeltelijk herstelde.

Hoewel hij toen pas midden veertig was, had hij geen kracht meer; hij besloot dat de enige hoop op verlenging van zijn leven en vermijding van een terugkeer van de fatale tuberculose, een verhuizing was naar een perfect klimaat. De keus lag tussen Zwitserland en de Kanaaleilanden en hij koos Jersey omdat hij op school een jongen had gekend die daar altijd met vakantie heen ging; zelf had hij altijd tussen de palmbomen willen wonen.

Moeders familie beschouwde ons opbreken naar het eiland als weer een nieuw teken dat vader een vreemdeling en toch een beetje minder was. Ze konden niet begrijpen dat iemand weg zou willen uit de verheffende schaduw van de poorten van Berry Place. Niemand, zelfs de Berry's niet, denk ik, trok ooit Vaders kundigheden als dokter in twijfel, zijn eruditie op bepaalde andere gebieden of zijn voortreffelijke manieren, maar achter hun hand en achter zijn rug, was er altijd een vleugje afkeuring. Het was niet helemaal *comme il faut* om Fransman te zijn. Er waren nauwelijks vreemdelingen in Grantham.

Er waren wat Fransen in Lincoln zelf, opzichtig genesteld tegen de mooie kathedraal aan, met hun tweede en derde generatie-accent, hun aanspraken op landerijen en titels die hun ontnomen waren tijdens de Revolutie. Vader had daar vrienden. Hij was er op school geweest, de school van de kathedraal en hij had gezongen in het domkoor. Maar Grantham was een klein stadje, het leek ver van Lincoln vandaan en vreemdelingen werden er met wantrouwen bekeken. De mensen praatten over hen en hielden hen in de gaten, iets minder dan de zwervende zigeuners, maar toch met iets van hetzelfde boze vermoeden. Het was vreemd om ver van Berry Place geboren te zijn en onvergeeflijk vreemd als je je voorgeschiedenis niet kon verweven met de geschiedenis van dat huis, door verwantschap of dienstbetrekking.

Voorbij de parochiegrenzen van Grantham lag het graafschap Lincolnshire, en voorbij de grenzen van Lincolnshire lagen de andere, minder gelukkige maar toch bevriende graafschappen van Engeland uitgespreid, beschermd door Gods voorzienigheid, door de zee. Iedereen die van over dat water kwam, had een ernstige handicap, in weerwil van de antropologische belangstelling die zulke immigranten wellicht zouden kunnen wekken. De gevallen van rassenvermenging waren zorgvuldig in kaart gebracht en vastgelegd. Er woonde een Italiaanse steenhouwer in Sleaford en, tussen Sleaford en Grantham, in een klein boerderijtje aan die sombere verhoogde weg door het moerasland, woonde een neger die getrouwd was met een meisje uit de buurt; samen zorgden ze voor haar schapen en voor hun eigen gebroed van gemberkleurige, kroesharige kinderen. Dan waren er de royalisten van Lincoln en binnen hoornblazersafstand van het mosbevlekte en statige Berry Place was er dr Martin, mijn vader, die zijn roddelwaarde minstens verhonderdvoudigd had toen hij de jongste dochter van de Berry's in de wacht sleepte.

Ons leven veranderde totaal toen we naar Jersey verhuisden en het waren allemaal veranderingen ten goede. Het was, voor Violet en mij, een verhuizing naar het paradijs. Tegen Moeders wens in herinnerde ik me ons leven in Grantham en ik beschreef soms aan mijn zusjes ons huis daar, onze kinderkamer en het stadje zelf. Violet was het meest geïnteresseerd in onze geboorteplaats. Ze herinnerde zich die niet echt, op bepaalde beelden na, die ze alleen kon plaatsen met mijn hulp. Ik vertelde haar over de vorm en de grootte van ons rijtjeshuis met de stenen raamkozijnen en de leistenen vloeren, de steile trap die langs drie verdiepingen naar boven draaide en hoe krap het er was; over de etensluchtjes die altijd opstegen uit de keuken, het luchtje van uitgedoofde kaarsen dat in de gordijnen hing en de allesoverheersende dompige lucht die hoorde bij dat moerasland.

Lincoln is in mijn geheugen gebleven als een graafschap in zwart en groen, zoals een bloeduitstorting op de eerste dag van de genezing. De velden rond Grantham waren zwart, omdat de grond zwart en modderig was, en de modder leek binnen te dringen in de stad zelf. De rook uit alle schoorstenen was zwart, de rook uit de steenfabriek was zwart, en hoewel de bakstenen zelf een lichte, stoffig oranje kleur hadden als ze nieuw waren en op stapels naast de ovens stonden, werden de stenen van al de huizen zwart van de rook die vrijkwam als hun soortgenoten lagen te bakken, zodat ze er heel oud uitzagen. 's Winters was onze kinderkamer op zolder vol zwarte schaduwen, door de kleine raampjes en de lange nachten die al uren voor wij naar bed moesten invielen en de stad in duisternis wikkelden. De poort van Berry Place, waar we een keer per maand op visite gingen, was zwart; het mos en de klimop zaten tussen zwart en groen in, verduisterd door de ceders en de hoge pijnbomen, laurierbomen en hulststruiken waarvan de vochtige schaduwen over de oprijlaan en rondom het vierkante, onwrikbare, leeftijdloze huis dropen.

Verder was er het groen. Het zomergroen van vlierstruiken en meidoorns die groeiden op de meent aan de rand van de stad, en het groen van de voortuintjes en van de jonge tarwe die op de akkers groeide. 's Winters was er meer groen dan 's zomers: het schimmelgroen dat alles in huis bedekte, elke muur, boomstam en elk stuk ijzer. Onze schoenen en kleren, raamkozijnen, waren groen evenals de achterkant van kasten en de binnenkant van laden.

Ik dacht toen dat de hele wereld overtrokken was met schimmel, zoals alle mensen overtrokken waren met huid. De enige plaats die anders was, was het strand bij California, waar Vader ons een keer mee naar toe nam in onze laatste zomer daar, om ons de zee vast te laten zien zodat we niet bang zouden zijn als we de overtocht maakten naar de Kanaaleilanden. Ik kan me die eerste aanblik nog herinneren, die uitgestrektheid tot aan de horizon met het meest wonderbaarlijke patroon van wisselende tinten grijs. Zoals ik me ook nog onze overtocht naar het eiland kan herinneren, op de halflege pakketboot uit de haven van Weymouth, die het hele eind slingerde en rolde tot aan St Helier.

We gingen wonen in het district St John in het noorden; eerst huurden we een huis en toen een ander. Vader had zijn huiswerk gedaan: de dokter die tot de winter ervoor in St John gewoond had, was seniel geworden en zat opgesloten in zijn huis, niet in staat ook maar een van zijn vroegere patiënten te behandelen. Maar omdat de oude man nog leefde, had niemand het gewaagd zijn plaats in te nemen – totdat wij daar kwamen, door de osmose van de Kanaaltocht getransformeerd van mindere Berry's van Berry Place tot de Martins uit Engeland. Vader was echt een slimme man. Hij deed zijn intree in St John niet als dokter, iemand die met zijn kundigheden een goede boterham dacht te verdienen. In plaats daarvan presenteerde hij zich als iemand met bescheiden middelen die aan het herstellen was.

We spraken natuurlijk niet met zoveel woorden over tuberculose; zijn recente ziekte stond bekend als 'iets met de longen als gevolg van de vochtigheid'. Zo zat hij op een hoge chaise-longue voor het raam van de prettige werkkamer met een boek in zijn hand en een telescoop een beetje achter zich weggestopt. Elke morgen maakte hij een ritje door het dorp en de gehuchten in de buurt, stopte om een praatje te maken met wie hij maar tegenkwam. Aan iedereen liet hij weten dat hij dokter was, naar Jersey gekomen voor de zuivere lucht, en dat de lucht inderdaad voortreffelijk was.

Binnen een paar weken werden de brand- en snijwonden, de geboorten en de sterfgevallen, de oestervergiftiging en de jicht van heel de parochie St John klagend voor zijn deur gelegd.

'Neem me niet kwalijk mevrouw, maar zou dokter Martin misschien naar mevrouw Dauvergne kunnen komen op het Huis?' Het was een spoedgeval en er was geen tijd om de dokter uit Ville l'Evêque te laten komen. Of het was: 'Is je vader thuis? Zouden we hem mogen storen, denk je? De baby is ziek geworden en we weten niet waar we er anders mee heen moeten.' En Vader 'offerde' zich telkens op en kwam uit zijn voortijdige en voorgewende pensionering te voorschijn, totdat hij geleidelijk gevestigd raakte als de dokter, met patiënten in drie parochies en een groot aantal vrienden. En het ging hem goed, beter dan ooit onder de kleinerende patronage van zijn schoonfamilie.

Violet en ik gingen naar het schooltje van de dames Grandin. We leerden er lezen en schrijven in het Frans en Engels; we leerden de namen van al de bloemen op het eiland, we leerden naaien en haken en die stukjes van de geschiedenis van de Kanaaleilanden waar Jersey het best in uitkwam. Toen Ivy oud genoeg was, ging ze met ons mee en ze werd de grote favoriet van de jongste juffrouw Grandin. Maar van alle kinderen op school was er niet een zo populair als mijn zusje Violet. Zij was ook de trots van mijn ouders. Vader noemde haar 'zijn schatje' en Moeder noemde haar 'door en door een Berry'.

Violet had lichtbruin haar dat uit zichzelf in zijden krulletjes viel en ze had het meest van ons drieën Moeders klassieke trekken geërfd, met het hoge voorhoofd en de rechte neus en kin. Ze had ook een buitengewoon blanke huid. Altijd als het zomer werd, we op pad gingen naar school en verder naar het strand bij St John en Bonne Nuit Bay, werd ik ondamesachtig bruin in mijn hele gezicht, hoe groot de hoed ook was die ik droeg en hoe stijf ik die ook vastprikte. En als ik mijn handschoenen uittrok – wat ik niet mocht maar soms toch deed – dan was de rug van mijn handen in één middag goudbruin. Violet daarentegen had nooit last van het weer. Ze had een teint zo blank als de borst van een zeekoet, en de verrassende lieflijkheid ervan werd bekroond door heel heldere, heel grote groene ogen. Het was een mooi kind – zo mooi dat buren die ons zagen lopen op weg naar school, soms stilstonden om haar te bewonderen en als ze dan mijn leuke, maar veel gewonere gezichtje zagen, murmelden ze: 'Arme Florence.'

Thuis placht Vader Violet aan te halen; hij tilde haar op zijn knie en bedekte haar haar met kusjes en als hij mij dan zag staan, zei hij ook: 'Arme Florence, we moeten je niet jaloers maken.'

En zo was het op school en overal, dat misverstand dat ik arm zou zijn. Niemand begreep hoe gelukkig ik was en tevreden; zo trots als wie ook op de schoonheid van mijn zusje. Ik hield van Violet. Ik hield ervan bij haar te zijn en me te koesteren in de weerschijn van haar glorie. Ik hield van de slimme leuke dingen die ze zei en van de vellen vol tekeningen van bloemen die ze me gaf. Ze had een hartstocht voor tekenen die door geen van de anderen gedeeld werd. Vader zei dat zijn grootvader van moederszijde kunstschilder was geweest tot de Revolutie, en een fraai atelier had bezeten waar leerlingen en bezoekers uit heel Europa naar toe kwamen. Op een dag waren er soldaten gekomen om zijn atelier te sluiten en hem gevangen te nemen, maar hij was gewaarschuwd en kon ontsnappen. Hij had bericht aan zijn familie gestuurd dat hij naar Lyon was gevlucht, waarna er nooit meer iets van hem werd vernomen; wel had een vreemdeling met een bruine cape mijn grootmoeder staande gehouden bij een fruitstalletje in Les Halles en gefluisterd dat hij dood was. Toen wij kinderen waren, vonden we het leuk te denken dat Madame La Guillotine zijn hoofd had afgehakt. We speelden vaak een nogal gruwelijk spelletje waarbij we onze lappenpoppen voor de rechter brachten en veroordeelden, waarna ze naar een open plek achter de bosjes werden gereden om ter dood gebracht te worden. We hadden zelfs een manier uitgevonden om het hoofd van zo'n pop zover los te tornen dat het eraf rolde als je er een houten plankje op liet vallen.

Soms, later, als iemand me vroeg of ik mijn eigen Kitty niet een beetje te gemeen vond, dacht ik terug aan dat spelletje en besefte dat alle kinderen wreed konden zijn. Die herinnering versluierde voor mij lange tijd het feit dat Kitty, mijn dochter die als twee druppels water op Violet leek, werkelijk anders was dan de rest. Maar ze had ook zoveel aardige dingen, zoveel eigenaardigheden die regelrecht van mijn lieve zusje kwamen, dat ik daarom, of in weerwil daarvan, nog meer van haar hield. Kitty was een slachtoffer van de omstandigheden, een mooie bloem die was overgeplant in de verkeerde grond.

Maar van de jaren tachtig, van mijn kindertijd, kan ik me geen moeilijkheden herinneren. Ik leefde een leven zonder beproevingen. In de weekeinden en de vakanties hielp ik mijn vader soms zijn behandelkamer op orde te brengen. Hij was heel precies en hij deed graag alles zelf.

'Hoe kan ik het hier schoonhouden als Marie elke dag overal met haar vieze zwabber en stofdoek overheen gaat? Als ik haar vraag het hier extra schoon te houden, komt ze twee keer per dag de rest van het huisvuil over mijn instrumenten strooien. Twee keer zo vuil. Wat zeg jij daar nu van?'

Vader geloofde in zout. Hij zei dat de Romeinen het hadden gebruikt om al hun wonden mee in te smeren na gevechten en dat het de voortgang van koudvuur tegen kon houden, zodat het alleen maar goed kon zijn voor zijn instrumentenkistjes met hun naalden en haken, lancetten, scalpels en zelfs zagen. Hij had ook mooie boeken, de meeste in het Latijn of het Frans, met diagrammen van beenderen en bloedvaten. Ik heb nooit iemand anders gekend die zoveel van zijn werk hield – behalve misschien Violet, toen ze schilderes werd en in Londen ging wonen en de miniaturen maakte die er even prachtig uitzagen als die we in Italië hadden gezien.

Om ons huis plantte Vader een heg van rozemarijn. Die werd nooit zo netjes als de buks- en ligusterheggen of de hoge hagen van Portugese laurier van onze buren, met haar onhandelbare pieken en haar geurige bloemetjes. Moeder zou liever iets traditionelers hebben gezien, maar de rozemarijn was geliefd bij voorbijgangers die ervan plukten voor hun eten, en Vader zei dat het heel gezond was omringd te worden door de genezende krachten ervan.

Ik heb nooit begrepen waarom ik 'arme Florence' werd genoemd. Ik was helemaal niet arm. In Grantham was, helemaal aan het andere eind van de stad, een weg waar we soms overheen reden, die overging in een modderpad; de gezinnen die daar woonden in de afbrokkelende steenhopen aan weerskanten, die waren arm. Hun kinderen liepen op blote voeten, zelfs in de winter. En hun kleren waren stuk en veel lelijker dan die van ons; ze waren allemaal mager en vies en ze kamden haast nooit hun haar. Aan het eind van het pad, uitkijkend over de grote vlakte van de velden van Berry door de dikke zwarte spijlen van het hek eromheen, stond een armenhuis, dat veel groter was dan alle andere huisjes. Op zondagmiddag, na het eten, spraken Vader en zijn vrienden vaak over wat zij noemden de 'stiefmoederlijke staat van de armenzorg', en het was mij wel duidelijk dat die hun zeer aan het hart ging, zeker Vader, omdat we zelf de arme stiefkinderen van de familie waren; iets dat ik had opgevangen op Berry Place.

Op het eiland waren er niet zulke straten en zulke huizen, maar toch volgde mijn bijnaam me helemaal vanuit Lincolnshire. Ik vond het niet erg, ik begreep het alleen niet. Ik voelde me het meest bevoorrechte kind van de wereld, omdat ik daar met mijn familie zo dicht bij de zee woonde, op die plaats vol heldere kleuren, warme dagen en lange avonden, met Violet aan mijn zij, en de groenschimmels van mijn vroegste herinneringen als nieuwe vlaggen in palmbomen gehesen.

Later, toen Dickie stierf en ik weduwe werd, en Kitty op eigen houtje uit Canada thuiskwam, keerde de bijnaam die ik het grootste deel van de middenjaren van mijn leven kwijt was geweest, weer terug om zich voorgoed te vestigen. Emily de Gruchy bracht hem opnieuw in omloop en ik besefte dat ik waarschijnlijk als kind zo was genoemd om er vast aan te wennen, om de klank ervan iets vertrouwds te geven en er niet zozeer het medelijden in te horen, maar de sympathie. Want arm ben ik nooit geweest. Zelfs in de ergste jaren had ik altijd nog Joan om me op de been te houden en Kitty om voor te zorgen. Vader zei altijd: 'Er is geen tijd om jezelf te beklagen zolang er anderen zijn die je meer nodig hebben.'

Hoofdstuk 20

Vader had niet gedacht dat hij nog langer dan een paar jaar zou leven nadat we naar het eiland waren verhuisd, dus toen dat wel gebeurde, zag hij die verlenging als een gave Gods. Hij was altijd vroom geweest, maar nu werd hij het elk jaar meer. St John was een vrome parochie. Ten minste een derde van de mensen was methodist, ging naar een eigen kerk en was veel strikter in de leer dan alle anderen. Een aantal van mijn vriendinnen was methodist, en hoewel ik hen heel aardig vond, waren hun smaak en hun huizen mij wat al te sober. Ze leken alles wat simpel was, te vereren op een manier die me te veel deed denken aan de kale platheid van het moerasland. Daar had je ook veel van die lage, bakstenen, Wesleyaanse kerkjes. Maar ik denk dat het in Lincolnshire, waar de grenzen scherper getrokken werden, meer een stigma was als je methodist was dan op het eiland.

De meesten van ons waren anglicaans en gingen naar de grote granieten kerk die in een tuin van taxusbomen bij het kruispunt stond, met aan de ene kant de pastorie, en aan de overkant van de weg het kerkhof. Er waren drie katholieke families in het dorp, maar die woonden buitenaf, in grote huizen en waren nogal deftig. Vader kwam er aan huis als de dokter en toen wij meisjes in aanmerking begonnen te komen voor hun soirees en danspartijtjes, werden 'de Miss Martins verzocht aanwezig te zijn'. We stonden overal bekend als de Miss Martins, zelfs toen

Violet en Ivy nog niet oud genoeg waren om zo genoemd te worden. Eerst was ik dat dus alleen en mocht Violet soms mee om ons allebei een plezier te doen. Wij drieën waren de beste maatjes. Als een van ons linten ging uitzoeken, gingen de twee anderen altijd mee, en als een van ons een geheimpje had, kregen de twee anderen het te horen. Ik kon het niet helpen dat Violet me toch het liefste was, want die was zo schattig en had zo'n lief karakter, dat ik net zoals iedereen, naar haar toegetrokken werd. Op danspartijtjes was de kaart van Violet al vol partners voor de avond goed en wel was begonnen.

Toen Violet de eerste keer ziek werd, bleef Vader hopen dat het, wat het ook was, over zou gaan door verstandig eten en lichaamsbeweging. Hij zei me later dat hij de symptomen van zijn eigen ziekte had moeten herkennen, maar hij kon het niet verdragen ze terug te zien komen bij zijn eigen dochter. Hij zei niet lievelingsdochter, maar dat was ze natuurlijk wel. Haar ziekte leek heel geleidelijk te verlopen, alsof die haar eerst wegzoog van de bovenverdieping van ons huis met het rijtje slaapkamers naar het ziekbed in de zitkamer en toen de deur uit en weg, Het Kanaal over.

Toen ze achttien was, waren sommige tekenen van haar tuberculose al zichtbaar: het rode blosje 's avonds op haar bleke wangen, de lichte pijn in haar zij en de hoestbuien, maar er zaten geen veelbetekenende bloedvlekken op haar zakdoeken. Dus werd haar zwakte in het begin voor veel dingen aangezien. Er werd gehoopt dat het groeipijnen waren en gevreesd dat het bloedarmoede was; er werd gesproken van een zwakke nier en van de nasleep van een verkoudheid die ze had opgedaan bij het dansen op een gazon van een buurman, toen er erg veel dauw was geweest. Vader gaf haar al zijn zouten en patentgeneesmiddelen, de versterkende wijnen en leverextracten, de bouillon en de kalfspotengelei die toen gebruikelijk waren.

Er waren dagen dat Violet zich beter voelde en soms leek ze echt te herstellen; dan stond ze op en ging in de tuin zitten onder onze lievelingsappelboom en leek de ziekte overwonnen te zijn. Maar dan volgde weer de onvermijdelijke terugval. Vader bleef haar dagelijkse koortsgrafiek op de voet volgen; Moeder bleef haar engelachtige dochter betuttelen, waarbij ze leefregels bedacht op een minder wetenschappelijke en een willekeurige manier. De ene dag wilde ze dat Violet in het bed in de zitkamer bleef liggen lezen en dan ging ze naar St Helier om de laatste aflevering van Charles Dickens voor haar te halen, zodat Violet geïnteresseerd genoeg zou zijn om dat vol te houden. De volgende dag nam ze de half uitgelezen episode in beslag met het argument dat je moe werd van lezen en dat het niet goed voor haar was.

Nadat Moeder alle tegenstrijdige geneeswijzen had geprobeerd die ze bedenken kon, overwon ze haar trots en schreef naar de Berry's om raad. De Berry's van Berry Place, die zich opzettelijk op de tenen getrapt hadden gevoeld toen we vertrokken, hadden tweemaal, via de pen van onze grootmama, geschreven dat de enig denkbare kans op vergeving en een verzoening gelegen was in onze onmiddellijke terugkeer naar Lincolnshire. Onze ongehoorzaamheid had een breuk tot gevolg gehad, die zeker al tien jaar had geduurd. Moeder was kerstkaarten blijven sturen en bedacht haar familie van tijd tot tijd met brieven waarin stond hoe goed het ons in alle opzichten ging. De brieven – of ze nu aan haar moeder, haar vader, of een van haar vele broers en zussen waren gericht – bleven nadrukkelijk onbeantwoord.

Als Moeder ook maar een heel klein beetje minder trots was geweest op haar voorgeslacht, dan zou ze met schrijven zijn opgehouden na het ontvangen van die regelmatige stilzwijgende beledigingen. Maar ze was opgevoed als een Berry en ze geloofde dat er geen betere familie ter wereld bestond, ze vond elk affront het verdragen waard, zolang die maar werd toegediend door de aristocratische hand van haar moeder, en niet door de oneindig plebejischer hand van een ander. Ze was als meisje op Vader verliefd geworden toen die haar gebroken arm had gespalkt, na een val, en hij er, na een behandeling van zeven weken, iets van had gemaakt dat zo fraai was gevormd als een Berry-elleboog maar zijn kon. Het was haar bijgebracht koppig te zijn en toen ze volhield met Vader te willen trouwen, na hem in een scheiding van een jaar niet te hebben kunnen vergeten, was haar getoond hoe kil een oude familie wel kon zijn. Ze toonden haar dat een val van een paard en een gebroken arm niets waren, vergeleken bij de val uit de gratie die het onvermijdelijk gevolg was als een Berry beneden haar stand trouwde.

Ik denk dat Moeder haar brieven ook bleef schrijven omdat ze wilde laten zien hoe welvarend en deftig we als familie aan het worden waren en hoe welkom we waren in alle grote huizen; hoe Vader niet gewoon maar de dokter was, maar dr Martin, die altijd binnenkwam door de voordeur. Dat was echter duidelijk niet het nieuws dat haar beledigde familie wilde horen. Misschien had het nieuws van Violets ziekte in hun oren een aangenamer klank. Het gaf de gelegenheid terug te schrijven met de boodschap 'ik heb het wel gezegd'. Het gaf de gelegenheid aan te tonen hoe een onbesuisde verhuizing de gezondheid van een jong meisje kon schaden.

Na tien jaar stilzwijgen kwam er antwoord van de Berry's. De postbode kwam met grootmama's zwartgestempelde brief aan de deur. Moeder was zo verbaasd toen de brief bij haar boven werd gebracht, dat ze haar reukzout moest gebruiken. Ik associeer Grootmoeder Berry altijd met de scherpe, onaangename schok van vlugzout. Ze schreef, onder het in reliëf aangebrachte briefhoofd:

Lieve Charlotte,

Het is duidelijk dat wat je dochter nodig heeft een verandering is van lucht. Stuur haar naar Berry Place op de eerste van de komende maand. Edgar zal haar afhalen van het station. Ze moet de trein nemen die om twaalf uur 's middags aankomt, dat geeft haar de tijd zich om te kleden voor de lunch. Als het kind zozeer een Berry is als je zegt, dan is ze welkom. Het pleit voor haar dat ze niet gedijt op vreemde bodem.

Je kunt ons de bijzonderheden besparen van het bespottelijke stipje waar je zo koppig hebt verkozen te gaan wonen.

Ik verblijf,
je Mama.

Moeder legde die brief uit als een volledige wederopneming in de schoot van de familie. Ze vertelde ons: 'Mama verstopt haar gevoelens. Dat heeft ze altijd gedaan. Maar ze is heel kieskeurig over wie ze te logeren vraagt. Wij mochten alleen een middagje komen, toen we in Grantham woonden.'

Ik voelde mijn hart ineenkrimpen toen die afstandelijke uitnodiging aan ons werd voorgelezen. Ik hoopte dat Vader Violetje nooit zou laten gaan. Ik wist toen nog niet dat de schimmel die ik mij herinnerde, Violets dood zou verhaasten, maar ik voelde dat de kilheid van de familie en de kilheid in mijn gebeente die ik mij herinnerde, haar kwaad zou doen omdat het mij ook kwaad zou doen. Het zou ondraaglijk zijn te worden gescheiden van mijn zusje. Maar Vader was gaan piekeren over zijn kind en over het verwarrende patroon van haar symptomen. Hij had er een andere dokter bijgehaald, een eminente collega uit St Helier die haar had onderzocht en 'een verandering van lucht' had voorgeschreven. Hij zag haar lusteloosheid en bleekheid ten onrechte aan voor verveling en wuifde, met de typische geringschatting van de ene dokter voor de andere, Vaders zorgen over iets ernstigers weg.

Vader vergaf het zichzelf nooit dat hij Violet had laten gaan. Hij gaf er zichzelf de schuld van dat hij de tekenen van haar slopende ziekte onvoldoende zorgvuldig in kaart had gebracht, om te weten dat een verblijf in de moerassige Fens het laatste was, dat ze kon gebruiken. Zijn eigen aftakeling begon tegen de tijd dat Violet terugkwam, uitgemergeld en met het brandmerk van de vermiljoenen vlekjes op haar wangen. Wat Violet zelf betreft, die was altijd nieuwsgierig geweest naar de Berry's en wilde ze graag zien, dus was ze, al vond ze het naar bij ons weg te gaan, opgewonden over de reis.

Vader vergezelde haar op haar tocht, helemaal tot aan het station van Grantham, waar hij haar toevertrouwde aan de veilige zorgen van de wachtende Edgar. Ze bleef de hele maand augustus op Berry Place; ze schreef bijna elke dag brieven vol schetsen van haar neven, nichten, tantes, ooms en onze zwijgzame grootvader die werd gemarteld door zijn jicht, en van de tierende, verouderende matriarch die onze grootmoeder was. Het leek erop dat Violet een succes was in Lincolnshire. De familie riep haar uit tot 'een echte Berry' en dat was, zoals ze schreef, 'allemaal berry well, maar is er niet nog iets anders in het leven?'

Aan het eind van augustus kwam er een vleugje heimwee in haar brieven en toen het september was geworden, kwamen er niet meer dan twee brieven in de week gepost, zoals ze ons meldde, door een meisje uit de buurt, Rumsey, die werkte als dienstmeid, werkster en zondebok in algemene dienst onder een vervaarlijke hiërarchie van stug personeel. Rumsey, zo vertelde ze, zwakte de spartaanse regels van het huis soms een beetje af voor haar en hield haar op de hoogte van de voortgang van de familievetes die, zo leek het, voortdurend woedden om kleinigheden. Toen Violets brieven midden september abrupt ophielden, schreven zowel Moeder als Vader om te informeren hoe het met haar was. Drie weken lang werd hun stijgende ongerustheid beantwoord met beleefde maar besliste afwijzingen door Grootmama: 'het gaat goed met Violet, ze heeft een lichte verkoudheid opgedaan, maar is weer helemaal beter.'... 'Violet heeft het te druk met haar nichtjes en neefjes om zelf te schrijven, maar ze zendt haar groeten.'... 'Violet heeft beloofd te zullen schrijven' – maar er kwam geen teken van Violet zelf. Dat zou er ook nooit gekomen zijn, als Rumsey geen slecht gespelde boodschap naar 'Het IJland van Jersy' had gestuurd met daarin: 'Vilet gaat dood als u ze niet kom halen.'

Moeder en Vader vertrokken met de eerstvolgende boot. Ik weet die dag nog want het was 5 oktober, mijn verjaardag. Ik was twintig geworden en ik beloofde mezelf, ik beloofde God en ik beloofde de woeste golven van de zee, dat ik, als Violet bleef leven, de hele rest van mijn eigen dwaze leventje zou geven aan lof en dank voor die genade. De drie dagen dat ze wegbleven, leken de langste die ik ooit had meegemaakt. Alle geluk en veiligheid van ons bestaan waren ineens weggeslagen. We waren allemaal veranderd, het hele gezin. Ivy, die zestien was en bijna even bang als ik, klampte zich aan mij vast. We huilden drie dagen lang, alsof ons zusje al gestorven was en toen, op de derde dag, bracht een vreemd rijtuig haar bij ons terug.

Het was het eiland dat haar redde, al begonnen de verkleurende kastanjebladeren al tekenen van de winter te vertonen. Het weer was zacht en het bleef zacht in de weken die nodig waren om haar terug te brengen uit haar gesloopte en erbarmelijke staat naar iets dat in de buurt kwam van haar vroegere zelf.

Toen keerde het tij en nu was het de beurt van Grootmoeder Berry om haar dochter te schrijven en haar om vergeving te vragen. Grootmoeder schreef dat ze meer van Violet hield dan van welk ander kleinkind ook en toen die ziek werd, eerst alleen die verkoudheid, had ze gedacht dat ze haar eerst beter zou maken voor ze het ons liet weten. Toen de verkoudheid in een bronchitis veranderde en Violet steeds meer koorts kreeg, had ze dat niet durven erkennen. Toen de ziekte erger werd en Violet maar niet door de crisis heenkwam, had Grootmoeder niet geweten hoe ze moest toegeven dat ze ongelijk had gehad. Ze had gehoopt en gebeden en haar kleinkind zelf verpleegd, ze had bij haar gewaakt in plaats van de verpleegster die ze had laten komen.

Vader vond het even goed zijn schuld als die van zijn arrogante schoonmoeder en Moeder verloor de ruggegraat van haar trots. Nooit eerder had ze een gebrek in een Berry kunnen ontdekken, maar door de verwaarlozing van haar lievelingsdochter, leek ze ineens te vinden dat er iets mis was met haar verblinde, trotse familie. Ze vergaf het mijn grootmoeder nooit, zelfs niet in de zesendertig maanden van respijt, die verliepen tussen hun terugkeer op Jersey en het moment dat Violet stierf.

Toen de lucht van het eiland haar weer deed opleven, begon Violet te zeuren om een beloning. Eerst was het idee verweven met de wartaal van haar ijlkoorts, maar algauw werd het een smeekbede. Als ze beter werd, wilde ze met mij naar Italië. Vader zou haar, in de staat waarin hij verkeerde, alles beloofd hebben. Ze had naar Groenland of Patagonië kunnen gaan, of naar de Grand Canyon, of Timboektoe. Als het haar kalmeerde en haar koorts bedaarde, had Violet elke wens onder de zon ingewilligd kunnen krijgen.

'Als ik blijf leven, Vader, laat me dan naar Italië gaan, naar Italië alstublieft.'

En Vader depte dan haar voorhoofd met een in pure alcohol gedrenkte doek, en zei met tranen in zijn ogen: 'Natuurlijk ga jij naar Italië, schatje, natuurlijk.'

Toen herstelde Violet van haar ziekte, net als Vader voor haar en ze sterkte weer aan door de zachte zeewind. In de lente van 1890 was ze beter, althans zo leek het. Vader had aan dezelfde ziekte geleden en inmiddels al weer vijftien jaar geleefd als een gezond mens. Geen van ons wist, ook Violet niet, dat zij was voorbestemd om jong te sterven. Intussen was haar verwarde verlangen naar Italië tot een echt plan gerijpt, met de hulp van een van onze buren die al van Violet hield toen ze nog een klein kind was. Zij was bereid gevonden ons beiden drie maanden te chaperonneren op het Continent, eerst door het zuiden van Frankrijk en dan naar Italië.

Hoofdstuk 21

Al maanden voor de reis begon, brachten we onze winter door met oefenen en voorbereiden. We hadden een handjevol woorden en zinnen bij elkaar gesprokkeld en voegden daar alle muziektermen bij die we kenden; we produceerden zo een vloeiend koeterwaals dat bijna uitsluitend op bijwoorden berustte. Ons leven leek er naar verhouding groter door te worden en op te zwellen van energie. We probeerden ons te gedragen zoals we dachten dat Italianen deden. We hadden gehoord van hun theatrale kwaliteiten en we overdreven alles wat we deden om aan dit vooropgezette idee te beantwoorden. We 'liepen' niet meer de trap af, we slopen *pianissimo* naar beneden. Simpele vragen aan de ontbijttafel werden niet meer beantwoord met een hoofdschudden of een glimlach, maar met een ontkennend *fortissimo*. Op een dag probeerden we al onze gevoelens in muzikale frasen uit te drukken. Elke dag was het *allegro* zodanig *crescendo*, dat de rustiger types in het gezin en in het dorp blij geweest moeten zijn toen we eindelijk wegvoeren naar Frankrijk en er een eind kwam aan onze drukte.

De opwinding was niet te vermijden. We gingen naar Italië, de Koningin van de Middellandse Zee, de woonplaats van de Romeinen, de opera en de schoonheid, de gekroonde monarch van de schilderkunst. Violet wilde de schilderijen zien; ik was blij dat ik met haar mee mocht. Voor mij was de sensatie met haar te reizen, haar voor mij alleen te hebben, haar gelukkig en (naar het scheen) gezond te zien in de mooie omgeving van Ligurië en Toscane, meer dan genoeg om te voldoen aan mijn behoeften en zelfs aan mijn stoutste dromen.

Onze chaperonne was weduwe, mevrouw Travis-Clemmons. Ze had heel dun haar boven op haar hoofd, dat ze bedekte met haar knotje en een streng kunsthaar die haar de enige problemen gaf waar we op onze reis mee te kampen kregen, totdat het onheil toesloeg. Ze was ook mollig, ze had last van de warmte en ze had wat een verslaving moest heten aan citroenzuurtjes. Een heel valies in haar bagage was gereserveerd voor die zure snoepjes. Het was altijd het eerste bagagestuk, dat bij aankomst werd gecontroleerd en op het inladen ervan werd met de grootste zorg toegezien door mevrouw Travis-Clemmons in eigen persoon.

In zekere zin dank ik alles aan die citroenzuurtjes, want als het valies waar ze inzaten niet ergens tussen Pisa en Florence was zoekgeraakt, zou mevouw Travis-Clemmons zich niet hebben teruggetrokken in ons pension om er zo hevig om te gaan rouwen dat Violet en ik aan onszelf werden overgelaten. De eerste drie dagen vonden we het onze plicht om binnen gehoorsafstand van onze chaperonne te blijven. Het was echter onmogelijk meer dan een paar minuten achter elkaar aan haar zijde te verkeren, want haar verdriet was aan de ene kant zo luidruchtig en aan de andere kant zo ondoorgrondelijk dat het ons totaal leek buiten te sluiten.

Tijdens de eenzame jaren van haar weduwschap had mevrouw Travis-Clemmons zich getroost met haar speciale snoepjes; ze had de precieze smaak en geur van elke soort leren onderscheiden. Ze hadden hun goede en slechte jaren, zoals de citroenen die ervoor gebruikt waren, hun goede en slechte oogsten hadden. Een van de redenen, zo leek het, waarom mevrouw Travis-Clemmons vaak op reis ging, was het opsporen en mee terugnemen van nieuwe ondersoorten en variaties van het citroenzuurtje in ruime zin. Hoewel ze in de afgelopen jaren alle verkrijgbare soorten in de snoepwinkels van Frankrijk, Zwitserland en Duitsland had opgevist en zowel ter plaatse had geproefd als meegebracht voor een zorgvuldige vergelijking, was het merk van St Helier ongeslagen gebleven. Ondanks haar trots dat ze zo dicht bij het kampioensnoepje woonde, bleef ze hunkeren naar een nog onontdekt merk dat de ultieme extase zou bewerkstelligen op het gebied van zuurtjes.

Het zwak van onze chaperonne voor citroenzuurtjes was ons al welbekend voor we op de boot waren gestapt. Haar voorliefde was in een kring van vele kilometers rond ons dorp met toegeeflijkheid opgemerkt. Er was nauwelijks iemand in de buurt die nooit eens staande was gehouden met zijn rijtuig of kar en was verzocht, als hij of zij naar St Helier ging 'een halfpondje mee te nemen van de beste citroenzuurtjes uit Lemprière Street'. Mevrouw Travis-Clemmons was ook een van de voornaamste organisatrices van het jaarlijkse parochiefeest en sommige van haar chrysanten kweekte ze speciaal voor de oogstfestiviteiten. Als er iemand in het dorp ziek was, maakte zij de beste bouillon in St John en haar rozebottelsiroop was spreekwoordelijk als het om koude genezende drankjes ging. Haar obsessie voor citroenzuurtjes leek dus nogal onschuldig. Het zou zeker niet bij onze ouders zijn opgekomen als een reden om haar uit te sluiten als geschikt reisgezelschap.

En toch, hoewel we haar allemaal wel eens een citroenzuurtje hadden zien aanbieden, bewaren of opzuigen en haar karakter kenden zoals het was als ze zo tot rust was gebracht, had niemand van ons haar ooit gezien als ze beroofd was van haar reddingslijn. Van de beminnelijke, zorgeloze gids, haar ene hand spelend met het handvat van haar parasol en de andere permanent verzonken in de brokaten tas die rond haar niet onaanzienlijke middel hing, haar vingers aan haar talismannen, haar mascottes, haar liefdes, de kostbare citroenzuurtjes, werd ze een weeklagende helleveeg.

Toen het zondigende valies niet bleek aan te komen, verloor mevrouw Travis-Clemmons onmiddellijk haar zelfbeheersing en begon ze te schreeuwen, niet alleen tegen de kruiers, maar ook tegen nieuwsgierige voorbijgangers. Ze plukte en trok zo aan hun kleren en aan henzelf, dat er een half uur later een hele oploop was ontstaan rond het stukje Lungarno dat vlak bij ons rustige hotel lag; onze zachtmoedige chaperonne was paars aangelopen in haar gezicht en hield plukjes haar en reepjes kleding in haar handen geklemd en ofschoon er geen herkenbare woorden meer uit haar mond kwamen, bleef ze een warrige stroom van protest uithijgen. Mevrouw Travis-Clemmons mompelde nog steeds in haar slaap, die nacht, nadat er een Engelse dokter was gehaald door een ontdane pensionhoudster, om haar iets kalmerends te geven.

Aan het eind van de volgende morgen, ondanks het aanlokkelijke uitzicht van de Ponte delle Grazie die zich over de rivier spande, lag onze chaperonne ontroostbaar in haar kamer, die ertoe uitnodigde aan de andere kant voor het raam te gaan zitten, de Arno te aanschouwen en de stad erachter, met haar geschakeerde rode koepels en haar enorme marmeren poorten op nog geen honderd meter van de deur van ons hotel. Maar de toestand van mevrouw Travis-Clemmons liet geen tocht langs bezienswaardigheden toe, zelfs niet het kijken ernaar. Tussen haar huilbuien door, stond ze op en wrong dan haar handen of sloeg op haar borst op een manier die er erg pijnlijk uitzag.

'Wat kunnen jullie meisjes weten van verdriet?' klaagde ze. 'Hoe kunnen jullie begrijpen wat het is het liefste te verliezen dat er in de wereld is? Eerst was het meneer Travis-Clemmons en dat leek de hardste slag die iemand van het zwakke geslacht ooit zou moeten dragen. Maar nu... nu...' jammerde zij, dramatisch beukend op haar korset, 'nu zijn mijn lievelingen van me afgenomen, gestolen, geroofd door bandieten. O Violet, Florence, waar kunnen ze toch zijn?'

Ze ging zitten en weer staan en weer zitten, rusteloos geworden door het gezamenlijk gewicht van haar emotie en haar gekwelde vleselijke behoefte. De laatste overgebleven citroenzuurtjes waren opgesabbeld als tegengif voor de schok van het verlies van haar kleine metgezellen. De inhoud van haar grote en kleine koffers en tassen was op het bed en het tapijt gegooid in een reeks wanordelijke hopen.

'Meisjes, meisjes, denk toch eens aan die kleintjes, die gele diamantjes die ik in München heb gevonden, bedenk dat ze misschien in de ongewassen handen van een boerenknecht terecht zijn gekomen. Bedenk Violet, dat ze misschien uitgestrooid zijn over de akker die hij aan het ploegen is, bedenk dat ze vertrapt worden onder zijn blote voeten en dan – nee, nee, het is te erg. Florence, mijn reukzout, en die ronde suikersnoepjes die ik voor 's avonds bewaar. Waar zijn die? Is ooit een christenmens zo zwaar beproefd als ik?'

Uit zulke diepten van pessimistische neerslachtigheid

kon onze door smart overmande vriendin zich plotseling tegen ons keren.

'Waarom hebben jullie niet gemerkt wat er gebeurde? Jullie hebben veel scherpere ogen dan ik. Jullie hadden het moeten zien. Het is een schande dat ik jullie twee helemaal van waar ik thuishoor heb meegenomen naar deze martelkamer en dat dit jullie dank is. Zoveel ondankbaarheid heb ik nog nooit meegemaakt... Mijn kleintjes, mijn zuurtjes... Violet, ga vlug naar beneden en vraag of er nieuws is. Florence, jij moet navragen bij het station. Jullie moeten allebei teruggaan en bij de bagage gaan zoeken. Wat begrijpen die mensen hier van de mooie dingen van het leven? Ja, je moet een rijtuig bestellen en mijn lieve schatten bij me terugbrengen.'

We wisten geen van beiden een houding te vinden tegenover haar ongedurige autoriteit. Het ene ogenblik stonden we op om te doen wat ze had gevraagd, het volgende duwde ze ons weer terug op onze stoel om nog eens uit te weiden over de voortreffelijke eigenschappen van haar culinaire juweeltjes.

Uiteindelijk, toen mevrouw Travis-Clemmons' energie begon weg te ebben en haar woede dienovereenkomstig bedaarde, kreeg haar aandrang de overhand dat het station doorzocht moest worden en de schuldigen aan haar voorgeleid ter ondervraging. Violet en ik werden ongechaperonneerd de stad ingestuurd. Het figuur dat (zoals ons verteld was toen we van de Franse Rivièra naar Italië gingen) ooit de glorie was geweest van St Helier, begon snel de oude luister te herwinnen. Mevrouw Travis-Clemmons weigerde te eten. Ze zei dat ze liever wou sterven dan nog een hapje aanraken dat niet was gekruid door haar gewone bron van genot.

Na een verwarrende en niet succesvolle tocht naar

het station, lieten Violet en ik ons huurkoetsje achter bij de pilaren van de galerij van het Uffizi en gingen lopend de stad in, niet zozeer met de bedoeling er verliefd op te worden als wel om het gebroken hart van onze chaperonne te genezen door een Italiaans equivalent van het citroenzuurtje op te sporen. We vonden pepermuntjes en jujubes en allerlei notentoffees, dingen die duidelijk ananasklontjes waren, amandelschuimpjes en tientallen kraampjes met wijn en citroenen, maar geen citroensnoepjes. De pensionhoudster stelde ten slotte voor dat onze geachte mevrouw maar moest afdalen naar de keukens om er toe te zien op de vervaardiging van een nieuwe voorraad van die snoepjes. Het was bepaald niet haar eerste voorstel. Ze had ons verschillende keren gesmeekt te vertrekken, terug te gaan naar huis, onze protesterende chaperonne tot zwijgen te brengen (desnoods met laudanum). De andere gasten klaagden, vertelde zij ons, en ofschoon ze had uitgelegd dat mevrouw Travis-Clemmons onlangs een groot verlies had geleden, werd haar gedrag zelfs voor een weduwe, zelfs in Italië, overdreven geacht.

De volgende tien dagen keerde een wankele vrede terug in het Pensione Grande Bretagne, terwijl er in de keukens experimenten werden uitgevoerd. Kilo's suiker en citroenen werden gekookt en getest, geproefd en verworpen, totdat er langzamerhand een aanvaardbare vervanger werd gevonden. Ofschoon dat veel consternatie veroorzaakte onder het keukenpersoneel, had de pensionhoudster dat blijkbaar liever dan het weeklagen en ijsberen van de voorafgaande periode en zij moedigde onze chaperonne aan het grootste deel van de dag te besteden aan haar arbeid.

Intussen hadden wij meisjes de stad voor onszelf. Het was heet, maar niet ondraaglijk, we dronken ijsthee onder onze parasols op de Piazza della Signoria, we wandelden door de Tuinen van Boboli en de hoge, gewelfde zalen van het Palazzo Pitti, door de donkere steegjes die van het ene plein naar het andere leidden en we stonden urenlang de koele kerken te bewonderen met hun eilandjes van dunne kaarsen en hun uit het donker oplichtende muurschilderingen.

Dag na dag gingen we terug naar het Uffizi en haastten ons door de prachtige gangen die zo breed waren als hele kamers en beschilderd van de vloer tot aan het plafond, op zoek naar Botticelli's. Violet was verliefd op Botticelli. Ze aanbad zijn werk zo hevig dat haar trek in zoiets aards als eten evenzeer achteruitging als die van onze eens zo dikke vriendin. Violet hield vooral van 'De geboorte van Venus'. Urenlang stond ze ervoor, starend naar de zee en de witgekuifde golven in een soort extase.

Ik beken dat ik er soms ongedurig van werd, hoewel ik probeerde het kunstwerk even aanbiddelijk te vinden als zij. Ik hield van het zachte gezicht en het blanke, sierlijke lichaam; ze deden me denken aan Violet zelf. Ik vroeg me af of zij dat ook zag, maar het leek bijna heiligschennis haar dat te vragen. Altijd als ik aan Violet denk, denk ik aan de zee, en omgekeerd. Als ik goed genoeg naar de golven staar, kan ik me bijna verbeelden dat ik haar blanke lichaam zie oprijzen om, op haar etherische schelp, de stormen te bedwingen.

Ik hield zoveel van Violet en ik miste haar zo, dat het mijn grootste zegening was dat ik Kitty kreeg, al bij de geboorte haar evenbeeld. Moeder vond het heel eigenaardig, dat toen Kitty werd geboren, ze zo als twee druppels water op haar eigen verloren dochter leek. Ze zei tegen me wat ik zelf al wist: dat er een verband moest zijn. Zulke smaragdgroene ogen had verder niemand die ik ooit heb gezien of van wie ik ooit heb gehoord. Moeder heeft er eens om moeten huilen, want ze was bang, zei ze, dat de ogen van de kleine Kitty van voorbij het graf kwamen. Ik weet nog dat ik er boos om werd; Kitty was toen drie of vier. Toch had Moeder gelijk.

Natuurlijk wist ik daar nog niets van toen ik in Florence was, zo betoverd door de schoonheid van die stad, dat mijn voeten de straatkeien nooit leken te raken en mijn nek in een stijve klem raakte door het opkijken naar zoveel engelen en fresco's. Toen we terug waren op Jersey werden we heel nauwkeurig ondervraagd over onze reis. Niemand kon begrijpen hoe we vertrokken waren als twee trouwe en tevreden leden van de Engelse Kerk om een paar maanden later allebei terug te keren als aspirant-katholieken. Als de Kerk van Rome ons meteen had willen opnemen, zouden we er ter plekke toe zijn overgegaan – zij zorgde voor het uitstel, wij niet. Want zelfs de katholieke pater van de kerk van de Heilige Maria en de Heilige Petrus in de Vauxhall Street bij de pier, was op zijn hoede voor onze plotselinge, ongehoorde geloofsverandering. 'Ongehoord' was Moeders woord, afkomstig uit de Berry-hoogten, waar Moeder zich tijdelijk op had teruggetrokken om te proberen haar andersdenkende dochters van hun voornemen af te brengen.

Als later iemand me vroeg hoe en waarom ik de godsdienst van mijn jeugd had ingeruild voor het paapse geloof, zei ik altijd dat het gekomen was door de schoonheid van de Santa Croce, omdat het makkelijker is zo'n grote verandering toe te schrijven aan een enkele oorzaak. Het is net als wanneer je te laat komt op school: je wordt eerder geloofd als je maar één excuus hebt. Daarom had ik het nooit over mijn liefde voor Violet en haar schoonheid; hoeveel ontroerender dan welk schilderij ook, de aanblik was geweest van Violet verzonken in 'De geboorte van Venus', de lieflijkheid van Botticelli's godin weerspiegeld in mijn zusje en die twee gevat in de schrijn van het vreemde, gelige Toscaanse licht waarin heel Florence baadde toen wij daar waren.

Evenmin had ik het over de verontrustende nevenintrige van de hysterie en het verloop daarvan, van onze chaperonne. Want het mag achteraf triviaal lijken, maar als mevrouw Travis-Clemmons haar zuurtjes niet was kwijtgeraakt, dan hadden Violet en ik nooit de vrijheid gehad om rond te zwerven of te blijven staan om de bedwelming in te drinken van zowel de Botticelli's als de kerken. Maar het klinkt gewoon niet serieus genoeg om de openbaringen en visioenen die je ten deel zijn gevallen, te moeten toeschrijven aan een snoepje.

Er is iets gebeurd in Italië, en ik weet nog steeds niet precies wat het was. Ik weet dat het begon met de bloemen en de zoete, bedwelmende geur van de blauweregen, de wallen en lanen als een waterval van acacia's. Als ik doodga zou ik graag begraven worden op een bedje van blauweregen of misschien gewoon onder een knoestige, overhangende blauweregenstruik. Het zou wel zonde zijn de bloemen ervoor af te snijden. Misschien moet ik maar met viooltjes begraven worden, want viooltjes worden toch geplukt voor boeketjes, afgesneden als ze nog heel jong zijn, zoals mijn zusje Violet toen ze net twintig was.

Hoofdstuk 22

Drie keer in mijn leven ben ik van het eiland afgegaan. Een keer, de eerste, naar Italië; een keer voor de droeve tocht naar Londen met Moeder en Vader en Ivy, om Violet begraven te zien worden op het katholieke kerkhof van St Joseph's in Hampstead; en een keer, de laatste, voor mijn ballingschap. Elke keer leerde ik, hoewel ik op reis ging met wat ik voor mijn eigen bedoelingen hield, een ander aspect kennen van Gods wil. In Florence toonde Hij me Zijn glorie; in Londen leerde ik dat Hij voorwaar een naijverige God was; en later, in al de jaren van mijn eenzaamheid, leerde ik Hem te dienen en in te zien dat mijn eigen lijden niets was vergeleken bij dat van anderen. Ik werd in de verontrustende Drieëenheid van mijn eigen gezin geplaatst om Zijn wil te doen.

Violet was geroepen om te schilderen en ze werd uit haar roeping weggenomen. Maar ik werd geroepen om te beschermen en te verzorgen. Kitty heeft de wereld zoals die zich aan haar voordeed nooit begrepen. Er waren te veel veranderingen. Emily de Gruchy begreep het ook niet. Ik weet zeker dat ze daarom in bed is gekropen. Het was de enige veilige plek. De ziekenkamer kon ze onder controle houden; ze kon net doen of, als ze beter werd, alles daarbuiten hetzelfde was gebleven. Als ze er niet naar keek, kon ze doen of er niets veranderd was, of haar Harry niet was gestorven, en haar andere zoon niet zoveel had geleden in de oorlog, dat niets wat zijn moeder zei of deed, nog door zijn barrières heen kon breken.

En Kitty? Die was nooit als wij anderen, die paste meer in de sprookjes die ik haar voorlas. Ze deed haar dansschoentjes aan en danste zichzelf dood, niets anders leek haar echt toe. Maar haar lievelingsverhaal was dat over de Sneeuwkoningin, die haar slachtoffers trof met een ijssplinter en zo voor eeuwig aan zich bond. Ik weet zeker dat Kitty dacht dat ze door met haar ogen te flitsen, van die koude, brandende splinters uit haar sprookjesboek kon uitzenden. Ze heeft nooit beseft dat het liefde was en geen angst wat anderen voor haar voelden. Ik ben nooit bang van haar geweest. Ik was bang voor haar. Ik ben bang voor haar. Wat zal er worden van die zuidpoolblik van haar, als ik niet meer leef om haar te helpen?

En Joan? Joan was als mijn eigen kind. Zelfs dat ze zo groot was, wat Kitty kwaad maakte en pijn deed, leek soms op een wonder. Ik had zelf vijf baby's verloren. Vijf kinderen die ontstonden en dreven in mijn schoot en die met evenveel pijn geboren werden als Kitty. Elke keer maakte Agnes de linnen doek klaar, het windsel waarin mijn kleine zoontjes en dochtertjes gewikkeld werden. Ik borduurde de randen van die linnen doeken zodat de begrafenis minder troosteloos zou zijn. Zo gingen al mijn kleine, gewichtloze baby'tjes verloren, en in hun plaats werd Joan me gegeven, die zo groot was als zij allemaal bij elkaar.

Ik had zo graag nog een kind gehad, eentje om Kitty gezelschap te houden. Ze zei altijd, ook toen ze nog een klein meisje was, dat ze het best vond alleen, maar ik voelde, toen al, dat ze iemand nodig had. Toen ze terugkwam uit Canada, zo wild en boos, besefte ik niet dat het kind dat ze droeg voor mij zou zijn. Ik besefte dat ze veel leed en ik weet dat ze mij daar de schuld van gaf. Ze schreeuwde tegen me in haar beproeving en beschuldigde me dat ik haar met opzet zo deed lijden. Maar dat was niet waar. Nooit ben ik er zo dichtbij geweest mezelf dood te wensen als in die nacht van Joans geboorte. Ik hield van Kitty, meer nog dan ik van Violet hield, misschien omdat Kitty zwak was en me nodig had, terwijl mijn zusje zo sterk was geweest. Niemand had kunnen weten dat ze zo'n vreselijke pijn zou moeten doorstaan. Niemand had haar dat kunnen toewensen.

Ik heb wel horen zeggen dat de weg naar de hel geplaveid is met goede bedoelingen. Ik denk niet dat Kitty ooit de mijne begrepen heeft. Ze heeft zich nooit hersteld van die nacht. Wat Joan ook deed of zei of was, haar moeder was niet in staat van haar te houden. Het zou verkeerd zijn haar daarom te veroordelen. Ik heb zo vaak geprobeerd het aan Joan uit te leggen. We waren voor elkaar bestemd, zij en ik.

Meteen vanaf het moment dat ze geboren werd en de dokter haar aan mij overgaf, waren we elkaar tot troost. Ze had zware botten. Ze werd hongerig geboren en ze huilde zoals ik nog nooit een baby heb horen huilen. Ik denk dat ze hongerig was naar haar moeder. Vijf dagen gingen voorbij en nog steeds had ze geen naam. Ik probeerde Kitty erover te benaderen, maar die verdroeg geen enkele opmerking over het kind dat haar zo dicht bij de dood had gebracht.

'Maar Kitty, ze moet toch een naam hebben, ze moet gedoopt worden.'

Kitty heeft nooit gewild dat Joan bleef leven, niet voor de geboorte en niet erna. Ze haatte haar. Ik heb vetes, antipathieën en voorliefdes gezien en ik weet dat het waar is dat niet alle moeders van hun kinderen houden en dat, als ze het wel doen, de liefde niet gelijk verdeeld is. Mijn moeder hield het meest van Violet en ik denk, dat als ik nog een kind gekregen zou hebben, een kind dat niet was gestorven, ik toch het meest van Kitty zou hebben gehouden. Maar Kitty haatte Joan. Het was niet eens de voorbijgaande, felle haat van de oorlog, toen we allemaal de Duitsers leerden haten en daarna die plotselinge haat weer lieten verflauwen en verdwijnen, zodat de slachtingen spoedig waren vergeten. Zelfs Emily de Gruchy haatte de Duitsers niet, ze haatte de oorlog. En de andere Emily, Dickies nichtje, die haar man in Frankrijk verloren had en probeerde de verveling van haar weduwschap met reizen te verdrijven, die kon het niet opbrengen naar Frankrijk te gaan, maar ze bracht wel menig seizoen in Baden-Baden door. Maar wat Kitty voor Joan voelde was toch anders dan dat. Het was als vergif.

Ik koos de naam. Het was het jaar van de heiligverklaring van Jeanne d'Arc, St Joan, en veel baby's die dat jaar geboren werden, kregen de naam van de Maagd van Orléans. Ik dacht dat de naam haar zou helpen en kracht zou geven. Ik hoopte dat hij er niet toe zou bijdragen een martelares van haar te maken. Dickie zei dat namen heel belangrijk waren. Toen Kitty geboren werd, had ik al besloten dat ik, als het een meisje was, haar graag Violet wou noemen. Dickie vond het morbide een kind te vernoemen naar iemand die zo kort geleden gestorven was. Toen we haar te zien kregen, met haar groene ogen wijd open, niet gesloten zoals de ogen van andere baby's, en ze uit het kant van haar wiegje staarde, lieflijker dan alle baby's die ik had gezien, zei ik: 'Laat haar alsjeblieft Violet heten, Dickie, kijk nu toch. Ze is Violet. Je hebt de miniatuur gezien. Alsjeblieft.'

Het leek of hij schrok, dat Kitty daar al zo duidelijk iemand was. Ik denk dat hij dacht dat baby's een vrouwenzaak waren, iets dat een man niet kan begrijpen tot ze opgroeiden en tegen een knie konden leunen en vragen stellen. Het bracht hem van zijn stuk dat zijn eerstgeboren meisje naar hem lag op te staren met zo'n duidelijk begrip in haar ogen. Ik weet nog dat de deur openvloog en dat hij rilde van de tocht.

'Nee, Florence, nee, dat moet je niet doen. Het is griezelig. Ik wil haar niet verstrikt hebben met de overledenen. Kies een andere naam, wat je maar wilt, maar niet Violet.'

Ik koos Kathleen, een naam uit Dickies familie; ook naar een vriendin uit mijn jongemeisjestijd in St John en ook naar Kathleen Pitsligo, die me Agnes had gestuurd om mij door mijn dagen te helpen. Het leek een goede naam toen ik hem koos, maar het werd Kitty voor het een maand verder was en Kitty is het gebleven. Er zit iets magisch in namen, een verborgen kracht. Neem mijn naam bijvoorbeeld, Florence. Zelfs voor we naar het eiland verhuisden, wist ik dat ik met Italië was verbonden. Ik droomde van Florence en hield ervan nog voor ik er was geweest. Ik was vreselijk teleurgesteld toen ik ontdekte dat ze het in het Italiaans Firenze noemen. Het voelde als verraad. Ik sympathiseerde met mevrouw Travis-Clemmons op de eerste dag van haar verdriet en ik erken, dat dat niet zozeer kwam door het verlies van haar snoepjes, maar door de deuk in mijn misplaatste trots. Firenze. Ik hou daar nog steeds niet van. Het is het enige aan Italië waar ik niet van hou. Florence klinkt veel aardiger.

Joan werd dus, verengelst, naar Jeanne d'Arc genoemd met Mary als tweede voornaam – een naam van genade, een offergave. Kitty had gezegd dat ik maar een naam moest kiezen. Ze zei dat het haar niet kon schelen hoe we het noemden, zolang ze het maar niet hoefde te zien. Het, altijd 'het', zo bleef Kitty onze baby maar aanduiden. Soms noemde ze Joan 'het ding', wat nog erger was. Ik geloof niet dat ze ooit Joans naam heeft gebruikt. Achttien jaar lang zag ze kans die niet te noemen, het woord niet uit te spreken, zo lang om een onderwerp heen te draaien tot ze vermeden had 'Joan' te moeten zeggen.

Kitty heeft nooit van baby's gehouden. Toen ik zwanger was, de vijf keren dat ik een miskraam had, zei de kokkin tegen Agnes dat ze dacht dat Kitty de weeën veroorzaakte. Ik weet nog dat ik, toen Agnes me dat vertelde, de kokkin boven liet komen op mijn kamer en haar vroeg: 'Wat heb je Agnes gezegd over Miss Kitty?'

De kokkin werd vuurrood, ze keek naar Agnes of ze die in haar gezicht wilde slaan, ze schuifelde in de deuropening met haar platvoeten en mompelde: 'Niks, mevrouw.'

Ik kon zien dat ze iets verzweeg en ik was kwaad over haar boosaardigheid. Kitty was toen pas zeven en het leek heel verschrikkelijk dat iemand in een vertrouwenspositie, wat de kokkin was, roddelde over ons kind in onze eigen keukens.

'Is het waar dat je denkt dat Miss Kitty's aanwezigheid een slechte invloed heeft op mijn gezondheid?'

De kokkin bleef staan schuifelen, toen hield ze plotseling op, keek me recht in mijn gezicht en zei bijna uitdagend: 'Ja mevrouw... Ze doet het ook bij de jonge hondjes. Vraag het maar aan de stalknecht. De setters worden allemaal dood geboren als Miss Kitty in de buurt komt.'

Ik gaf de kokkin een maand extra salaris in plaats van de opzegtermijn en we hadden een vreselijke week waarin we een vervangster zochten. Dickie klaagde dat de nieuwe kokkin lang niet zo goed was. Hij zou behoorlijk kwaad zijn geworden als hij niet om mijn toestand had moeten denken. Ik heb hem natuurlijk nooit verteld waarom ik haar ontslagen had, maar ik heb mij, sinds we naar Hendon verhuisden, vaak een beetje schuldig gevoeld over mijn strengheid jegens de arme vrouw. Want eigenlijk had ze alleen maar iets opgemerkt, wat ik niet had gezien. Kitty was een goed kind, beter dan wie ook, vind ik, maar ze had soms heel gestoorde gedachten en het zou kunnen dat zulke innerlijke narigheden schadelijk zijn voor een zwangerschap.

Was dit maar niet of dat maar wel gebeurd – Kitty's leven na de oorlog was zo vol van zulke overwegingen. Er was er maar één bij die werkelijk het grootste verschil zou hebben gemaakt, dat weet ik zeker. Waren we Claremont maar niet kwijtgeraakt. Claremont betekende meer voor haar dan welke mens ook. Ze hield van dat huis. Ze hield er al van als klein kind en ze is het scheiden ervan nooit te boven gekomen. Zelfs Joan zou daar misschien aanvaardbaarder voor haar zijn geweest. Joan had kunnen opgroeien in de kinderkamers en Kitty had haar nauwelijks hoeven zien. Het zou niet nodig zijn geweest haar in die kloosters te verstoppen. Claremont was groot genoeg om een kind op te slokken. Met een behoorlijk kindermeisje en voldoende personeel had Kitty haar leven daar zo anders kunnen leiden. De schaal van onze moeilijkheden groeide omgekeerd evenredig met de grootte van ons huis. We waren te krap behuisd in Hendon – veel te krap om de spanning van al die bitterheid van Kitty te verbergen.

Ik probeerde hen zoveel ik kon van Claremont terug te geven door de herinnering eraan levend te houden.

Het was Kitty's huis. Ze had geen broers die het met voorrang op haar hadden kunnen erven. Het zou haar rechtens zijn toegekomen en later Joan. Ik wilde dat ze allebei dat erfdeel meekregen, al was het maar als herinnering. Ik miste Claremont zelf al zo; ik wist dat het voor Kitty ondraaglijk moest zijn. Daarom was het zo goed dat we dat huisje in Selsey hadden. Kitty was net als ik: ze hield van de zee. Ik heb voorgesteld ergens aan de zuidkust te gaan wonen, toen we naar Engeland gingen, maar Kitty zei dat ze daar zou doodgaan van verveling.

Ze wilde in Londen wonen. Als ze haar huis niet kon krijgen,wilde ze het eiland ook niet. Ze schaamde zich. Nadat Dickie was gestorven, meed ze al haar vrienden en vriendinnen en deed alsof die haar uitlachten om al haar tegenspoed. Toen ze in verwachting was, sloot ze zich van iedereen af. Alleen Agnes en ik mochten haar zien. En later gaf ze Joans rode haar als een extra reden op voor haar afkeer. Ze hield vol dat niemand het kind mocht zien. Eerst legden we de baby op het zolderkamertje om het ontroostbare gehuil zover mogelijk weg te houden van Kitty's vermoeide oren. Die had genoeg geleden om ook nog eens tot razernij te worden gebracht door dat gekrijs.

Agnes en ik deden alles wat we konden om Joan te kalmeren toen ze een baby was. We namen een voedster in dienst en toen nog een en nog een. Maar die konden niet tegen het gekrijs. Hoe vaak we de dokter er ook bij riepen, er leek niets aan de hand te zijn maar ook niets in staat om het huilen tot bedaren te brengen. Ik liep uren met haar in mijn armen, gaf haar het ene flesje melk na het andere. Ze zoog gulzig en zette het dan weer op een jammeren. Dat was de moeilijkste tijd. De dokter, de voedsters en de buren zeiden allemaal dat Joan haar moeder nodig had. Ze probeerden het allemaal, ze vielen bij

Kitty binnen met de krijsende Joan, maar alleen al het geluid, laat staan de aanblik van haar radeloze baby, maakte haar wild; ze begon dan zelf te gillen zodat het hele huis stond te schudden van de kakofonie.

Het duurde zes maanden eer Joan besefte waar de liefde vandaan moest komen en ze de attenties ging aanvaarden van Agnes en mij. Daarna groeide Kitty's paranoia gelijk op met haar ongewenste kind. Ze interpreteerde de kritische blikken die ze soms opving, als rechtstreeks tegen Joan gericht, terwijl het geen medelijden was met Kitty omdat die, zoals zij het noemde, met de monsterlijke roodkop zat opgescheept, maar medelijden met Joan die zo te lijden had onder haar moeders onverschilligheid.

Joan was een zoet en schrander kind, ze deed erg haar best om aardig en behulpzaam te zijn. Ik had me haar niet vromer en gehoorzamer kunnen wensen. Ze gaf me een troost die ik niet meer had verwacht. Ze was hartelijk en geestig en ik hield zoveel van haar als een moeder of grootmoeder maar kon. Maar ik zou er niet goed aan gedaan hebben, als ik blind was geweest voor bepaalde dingen. Joan was geen mooie baby en ze werd een nog minder mooi kind. Kitty verfoeide haar omdat ze zo groot was, maar hoewel ik toegeef dat haar groeitempo niet zo gelukkig was, was dat op zichzelf geen handicap. Kitty was zo buitengewoon klein, dat ze een ingeworteld vooroordeel had tegen grote mensen. Ik daarentegen was lang, zoals alle vrouwen in mijn familie met uitzondering van Violet, die zeveneneenhalve centimeter kleiner was dan ik. Moeder zei dat lang zijn een Berry-trek was. Toch weet ik niet of zelfs grootmoeder Berry met haar Lincolnshire-trots, blij zou zijn geweest mijn Joan te zien, die een meter drieëntachtig was op haar dertiende.

Kitty had met pure walging Joan zien groeien vanaf het moment dat ze als buitengewoon bovenmaatse baby ter wereld kwam. Zelfs lange jongens kwamen op haar leeftijd niet boven de een meter tachtig uit. Joan was omhooggeschoten. Elke keer dat ze terugkwam uit het klooster, had ze er weer wat centimeters en ponden bij gekregen. We wisten niet dat ze op haar dertiende zou ophouden met groeien. Het leek of ze er almaar mee door zou gaan. Joan zelf vond het vreselijk. Ik heb haar zelfs betrapt op roken en gin drinken in Selsey, naar ze zei, omdat haar oom Frank verteld had dat het de groei belemmerde. Het was onrustbarend. Zelf maakte ik me er ook zorgen over. Maar ze stopte bij een meter drieëntachtig, eigenlijk was het, geloof ik, een meter tweeëntachtighalf, maar het leek een beetje muggezifterig om het zo te zeggen. En het was nog steeds bijna dertig centimeter langer dan Kitty en, zeseneenhalve centimeter langer dan ik.

Erger dan haar lengte, haar sproeten, haar grote botten of haar grijze ogen (heel mooie ogen, maar ze deden Kitty aan Nelson denken) was echter de kleur van haar haar. Natuurlijk zou je graag een andere kleur hebben gezien. Rood is nu eenmaal onmiskenbaar een vulgaire kleur haar. Pitsligo schreef me dat veel Ierse meisjes rood haar hebben en het was me zelf ook opgevallen dat een aantal van de meisjes die ze door de jaren heen opstuurde, roodharig waren. Kathleen Pitsligo bedoelde het ongetwijfeld goed, toen ze het had over al die Ierse meisjes met rood haar, en zelfs in bijzonderheden trad over haar nichtjes (allemaal in de verte verwant aan Dickie), die hun rode lokken door de familiestamboom hadden laten slieren. Maar natuurlijk was niemand graag Iers. Niet dat er daar geen voortreffelijke families zijn en, zonder twijfel de beste dienstmeisjes, maar wij waren van Jersey en ten prooi, vrees ik, aan het heersende anti-Ierse snobisme. Haar brieven bevestigden alleen maar wat ik al wist: rood haar was een beetje een ramp.

Maar als het er nu eenmaal is, wat kun je er dan aan doen? Het is net als vooruitstekende tanden of een horrelvoet, je kunt je kinderen niet onterven vanwege hun lichaamsgebreken. Dickie zelf had er moeite mee gehad dat Kitty zo klein bleef. Hij hield er zo van dingen te meten, vooral mensen, en hij was vreselijk teleurgesteld dat Kitty zo fijntjes was. Joan had veel erger kunnen zijn, ze had lelijk kunnen zijn, wat ze beslist niet was. Ze was gewoon. Kitty noemde haar altijd lelijk, maar in werkelijkheid was ze gewoon. Bovendien had ze peenhaar kunnen hebben, of steenrood of schreeuwend oranje haar, maar dat was het niet; het was dieper rood, een soort bloedrood. Toen ze geboren werd, dacht ik inderdaad dat er bloed in haar haar zat en ik heb toen haar arme, mishandelde schedeltje te hard gewassen. Er was bepaald iets ongewoons aan Joans haar. Het was onmogelijk dik en het wilde niet krullen, maar de kleur was niet zo afschuwelijk als Kitty het wilde zien.

Nu Joan groot is en verloofd met haar Dickie, let ik op haar als ze me komt opzoeken in het verpleeghuis en nu vind ik haar haar eigenlijk heel mooi. Het heeft een gloed als de kastanjes in het gras hierbuiten. Het heeft iets van het intense donker van de bruinebeukenbladeren op Claremont, laat in het voorjaar. Ik hou van de bruine beuk. Had het niet dat stigma van vulgariteit, dan zouden anderen haar haar misschien ook wel mooi vinden. Ik heb nooit zo'n tweede kop haar gezien. Echt rood haar kan ik natuurlijk niet uitstaan, maar dat van Joan is anders. Het heeft iets heel unieks, net als de ogen van Kitty en van Violet.

Hoofdstuk 23

Er is een heel dun lijntje, als een onzichtbare koorddansersdraad, tussen wat wel en wat niet kan. Kitty leeft op dat draadje. Het is nu bijna twintig jaar geleden dat ze het opgezocht heeft en sindsdien heeft ze er altijd op geleefd. Ze denkt dat ze veilig is omdat ze vrienden heeft en een eindeloze voorraad danspartners en jonge aanbidders. Ze begrijpt niet dat juist die vrienden voor haar een risico betekenen. Er hoeft er maar één haar te zien aan de andere kant van de lijn, haar te betrappen op zo'n woedeaanval, getuige te zijn van de manier waarop ze haar dochter mishandelt en de mensen zullen beginnen te praten en zich tegen haar keren.

In Hendon zijn we in elk geval nog anoniem gebleven. We hebben er zo lang gewoond dat we een deel zijn geworden van het mistroostige decor. Er is daar altijd wel geroddeld en dat was ongetwijfeld soms onschuldig en soms kwaadaardig, maar we stonden te ver buiten hun kring om te worden lastig gevallen. Gelukkig maakt mijn centje ons onaantastbaar, ook al is het maar een strohalm waarmee we ons aan die elite vastklampen. Omdat we nooit hebben hoeven werken, kunnen we onszelf betrekkelijk verborgen houden. De dienstmeisjes zijn, vrees ik, altijd een probleem geweest. Er is er maar één zover gegaan dat ze een aanklacht wegens mishandeling indiende, en dat heb ik in der minne kunnen schikken. De zaak kwam in feite niet verder dan de vader van het meisje.

Ik weet werkelijk niet wat er in Kitty is gevaren. Ze is vroeger nooit gewelddadig geweest. Als kind plaagde ze altijd graag en ik wist dat ze gemeen kon zijn. Ze maakte sommige andere kinderen aan het huilen. Ik weet nog dat ze twee keer een jongetje geknepen heeft tot hij flauwviel, maar die was groter dan zij. Kitty was vroeger nooit gevaarlijk, maar sinds Joan geboren werd, ben ik de tel kwijtgeraakt van het aantal keren dat ik dat kind uit Kitty's drift heb moeten wegslepen. Als Vader geen dokter was geweest en me niet had geleerd hoe ik bloedingen moest stelpen, wonden moest hechten, verstuikingen en ontwrichtingen moest behandelen, dan zou het gezin al lang uiteen zijn gevallen.

Ik heb Joan gevraagd aardig te zijn voor haar moeder en te proberen haar te beschermen als ik dood ben. Ik heb het haar gevraagd, maar ik weet dat het waarschijnlijk te veel gevraagd is. Dat meisje kan 's avonds op bed gaan zitten en haar littekens tellen zoals andere kinderen sterren tellen. Als ze niet zoveel sproeten en zulk dik haar had, zou je er meer van zien. Haar arme hoofd heeft langs bijna alle naden opengelegen. Wie weet, misschien is het wel het beste dat ze elkaar nooit meer zien. Het is misschien het lot tarten als ik probeer op Joan in te praten, nu ze eenmaal bij elkaar vandaan zijn. Ik ben heel haar korte leven lang, bezig geweest die twee uit elkaar te houden, om haar te beschermen tegen de mishandelingen door haar moeder. Het is een soort wonder dat Joan tot vrouw is opgegroeid.

Het doet me genoegen dat Joan in de verpleging zit. Het houdt haar bezig, en het houdt haar weg van huis. Ik heb er zo naar verlangd dat ze kind-af zou zijn. De laatste twee jaar had ik haar wel met een katapult haar volwassenheid in willen schieten. Eerst wilden we haar inkrimpen en klein houden en toen wilden Agnes en ik haar juist vlug laten groeien. Ik voelde dat ik ziek was en dat de ziekte zich steeds sneller ontwikkelde; voor deze ene keer had ik Kitty niet nodig om te voorzien dat er iemand ging sterven. Het is vreemd om je eigen verscheiden te voelen aankomen. Kitty en Joan zagen me hinken, maar ze beseften geen van beiden dat het kanker was. Ik wilde niet dat ze het wisten. Dan was het makkelijker te dragen. Maar ik wilde wel dat Joan volwassen zou worden en ontsnappen voor mijn tumor ging groeien, zoals nu is gebeurd.

Al de jaren in Hendon heb ik Joan bij me willen houden. Het was vreselijk als ze weg was naar school en ik haar zelfs in de weekeinden niet kon zien. Zij was de kruk waarop ik steunde, denk ik; toen Kitty's buien erger werden, was zij mijn enige toeverlaat. Ik had Agnes bij me kunnen houden. Ik weet dat ze gebleven zou zijn. Ze heeft het aangeboden, ze wilde komen en haar huis en het eiland opgeven, alles. Ondanks het standsverschil waren we heel innige vriendinnen geworden. Ze zou gekomen zijn als mijn gezelschapsdame. Maar Agnes had al zoveel voor ons gedaan. Ze gaf ons onderdak toen al het andere verloren leek. Ze hielp me voor Joan zorgen, ze hielp Kitty door haar zwangerschap en later was het Agnes die haar wonden verzorgde. Ik heb Agnes gemist. Ik denk dat ik haar zelfs erger heb gemist dan Dickie.

Toch heb ik er geen spijt van dat ik haar op het eiland heb laten blijven. Bij alles wat ik heb moeten meemaken met mijn dochter, ben ik er tot op heden in geslaagd mijn geloof te behouden. Ik weet niet of me dat gelukt zou zijn als Kitty zich tegen Agnes had gekeerd. Zelfs al in Jersey, toen we in St Aubin waren, in Agnes' eigen huis, was Kitty begonnen haar aan te vallen.

Ik heb eens Agnes' hoofd gehecht. Ik kon niet verdragen dat ik dat nog eens zou moeten doen. De andere meisjes gingen allemaal weg voor de schade al te ernstig werd – behalve die arme Susanna, met die jurk. Maar de anderen liepen gewoon weg. Agnes zou gebleven zijn. Joan heb ik kunnen beschermen. Die heb ik gered door haar weg te sturen. Agnes zou gebleven zijn.

Sinds ik katholiek ben geworden, is er geen dag voorbijgegaan dat ik niet naar de mis ben geweest, behalve wanneer er gevaar was in huis, dat tot uitbarsting had kunnen komen in mijn afwezigheid. Maar elke dag, al of niet in de kerk, heb ik mijn credo opgezegd en ik heb erin geloofd. Mijn geloof heeft mij staande gehouden, zoals het Violet staande hield in haar laatste jaren en de dagen van haar sterven. Het was ons geloof. We hebben het samen omhelsd en ik heb gezworen, in mijn laatste brief die ze kreeg op de dag van haar dood, dat ik het nooit zou verlaten. Het heeft ons bijeengehouden. Het heeft zelfs Kitty en Joan en mij bijeengehouden, door tientallen jaren binnenhuisoorlog heen.

De zusters hier zeggen dat er weer een oorlog is begonnen. Ze zeggen dat het weer met de Duitsers is. Nicht Emily zal dan niet meer naar Baden-Baden kunnen en Emily de Gruchy heeft geschreven dat ze haar kamers in het ziekenhuis heeft opgegeven, dus moet het wel waar zijn. Mijn buurvrouw hier luistert naar de BBC; ze vertelt me elke dag hoe het ervoor staat met de oorlog. Ik geloof niet dat ik het echt wil weten. Het is een opluchting dat er dagen achtereen niets lijkt te gebeuren, hoewel ze mij vorige week vertelde dat een Duitse onderzeeër de *Royal Oak* had getorpedeerd bij Scapa Flow en dat er nu al net zoveel doden zijn gevallen als mannen van Jersey zoveel jaren geleden in Frankrijk.

Agnes schrijft me elke dag. Er is nu een luchtpostverbinding, wat betekent dat brieven in minder dan geen tijd aankomen. Ik voel me bijna weer terug op het eiland. Als Violet niet op me zou wachten bij de St Josephkerk, dan zou ik het liefst begraven worden op het eiland, naast Moeder, Vader en Ivy.

Moeder was zo blij toen Ivy trouwde. Ivy werd de lieveling nadat Violet was gestorven. Ivy had haar geloof niet afgezworen; ze trouwde een heel keurige jongeman die niet alleen een aardig huis en een redelijk inkomen had, maar die in de wereld had rondgekeken, ons deel van Lincolnshire kende en van Berry Place had gehoord. Moeder vergaf het de Berry's nooit dat ze Violet zo ziek had laten worden, maar ze kon haar afkomst ook niet helemaal vergeten. Het bloed kroop waar het niet gaan kon. Toen ik met Dickie trouwde, was ze zo trots dat ik in de familie 'Roberts van Claremont' terechtkwam, dat ze al haar oude kennissen en buren in Grantham weer opduikelde, alleen om ze dat nieuwtje te kunnen schrijven – in de hoop, dat weet ik zeker, dat het zijn weg zou vinden naar Berry Place.

Ze kwam elke vrijdagmiddag naar me toe en bleef tot zondagmiddag; dan werd ze teruggebracht door Dickies stalknecht. Ik denk dat haar grootste vreugde niet was dat ze mij of Kitty dan zag of zelfs de familie Roberts (van Claremont), maar dat ze uit het rijtuig met de twee witte paarden ervoor en het wapenschild op het portier, werd geholpen. Ik vroeg haar bij ons te komen wonen – Dickie was heel royaal tegenover familie – maar Moeder zei dat ze op Claremont alleen maar een familielid zou zijn dat er een beetje bijhing, terwijl ze in St John al het cachet had van een hooggeplaatste dochter waar iedereen van wist – waar nog bijkwam dat Moeder haar weduwenstaat altijd bezag met iets van ongeloof, alsof Vader haar alleen maar plaagde met dood te gaan en terug zou komen als ze maar lang genoeg wachtte. Haar capaciteit om de dood te verdragen was heel beperkt. Ze beschouwde die van Violet als een tragedie en bleef er tranen om storten tot aan haar eigen dood. Die van Ivy – in het kraambed, amper een jaar na haar huwelijk – beschouwde ze als een onzorgvuldigheid en haar verdriet had het karakter van boze afkeuring. Maar Vaders dood, die maar twee jaar later kwam, in 1896, beschouwde ze als een vorm van verraad. Het kwam niet te pas dat hij haar in de steek had gelaten. Ze klaagde voortdurend over karweitjes die hij niet had afgemaakt en papieren die hij onvindbaar had opgeborgen.

Vader begon aan een aftakeling die, denk ik, al dateerde van 1890 en toen net als die van Violet, de prognoses misleidde door hem langs alle gebruikelijke symptomen van tuberculose te voeren en hem dan weer terug te halen. Hij ontwikkelde bepaalde vaststaande routines en ideeën over zijn ziekte, die hij overbracht op het leven in het algemeen. Toen Violet gestorven was, kwam hij tot de conclusie dat het praktisch zelfmoord was om van het eiland af te gaan en daarna kromp zijn horizon tot de parochie van St John. Hij ging nooit meer naar St Helier. Hij werd ook erg dwangmatig in kleinere dingen. Hij lette scherp op het welzijn van de slordige rozemarijnheg en bezwoer dat zijn koorts steeg en daalde in overeenstemming met de dagelijkse toestand van die struiken. Hij dronk rozemarijnthee en baadde zich in de dunne geurige blaadjes. Omdat hij zoveel twijgjes van de heg trok, begon die te lijden onder dat willekeurig gesnoei, waarop hij zich opsloot in huis, overtuigd dat het zijn einde zou zijn als hij zich nog buiten waagde.

Moeder had geen enkel geduld met zijn grillen. Ze vond dat als zij het verlies van haar dochter met zoveel zelfbeheersing kon dragen zonder haar na te volgen in haar ziekte, Vader toch op zijn minst hetzelfde kon doen. 'En dat voor een dochter!' zei ze tegen hem, als ze probeerde hem te doen opstaan uit wat ze bezwoer het bed van een hypochonder te zijn. Toen stierf Ivy en hoewel Vader nog naar de begrafenis ging, keerde hij terug naar zijn ziekbed in zijn studeerkamer en bleef daar de volgende achttien maanden.

Moeders gebrek aan medegevoel bleef voortduren, ook toen Vader eigenlijk al dood had moeten zijn. Hij hoestte zijn longen uit zijn lijf en nog hield Moeder vol dat haar man maar deed alsof. Het was pas in zijn laatste maand, toen hij was vermagerd tot een schim en het gebeente door zijn wangen en polsen schemerde, dat het tot Moeder doordrong dat hij werkelijk ging sterven. Zelfs toen bleven haar tranen gemengd met verontwaardiging. Waarom had hij eerder loos alarm geslagen? Waarom had hij gemaakt dat ze zo streng voor hem was geweest, waarom hield hij niet op met die bloedingen zodat ze hem behoorlijk kon verplegen? Was hij tenslotte niet haar man en hoe kon hij weten dat ze van hem hield en hem had beknord voor zijn eigen bestwil? Wat zouden de mensen zeggen als hij zomaar doodging?

Ik was ondertussen, na al de maanden dat ik bij hem had gewaakt, gaan wensen dat hij sterven zou. Hij had zoveel geleden. Op een mysterieuze manier die alleen hemzelf bekend was, was hij langer blijven leven dan de jaren die hem waren toegemeten. Hij had de tuberculose in zijn longen zo lang verslagen en het had hem zoveel pijn gekost. Ik wilde dat hij rust kreeg.

Ik vroeg hem hoe hij zijn ziekte zoveel jaar te slim af

had kunnen zijn en hij fluisterde, met een glimlach: 'Wilskracht, arme Florence, dat is alles wat ik heb. Wilskracht.'

Toen mijn ziekte begon, wist ik dat ik het bloed van allebei mijn ouders in mijn aderen had en niet alleen de sporen van het Berry-bloed dat Moeder soms in mij ontdekte, want ook ik vond de wilskracht om te blijven leven. Ik wist dat dat de enige manier was om de lieve Joan in leven te houden. Nu gaat Joan zelf trouwen, zegt ze. Ze heeft haar jongen een keer hier mee naar toegebracht, een scheepsofficier. Nu zal hij voor haar gaan zorgen, maar wie zorgt er voor Kitty? Wie zal haar verbergen voor de nieuwsgierige ogen?

Vannacht droomde ik dat al mijn cineraria's waren doodgegaan. Ik werd zo ongelukkig wakker en toen raakte ik aan het denken en kon niet meer in slaap komen. Ik vond dat de gordijnen in mijn kamer te geel waren en ik dacht dat mijn haakwerk helemaal losgegaan was. Maar dat was niet zo, het zat nog in de mand bij mijn bed en ik pakte het op en haakte tot de morgen om mijn zenuwen te kalmeren. Zodra het licht was, ging ik lezen in mijn missaal, om de kwade gedachten te weren die in mijn hoofd bleven opkomen.

Ik heb vandaag weer gebiecht, hoewel het pas woensdag is. Ik vertelde de kapelaan dat ik gewenst had dat Kitty voor mij zou zijn gestorven, wat betekende dat ik haar dood had gewenst. Ik strafte Kitty voor diezelfde doodzonde. Ze heeft altijd Joan willen doden en ik heb haar nooit begrepen. Misschien ben ik voor haar in sommige opzichten ook wel te streng geweest, want ik heb haar nooit kunnen vergeven dat ze haar eigen kind dood wenste. En nu, nu ik zo dicht bij de dood ben, heb ik het zelf gedaan. Kitty's zonde is de mijne. Ik lag daar in bed en ik wenste dat ze me zou zijn voorgegaan in het graf, zodat ik niet bang hoefde te zijn voor wat er van haar worden zou. De kapelaan zegt dat het mijn ziekte is die mijn geest in de war brengt. Hij zegt dat het de medicijnen zijn die de zusters me geven om de pijn te verzachten, die maken dat ik rare dingen denk. Hij zei dat ik me geen zorgen moest maken, dat ik drie weesgegroetjes moest bidden en dat mijn zonden me waren vergeven.

Hij begrijpt het niet. Mijn geest is niet in de war, maar helder. Ik zal nog eens met die kapelaan moeten spreken. Ik wil niet in zonde sterven. Ik heb zo mijn best gedaan het goede te doen, vanaf het moment dat Violet terugkwam uit Lincolnshire. Ik heb een eed afgelegd, twee, vier. Ik klink als Dickie, met zijn eeuwige getallen. Maar toch – ik heb belijdenis gedaan in de Engelse Kerk, toen heb ik die eigen eed gedaan, toen ben ik katholiek geworden, ik ben getrouwd en ik heb ook nog eens gezworen mijn kleinkind in leven te houden en Agnes te beschermen tegen Kitty. Dat zijn wel erg veel eden voor een tenger dametje. Misschien heb ik me te veel aangematigd; misschien heeft Kitty haar nukken wel van mij. Zij denkt ook dat ze de hele wereld in bedwang kan houden.

Ik zou de kapelaan zo graag willen vragen mijn gedachten te verhelderen. 'Arme Florence' noemden mijn ouders me, 'arme Florence' noemen mijn oude vrienden me nu. Ik ben voor de wereld 'arme Florence' geweest sinds de dood van Dickie. En toch ben ik nooit arm geweest. Altijd was er nog mijn centje, het legaat van Moeder, de Berry-erfenis. Het was niet veel, maar nu ik heel de rest van mijn familie heb overleefd, is het bij mij teruggekomen. Ik ben dus nooit arm geweest zoals de mensen aan het eind van het laantje in Grantham. Hendon was vaak een moeilijk huis, maar nooit arm.

Pas nu ben ik echt arme Florence. Ik voel het nu zelf. Ik kan Kitty niet genoeg nalaten om haar te beschermen. Ik weet dat een gezonde geest niet te koop is, maar je kunt wel de privacy kopen die het ontbreken daarvan kan verbergen voor de justitie. Nu Joan gaat trouwen en ik zie in het adelboek van Burke dat het een goed huwelijk is, is ze veilig. Niet zo veilig als ik wel zou willen. Een vrouw heeft geld van zichzelf nodig. Het is de enige echte onafhankelijkheid die er is. We hebben nu kiesrecht, maar dat heeft ons niet vrijgemaakt. Vrijheid is te vinden in de eigen portemonnee. Mijn vrijheid was uiteindelijk mijn centje. Ik zou wat ik heb graag nalaten aan Joan, om haar te helpen in haar leven en haar in zekere zin terug te betalen voor de jaren van verwarring en pijn die ze heeft moeten doormaken.

Wat ik ook voel haar schuldig te zijn, moet echter toch op de een of andere manier zijn terugbetaald. Dat ze achttien jaar oud is geworden, is daar het bewijs van. Ik heb haar haar leven gegeven. Ik ben haar surrogaatmoeder. Het is een raadsbesluit Gods dat ik niet begrijpen kan (ik heb het geprobeerd, maar ik begrijp het niet) waarom haar geboorte ten koste moest gaan van haar echte moeder. Wat Kitty ook gedaan heeft, ze was geprovoceerd. Ze zou niet zo hebben moeten lijden. Zelfs al voor die lange uren van de bevalling werd ze gemarteld door iets tegennatuurlijks. Ik moest huilen toen ik haar littekens zag. Het waren vreselijke littekens en ze waren slecht genezen. Ze braken weer open toen Joan werd geboren en ze scheurden nog verder in.

Wat natuurlijk was, werd voor haar onnatuurlijk. Wat elke vrouw doet om een kind te krijgen, of gewoon voor het genot, was voor haar iets pervers. Mijn eerste reactie toen ik zag hoe gekwetst mijn dochter was in haar geslacht, was Nelson Allen op te sporen om hem te laten bloeden voor wat hij had gedaan. Ik wilde een aanklacht tegen hem indienen, maar natuurlijk zou het schandaal Kitty meer kwaad hebben gedaan. Ze had me geschreven dat ze gekwetst was en ik was zo dom haar verontwaardiging uit te leggen als preutsheid. Ik besefte niet dat ze echt gewond was. Ik zei haar wat ik ervan dacht: dat het gewoon een onderdeel van het huwelijk was waaraan ze moest wennen, iets natuurlijks, dat ze op de duur fijn zou gaan vinden. Ze moet gedacht hebben dat ik gek was of wreed.

Kitty is anders dan andere meisjes. Haar huid is anders. Misschien is dat het wat die blankheid betekent: een bepaalde zwakte. Het is duidelijk dat haar lichaam niet gemaakt is voor het huwelijk of voor het krijgen van kinderen. Ik heb haar vaak ondervraagd over de voltrekking van haar huwelijk en ik kan Nelson nu niet meer kwalijk nemen wat er is gebeurd. Voor een man is vijf maanden onthouding bij zijn eigen vrouw een teken van fijngevoeligheid. Kitty haatte Nelson meer dan wie ook, behalve zijn kind; ze haatte hem echt, maar haar beschrijving van zijn handelingen zuiverden zijn naam voor mij. Ik weet dat als hij op de hoogte zou zijn geweest van onze veranderde omstandigheden, hij zowel Kitty als het kind zou onderhouden. Het lijkt verkeerd dat hij zo lang in het duister is gelaten.

Nelson hield van Kitty, maar dat deden zoveel mensen. Haar andere echtgenoot hield ook van haar. Ik was blij toen ze Peter trouwde. Ze had een punt bereikt waarop zelfs ik haar niet genoeg meer in bedwang had om te zorgen, dat ze zichzelf geen kwaad deed. Ze bracht Joan zo dicht bij de dood, dat ik het meisje wegstuurde en de nonnen waarschuwde dat ze haar alle komende vakanties bij zich moesten houden. Ik kocht het laatste dienstmeisje af. Tweehonderdvijftig gulden voor twee blauwe ogen en een gebroken arm. Ik weet niet of dat de waarde is van een mensenarm, maar het was meer dan ik kon missen. Ik deed voortaan zelf het huishouden in Hendon, met alleen mijn brave oude terriër Rufus als gezelschap en zo nu en dan Kitty die binnen kwam stormen.

Rufus was met me meegekomen van Claremont; hij was toen nog bijna een puppy; hij was me trouw gebleven bij Agnes en hij was mijn vriendje geweest in St Aubin, hij had met ons de oversteek gemaakt van het eiland. Hij was ouder dan ik, denk ik, tegen de tijd dat Kitty hertrouwde. Hij was doof, zijn gewrichten waren ontstoken en hij was een beetje gaan ruiken, vrees ik. Ik had een mandje voor hem ingericht in de keuken en ik droeg hem altijd naar boven, naar mijn kamer. Rufus mocht niet op de trap. Kitty keek de loper na op losse haren en als ze die vond, werd ze echt heel erg boos. Rufus en Joan waren goede maatjes. Ze zaten allebei voortdurend in het hoekje waar de slagen vielen. Kitty wilde Rufus laten afmaken. Ze zeurde er elke week om. Maar uiteindelijk bleef zelfs de kleine Rufus haar de baas; hij werd veertien, ondanks haar stiekeme en niet zo stiekeme trappen.

Ik weet niet wat ik gedaan zou hebben als Kitty niet met Peter was getrouwd. Hoe slecht dat huwelijk ook bleek te zijn, het beschermde haar lang genoeg tegen zichzelf om haar opnieuw respijt te geven. Ik heb geprobeerd met Kitty te praten over haar gezondheid en haar gedrag, maar ik weet niet of ze de gevaren begrijpt, die verbonden zijn aan dat lopen van haar langs de rand. Ze zou het moeten weten, ze is opgegroeid al balancerend op de klippen van La Corbière. Ik hoop dat ze nog weet wat een afgrond is. Maar ik weet het niet. Soms lijkt ze zo vreemd. Als ze gewelddadig wordt, kan ik haar meestal terugslepen naar een soort normaliteit door haar erop te wijzen dat het gesticht nooit ver weg is. Maar ze laat gewoon een tijdje voorbijgaan en barst dan opnieuw uit in razernij.

Als ze niet zo door het leven getergd en teleurgesteld was, zou Kitty een best meisje zijn geweest. Ze is het op haar eigen wonderlijke manier nog steeds. Ze probeert heel lief voor mij te zijn. Als ze aan me denkt, is ze heel attent. Ze vergeet niet alleen mij, maar de hele wereld als ze zo'n bui heeft. Ik heb me over die drift van haar zorgen gemaakt vanaf het moment dat ze uit Canada terugkwam. Ik weet niet wat ik eraan moet doen, behalve verbergen. Ik heb nooit bij iemand anders zo'n opeenstapeling van woede en bitterheid gezien. Ze was niet zo'n kwaadaardig kind; ze is kwaadaardiger geworden na haar terugkomst. Ik maak me meer zorgen over Kitty's drift dan over wat ook. Ik vergeet er mijn heup door, ik vergeet er alles door, behalve mijn eigen naam, arme Florence. Dat ben ik, ik ben te arm om haar te beschermen.

Ik verbeeld me dat ik de tralies van het armenhuis van Grantham zie, dreigend en triest, terwijl we langsrijden in ons hotsende rijtuig. Er was een gesticht in St Helier, dat had ook tralies. De werkinrichting, het armenhuis en het gesticht, allemaal staan ze aan het eind van het laantje. Mijn centje is niet genoeg om Kitty eruit te houden. Het heeft ons alle drie negentien jaar in leven gehouden, maar het zal niet genoeg zijn om, wat het ook kosten mag, Kitty in vrijheid te houden. Negen jaar geleden kostte een gebroken arm tweehonderdvijftig gulden. Ik heb de kracht niet meer of de wil of wat er ook voor nodig is, om te blijven leven en ik heb niet genoeg geld om haar te redden. Misschien zullen haar smaragden haar redden. Ze moet er honderden en honderden hebben, zo langzamerhand.

Hoofdstuk 24

Ik ben altijd nodig geweest en dat leek mijn leven te vullen. Kitty praat over verveling. Ze is er bang voor, ze zegt dat het het enige is waar ze bang voor is. Zij en haar vrienden praten over vrijheid. Ze bespreken het of het een reële mogelijkheid is. Ik weet nog dat ik ooit eens een kleine discussie had met een van haar aanbidders; ik zei tegen hem dat alleen volstrekt zelfzuchtige mensen vrij kunnen zijn. Hij was heel beleefd, maar ik weet dat hij het niet met mij eens was. Hij dacht dat hij vrij was, maar hij was verliefd op Kitty en gedroeg zich als haar slaaf. Het sloven dat bij liefde hoort, is onvermijdelijk. Misschien zou Kitty niet zo'n last van verveling hebben gehad als ze haar eigen hart meer had gegeven. Ik denk dat ik mijn dochter misschien bedorven heb. Als ik gezien had hoe diep de drift in haar zat toen ze een kind was, dan zou ze nu misschien een betere kans hebben gehad.

Ik heb altijd het verleden door mijn heden gemengd, zoals Kitty er de toekomst in mengt. Ik behandelde Kitty of ze Violet was, die zich had gereïncarneerd in mijn schoot. Violet had zo'n lief karakter; ik kon niet geloven dat Kitty, die zo als twee druppels water op haar leek, ook maar een iets ander karakter zou kunnen hebben. Toen Violet en ik klein waren, kregen we thuis bijna nooit straf. Iedereen zei altijd tegen me dat ik zo goed voor alles zorgde, zo'n goede gastvrouw was en zo'n geweldige moeder, zodat ik me nooit afvroeg of ik dat allemaal echt was. Toen onze wereld uiteen begon te vallen, heb ik me soms heel ongerust gevoeld, maar nooit speciaal over mijn eigen gedrag. Ik maakte me zorgen om Kitty. Het was zoals Vader gezegd had, ik had geen tijd me zorgen te maken om mezelf, zolang anderen mij meer nodig hadden.

Ik heb nooit tijd gehad om stil te staan bij de vraag of ik het wel goed deed. Ik volgde mijn intuïtie zoals vrouwen dat doen, maar nu lijkt alles anders. Mijn tijd is van elastiek geworden. Hij heeft zich uitgerekt en uitgerekt, tot elke dag en elk uur te lang zijn gaan lijken.

Ik weet dat het zo door zal gaan tot het elastiek knapt. Dit is mijn laatste herfst. Ik voel het.

Elke morgen rijden de zusters mijn stoel de erker in en laten me daar zitten met een kruik en een geruite plaid over mijn knieën. Het is hier koud, vooral bij het raam, maar ik kan de tuin en de bomen zien. Alle bladeren zijn nu aan het verkleuren, zelfs die van de eiken, en ze beginnen al te vallen. Al gauw zullen de bomen weer hun winterse doorzichtigheid krijgen en skeletten worden. Deze winter zal ik delen in hun broosheid.

Kitty kan zeggen wanneer haar vrienden zullen sterven. Zelfs bij vreemden kan ze het voorspellen, maar ze ziet minder dan gewone mensen, als het haar familie betreft. Of liever gezegd: ze was blind voor Harry en Dickie en ze is het voor mij. Toen ze net geen baby meer was, voelde ze al de dood van haar grootvader. En toen de man van Emily St Aubin sneuvelde in de oorlog, zei Kitty het, een week voor het gebeurde, tegen onze arme nicht Emily, toen ze op Claremont was voor de thee. Het was pijnlijk voor ons allebei, hoewel Kitty het zo gewoon vindt, dat ze eigenlijk niet begrijpt waarom ze het niet zou zeggen als ze mensen 'in haar geest' krijgt.

Ze komt me hier niet vaak bezoeken. Ze heeft een nieuwe aanbidder en ze willen zich allebei graag amuseren voor het ernst wordt met die nieuwe oorlog. Hij is soldaat en maakt zich zorgen dat hij weg zal moeten. Kitty zegt dat ze me vaker zal komen opzoeken als ik in het voorjaar nog niet thuis ben. Ze is zichzelf niet op het ogenblik, wat ik kan zien als ze op bezoek is. Ze is vreselijk bleek en haar ogen glanzen te veel. Ze zegt dat ze in de war is door de oorlog. Ze klaagt over hoofdpijn en ernstige slapeloosheid. De laatste keer dat ze kwam, zei ze: 'Hoe kan ik nu slapen, Maman, als er legers door mijn hoofd marcheren? Ik voel me alsof de hele wereld wordt binnengevallen en ze allemaal door de tunnel van mijn hoofd moeten. Ik moet bezig blijven om mijn gedachten te kunnen verzetten.'

Ik dacht vroeger altijd dat Kitty overdreef en deed alsof, met haar voorgevoelens. Ik dacht dat het een beetje opscheppen was of een poging tot shockeren. Maar door de jaren heen heeft ze te veel sterfgevallen gezien om niet serieus te worden genomen. Ik weet niet waarom het gebeurt, maar het gebeurt. Emily de Gruchy zegt dat helderziendheid erfelijk is. Ik dacht dat dat gewoon een van Emily's malle ideeën was, maar nu zie ik mijn eigen dromen overdag. Ik voel deze oorlog net zo zeker komen als de winter; ik voel de mensen sterven, net zoals Kitty zegt. Ik heb een gevoel van hopeloosheid als ik uit het raam zit te kijken. Mijn buurvrouw hier leest me steeds stukjes uit *The Times* voor. Overal zijn geruchten dat het vechten met Kerstmis voorbij zal zijn. Het vechten is nog maar net begonnen. Ze noemen het de schaduwoorlog en spotten over het verloop ervan.

Ik weet dat ik tien jaar met deze kanker heb geleefd, maar ik heb die eronder gehouden om bij mijn gezin te kunnen blijven. Al het plezier in mijn tuin is me vergaan. Ik kan me niet meer verheugen in het vallen van de bladeren. Ik heb nu mijn dromen en mijn hart krimpt ineen om wat ik zie. Ik wil deze oorlog niet levend meemaken, ik wil zelfs niet leven als hij afgelopen is. God heeft me vrijgesteld, Hij gaf me een seizoenkaart en ik ben gereed om te gaan. Ik ben goed aan slag geweest, zou Dickie gezegd hebben. Ik herken de wereld niet meer, het is een vreemde plaats voor me geworden. Zo moet het ongeveer zijn dat Kitty het leven ziet, met de chaos van de toekomst geroerd door elke dag. Geen wonder dat het leven zo'n moeilijke opgave voor haar is.

Agnes zegt me dat ik terug moet komen naar het eiland. Ze zegt dat ze me wil komen halen. Ik heb haar iets van wat ik gedroomd heb in een van mijn brieven verteld. Ze verzekert me dat Jersey veilig zal zijn, wat er ook gebeurt. Waarom zou Hitler moeite doen voor een eilandje, dat maar acht bij vijftien kilometer groot is? Jersey is in mijn gedachten altijd veilig geweest. Zelfs toen we weggingen, nam ik liever onze moeilijkheden mee om het intact en onbeschadigd in mijn geheugen te bewaren. Ik heb onlangs van Claremont gedroomd. Het was vol grauwe soldaten. Er zat prikkeldraad om de relingen en de soldaten in mijn tuin brachten elkaar die rare groet, waarmee Joan en haar schoolvriendinnetjes elkaar vroeger groetten.

Ze zeggen in de krant dat Hitler de joden vervolgt. Ik heb joden nooit gemogen, maar Duitsers heb ik ook nooit gemogen. Het was Kitty die het Duitse klooster wilde. Ze vond de Franse nonnen veel te laks en ik weet dat ze het vreselijk vond Joan zo dichtbij te hebben. Ze beweerde altijd dat ze Joans aanwezigheid, bij de Filles de la Croix, kon voelen en in zekere zin kon ik dat ook. Ik had haar graag dicht bij me. Het leek minder eenzaam voor ons allebei als ze maar een eindje lopen uit de buurt was. Het was Joan zelf die de overgang noodzakelijk maakte. Kitty probeerde het altijd zo ver te krijgen, maar ik liet het niet toe. In sommige dingen bleef ik Kitty de baas en dit was er een van.

Op een keer betrapte ik Joan, die in het park aan het ruziemaken was als een ordinaire straatmeid en toen moest ik haar wel op die andere school doen. Kitty zat te wachten op een gelegenheid om Joan te pakken. Ze keek uit naar een gelegenheid om haar echt kwaad te doen. Joan was echter nooit ondeugend en dat frustreerde het geweld dat altijd op de loer lag. Kitty stortte zich op al haar foutjes. Ik geloof dat het ergste wat Joan deed het breken van het porselein was. Ze is ongetwijfeld het onhandigste mens dat ik ooit heb gezien. Ik lijmde soms dingen om haar voor moeilijkheden te behoeden, maar Kitty merkte het altijd. Ze kon de gedachten van haar dochter lezen. Ik raakte in paniek toen ik Joan aantrof in het park. Ik dacht dat Kitty, als ze Joan zou zien, zou weten wat ze gedaan had en dat ik haar deze ene keer niet zou kunnen verdedigen, omdat ze schuld had. Dus stuurde ik haar weg. Ik hoopte dat Kitty door mijn toestemming voor de Duitse nonnen op een dwaalspoor zou worden gezet, en door het gevoel dat zij de strijd gewonnen had niet zou merken wat er was voorgevallen.

Ik maak mezelf wijs dat ik niet bang ben van Kitty, maar dat ben ik wel – of dat was ik. Ik was bang van wat ze Joan zou aandoen. Ik wil de kapelaan spreken. Ik wil hem alles zeggen wat ik verkeerd heb gedaan. Ik heb nooit eerder gemerkt dat mijn zwakheden, ook al heb ik ze gaandeweg gebiecht en mijn weesgegroetjes gebeden, zich toch blijven opstapelen als dode bladeren op het gazon. De toekomst is te treurig om aan te denken en het verleden valt uit elkaar. Als ik de foto's hier niet bij me had, zou ik ons nauwelijks meer herkennen; drie vrouwen en hun vreemde liefde. Ik dacht dat ik mijn best had gedaan, maar nu denk ik dat niet meer.

'Vergeef mij, Vader, want ik heb gezondigd.'

Mijn vingers zijn stijf, heel stijf, maar ik moet blijven haken. Is dat niet wat je doet als het oorlog is? Ik moet alle witte veren, die mijn deel zijn, aan elkaar knopen. Violet en ik gingen vroeger meeuweveren rapen op het strand van Bonne Nuit Bay. De witte veren waren het meest in trek, de grijze veren kwamen het meest voor. Ik klom dan tegen de rotsen op om de witte te zoeken. Ik hoef de laatste tijd niet zover te klimmen als ik mijn lafheid zoek. Ik heb mij onttrokken aan mijn verplichtingen en ik doe dat nog steeds.

Als ik mijn ogen sluit om te gaan slapen, kan ik mijn mooie baby naar me zien staren met ontzetting in haar ogen en ik kan Joan, mijn gewone baby die me zo laat in mijn leven werd gegeven, ook zien staren met de onzekere, verlaten blik van haar grijze ogen. Ik weet dat ze mij allebei op hun eigen manier nog steeds nodig hebben en dat ik bezig ben hen in de steek te laten.

*

Het was Emily de Gruchy die me aan het breien zette. Ze werd er nerveus van dat haar jongens weg waren. De mensen zeiden almaar tegen haar dat ze wel heel trots moest zijn dat ze drie zoons had, alle drie officier, die dienden in Frankrijk. Maar Emily was helemaal niet trots – dat was ze nooit geweest, en dat was ze ook toen niet. Ze was vreselijk ongelukkig van de zorgen over wat haar jongens kon overkomen. Toen Philip, de oudste, naar Osborne House op het eiland Wight werd gestuurd voor herstel, was ze heel blij. Niemand wist toen iets van shell shock, we dachten dat het een gelukkige uitweg was, een soort spijbelen dat door de vingers werd gezien. Je kon naar huis zonder al te veel schande, met alle vingers en beide voeten intact, als je shell shock had.

Philip kwam er nooit meer helemaal bovenop. Ik werd er altijd zo bedroefd van als ik hem door zijn huis zag dwalen alsof dat ook een reuzegranaat was die elk ogenblik kon ontploffen. Een paar andere van de Gruchy-jongens – dat wil zeggen, van de andere tak van de Gruchy's – hadden hetzelfde; ze sprongen op zodra iemand iets tegen hen zei. Maar ik denk dat Harry haar nerveuzer maakte dan alle anderen, omdat hij de eerste drie jaar van de oorlog daar op het eiland was en er zo op gebrand was zijn broers achterna te gaan, dat Emily er bang van werd. Hij bracht de oorlog naar Jersey, denk ik, door er de hele tijd over te praten.

Later, toen hij niet thuiskwam, doodde dat iets in Emily. Ze kroop al in haar bed toen het telegram kwam, maar het was Harry's brief die haar echt ziek maakte. De brief arriveerde in St Brelade een week na het nieuws van zijn dood. Ik geloof dat brieven altijd langs de censuur moesten en dat ze daarom zo laat kwamen. Hij schreef zijn moeder over thuiskomen en hij sprak voor het eerst tegen haar zijn verlangen uit met Kitty te trouwen en op Claremont te gaan wonen en nooit meer bij Emily vandaan te gaan. Ik heb die brief zo vaak gezien en de verbleekte woorden snijden door mij heen. Het is het leven zoals het had kunnen zijn, zoals het had moeten zijn als de oorlog er niet geweest was.

Daarna is niets meer hetzelfde geweest, wij niet, niemand. Toch hebben we, toen het vechten aan de gang was, de soldaten naar Frankrijk laten vertrekken. We deden ze uitgeleide, Emily, Kitty en ik. Je had iets te doen, een dagje in St Helier en naar de haven, dan lunch of thee in het Old London Hotel en een prachtig ritje terug langs de kust.

En soms zagen we de lijsten met de verliezen. Emily lette er natuurlijk meer op dan ik, hoewel er jongens van Claremont met het Jersey-contingent de zee over waren, maar die kwamen allemaal weer naar huis. Die waren ook veranderd, maar ze hadden het allemaal overleefd. Er was ook een beetje distributie, maar daar hadden we niet echt last van. Sommige meisjes gingen bij het Rode Kruis, maar de meesten van ons breiden alleen maar, we maakten dassen en sokken voor onbekende soldaten in de loopgraven. Meters en meters das. Emily zei dat ze zich dichter bij haar jongens voelde als ze zat te breien. Ze zei altijd dat als een van haar dassen toevallig in de handen zou vallen van een van haar zoons, hij op de een of andere manier zou weten, dat zij hem gebreid had, denkend aan hem bij het tikken van haar naalden; één recht, één averecht. Emily de Gruchy was nooit handig geweest met haar handen. Ze leerde breien in het kader van de inspanning voor het Rode Kruis, maar het ging haar niet van nature goed af. Zelfs toen we drie jaar aan het breien waren en onze produktie uit zichzelf al tot de haven zou zijn gekomen, waren Emily's prestaties heel herkenbaar de hare. Sommige dassen waren meer dan een meter breed in het midden en liepen af in de meest bizarre vormen aan de uiteinden; haar sokken hadden de meest ongewone maten. Uit solidariteit hield ik op met de sokken, tegelijk met haar; daarna breiden we alleen nog wanten – één recht, één averecht, de ene rij na de andere, tot het einde van de oorlog.

Het werd een verslaving. Het was voor ons de enige manier om iets constructiefs te doen. Toen Harry was gestorven heeft Emily haar naalden nooit meer aangeraakt, maar ik was gewend geraakt aan het omzetten van mijn emoties in het mechanisch geklik en ik bleef breien. Eerst waren het dekens en spreien voor de bedienden, toen werden het kleedjes voor de honden. De setters hadden zo'n grote stapel van mijn handenarbeid dat het absurd werd. Rufus was net een verwende baby, met zoveel dekentjes in zijn rieten mandje, dat hij ze niet snel genoeg kon stukbijten of bevuilen.

Toen gingen Dickie en Kitty naar Londen en ik voelde me eenzaam zo alleen. Dat was de tijd dat ik met haken begon. Het ziet er zoveel aardiger uit dan breiwerk en het kantwerk dat van dat ene pennetje komt is bruikbaar en mooi. Dickie zei me dat de tochtjes naar Londen voor Kitty bedoeld waren, om haar te helpen vergeten dat Harry niet meer thuis zou komen. Ik had gehoopt dat ze met een katholiek zou trouwen. Ik had niet in de gaten gehad, dat Harry en zij verloofd waren. Ze leken altijd net broer en zus. Emily en ik waren zo intiem met elkaar; het leek heel vanzelfsprekend dat onze kinderen van elkaar hielden. Ik had het verschil moeten opmerken tussen de verschillende soorten van liefde, neem ik aan, maar vriendschap is voor mij altijd zo belangrijk geweest dat elke graad van intimiteit me altijd heel natuurlijk heeft geleken.

Ik voelde me schuldig toen ik Harry's brief zag. Ik had altijd gedacht dat ik zo intiem was met mijn dochter en nu bleek dat helemaal niet zo te zijn. Ik wist zelfs niet waar haar hart vergeven was. Ze had vaak gezegd dat ze nooit van Claremont weg zou gaan, maar ik verbeeldde me dat dat zomaar een idee was. Het bleek dat ze haar plan al jaren eerder had getrokken, zittend op de klip van La Corbière. Ik hoopte dat ze, door naar Londen te gaan, de liefde van haar kinderjaren zou vergeten, verliefd zou worden op iemand anders en een andere vorm van geluk zou vinden.

Ik had beter moeten weten. Vader zei altijd dat het praktisch gelijk stond met zelfmoord als je van het eiland afging. Emily vraagt me vaak wat ik vind van Dickies gokken en ze wordt boos als ik zeg dat ik er niets van vind. Ik denk er nooit over. Ik kan Dickie niet veroordelen om wat hij heeft gedaan, hij was een goede man voor me en een goede vriend. Het was de oorlog die hem anders maakte. Hij vertelde me dat hij zich machteloos voelde omdat mannen die niet zoveel jonger waren dan hij, Russische roulette speelden met hun leven op nog geen twintig kilometer van onze kust. Hij huilde toen Harry dood was. Hij huilde vaak in zijn laatste dagen. Het was de enige aanwijzing die ik had dat er iets heel erg mis was. Hij heeft me nooit iets verteld over onze schulden. Ik denk dat hij zich geschaamd heeft.

Hij stond vaak 's nachts op en ging dan op het bovenste terras staan uitkijken over zee, waarbij hij stond te fluisteren. Ik ben hem een of twee keer gevolgd en heb hem daar zien staan, maar ben toen weggegaan. Ik dacht dat het beter was om hem met rust te laten. Ik kende de last niet die hij toen met zich meedroeg, of de geheimen. Hij liep soms, kort voor het einde, op Claremont rond en raakte overal dingen aan: de deurpanelen met hun houtsnijwerk, de raamkozijnen, de trapleuningen; hij streelde ze met tranen in zijn ogen.

Tijdens zijn ziekte wilde hij dat ik dag en nacht bij hem zat. Hij leek doodsbang om alleen te zijn. Hij hield mijn hand zo stijf vast, dat het bloed eruit wegtrok en ik blauwe plekken kreeg als een armbandje om mijn pols.

'Florence, arme Florence,' was alles wat hij zeggen kon en: 'Vergeef me, zul je me ooit vergeven?'

Ik probeerde hem te kalmeren, ik kuste hem en streek hem over zijn hete, gekwelde voorhoofd. Ik zei hem keer op keer dat er niets te vergeven was. Dat leek het voor hem alleen maar erger te maken. Hij werd beangstigend onrustig als ik hem probeerde gerust te stellen en begon dan weer te mompelen 'Florence, mijn arme Florence'.

Ik wou dat ik, voor hij stierf, geweten had van de schulden en dat we Claremont zouden verliezen, zodat ik hem had kunnen zeggen en hij had kunnen weten dat er werkelijk niets te vergeven was. Hij gaf me bijna twintig jaar geluk en liefde. Hij maakte me meesteres van Claremont, hij gaf me mijn dochter om de wond te helen van het verlies van Violet, hij gaf me zoveel. Hij gaf me de fraaiste camelia's van Jersey, de mooiste cineraria's en zijn fantasieschip, voor anker in de rustige wateren van de sierbomen. Hij zou me nooit opzettelijk hebben gekwetst, hij was een goede man. Ik heb zijn goedheid nooit kunnen meten. Hij mat en hij telde alles, dat was zo zijn manier. Hij telde de oorlogsdoden, hij hield alle verliezen bij. Er zijn, herinner ik me, achthonderdtweeënzestig mannen vanJersey in de oorlog gesneuveld. Voor mij was Dickie ook een gesneuvelde, dat maakte achthonderddrieënzestig. Als hij was blijven leven, dan had hij alle anderen kunnen tellen, de zogenaamde overlevenden, zoals Kitty en Harry's broer. Hij zou geweten hebben hoe je die verliezen moest vergelijken.

Ik wilde naar Italië na de veiling. Ik probeerde Kitty over te halen met me mee te gaan, maar zij wilde er niet van horen. Ik denk niet dat ze ooit gedacht heeft dat Joan echt geboren zou worden. Ze wist dat ik vijf keer een miskraam had gehad tussen de vijfde en de zesde maand en ze rekende ook op zoiets. Ze verborg haar zwangerschap voor mij, het arme kind, zo bang was ze, ze verminkte zichzelf om maar van Joan af te komen. God wilde dat Joan bleef leven, dat moet wel, want geen ander kind zou zich zo taai hebben vastgeklampt aan zo'n vijandige moeder.

Ik bleef denken over Italië. Kitty had in de laatste maanden niet kunnen reizen, maar ik hoopte dat we na de bevalling een nieuw begin zouden kunnen maken, ergens waar het warm was en mooi en waar mijn centje voldoende zou zijn geweest om het ons heel comfortabel te maken. We hadden er goed van kunnen leven als we naar het buitenland waren gegaan. We hadden iets terug kunnen winnen van de stijl die we hadden verloren. We hadden een villa ergens aan zee kunnen hebben. Ik was langs plaatsen als Rapallo en Genua gekomen met Violet en ik wist dat we een enorm, grillig huis met pilaren, tuinen en watervallen van blauweregen hadden kunnen huren aan de Italiaanse Rivièra. We hadden mimosa kunnen hebben en bougainvillea. We hadden bijna net zoveel bedienden kunnen hebben als op Claremont; we hadden gasten kunnen ontvangen en onze vrienden uit Jersey in stijl kunnen laten logeren. Joan had kunnen opgroeien bij nonnen die het niet kon schelen dat ze niet zo mooi was. Misschien had Agnes zelfs mee kunnen komen.

Maar Kitty haatte de gedachte aan Italië. Ze zei dat ze zich niets vervelenders kon voorstellen dan omringd te zijn door buitenlandse boertjes. Ze vertelde me dat de enige vrienden die ze had, in Londen woonden. Hoe ik haar ook de terrassen beschreef en de stenen muurtjes, de vlinders en de lange stranden van de Middellandse Zee, zij bleef zeggen dat ze niet over een muurtje kon dansen en dat ze in het buitenland was geweest en het vreselijk vond. In Londen waren vrienden die haar hadden gekend voor de ramp; het was voor haar altijd belangrijk ergens bij te horen. Ze zei me dat, nu haar geboorterecht haar afhandig was gemaakt en ze erin was gelopen met dat kind, de enige plek waar we heen konden gaan Londen was.

'Als u een balling wilt zijn, dan gaan we daarheen,' zei ze. 'U praat over de zee of je de ene kunt vervangen door de andere. Onze zee is die van La Corbière, onze stranden zijn hier, op het eiland bij Petit Port en La Rosière. U hebt de zee nodig, Maman, ik heb de vuurtoren nodig. Kunt u mij die geven?'

Joan had mooie ogen, grijze ogen als die van haar vader, die je deden denken aan de zee. Onder een bepaalde belichting konden ze bijna groen lijken, alsof het tij eroverheen ging. Toen we naar Hendon verhuisden heb ik de zee gemist, dat is waar. Ik keek soms in Joans ogen als zij niet oplette en zij leek me dan iets terug te geven van de zee in de winter. Ogen zijn zo kwetsbaar; ze zeggen iets dat woorden zelf niet kunnen. Ik voelde me bedroefd en verlaten als ik in de grijsheid keek van Joans blik. Het was bijna een opluchting toen haar ogen zwakker werden en ze een bril moest dragen. Dat was een schild tegen al haar onuitgesproken verwijten en al de niet te beantwoorden vragen die daar opgesloten lagen.

Kitty was erg trots op haar eigen ogen, heel terecht; ze waren haar grootste schoonheid. Nu we allebei ouder zijn geworden, tonen ze niet alleen haar schoonheid maar ook de meer duistere, ongrijpbare kant van haar karakter. Haar huid is even glad gebleven als toen ze een klein meisje was, ze denkt dat de jaren haar niet hebben aangeroerd, maar ze hebben zich verzameld in haar ogen; de diepte van de verbittering daar is heel angstaanjagend. Ik heb mensen steeds meer zien terugschrikken van haar blik. Die doet hen pijn. Ik ben bang dat haar ogen haar uiteindelijk zullen verraden. Daar ligt het brandpunt van haar waanzin.

Ik weet nog hoe ik een keer met Joan in de bus zat en een troep werkloze mannen zag die zich verzamelden voor een protestmars. We waren op weg naar het ziekenhuis om Emily op te zoeken, dus het moet op een zondagmiddag zijn geweest. Een van de demonstranten duwde zijn gezicht tegen het raam van de stilstaande bus en zijn ogen, waarin een vreselijke woestheid lag, staarden ons aan. Hij leek helemaal verwilderd en wanhopig. Ik moest toen aan Kitty denken, hongerig op straat lopend met al de woestheid aan de buitenkant, die zij nu binnen houdt. Ik werd er duizelig van, het was een verschrikkelijk gevoel. Het was de eerste keer dat ik aanvoelde wat ik nu weet: er komt een tijd dat ik haar niet zal kunnen beschermen. Er is een wet voor de armen en een andere voor de rijken; mijn centje kan nooit genoeg zijn om haar binnen de perken van de bevoorrechten te houden.

Zal er, als ik dood ben, nog iemand begrijpen dat Kitty's wreedheid niet haar eigen schuld is? Er zijn soldaten die het in hun hoofd is geslagen, helden en veteranen. Er zou voor hen moeten worden gezorgd, maar niemand wil weten van de slachtoffers, zeker niet van de gewonden die gewoon rondlopen. Littekens zijn gênant. Het is makkelijker mensen aan de kant te vegen zodra ze niet meer nuttig zijn, of normaal. Die man voor het raam van de bus was een veteraan, maar het had hem niet geholpen tegen de honger. Ik wilde dat ik een muur kon breien rond Kitty, om haar veilig te bewaren, haar ogen te verbergen, haar anders zijn te camoufleren voor de wereld. Ik zou willen dat ik sterk genoeg was om haar bij te staan. Dat is alles wat een moeder kan doen als de draden zijn verbroken. Ik zou willen dat ik de moed had om op te staan uit deze rolstoel. Dat zou ik willen; maar ik weet dat ik het niet zal doen.

Ik heb het einde bereikt van mijn laatste streng. Ik heb al de zijde verhaakt die ik in mij had. Het is 22 november – de naamdag van de heilige Cecilia. Dit zijn de laatste dagen van het jaar. Gisteren is er een bom gevallen in de stad, en vandaag hoor ik van mijn buurvrouw dat haar neef naar Caithness is gezonden voor de opleiding. Hoe zal het aflopen? Ik vraag me af of er soldaten zijn in Selsey.

Er zijn nog maar zeven heiligendagen over tot Kerstmis, maar ik zal Kerstmis dit jaar niet meemaken. Ik zal geen kaarten meer sturen, geen namen meer in goud op moiré-zijde schrijven, of cadeautjes leggen onder de boom. Ik heb een paar keer een fijne kerst gehad met Joan, de keren dat we maar met zijn tweeën waren. Dat was dus meestal tweede kerstdag, de naamdag van de heilige Stefanus, als Kitty alweer met vrienden op stap was.

Joan vertelt me dat ze haar naam heeft veranderd. Ze zegt dat ze zich nu Joanna noemt. Namen hangen aan je als klitten, maar ze blijven littekens. Dat ze nu Joanna heet, kan Joans verleden niet veranderen. Het kan haar misschien afstand geven, maar haar verleden zal er altijd zijn, al was het maar in de vorm van foto's.

De hulstbessen hebben hun weervaan op vorst gezet.

Mijn kruik is koud geworden. Ik voel een kilte in mijn bloed. Buiten zijn de eiken allemaal al kaal. Het wordt een strenge winter dit jaar. De oorlog brengt scheppen strand terug in deze zuidelijke grauwheid.

Zelfs hier, in Chislehurst, dat alleen bekend is doordat het de zoon van Napoleon in ballingschap onderdak heeft gegeven, en vanwege zijn verzorgingshuizen, zijn zandzakken. Er liggen zandzakken in de tuin: sommige zijn gebarsten.

Ik heb altijd graag uitgekeken over zee, elke zee. Er zijn foto's van ons uit elk jaar dat we op het strand in Selsey zaten: kiekjes van ons drieën, samen opgesloten in een rechthoekje. Joan keek altijd naar beneden om geen aanstoot te geven en liet het zand tussen haar vingers doorlopen als om de tijd tot opschieten te bewegen. Ik zat altijd in mijn ligstoel met mijn haakwerk, mijn ogen op zee gericht en zo, dat ik die twee uit elkaar hield. Die twee: mijn lievelingen. Joan zat altijd aan de ene kant, Kitty aan de andere. Die lieve Kitty zag er altijd prachtig uit in haar zomerkleren.

Die foto's zouden niet meer moeten zijn dan vakantieherinneringen, kiekjes van een gezinnetje aan het strand. Maar het fototoestel lijkt zijn eigen macht te hebben, zijn eigen ogen. Hij heeft ons gevangen zoals we werkelijk waren. Het heeft de klem geregistreerd waarin we vastzaten, zelfs tot voorbij Joans onzekerheid, zelfs tot voorbij Kitty's onwrikbaar staren.

DEEL IV
Joanna

Hoofdstuk 25

Het kostte me twee maanden om haar te vinden. In april wist ik dat ze was opgenomen in een krankzinnigengesticht aan de rand van Londen. Door de telefoon legde ik uit dat ik de dochter was van Kathleen Allen en dat ik haar wilde bezoeken.

'Ik zou geen moeite doen als ik u was. Ze zal u niet dankbaar zijn voor het bezoek en u kunt er niets wijzer van worden, haar bezittingen zijn vervallen aan het Rijk voor haar onderhoud toen ze hier is gekomen.'

'Ik wil er niets wijzer van worden,' zei ik, 'ik wil haar alleen maar zien.'

Er viel een lange, weinig behulpzame stilte aan de andere kant van de lijn.

'Hoe lang zit Moeder daar al?'

'Oooh! Jaren!'

Ik zei tegen niemand wat ik had gehoord. Ik zei het niet tegen mijn minnaar, die bezig was me te kwellen met zijn ontrouw. Of tegen de echtgenoot die ik voor hem had verlaten, of die mij had verlaten voor een ander. Het is altijd moeilijk te zien geweest, hoe die speciale knoop zichzelf ontwarde. Ik zei het niet tegen mijn vrienden zelfs niet tegen mijn beste vriendin Barbara, die me had heengeholpen door mijn eigen periode in een zenuwinrichting, in een jaar dat mijn depressie me de baas was geworden; toen ze me granaatappeltjes bracht en pockets om te lezen en al de roddel uit de Franse Pub, tot ik genoeg was hersteld om daar mijn plaats weer in te nemen. Ik schaamde me niet dat Moeder gek was. Ik was bang voor mijn eigen gevoelens, voor het feit dat ik weer naar haar werd toegetrokken. Alsof alleen al door het noemen van haar naam op een lijst, heel mijn leven, alles wat ik had, in het niets verdween en tot as verging, zodat alleen de oude, bloedbevlekte streng overbleef waaraan ik hand over hand werd teruggesleurd naar de bitterheid van haar schoot.

Ik nam de bus vanuit Paddington, de rivier over en Zuid-Londen in. De magnolia's begonnen in bloei te komen, de pleinen en tuinen zagen er vrolijk uit met hun bonte forsythia's en grillige tulpen, met hier en daar een tamarisk met zijn blaadjes als veertjes, erboven. Zo nu en dan ving ik een glimp op van blauweregen, mijn lievelingsbloem, maar die kon ik niet ruiken in de voorbijglijdende bus. Ik was net twee dagen eerder tweeëndertig geworden, en ik voelde het gewicht van cadeautjes op mijn lijf. Ik droeg de bengelende jaden oorringen met de zilveren sluiting en de gouden ring aan mijn vinger die mijn minnaar me gegeven had als symbool van onze eeuwige verbintenis en ik kon de geruststellende warmte voelen van een kind dat groeide in mijn schoot. Het was nog niet zo groot dat je mijn zwangerschap kon zien, maar net groot genoeg om de voldoening van zijn aanwezigheid te voelen. Mijn lichaam bloeide even zeker op als de wasachtige magnolia en ik koesterde me in die wetenschap, terwijl ik op mijn plaats aan het raam, in de middagzon zat te breien en te mijmeren hoe Moeder me zou ontvangen na al die jaren.

Ik moest twee keer overstappen om bij het gesticht te komen en het wachten maakte me zenuwachtig. Ik was nu al drie weken prikkelbaar, vanaf het moment dat ik haar adres had ontdekt. Ik had me schrap gezet voor deze dag. Thuis waren er ruzies geweest, erge ruzies die waren geëindigd in zoveel niet stille woede, dat mijn gezin uiteen werd gedreven in de rancuneuze nasleep. De kinderen waren allemaal tijdelijk weg en ik was alleen met die foetus van acht weken binnen in mij. De laatste woorden die ik tegen mijn vertrekkende minnaar had gezegd, twee dagen eerder, waren: 'Eruit en ik hoop dat ik je nooit meer terugzie!'

Ik had meer geschreeuwd dan gesproken en hij was vertrokken, niet voor de eerste keer. Ik maakte me niet al te veel zorgen over de afloop van onze twist. Ik had eerder al heel wat ergere dingen gezegd en hij ook, en toch waren we weer bij elkaar gekomen als ijzervijlsel bij een magneet. We zaten allebei hulpeloos gevangen in een veld van aantrekkingskracht, dat we niet onder controle hadden.

Wel was ik net voorbij het stadium in onze romance waarin de concrete interpretatie van 'voor altijd' was opgelost in een plezierige nevel; ik had het punt bereikt waarop het patroon van de herhaling in mijn liefdes weer duidelijk begon te worden. Ik was niet zo erg geïnteresseerd in mijn affaire; deze ene keer had ik iets veel intrigerenders om over te piekeren. Ik heb vaak geprobeerd me precies te herinneren wat er die middag is gebeurd. Ik weet dat ik in drie bussen heb gezeten, de naderende lente voelend en de baby in mijn buik. En ik weet dat ik in een vreemde ontvankelijke stemming was: overgevoelig. De aanblik van allerlei kleine dingen maakte me bijna aan het huilen. Door het kijken naar spelende kinderen in hun voorstadstuintjes, moest ik denken aan vergeten incidenten uit mijn eigen kindertijd. Er waren vleugjes geluid en kleur, verzonken onder gewichtiger dingen. Maar ze kwamen allemaal weer naar me toestromen toen ik daar zat in die rode bus met zijn gehavende, geruite bankjes.

Ik herinnerde me rollende knikkers in de gangen en hoe ik zelfs de grote meisjes in mijn Franse klooster kon verslaan met één speciaal groen-geel prachtexemplaar. Het Franse touwtjespringen, dat altijd een mate van behendigheid vereiste die ik niet bezat en de vernedering van het mezelf losmaken uit het touw op de speelplaats van mijn eerste school. Ik herinnerde me Oma's eerste camelia's elk jaar en de glans op haar gezicht, altijd als ze die vroege wasachtige bloesem afknipte met haar snoeischaartje. Ik herinnerde me ook de wandeling over het zand bij eb aan St Aubin's Bay. Maar het meest herinnerde ik me dat ik in Agnes' tuin zat, veilig uit de weg, en mieren en stukjes grind over de drempel duwde, terwijl de zon mijn kruintje warmde. Ik was vaak gelukkig als ik daar zat, omwikkeld door de geur van blauweregen.

Ik voelde me zo veilig in die bus dat ik er niet uit wou, maar ik had de conducteur gevraagd wat mijn halte was en hij wachtte tot ik uitstapte.

De inrichting zag er enorm en troosteloos uit. Ik had me niet gerealiseerd dat er zoveel mensen gek waren. Ik zocht mijn weg naar haar afdeling en moest almaar denken: 'Moeder zal het hier niet fijn vinden.' Ze was altijd zo kieskeurig, zo netjes en zo sierlijk geweest in al haar doen en laten. Ze had altijd haar potjes van filigraan-glas met de zilveren dekseltjes in precies dezelfde volgorde op haar kaptafel staan. Als ze weg was, gluurde ik ernaar vanuit de deuropening. Ze waren gepoetst en schoon. Zelfs haar grammofoonplaten stonden alfabetisch in een kistje van tropisch hout, met genummerde ivoren toetsjes erin die de platen loslieten als je erop drukte. Moeder hield van haar spulletjes. Ze hield van haar kleren, haar schildpadkammetjes, haar smaragden. Ik begon me af te vragen wat ze bedoelden met 'vervallen aan het Rijk'. Betekende het dat ze haar inkomen hadden afgenomen om haar kosten te betalen, of betekende het dat ze haar smaragden en krokodilleleren schoentjes in beslag hadden genomen? En wat zouden ze precies bedoelen met 'krankzinnig verklaard'? Als het betekende dat Moeder gek was, Oma en ik wisten dat wel, dat wisten we al jaren eerder, waarom hadden ze dan haar spullen afgepakt?

De gang leek eindeloos, stap na stap ging ik door de opstijgende geuren van creosoot op urine. Er kwamen vreemde geluiden achter sommige deuren vandaan. Er waren mensen aan het snikken en dat gedempte geluid van hun verdriet bracht ook mij bijna aan het huilen. Mijn hoofd kromp ineen bij de gedachte aan zoveel mensen die opgesloten zaten. Ik voelde hoe het hete zand in mijn schedel mijn hoofdhuid verschrompelde, ik werd een stamtrofee, een wandelend hoofd met haar dat zich schaamde daar te lopen. Ik was in het voorgeborchte van de hel, tussen twee werelden en ik versleet mijn stevige schoenen op die lange gang. Voor ik op Moeders afdeling was aangekomen, voelde ik me al schuldig en verdrietig dat ze daar moest leven. Ik hoopte tegen beter weten in dat er aan het eind van mijn tocht een suite zou zijn als die van mevrouw de Gruchy met al Moeders spullen netjes neergezet en met muziek die tango's en charlestons speelde, terwijl Moeder tussen haar gewone hofhouding zat van jonge bewonderaars.

Toen ik zo als een voyeur door die publieke concentratie van particuliere vagevuren liep, begon ik bang te worden want ik wist dat ik eraan kapot zou gaan als ik hier ook maar een dag zou moeten doorbrengen. Mijn inrichting was zo niet geweest. Dat was meer een doorgangshuis geweest dan een eindstation. Ik besefte ineens dat, toen de jonge dokter met de vooruitspringende tanden die zich het meest met mijn behandeling had beziggehouden, mij zo had aangemoedigd om beter te worden, hij me hiertegen had beschermd. Het leidde ertoe dat ik me afvroeg of ik wel beter zou zijn geworden zonder de hulp van Barbara en haar granaatappeltjes; Louis' onsamenhangende brieven en een plek om heen te gaan in de wereld daarbuiten. De omstandigheden leken zo doorslaggevend. Geen wonder dat mijn grootvader was gaan gokken, het leven zelf was een spelletje roulette waarvoor je de fiches uit een tombola haalde.

Hoe erger het oord leek, hoe meer ik Moeder wilde zien, om haar te zeggen dat ik om haar gaf, dat ik zou doen wat ik kon om haar eruit te helpen. Ik voelde de woorden over elkaar heen rollen in mijn hoofd, vechtend welk het eerst naar buiten kon, om te zeggen dat ik van haar hield en haar nodig had, altijd al, en dat ik alleen maar zo lastig was geweest ooit, omdat ik wilde dat ze me vergeven zou. Het leek allemaal zo dom als ik bedacht hoe ik tegen haar geweest was, hoe ik haar had gehaat omdat ze niet hield van mijn lelijkheid. Ik kon geen moment meer wachten tot ze me zou zien zoals ik nu was, zo beroemd om mijn uiterlijk, zo befaamd om het diepe rood van mijn haar.

Ze was in de grote zaal aan het eind. Ik herkende de naam 'Faraday' boven de deur, maar onder de patiënten was er niet een die ik herkende als Moeder. Ik besefte dat ze veranderd moest zijn, misschien niet makkelijk te herkennen, dus ik bekeek zorgvuldig elk van de twintig vrouwen die daar waren. Ze leken te verdelen in bleke zombies die bewegingloos in hun metalen bedden lagen en een aantal troosteloze gedaanten met starende gezichten, die traag ronddoolden in de krappe ruimte die elk van hen was toegewezen. In de verste hoek zat een oeroud hoopje spichtige botten haar haar te borstelen en het aantal slagen langs de ontstoken huid van haar lange, kale hoofd te mompelen. Naast haar zat een hele grote, veel jongere vrouw te schokken in een dwangbuis van het gewone model. Haar gezicht leek een specimen uit het geologisch museum, met blauwe striemen die hun vulkanische voortgang door haar vlees aangaven.

Er hing een scherpe, ranzige lucht. Het was een lucht van verwaarlozing en losgekrabde korsten, angst en zweet. Ik begon te vluchten in kunstjes uit mijn kindertijd. Ik begon de bevlekte vierkantjes op de vloer te tellen en de ijzeren spijlen van de bedden. Er was een raam, een kleine rechthoek van licht en hoop, recht voor mij uit. Ik liep erheen omdat ik niet opnieuw spitsroeden wilde lopen tussen die blikken. Er waren stemmen die naar me riepen. Stemmen die me wegjoegen, uitscholden, hoonden, smeekten, commandeerden, maar die allemaal wegzonken in een gesynchroniseerd bonken van bedden. De zijkanten rammelden. Zelfs de zombies leken genoeg te zijn ontwaakt uit hun verdoving om op hun roestige spijlen te slaan. Het kind in mij was veilig verborgen voor hun desintegratie. Ik voerde het naar het licht. Ik werd een tweeslachtige Orpheus, vastbesloten niet om te kijken.

Toen ik bij het raam kwam, zaten daar ook spijlen voor. Ik greep die vast en staarde naar het rommelige stukje grond dat vier verdiepingen lager lag. Er groeide een vlierstruik uit een muur. Repen van witte jassen hingen als verband aan de afvoerpijpen. Er lagen hopen van op de grond: vuil verband, dat mijn val zou breken. Ik wilde omlaagglijden. De duizeligheid in mijn hoofd wikkelde zich om mijn knieën en veranderde mijn benen in gelei. Vreemde handen klauwden aan mijn ellebogen, streelden mijn haar. Ik voelde dat ze zich uitstrekten naar de baby in mij. Ik voelde hoe ze me probeerden te binden aan die zaal. En toen ging er een bel heel hard bij mijn oor, mijn mastoïditis-oor dat pijn deed bij elk schril geluid. Er was daar iets uit mijn hoofd gehaald, het was gedeukt op het bot, door hardhandige oorlogschirurgie.

Op het geluid van de bel, trokken alle handen op een na, zich terug. De zaal keerde terug tot de stilte van daarvoor, met alleen de gefluisterde getallen van de oude vrouw met dat haar.

'Het spijt me, u moet meekomen,' zei een jonge verpleegster een beetje slissend, terwijl ze de mauve-met-witte-strepen mouwen naar beneden rolde.

'Het windt de patiënten maar op als er bezoek komt, u had hier niet naar binnen moeten gaan.'

Ze voerde me terug naar de gang. Ik wilde haar vertellen dat ik was gekomen om Moeder te zien, dat ik haar niet kon vinden. Ik wilde haar zoveel vragen, maar mijn stem bleef steken in mijn keel als een enorme adamsappel en ik kon niet spreken. De zinnen vormden zich in mijn geest, maar ze weigerden zich om te zetten in geluid. Ik was gaan vallen binnen in mijn hoofd en ik moest blijven vallen, tot ik de grond raakte. Ik deed alsof ik Oma was. Ik stelde me voor dat ik net zo rechtop stond als zij, in haar antracietgrijze jasje met de oesterkleurige knoopjes tot vlak onder haar kin en het Carraragrijze marmer van haar ineengeklemde handen, zoals ze die altijd hield als ze om medewerking vroeg.

'Brengt u me alstublieft naar mevrouw Allen, Kathleen Allen. Ik geloof dat die hier op de afdeling is.'

De verpleegster liep door terwijl ik sprak, ongetwijfeld gewend elk vrouwelijk geraaskal te negeren. Maar toen de woorden tot haar doordrongen, bleef ze staan en keerde zich naar me toe, waardoor ik bijna over haar heen viel.

'Die zit apart. Die krijgt geen bezoek. Het spijt me.'

'Ik wil haar zien. Ik ben voor haar gekomen.' Ik probeerde erbij te zeggen: 'Ik ben haar dochter,' maar de woorden bestierven me in de mond.

'Hoort u eens,' zei de verpleegster, niet onvriendelijk, 'wij kunnen haar beter niet storen. Ik weet niet wie u bent, maar het zou voor geen van u beiden goed zijn.'

Ik deed mijn mond open om iets te zeggen, maar ze ging vlug verder: 'Ik weet niet eens of ze vandaag haar buis aan heeft. Soms binden we haar gewoon aan het bed vast om haar armen rust te geven.'

Ik was aan het zwoegen om mijn troefkaart uit te brengen en ik flapte het er nu uit, omgedraaid in een passender familierelatie: 'Zij is mijn moeder.'

'Ga dan naar huis,' zei ze. 'Ga alstublieft naar huis.'

De demon van mijn val duwde me verder. 'Ik sta erop dat ik haar te zien krijg. U hebt het recht niet haar aan haar bed geketend te houden. Dat mag helemaal niet.'

'Vastgebonden,' zei de verpleegster, met iets kortafs in haar stem dat zachter werd toen het begon uit te leggen: 'Het is de enige manier waarop iemand van ons bij haar in de buurt kan komen en eerlijk gezegd, is het de enige manier waarop we kunnen voorkomen dat ze de andere patiënten aanvalt.'

'Ik wil haar zien. Het is mijn moeder, begrijpt u?'

'Toen ze hier pas kwam,' zei de verpleegster, mijn woorden negerend en meer pratend tegen de bleekgroene, groezelige muren dan tegen mij, 'hadden we hier zoveel zelfmoorden dat we haar apart moesten zetten. Zelfs nu kunnen de meeste zusters niet in haar kamer komen. We hebben het geprobeerd met sedatieven. We hebben haar twee jaar lang onder de drugs gehouden, maar er is iets met haar, ze is niet zoals de anderen. Ze willen haar nergens anders hebben. We hebben het geprobeerd.'

Ik kan me die dag tot op dat moment heel goed herinneren. En ik kan me ook herinneren dat ik Moeder op haar bed zag, zo klein als een kind, haar voeten niet verder reikend dan de bobbel in het midden onder de ziekenhuissprei. Haar hele gezicht was veranderd, haar dikke bruine haar was kortgeknipt, bijna afgeschoren en grijs, er liepen vreemde lijnen door haar gezicht alsof een kind ze er met onvaste hand ingekrabbeld had. Maar het was Moeder, door haar ogen. Die waren even diepgroen gebleven, maar vastgelopen in een wreder en bozer schittering dan ik ooit had gezien. Ik zocht naar een teken van menselijk gevoel in die groene bolletjes, maar alles wat ik vond was een glimp van verbazing dat woede zo lang kon duren – een vleug, misschien, van verveling bij het emotionele vitriool dat uit haar aanwezigheid kwam stromen.

Ik weet dat ze me onmiddellijk herkende en ik weet dat ze tegen me sprak, dat ze klonk als iemand anders, als een soort stem onder water. En ik weet dat ik zelfs terwijl ze sprak, probeerde niet te horen wat ze zei omdat het te vreselijk klonk. Ik herinner me dat ik van haar terugdeinsde en dat de muur achter me uit één stuk leek, zonder een deur om me eruit te laten, tot de verpleegster kwam en me in mijn verblinding meenam naar een wc met korsten van urine en dat ik daar moest overgeven; dat het leek of het kind in mij meekwam mijn mond uit en dat het verloren ging. Alles was verloren. Veertien jaar van mijn leven, heel mijn ontsnapping, uitgewist. Ik denk niet dat ik ooit zal weten wat het was dat Moeder tegen me zei, want mijn geheugen krult er nog steeds van weg als van vuur. IJs kan branden.

Ze zeggen dat er duizend mensen uit Jersey op transport zijn gesteld en dat er maar één levend uit Belsen is gekomen. Ze zeggen dat de nazi's hun gevangenen van de klippen gooiden op Alderney. Onze soldaten hebben foto's meegebracht uit Polen en Duitsland. Er waren daar hopen schoenen en bergen tanden. Nelson zei dat we met sommige van hun steden erger dingen hebben gedaan dan zij in de Blitz. Hij zei dat we wel moesten. Soms zijn er dingen die we moeten doen. Soms moet dat.

Nadat ik Moeder daar had gezien, moest ik naar huis gaan en sterven. Ik moest dat. Ik zette de radio aan, want ik wist dat ik zwak was en misschien zou gaan huilen. Dickie Murdoch was erop aan het praten. Ik vond Dickie Murdoch aardig. Ik stak mijn hoofd in de enorme schoot van de gasoven en ik lag daar tot zijn stem wegstierf. Voor één keer deed ik wat Moeder wilde.

Wat volgde was Jersey-praat: herinneringen uit de tweede hand. Ik weet niets meer van de zes maanden daarna. Ik weet niet meer dat ik ben bijgekomen in het ziekenhuis, dat ik daarna drie dagen lang met de verpleegsters en de dokters heb gevochten. En ook niet dat ik weigerde beter te worden; mijn vijf maanden verlamming, de 'omgekeerde hysterie' volgens mijn dossier. Ze brachten me van dat ziekenhuis naar een zenuwinrichting in de Fens. De ramen keken uit op platte zwarte modder. De zusters rolden mijn stoel naar dat sombere uitzicht, in de hoop dat er iets in me zou gaan bewegen en me de wil om te leven zou teruggeven. De psychiater liep in en uit en trok mijn geheimen als verborgen splinters uit me, maar ik zei nooit iets over mijn bezoek aan Moeder. Dat was mijn geheim. Ik heb het nooit aan iemand verteld, zodat wat ze gezegd had, stierf, al had mijn eigen robuuste leven geweigerd te capituleren voor haar behoefte aan dood. Ik bewaakte wat ze gezegd had zo goed, dat ik het zelf kwijtraakte. Ik deed zo hardnekkig of ik niet bij haar was geweest, dat ik het bijna zelf ging geloven.

Pas toen mijn eigen kind haar dreigde te vinden, twintig jaar later, werd ik minder streng. Omdat Moeder daar misschien nog steeds was om de zwakken en de rustelozen het graf in te jagen. Ze kan er toen nog geweest zijn en ik was bang. Want het was het kind dat mijn bezoek had overleefd, dat het gas en de drugs had overleefd en dat in mijn schoot was doorgegroeid toen ik in de Fens lag, tot haar bewegen me terugdreef naar het leven.

Soms voel ik dat ik Oma's haakwerk heb opgepakt om het ook te proberen, dat ik haar steekjes heb nagedaan, maar niet goed, dat ik fouten heb gemaakt die de spankracht zo hebben veranderd dat ze niet meer te herstellen of te camoufleren zijn. Dus haal ik het uit en probeer het opnieuw, voeg onbevredigende steekjes toe aan het al zo ingewikkelde patroon. Zo is het geweest sinds ik heb geprobeerd te sterven. Ik voel mezelf in leugens gevangen. Als ik maar kon herinneren wat ze gezegd heeft, dan zou ik het nu misschien allemaal op orde kunnen krijgen. Het heeft zoveel jaar van mijn leven in beslag genomen.

Als ik terugkijk, dan weet ik dat er nog zoveel meer moet zijn geweest. Wat te denken van mijn werk? Wat over de twintig jaar dat ik me heb bemoeid met de onaangepasten in mijn baan, met daarnaast al die streken van mijn vier dochters? Wat te denken van hen, die meisjes? Waarom moet het altijd gaan over Moeder en nog eens Moeder? Ik ben ook moeder geweest! Als dit geschrijf mijn levensverhaal moet voorstellen, waar zijn dan de geheimen gebleven van alle mannen die mij als de vergaarplaats gebruikten van al hun hoop en vrees? Waar zijn mijn herinneringen aan hun gedachten; mijn eigen ervaringen met hun voorbijgaand gebruik van mijn lichaam? Ik heb toen zoveel mensen gekend, en toch lijkt het of de enigen die mij echt kenden de andere twee hoekpunten waren van mijn eerste en onvrijwillige driehoek.

Ik heb de laatste tijd veel aan Oma gedacht en ik lijk haar zo nabij te zijn, dat ik haar kan aanraken. Als ik kan ontwarren wat ik over Moeder voel, kan ik me neerleggen om te sterven.

Mijn leven is even zeker aan het wegkwijnen als de bladeren van de rode beuk in de winters van mijn kindertijd. En nu wil ik haar eindelijk begrijpen, weten wat de krachten waren die haar dreven tot wat ze was. Ik voel de behoefte haar nabij te komen, niet om haar te tergen met mijn lichamelijke aanwezigheid, maar om te weten hoe het moet hebben gevoeld om haar te zijn: de bezitster tegen wil en dank van zoveel macht en het brandpunt van zoveel ongewenste aandacht. Ik heb haar altijd alleen maar op haar slechtst gezien. Ik wil haar zien zoals andere mensen haar zagen, niet als de krankzinnige die ze geworden is maar als het betoverende meisje dat ze was toen ze begon.

Er is altijd een intrinsiek probleem tussen ons geweest. Het verhinderde elke vooruitgang in de manier waarop we tegenover elkaar stonden. Tot nu toe was niet-bestaan de enige manier waarop ik haar afkeuring kon ontgaan. Ik moest een niet-persoon zijn. Omdat ik wel bestond, stond ik haar voortdurend in de weg. Het ging bij mij van willen sterven om vergeven te worden tot willen leven om haar dwars te zitten. Te zijn, of niet te zijn... de keuze is nu niet meer aan mij. Mijn eigen jaren zijn vergleden als zand door mijn vingers; het enige dat er van over is, is het hete gevoel in de palm van mijn handen, en mijn herinneringen. Alles lijkt anders.

'Stukjes van jou worden mij gevoerd, Moeder, ik krijg mijn vergeving druppelsgewijs binnen. Stukjes van jou die ik nooit eerder heb gezien sijpelen door mijn aderen. Ik heb je steeds uit mijn leven gesneden met dezelfde goedbedoelde meedogenloosheid waarmee de dokters de tumoren uit mijn borsten hebben gesneden. Je rivalen, Moeder, die twee bollen die zoveel bewonderaars trokken, zijn nu alleen nog maar reclame voor deze stille kankerafdeling. Hier zijn de littekens, maar de kanker zit nog in me; die kruipt langs mijn ruggegraat.'

Ik heb mevrouw de Gruchy altijd benijd omdat ze het zo naar haar zin had in het ziekenhuis. Ik droomde wel eens dat ik daar op een dag ook mijn eigen kamer zou hebben, met uitzicht over de Thames, waar de vijf vleugels van het St Thomasziekenhuis hun schaduwen werpen in het voorbijgaand getij. En nu ben ik er, met minder ruimte dan die twee royale kamers, maar toch met mijn eigen bed en kast en de stoel waar mijn eigen dochters om de beurt in zitten. Twee grote vleugels zijn nu weg, weggebombardeerd in de oorlog; er zijn hoge moderne blokken voor in de plaats gekomen. Maar het is nog steeds het St Thomas van mijn kinderjaren, met zijn uitzicht over de rivier op het Parlementsgebouw met de Big Ben.

Ik ben de cirkel rond in deze dagen en hier ben ik dan, met het zaad in mij van Oma's kanker, dat ik even zorgvuldig heb opgekweekt als haar eigen voorstadstuin, de cineraria's en de roze camelia's besproeiend zodat ze kunnen gedijen in de Londense zon. Elke keer dat de klok slaat aan de overkant van het water, lijkt die een stuk van mijn leven af te slaan. Zij heeft al mijn minnaars weggeslagen en alleen mijn dochters overgelaten. Zij heeft me van het muurtje van de Embankment geslagen waar ik op zomeravonden zat te kijken naar de mensen die zich repten over de Waterloo Bridge, terwijl ik de drang in mij voelde van hen allemaal samen: wachtend op mijn lieveling die zijn afspraakje zou nakomen. De klok heeft de lievelingen weggevaagd en al mijn oude kussen uitgestrooid over het modderige water. Zij brengt me keer op keer terug naar die plaats waar geen lievelingen zijn. Zij brengt me terug naar Moeder. Zelfs haar precisie lijkt gelijk op te gaan met het genadeloze mechanisme van haar ogen.

Soms stond ze een beetje te staren met die schrikwekkende smaragden laserstraal en zei dan: 'Ik kan die-endie niet uit mijn hoofd zetten.' Dan ging binnen een week die-en-die dood. Het was onfeilbaar. Het ergerde haar, dat kunstje van mensen om zich aan haar vast te klampen als ze gingen sterven, vooral vreemden. Het ergerde haar, omdat als iemand zich zo in haar hoofd had genesteld, ze zijn gevoelens voelde, bij tussenpozen, tot ze hun laatste adem hadden uitgeblazen of uitgesnikt. Oma zei dat haar hersens er pijn van deden als ze iemand zo goed kende. Moeder vond dat de wereld haar gebruikte om excessieve emoties door af te voeren.

In Hendon maakte het me jaloers als ik haar zag stilstaan op die manier van haar en meedelen dat 'ze iemand in haar hoofd had'. Ik wilde in haar hoofd zijn. Ik wilde het zijn die haar blanke voorhoofd deed fronsen van zorg. Ik kan haar dicht bij me voelen, niet als de bittere grilligheid gevangen in een portret van haar silhouet, maar als het gekwelde veerbootje dat ze was, dat de stervenden geleidde over die angstige weg in de dood.

'Ik had het hele strand om door mijn hand te zeven en alle tijd van de wereld. Nu dat allemaal op zijn einde loopt en er niets is overgebleven dan de in verband gewikkelde bovenkant van deze zandloper en de laatste paar flessen van mijn infuus, moet ik jouw stukjes bij de mijne voegen om de puzzel af te maken, denk ik. Ik vergeet steeds hoe je eruitzag. Al wat ik me kan herinneren zijn je koude zuidpoologen. Ik heb altijd geweten dat er meer in schuilging dan je woede, maar ik was bang om dat toe te geven. Bang ook misschien, om mezelf weerspiegeld te zien in hun vlekkeloze glans. Jij moest ongelijk hebben, zodat ik gelijk had. Er was alleen zwart en wit, met het antracietgrijs van Oma daartussen. Ik wou met groen toen niets te maken hebben, ik was te waakzaam voor mijn geestelijke gezondheid.

Wie was je? Ik heb je in mijn geest altijd Moeder genoemd en nu voel ik je eindelijk hier bij mij, nu je me moederlijk de duisternis invoert met de helderheid van je smaragden licht.'

De zusters zullen wel gauw langskomen met hun wagentje. Ik ben een junkie geworden op mijn eenzame oude dag, ze hebben hier een morfiniste van me gemaakt. Het helpt mijn verdriet te verbergen. Ik neem aan dat het ook helpt tegen de pijn, maar het neemt die niet weg. Niets kan die nu wegnemen, ze is aan de eindspurt toe. Ze doet mijn bloed stollen. Als het infuus nu uit mijn hand zou gaan, zou ik sterven. Maar dat kunnen ze niet doen. Ze moeten het erin houden. Dat moet. En ondanks al hun inspanningen moet ik nu toch sterven, vandaag of morgen. Ik hoor ze zeggen dat zelfs een paard het geen week zou uithouden in mijn toestand.

Dit paard wil nog geen morfine. Ze wil nadenken, een oude merrie zijn die haar nachtmerries uitbant, inspant op hun weg naar de paardenslachter.

De zaal is teruggekeerd tot getallen. Big Ben verdeelt het duister in stukken. De zaalklok doet hem na. Naast me borstelt de oude dame met de broze witte handen haar haar en telt erbij. Ze telt almaar door, terwijl ze haar oude kale hoofd borstelt met een denkbeeldige borstel.

'Achtenzeventig, negenenzeventig, negentig.'

Ze raakt de tel kwijt en begint weer en gaat maar door, ze borstelt haar haar honderd keer per dag, net zoals Oma het mij heeft geleerd en zoals zij het ongetwijfeld van haar moeder heeft geleerd, honderd keer per dag.

'Tweeënnegentig, drieënnegentig, zestig' – ze komt nooit bij de honderd, haar getallen zijn met haar jaren in verval geraakt.

Ik wil haar niet meer horen. Ik wil niets anders meer horen dan de stem van mijn eigen moeder, haar gedachten.

'Zit ik nu eindelijk in je hoofd, Moeder? Kun je mijn gedachten voelen, zoals je vroeger die andere doodsaankondigingen voelen kon? Merk je nu hoe ik op je leek? Ik had ook mijn waanzin.

Je kunt nu wel van de brandstapel afkomen die voor je klaarstond en ik zal die niet meer aansteken met de vurige kolen van mijn haar. Het zijn allemaal slakken geworden. Je kunt wel uit de eendevijver van mijn bijziendheid kruipen. Je kwaadaardige helderziendheid hoeft de stormram van mijn liefde niet langer te weerstaan. Je hoeft niet meer mijn ijdel pakketje schuld te zijn. *Mea culpa* was mijn credo; ik denk dat ik een ander grafschrift kies.

Ik stel me voor dat de kou in mijn ruggegraat een volmaakte smaragd is, die versplinteren zal als ik ga en in kleine stukjes in mijn doodskist zal liggen. Hoe zou mijn hele leven zijn verlopen als ik je had kunnen beschouwen als een schitterend juweel en meer niet, als een smetteloze edelsteen? Edelstenen hebben geen betekenis. Je had geen tuinen, geen sporen van barsten of oneffenheden in de pure schittering van je ogen. Er viel voor Oma niets te schoffelen of te snoeien.'

Een, twee, drie...

De nacht zeurt door en na al die haat hebben we veel gemeen. Smaragden en glas zien er bijna hetzelfde uit in deze duisternis.

Lisa St Aubin de Terán
De stoptrein naar Milaan

Lisaveta reist met haar minnaar en twee vrienden per trein door Europa.

Rainbow Pocketboek 242

* * *

Isabel Allende, Laura Esquivel
en andere schrijfsters uit Latijns-Amerika
Als je mijn hart beroert

Kleurrijke verhalen van bekende en onbekende Latijnsamerikaanse schrijfsters.

Rainbow Pocketboek 258

* * *

Laura Esquivel
Rode rozen en tortilla's

Een gepassioneerd liefdesverhaal en een unieke culinaire roman ineen.

Rainbow Pocketboek 154

* * *

Benoîte Groult
Een eigen gezicht

Autobiografische roman van de schrijfster van *Zout op mijn huid.*

Rainbow Pocketboek 220

* * *

Benoîte Groult
Zout op mijn huid

Internationale bestseller over een levenslange passie.

Rainbow Pocketboek 236

* * *

Jane Campion
De piano

Het boek van de veelbekroonde film.

Rainbow Pocketboek 238

* * *

Rainbow Pocketboeken:

Isabel Allende e.a. – *Als je mijn hart beroert*
Ellis Amburn – *Pearl: Janis Joplin*
Duygu Asena – *De vrouw heeft geen naam*
Lisa St Aubin de Terán – *Joanna*
Lisa St Aubin de Terán – *De stoptrein naar Milaan*
Elisabeth Barillé – *Anaïs Nin*
Elisabeth Barillé – *De kleur van woede*
Elisabeth Barillé – *Lijfelijkheid*
Wim de Bie – *Morgen zal ik mijn mannetje staan*
Wim de Bie – *Schoftentuig*
Marion Bloem – *Geen gewoon Indisch meisje*
Victor Bockris – *Andy Warhol*
Victor Bockris – *Keith Richards*
Victor Bockris – *Lou Reed*
Carla Bogaards – *Meisjesgenade*
Rosi Braidotti – *Beelden van de leegte*
Marjo Buitelaar – *Ramadan*
A.S. Byatt – *Obsessie*
Jane Campion – *De piano*
John Cleese en Robin Skynner – *Hoe overleef ik mijn familie*
Maryse Condé – *Ségou I: De aarden wallen*
Maryse Condé – *Ségou II: De verkruimelde aarde*
Douglas Coupland – *Generatie X*
Harry Crews – *Body*
René Diekstra – *Overleven, hoe doe je dat?*
Adriaan van Dis – *Casablanca*
Florinda Donner – *Shabono*
F.M. Dostojewski – *De eeuwige echtgenoot*
Roddy Doyle – *De bus*
Buchi Emecheta – *Als een tweederangs burger*
Laura Esquivel – *Rode rozen en tortilla's*
Nancy Friday – *Mijn moeder en ik*
Carlos Fuentes – *De dood van Artemio Cruz*
Kuki Gallmann – *Afrikaanse nachten*
Cristina Garcia – *Cubaanse dromen*
Gabriel García Márquez – *De generaal in zijn labyrint*
Gabriel García Márquez – *Kroniek van een aangekondigde dood*
Martha Gellhorn – *Reizen met mijzelf en anderen*
Paola Giovetti – *Engelen*
Françoise Giroud – *Alma Mahler*
Jacques Le Goff – *De woekeraar en de hel*
N.W. Gogol – *De Petersburgse vertellingen*
I.A. Gontsjarow – *Oblomow*

Günter Grass – *De blikken trommel*
Benoîte Groult – *Een eigen gezicht*
Benoîte Groult – *Zout op mijn huid*
Jacqueline Harpman – *Het strand van Oostende*
Marlen Haushofer – *De wand*
Klaus Held – *Trefpunt Plato*
Kristien Hemmerechts – *Zegt zij, zegt hij*
Kristien Hemmerechts – *Een zuil van zout*
Judith Herzberg – *Doen en laten*
Robert Hughes – *De fatale kust*
Francisco van Jole – *De Internet-Sensatie*
Erica Jong – *Het ritsloze nummer*
Freek de Jonge – *Het damestasje*
Freek de Jonge – *Neerlands bloed*
Freek de Jonge – *Opa's wijsvinger*
Lieve Joris – *Zangeres op Zanzibar*
Ismail Kadare – *Het dromenpaleis*
Kamagurka – *Bezige Bert*
Wolf Kielich – *Vrouwen op avontuur*
Wolf Kielich – *Vrouwen op ontdekkingsreis*
Agota Kristof – *Het bewijs*
Agota Kristof – *De derde leugen*
Hanif Kureishi – *De boeddha van de buitenwijk*
Josien Laurier – *Een hemels meisje*
David Leavitt – *Terwijl Engeland slaapt*
David Leavitt – *De verloren taal der kranen*
Sylvia López-Medina – *Het lied van de Mexicana's*
Amin Maalouf – *Leo Africanus*
Amin Maalouf – *Rovers, Christenhonden, Vrouwenschenners*
Axel Madsen – *Chanel*
Elisabeth Marain – *Rosalie Niemand*
Patricia de Martelaere – *Een verlangen naar ontroostbaarheid*
Carmen Martín Gaite – *Spaanse vrouwen, bewolkte luchten*
Ian McEwan – *Het kind in de tijd*
Gita Mehta – *Raj*
Eduardo Mendoza – *De stad der wonderen*
Philip Metcalfe – *1933*
Malika Mokeddem – *De ontheemde*
Eric M. Moormann & Wilfried Uitterhoeve – *Van Achilleus tot Zeus*
Eric M. Moormann & Wilfried Uitterhoeve – *Van Alexandros tot Zenobia*
Marcel Möring – *Mendels erfenis*
Zana Muhsen – *Nog eenmaal mijn moeder zien*
Taslima Nasrin – *Lajja / Schaamte*

Nelleke Noordervliet – *Tine of De dalen waar het leven woont*
Amos Oz – *Mijn Michael*
Luigi Pirandello – *Kaos*
Hans Plomp – *In India*
Horacio Quiroga – *Verhalen van liefde, waanzin & dood*
Nawal El Saadawi – *De gesluierde Eva*
Nawal El Saadawi – *God stierf bij de Nijl*
Nawal El Saadawi – *De val van de imam*
Nawal El Saadawi – *Vrouwengevangenis*
Oliver Sacks – *Een been om op te staan*
J.D. Salinger – *De vanger in het graan*
Béatrice Saubin – *De beproeving*
Luis Sepúlveda – *De oude man die graag liefdesromans las*
Gaia Servadio – *Het verhaal van R*
Meir Shalev – *De kus van Esau*
Tom Sharpe – *Hard gelach*
Tom Sharpe – *Sneu voor het milieu*
Tom Sharpe – *Wilt*
Tom Sharpe – *Wilts alternatief*
Arianna Stassinopoulos – *Maria Callas*
Arianna Stassinopoulos – *Picasso*
Peter van Straaten – *Agnes*
Peter van Straaten – *Agnes moet verder*
Peter van Straaten – *Die Agnes*
Peter van Straaten – *Lukt het Agnes?*
Peter van Straaten – *Lukt het een beetje?*
I.S. Toergenjew – *Vaders en zonen*
L.N. Tolstoj – *Anna Karenina*
Mario Vargas Llosa – *Lof van de stiefmoeder*
Carolijn Visser – *Ver van hier*
Julia Voznesenskaja – *Vrouwendecamerone*
Piet Vroon – *Allemaal psychisch*
Piet Vroon – *Kopzorgen*
Alice Walker – *De kleur paars*
Alice Walker – *De tempel van mijn gezel*
Leon de Winter – *Alle verhalen*
Leon de Winter – *De (ver)wording van de jongere Dürer*
Leon de Winter – *Zoeken naar Eileen*
K.G. van Wolferen – *Japan*
Jan Wolkers – *Turks Fruit*
J.J. Woltjer – *Recent verleden*
Marguerite Yourcenar – *Met open ogen*
Helen Zahavi – *Dirty Weekend*